U0907893

在阅读中展开，人生的可能

CONTENT
肯特文化

地产风云

王采瑢

◎作品

江苏凤凰文艺出版社
JIANGSU PHOENIX LITERATURE AND
ART PUBLISHING, LTD

图书在版编目（CIP）数据

地产风云 / 王采瑢著；-- 南京：江苏凤凰文艺出版社，2018.1

ISBN 978-7-5594-1170-9

Ⅰ.①地… Ⅱ.①王… Ⅲ.①长篇小说－中国－当代 Ⅳ.①I247.5

中国版本图书馆CIP数据核字（2017）第239768号

书　　名　地产风云

著　　者　王采瑢
选题策划　肯特文化　　出 版 人　黄小初
出 品 人　柯利明　林苑中　　特约监制　郭凤岭
责任编辑　牟盛洁　李　黎　　特约编辑　聂福荣
营销推广　刘　源　　责任印制　张军伟　付媛媛
封面设计　吴　倩　　版式制作　翟程程
出版发行　凤凰出版传媒股份有限公司　江苏凤凰文艺出版社
出版社地址　南京市中央路165号，邮编：210009
出版社网址　http://www.jswenyi.com
印　　刷　三河市华东印刷有限公司　　开　　本　710mm × 1000mm　1/16
印　　张　22　　字　　数　300千
版　　次　2018年1月第1版　2021年7月第2次印刷
标准书号　ISBN 978-7-5594-1170-9
定　　价　69.80元

目 录

contents

第一章　夺地鏖战

北京，是一个发生了太多传奇的城市，多少人都在日夜地奋斗和奔波。每一个角落里都有萌生的希望，也都有破碎的痛楚。梦想，让这个城市爱恨交织。

北京的国贸，就是全中国的CBD。这里汇聚了中国最多的商界精英，也上演着风云变幻的故事。从天空俯视国贸的灯光，犹如地上的人仰望夜空的繁星，一样密麻如织，一样深不可测。银泰、国贸三期、中国尊，新的高楼不断拔地而起。

在国贸的高楼林立里，有一栋长方形的摩天大厦。从东侧的观光电梯一路到56层，对于普通的访者来说，这已经是顶层了。但是，对于特殊的客人，此刻会有站姿笔挺佩戴黑色领结的英俊男侍者迎上前来，引导着穿过一座假山屏风，来到另外一个小电梯的前面。

电梯按下的数字，是57。在这座城市里，当人们在谈论这座宏伟的地标大厦的时候，都是56层，而只有很少的人，才知道神秘的57层的存在。

几个人在侍者的引领下，站在了小电梯面前。电梯开了，他们默默地走了进去。一恍间，电梯上升稳稳停住，门开了。

一座漂亮的花园赫然出现在面前。整个花园用水晶罩了起来，所以即便现在正是北方的寒冬，这里依然恒温如春，奇花异草争奇斗艳。花园里，一条画廊花径从东而西，迤逦穿越而去。在楼顶的一角，隐约可见一架小型的私人直升机。

侍者将客人带上来，马上又隐身在小电梯里下去了。在花径路口上，站着两个大眼睛锥子脸、几乎一模一样的妙龄女子。她俩一个穿着鹅黄长裙，一个穿着浅粉长裙，衣衫飘飘，裙长及地。乌油油的齐腰长发，只在发梢扎了一条白色丝带，有点儿像汉代的女子，两人手里都持了一个八角宫灯。一见这几个人上来了，马上迎上前来。

“是朱总吧，我家向总已经恭候多时了。”鹅黄长裙的女子笑着说，一边说，一边引着众人，朝着庭院深深处走去。

一路走来几人啧啧称奇。有花园不稀奇，珍贵花木也没什么，但是，在寸土寸金的北京国贸，有这么大一片地方，如此奢侈地盖了一座花园，仅仅是为了一条花径，不难看出主人雄厚的财力。

几个人一边东张西望，一边在两个女子的带引下，穿过花园，从东边走到了最西边，站住一看，是一座古典样式的大殿。大殿的前墙，用的是落地玻璃，所以通透大气，器宇不凡。大殿里只放了一张圆桌，懂行的人一眼看出，是金丝楠木的。

酒宴已经摆好。

圆桌旁，只坐了一人，是一个三十几岁的男子。他个子中等，相貌英俊，高高的鼻梁，薄薄的嘴唇，但是，身上却透着一种说不出来的阴鸷气息。他目光游离不定，似乎在思考着什么。直到听到秘书的声音“向总，客人到了”，他才醒过神来，满脸堆笑地赶紧迎了出来。

“朱总，欢迎欢迎！”

那位被称作朱总的人也很客气地回礼，说：“向总，你们家这空中花园，果然名不虚传啊，哈哈哈！”

向总故作谦虚地笑着，便邀请客人入席。

北京每一个夜晚，都有着无数觥筹交错的酒局，目的各异，洋相不一。酒过三巡，基本就开始谈正事了。

那位向总，名叫向一飞，是康庄集团的副总裁。不过，这个副总裁和别人不一样，他是集团董事长康大庄的独生女儿的丈夫。这座大厦是康庄集团开发的，也是集团总部所在地。

那位被称作朱总的，似乎是个急性子，干了几杯酒，似笑非笑地说：

“向大少帅今天请我来，肯定是有大事啊，咱们兄弟都是一家人，不用绕弯，直接说吧，哥哥一定全力支持你！我可不是因为你岳父才这么说的，虽然他也做过几天中国的首富，但是，哥哥是冲你，兄弟有啥事，尽管跟哥哥说。”

向一飞看朱总说得这么直率，略略有些尴尬，但随即也哈哈大笑起来，说：“还是朱大哥懂小弟啊！想必大哥也听说了，下周东四环的 0188 地块要拍卖，不瞒大哥说，为了这地块，我都费了老劲儿了！

“其他先不说，就说这竞争对手吧。万科、万通、万达这三万，再加上保利、远洋、绿地，最近恒大和融创也冒出来了，每家都是实力杠杠的啊。这些还好说，关键是我们的死对手，海岳地产，提前不断造势此次是势在必得。你们不知道啊，这海岳地产的总经理，可真是个妖女，心狠手辣的，没少干坏事，动不动就出点儿损招儿扰乱市场，整个地产圈儿对她是深恶痛绝啊，知道大家都叫她啥吗？冷血魔女！不过我已经成功在她身边安插了内线，对于她的行踪了如指掌，这才稍稍压制住她的气焰。

“有件事情也不太好意思提了，海岳地产的这个总经理叫容若初，这事儿各位大哥肯定知道，但是有件事情你们可能不知道，我也就厚着脸皮说下了。这个容若初，她的父亲是我上学时候的硕士导师，本来我应该娶她的，可是她的大小姐脾气实在让人受不了，后来我又遇到小婷，我倒不是看她父亲当时是首富，而是小婷从西北农村来的特别朴实，于是就和小婷结婚了。为了这事情，容若初每次见我都恨不得掐死我。估计下周也是，拍地的时候就会新仇旧恨一起算账了。所以这次紧急请哥哥来，其实是想咱们联合一下，我知道朱总你们集团也是要此次举牌拍地的，咱们是一家人，一起合计下，干点儿一家人的事儿！”

那位朱总，大名朱安强，他眯缝着眼睛听完向一飞这一通诉苦后，也不禁说：“向老弟，看来咱们有点儿英雄相惜啊，我也被这容若初坑过，去年在宏观调控最要命的时候，她招呼都不打就突然降价，弄得我们的新楼盘销售很被动。这笔账，还没跟她算呢！”

向一飞连连说“是”，他示意旁边一个人走过来，对朱安强说：“朱总切莫与这魔女正面冲突，她真是彪悍呢，你看我的这个助理，以前是容若初公司的办公室主任，就因为一点儿小事，她大发脾气，还把人赶走了。要知道，他老婆当时还怀着身孕，他还交着房贷月供，这不是生生要把人逼死吗？”

朱安强干笑一声，说：“都说地产圈是个小社会，还真是乱。”

向一飞倾过身子来说：“这地产圈，是最精英荟萃的圈子，也是最鱼龙混杂的染缸。不管怎么样，明天的拍地，可真的是一场短兵相接的血战啊！”

朱安强听到向一飞把话题又转回到主题上来，似笑非笑地说：“向老弟说联合起来，倒不是难事，咱们也不是联手一次两次了，关键是，这一次的条件怎么谈？”

向一飞一看他上钩了，非常高兴，倾斜着半个身子凑过来，开始叽叽咕咕说起来。朱安强不断“嗯嗯嗯”的。

夜更深了，国贸的灯光也渐渐地黯淡了下去……

夜半时分，喝得醉醺醺的朱安强起身告辞，向一飞送到门口，握着手寒暄送别。那两个长裙妙龄女子，带着一众人等穿过花园而去。

向一飞目送着大家离去，久久地站在那一动不动，不过，倒不是出于礼貌，而是陷入了沉思。他心事重重地踱步到楼边，双手扶在栏杆上，凝望着对面不远处的一栋楼。那栋楼的顶楼，也是灯火通明——海岳地产北京总部。

向一飞打了个响指，一个手下走了过来。虽然周边已经没什么人了，他还是压低声音说：“都安排好了吗？”

手下回答：“向总，您放心，都安排好了。拍地那天早上，容若初的车一出来，我们就派车跟上，会在三环高架桥上发生追尾事故。那里根本打不到车，又是早高峰，她一定会迟到。”

向一飞看了他一眼，说：“好，别给我出岔子。尽量给我往狠里撞，撞得越狠，酬金越高。”

“是！”手下答应着退下了。

夜色，深深的，如同张牙舞爪的怪兽，笼罩着CBD。

对于很多国家，房地产都是重要产业，不但关系国计民生，而且往往是在一套房子上就寄托了一家人的奋斗与哀乐。

中国房地产公司的发展，也是随着改革开放的大潮发展起来的，最著名的万科公司成立于1984年，那是中国公司的元年。就如同1886年被称为美国公司的元年一样，那年诞生了可口可乐、柯达、花旗、雅芳、强生等一大批后来影响世界的大企业。在中国，这个数字是1984，除了万科，联想、海尔、健力宝都发轫于这一年，而后来很多在商界翻云覆雨的人物，也都在这一年或创立公司，或翻开自己人生新的一页。

海岳公司也是。确切地说，是新的海岳集团。

在二十世纪，海岳的创始人，也就是于祥正老爷子，是当时的广东首富。仅就绸缎庄一项买卖，就开了好几条街，当时南京、上海的很多达官贵太，都曾闻风而来。海岳丝绸，作为全国响当当的品牌，是那个时代最奢华的时尚。再加上银号，各种工厂，各种海内外贸易，用富可敌国来形容一点儿都不为过。在50年代，海岳老字号在风雨飘摇中碾落成泥。现在的海岳集团，是于祥正的长孙于万复在1984年，在先祖的遗荣下，白手起家再度创立的，集团总部在广州。他的名字之所以叫“万复”，也是希望能担负起家族复兴的大任。峥嵘岁月稠，集团经过30年的风雨历程不断崛起。

海岳集团在全国的重要省市都设有分公司，北京海岳是海岳集团的北京分公司，也是最重要的分部，总经理是于万复的首席得力干将——容若初。

海岳集团在北京的迅速发展，需要有更大的产业来满足它的胃口。虽然这几年在容若初的操盘下，已经开发了不少知名楼盘，但远远不够，资本永远是逐利的。所以集团一直在跟踪东四环的一块土地，打算建一个包括写字楼、购物中心和住宅的综合体。东四环0188地块未来潜力巨大，绝对是只会下金蛋的母鸡。也正是如此，京城和全国各地产大鳄都闻风而动，逐鹿京华，都打算拼个你死我活，其中不乏信誓旦旦志在必得者。

海岳集团最大的竞争对手是康庄集团。康庄集团的老板名叫康大庄，西部来北京的，以前是个矿老板，挖了多少矿不知道，但是据说他在青海老家的桌子都是金子打的。以为康庄集团现在还是暴发户模样，那就大错特错了，康大庄进了北京城后，离婚娶了一位海归金融女博士，这女博士做事不但有股子凌厉之势，而且人还艳丽妖娆，康庄集团在她的实际控制下，有一年甚至让夫妻俩排到了中国富豪榜的首位，虽然在榜上只待了三个月，就被一位互联网大佬取代了，但是也毕竟曾当过首富。而康大庄也从一个初中没毕业的农村孩子，变成了经常出现在各种璀璨场合的名流绅士。康大庄只有一个女儿，嫁给了向一飞。

北京城里从来就不缺故事，一切都是刚刚开始，不管是刀光剑影，还是风花雪月。下周，就是拍地的关键时刻了。

北京的土地拍卖大厅，真是个值得大书特书的地方，很多的故事，都是从这里起源的。每到拍地的时候，热闹得就像是拍电影的片场，在这里，拍的电影不是烟雨蒙蒙，而是华山论剑，出场的演员不是你侬我侬，而是你死我活。

这天清早，一辆奔驰缓缓停在大厅的台阶前，车一停稳，前排就走下来一个很帅气的年轻人，大约 1 米 85 左右的身高，西装笔挺，英姿勃发。他很利落地下车，非常谦恭地拉开后车的车门。

一个穿着深蓝色羊绒大衣、驼色高跟鞋的俏丽身影现了出来。

一张很脱俗的面庞，说不出五官哪儿漂亮，但是合到一起，真是美得恰到好处。不过她的表情很严肃，眼神冷冷的，一双眸子如寒星一般。

她下车后一句话没说就径直向大厅里走来，看来这地方她非常熟悉。那位年轻人和后边跟上来的一个娃娃脸的秘书小姑娘一路随着，步履迅速地走了进来。

就听见大厅里一阵喧闹，有人喊：“容若初来了！”

一堆记者举着摄像机呼啦啦往这边跑。有时候地产界搞得比娱乐圈都热闹，其实仔细想想，这两个圈子是有共同特点的，都是在一个众所瞩目的领域里造星，小孩子们崇拜的是娱乐圈的帅哥美女，大人们则是幻想有一天成为腰缠万贯的商界明星。

其实，又有谁知道，所谓表面的星光，背后都是枯燥的努力和无尽的辛酸呢。

那女子还是面无表情，丝毫不理会涌上来的一众记者。大家你推我攘的，争相问：

“容总，请问您怎样看待这一轮的地产宏观调控？”

“容总，请问最近地产公司洗牌加剧，海岳地产也要大换血的消息是真的吗？”

“容总，传闻您涉及某地腐败案，正在协助调查，请问……”

容若初冷笑了一下，字都懒得说一个，一个眼神示意身边的助理拦住记者们，然后依旧向前走去。

地产江湖的冷血魔女果然是冷血。

她加快脚步，想赶紧穿过了这闹哄哄的场合，正走得快，差点儿撞上另一拨也急匆匆走的人。

一抬眼，向一飞！

真是冤家路窄！

向一飞见了她有些吃惊，但马上做出了十分惊喜的表情，完全不像前几天他在晚宴上说的对这个女人恨之入骨的样子。他快走几步迈上前来，满脸堆笑亲切地说：“若初，你也来了？”

容若初没有说话，冷冷地瞪着他，心想：什么叫我也来了？我会代表海岳地产来拍地，各大媒体一个星期前早就报道了，我要来你会不知道，装什么装？十年了，还是这么会装！

就在二人相对而视的这一刻，北京的三环正上演追车大戏。一辆帕萨特正在紧咬一部奔驰，因为三环有限速，又是上班早高峰，奔驰的速度优势完全发挥不出来，好在看起来司机还是比较有经验，在车流中左腾右挪，灵活穿梭着，后边的车总想找机会撞上。两部车在车流中纠缠了半个多小时，在三环最堵的燕莎桥附近，帕萨特一下子撞上了奔驰。

奔驰一个急刹车，停了下来。

此时此刻，拍卖大厅里，容若初和向一飞正在对视。

容若初用眼角的余光扫了向一飞一眼，淡淡说了句："向总，好运！"就带着自己的人擦肩而过，径直走到里边的会议室去了。

目送着容若初消失在视野里，向一飞快步走到一旁，气急败坏地拿起电话，低声吼着："到底怎么回事？不是派你们去撞容若初的车吗？为什么她毫发无损，还来这么早？"

电话那边传来声音："向总，向总，我们是一早跟上姓容的车了，车牌也的确是您给的那个，司机也姓张，弟兄把车撞得够狠的了，可是车里没有容若初，她坐另外一部车走了。真他妈的狡猾啊！这个……这个不怪我们啊！"

"去你妈的废物！"向一飞恨不得把电话摔了。

那边，容若初已经到了二楼。这里有保安拦着，非拍地代表不得入内，终于可以暂时清净了。

会议室里，也就是二楼的拍卖厅里，已经坐了一些公司的代表，万科、万通、万达、中海、中国宏泰发展、恒大、SOHO中国、泰禾、融创、保利、绿地等大房企都来得比较早。大家坐得很安静，井然有序，跟外边大厅的鼎沸完全不同。

今天的气氛很奇怪。一般北京各大地产公司的老大们，大家彼此都比较熟悉，即便不认识的也会多少有点儿脸熟，更何况，很多时候互有合作——拍地的潜规则，大家都懂的，但今天，拍卖厅里却有些非常陌生的面孔。

容若初的心里隐隐有些不安。

不得不说，今天来拍地，压力是非常大的。她耳边不禁响起老板于万复的话：

"容总，此次拍地，一定要拿下！一则北京好地段的土地越来越少，二则海岳如果不抓住机会做好布局，只怕会错失这一轮经济刺激的发展良机，等下一个机会，就不知猴年马月了。你在公司屡立奇功，我相信这次也不会让我失望。”

拍卖厅里很寂静，就像暴风雨来临之前，一种说不出的力量在某个角落里蛰伏着，蛰伏着，等待着喷发出来的那一刻。拍地的过程亦然，貌似很平静，实则是一种平静的惨烈，就像大海一样，时而风和日丽，时而惊涛骇浪，有人铩羽而归，有人黯然神伤，有人暗自窃喜，有人虎视眈眈。

……

“47 亿 1000 万，10 号。”

“51 亿，21 号。”

“52 亿零 500 万，2 号。”

“53 亿 5000 万，17 号。”

“55 亿，25 号。”

……

刚开始是群雄逐鹿，举牌此起彼伏，到后来就是华山论剑，决战紫禁之巅了，只剩下两三家公司还在攀登绝峰，凛然对阵。

容若初没有亲自举牌，她依然如石像般冷冷的，似乎拍卖大厅里的激情澎湃在她心里一点儿涟漪都没有。这才是高手，不动声色。她让身边的年轻人，也就是副总齐协出面。她就是静静地看着，然后不时和齐协耳语几句，齐协就按照她的意思举牌。

第 39 轮竞拍，容若初让齐协喊出了 60 亿的价格，她大略估算了下，这样下来楼面价已经到 5.1 万 / 平方米，如果价格再高，在市场大环境扑朔迷离的情况下，风险就会变得很高且不可预测。康庄集团，还会那么彪悍地跟进吗?

她微微斜了下身子，眼角余光看了下向一飞，他的目光中闪着捉摸不定的诡谲飘忽的眼神，他似乎感觉到有人在观察他，蓦地朝她这边看来。容若初扭转眼神有点儿来不及，也显得仓促，索性就不用余光了，而是直接坦坦荡荡地朝他看过去。他倒始料不及她会这么看他，虽然有一丝无措，但是也同样坦然迎接她的目光。

这场合，目光是可以杀死人的！容若初看到他那坦然的目光，微微笑了下，这哥们儿，心理素质还不错，也难怪当年能那么果断撕毁和她的婚约，堂而皇之地去娶了国内首富康大庄的独生女儿。

很多往事，之所以不愿再回忆，就是因为痛。

向一飞是容若初爸爸的硕士研究生，身为大学教授的爸爸，对他的这个弟子可谓是宠爱有加，宠爱到可以把女儿嫁他。她虽不喜欢他，但也不讨厌他，毕竟他那时是全系最帅的大帅哥，而且甜言蜜语也不少。在大学里同班男生还邋里邋遢一片懵懂的时候，他就已经每次出门前在镜子前站10分钟精心打扮自己了。爸爸的想法她知道，一则向一飞的确优秀上进，未来前途无量，二则他出身贫寒家庭，爸爸待他如同亲子，不断栽培他，也是想将来他能感恩图报，好好地待自己的女儿一生。容若初当时年纪虽小，但却知道要等的人已经等不回来了，而且因为姐姐去世比较早，既然父母喜欢，至少让他们高兴，也就安之随之了。当然，这一切都是美好想象，刚刚订婚没多久，向一飞就遇到了首富康大庄的女儿。

虽然她并不在乎失去向一飞，但是这样忘恩负义的做法，还是让人非常气愤的。也因此，这么多年来，同在一个地产圈里，向一飞屡次向她示好，她一向是冷冷对之。再说，向一飞向容若初示好也并不是真心自责悔过。

就像这次拍地之前，他通过各种途径传达意思，想与海岳联合拿下东四环0188地块，容若初断然拒绝。即便真的有利可图，她也不会为了利益而与向一飞这种人为伍。

这一场拍卖，真是十分辛苦，不但向一飞步步紧逼，而且朱氏地产的朱安强，也一路死死咬住。

拍卖大厅越来越热，空气也越来越稀薄。

向一飞犹豫了一下，举牌，62亿！

这次轮到容若初犹豫了，这已经完全超出了预想的价格！

跟，还是不跟？拍卖师的声音如同催命符一般。那一刻，大厅里寂静得可怕。火山喷发前的最后一刻，所有人的目光都在盯着容若初。

"70 亿！"

突然，如同雷声在一个角落里响起，她被震到了，向一飞被震到了，大家也都被震到了，一个不起眼的角落，一个不起眼的公司，在举着牌子。

没有悬念了。不管怎样，容若初和向一飞都不会再争了。

很快，各大媒体都登出了爆炸性新闻，一家之前名不见经传的地产公司，鸿方地产，夺得了东四环 0188 号土地。

在京城，你看到的每一个楼盘，都曾经做过战场。

在拍地大战上志在必得的容若初，却遭遇了一场意外的狙击，出来后，记者们都在围着想采访她的失败感言，她一个字都不说，迅速坐回了车上。这个时间已经不堵车了，她很快回到国贸的办公室，齐协跟在她身后走了进来。

沉默着。

容若初知道，正在发展最关键时期的海岳地产太需要这个项目了，而自己却功亏一篑，在拍地大战上折戟沉沙。

齐协把门带上，对容若初说："容总，今天的事情太过突然，我们都没有想到。"

容若初神色凝重，说："是的，是很突然，我也没有想到，可是，这不是推卸责任的理由。你也知道，海岳集团其实有一个庞大的计划正在秘密进行。集团将在 30 个城市建设立体综合体，是集居住与工作为一体的新型城市地产，其示范样本就是北京项目，北京成功后，迅速在全国复制。为此，已经花费了将近一亿元进行项目研发。可是，项目刚刚开始，就在拿地上遇到了滑铁卢。如果项目不能顺利进行，那么之前投入的一个亿，就等于打水漂了。"

齐协脸上写着沮丧，说："咱们在拍地之前，早就做好了各种调查，也知道最有可能出钱拍地的几家的底线，特别是康庄集团。怎么都没想到，半路杀出一匹黑马。"

秘书小凌走了进来，手里拿了个 iPad，她小心翼翼地对容若初说："容总，您看，媒体的报道……”

容若初一看，题目无非就是《鸿方地产横空出世，海岳地产铩羽而归》，诸如此类。

小凌小心翼翼地问：“容总，您说这次的事情于董事长会不会很生气啊？您之前已经订好了明天11点的飞机飞广州，明天下午3点集团会议上董事长要当面听您的汇报——”

“好了！”容若初打断了小凌，“我知道。我稍后会给董事长电话汇报此次情况，明天按照原计划，还是飞广州，但是我们在此之前，必须要搞清楚这家鸿方地产是何方神圣？我会在集团会上详细汇报。如果连这个都搞不清楚，还有何脸面去面对董事长的信任?!再说了，这次失利，弄不好集团那边的一众老臣们，又要拿这个来攻击咱们北京分公司了。”

齐协看了看手表，说：“是啊，本来老臣们就看咱们处处不顺眼。现在只剩下二十多个小时了，要不我先给负责此次拍卖的李处长打个电话，看看情况？他们有备案，一定知道鸿方地产的来历。”

容若初说：“好！”但马上又改口：“算了，还是我亲自来打吧。”

电话接通了，那边李处长并不是平时说话和颜悦色的声音，他只冷冷地说了一句：“容总，拍地没拍到没关系，可不要上纲上线，埋怨政府啊！”

听得容若初一下蒙了。

李处长又补了一句：“你自己去看看微信吧。”说完连句“再见”都不说直接就挂了。

容若初赶紧搜索了一下，发现在朋友圈有一篇文章在刷屏——《土地拍出天价，容若初大呼政府疯了》。

容若初看了一眼齐协，诧异地问：“我说这话了吗？”

齐协想了想，说：“绝对没有！我看这是有人别有用心这样发，而且速度这么快。这样的话，政府就会对您有意见，您要是打听鸿方地产的事情，自然就不会跟您说了。”

“也就是说，发这文章的人，是不想让我们找到鸿方地产？”她眼前马上浮现出向一飞的样子。

这时，响起了激烈的敲门声，容若初说：“请进！”

司机老张大步迈了进来，胳膊上缠着绷带。容若初吃了一惊。

“容总，您得到的消息没错，果然有人故意撞咱们的车，幸亏您坐了另一部车走了，我一路小心，但还是被龟孙子撞了。不过好在有提防，只是一点儿小小的皮外伤。那帮龟孙子也狡猾，交警来看了也只说是交通意外，扣了分就让他们走了。”

容若初按捺住内心的愤怒，对老张说：“老张，最近这段时间你好好在家休息，把伤养好，其余的事情我来处理。你先出去吧。”

老张是个耿直汉子，说了句“好”，就推门走出去了。

容若初看了一眼小凌，说：“你也出去吧。”

小凌有些犹犹豫豫，但还是遵命走了出去。

只剩下容若初和齐协。齐协说：“容总，您的这位大学同学，陈鱼陈总，还真不愧是地产界第一大V，消息真是四通八达，不亚于当年战争年代的情报机构，连向一飞要算计您这样的事情，她都有办法得到消息。”

“嗯，通知财务，按照约定，打10万块钱给陈总。当时说的是如果没有车祸，就当一句玩笑，如果是真的，且避开了伤害，那就付10万给她。我倒不是觉得有人派车撞我是多大点儿事，而是，如果陈鱼连这样的信息都能拿到，那以后一定会帮我们大忙，所以，这钱得花。不过也能理解，她为了养这个情报系统，肯定也没少花钱。不过，我最奇怪的是，我的日程安排和车号是谁透露出去的？”

齐协突然变得十分激动，说：“是不是有内奸？这事情，一定要严查！”

容若初心里沉甸甸的，当初公司的办公室主任就是因为出卖公司情报，被她大发雷霆后辞退，后来听说成了向一飞的手下。难道，公司里还有人被买通了？不过，这个也不是一时半会儿就能查清楚的事情，目前当务之急还是先找到鸿方地产。

她想了想，说：“对了，如果连这样的事情陈鱼都有办法知道，那鸿方地产的事情，她一定也有办法了！我的事情先往后放，毕竟我现在还毫发无损地坐在这里。目前当务之急是找到鸿方地产！”

齐协还要坚持先查内奸，但看容若初这么坚决，也就连连说是。

容若初拿出电话，拨通了陈鱼，打开免提：“陈总。”虽然二人是大学校友，陈鱼比她小两级，且就住在隔壁宿舍，但是公务场合，还是称呼职务。“手机已经打开免提，我公司副总齐协也在场。非常感谢给我们提供的消息，让我躲过了车祸，我已经安排财务付款。”

那边传来陈鱼“咯咯咯”的笑声。

容若初又接着说：“陈大侦探，恐怕你也知道今天拍地大战发生的事情了。不瞒你说，我现在要找鸿方地产，至于信息的价钱，咱们好商量。”

那边陈鱼立马不笑了。她那娇滴滴的声音听起来跟谁都像是在撒娇：“容总，不瞒你说，我今天也去现场了，亲眼看到了一切，我已经马上派人去调查了，但是，遇到了前所未有的情况，我们竟然一点儿痕迹都没找到。”

容若初听了有些失望，又问：“那据你推测呢，会是什么来路？你可是地产圈的大 V，无所不知啊！”

陈鱼沉默了一会儿，说：“虽然对方隐藏得很深，但是，有这样大手笔的，恐怕跟东西南北四位大佬脱不了干系。康庄集团可以排除了，向一飞的沮丧不是装出来的。而沈承风和顾智山这次都没有公开参加这次夺地，我觉得十分奇怪。容总，我建议你亲自登门，问一下沈承风和顾智山两位，恐怕就会有答案了。我也只能帮你到这里了。”

说完，陈鱼那边似乎还有什么紧急的事情，也就匆匆挂电话了。

齐协听得真切，他问：“东西南北四位大佬？”

容若初说：“是的，你知道吗？”

齐协回答：“当然知道，这四位在地产圈是顶级的大佬，教父级的企业家，无人不知无人不晓，只是不知道为什么这么称呼？”

容若初接着说：“任何年代，所谓的上流社会的八卦，一向是大家最感兴趣的，编排的典故也就特别多。这四位地产大佬，人们拿来和金庸先生的《射雕英雄传》里的东邪西毒南帝北丐做了个类比，被称为东君西霸南帝北王。南帝，是咱们海岳集团的于董事长，从祖上就在广东称帝一方，虽然他极少在北京露面，但是北京最大的几个楼盘全是咱们海岳的产业。西霸康大庄，来自西部青海祁连山，矿业起家做地产的。北王顾智山，祖籍北京，是一家大央企——央京地产集团董事长，脾气不小，是位语不惊人死不休的主儿。至于东君沈承风，祖籍浙江，倒是一个很儒雅的地产人物，传奇故事也最多。除了于董，其余几位都住在北京。刚才陈鱼就是建议咱们去找东君和北王。”

齐协听了，赶紧问：“央企的领导比较难约，我们是不是现在就先去找沈承风？”

容若初不说话，沉默了一会儿，说：“不，不去找沈承风，我们去找顾智山。”

齐协有些不理解，但还是说：“是！我马上给顾总的秘书打电话约时间。”

容若初看着齐协，拨通了电话，但是，很快那边就挂断了。她心里一沉。

果然，齐协汇报说：“顾智山董事长因为屡次罔视身份，在个人微博微信，特别是公众场合上发布不当的地产言论，屡教不改多年，现在已经被罢免一周了，一个月前就已经停止工作准备交接了，这段时间内一直封锁消息，今天国资委才刚刚正式发布任免公告。”

“也就是说，他并没有参与拍地的事情。”

“的确。另外容总，我刚才看到沈承风沈总的微博，他在法兰克福刚刚登机，正要回国。看来，我们也没有必要去拜访他了。”

“哦。”

“微博都是公开消息。您有沈总微信吗？要不再确认一下？我资历太低，还没有机会进入沈总的朋友圈。”

“我也没有他的微信，这几年咱们跟沈承风公司没什么来往。而且，沈承风正在致力于地产国际化，从各种新闻报道上来看，应该他在国内的时间都比较少。”

“这个微博是官方认证，是沈总个人的，消息应该不会有错。那么接下来，我们应该从何处继续追索呢？”

容若初沉默了，自出道以来，她第一次遇到这么棘手的事情。

鸿方地产很明显故意隐去了关于自己的很多线索。在鸿方地产的工商注册信息里，法人及股东都是很陌生的名字。公司的构建，其实是个非常有艺术的技术，很多可以称之为“某某系”的大集团，整个体系如同一个迷宫，外人永远看不懂各个公司之间的归属和关联。

除了这一点之外，更多的没有了。不知道总裁是谁，不知道在哪儿办公，不知道从哪儿来，更不知道到哪儿去。

没有任何新闻报道，一向神通广大的记者们似乎也一筹莫展了，连号称地产大神探的陈鱼都束手无策，更不用说其他家了。拍完地后，鸿方地产的代表急匆匆就走掉了，只留下了一个模糊的背影。而且，很明显，举牌的人只是一个傀儡，真正的幕后人也许在用电话指挥，也许就躲在人群里，用冷冷的目光看着这一切，但不知道是谁。

夜色降临，容若初站在落地窗前，漠然地看着楼下的车水马龙。

齐协继续说：“这家鸿方地产，绝不是偶然出现在这个场合的，世界上没有偶然，只有化了装的必然。而且这样的资金量，也绝不是小公司所能长袖善舞的。70 亿的价格，楼面价已经接近 6 万 / 平方米，将来的售价要突破 10 万，而这个月在 0188 地块附近新开盘的房子，价格是 6.8 万 / 平方米，这么高的风险，如果不是鸿方地产对北京楼市的估计太乐观了，就是其中还有什么大家都被蒙在鼓里的玄机。”

容若初转过身，盯着齐协，说：“齐总，通知下去，今天晚上加班！我们必须要弄明白这一切，我们不能放弃这个地块。面对竞争对手，打得过就打，打不过就跟他合作，变成利益共同体。一件事情，只要你想参与，就总有办法，除非自己放弃。21 世纪的主题就是合作共赢。所以，不惜代价，查到鸿方地产的来历，真正的幕后操控者是谁。”

“好！还剩下不到 20 个小时，这么短的时间，能找到鸿方地产的线索吗？”齐协有些担忧地说，但他还是迅速去布置了。

时钟滴滴答答。已经是夜里 11 点，离第二天上午容若初飞广州，只剩下不到 12 个小时。

海岳地产公司里还是灯火通明。大家正在通过各个渠道收集这个公司的蛛丝马迹。

容若初的杯子里，飘着浓浓的茶香，铁观音是她的最爱。现在连鸿方地产的底细还没有弄清楚，又谈何下一步的战略？而且，康庄集团等对手肯定也在行动，就看谁更快了！

就在这时，容若初的手机响了，一个很陌生的号码。

一定又是广告！不过，电信诈骗的不至于这么敬业，半夜还在工作，她转念一想马上接了起来。

一个很低沉沙哑的声音。

“请问是海岳地产容若初容总吗？”

“我是。请问您是哪位？”

“我是鸿方地产的办公室刘主任，我们总裁让我邀请您，明天早上 8 点半，到我们公司坐坐。”

踏破铁鞋无觅处，得来全不费功夫！

那一刻，容若初虽感意外，但不管怎样，事情有了重大进展，她真恨不得双手合十感谢上苍。

第二章　狭路相逢

第二天早上，按照刘主任留的地址，容若初来到了海淀区保福寺桥附近的一片楼里，到了狭窄的巷子口，车就进不去了，容若初只好和齐协、小凌下来步行。这条巷子里，两旁都是很旧的那种80年代单位分的房子，五颜六色的共享单车放得横七竖八的。

小凌一边走一边嘟囔：“这家鸿方地产什么来路啊，这也太不讲究了吧，就照拍地这么阔绰的出手，怎么着也得在CBD办公啊？”

容若初用很严厉的眼神制止小凌乱说话。她环视这四周，怎么瞧着这么眼熟呢，似乎，来过！

容若初努力搜索着记忆，就像在空气中看到一根蛛丝，然后想把那只蜘蛛也发现一样。可是，总在貌似发现蜘蛛身影的时候，定睛一看，除了飘荡的蛛丝依旧别无他物。

人的记忆就是这样和自己开着玩笑。

终于到了一栋土灰色的独栋小楼前，楼里边望过去不但破旧，而且黑乎乎的，有种说不出来的诡异感觉。

楼下看门的大爷一脸横肉，嘴里搞不清是哪地的方言，他拦住大家，说：“你们哪位是容若初？我们总裁说了，就请容总一位上去，其他人都不能去。”

大家愕然。

容若初冷冷地笑了下，说：“好，谢您嘞，我自己上去。”

齐协很紧张，他看了看那黑洞洞的楼道，还要跟大爷争论一下，容若初用眼神拦住他。

一条走道，通向小楼深处，然后沿着楼梯上楼。

沿着一个破旧的楼梯，容若初上到了二楼，每走一步，脚步落在楼梯上的声音都是咯噔咯噔地响。这是那种很老式的楼房，虽然旧，但是每层的层高很高，冬暖夏凉倒也很舒服。

到了二楼，楼道里更加晦暗。楼梯口站了一个人，不声不响的，把容若初吓了一跳。他开口一说话，那沙哑的嗓音她听出来了，是打电话的刘主任。

一切都透着一股很诡异的气氛，容若初的后背禁不住有点儿发凉。不过在商界征战久了，内心自有一股气度，所以她还是面带微笑很平静地说："您好。"

刘主任带着她向前走去，走到一扇黄色清漆木门前，他敲了下门推开说："武总，海岳公司的容总到了！"说完也不理人，就自顾自蹬蹬蹬下楼去了。楼道里光线不好，黑乎乎的，还逆光。

屋子是个不大的开间，放了一张办公桌，一个茶几，很简单，不过资料却是堆得有点儿多，而且有点儿乱。

屋子里有一个人，正背对着她，很魁梧的身材，正在书橱里翻着什么，他似乎想要橱顶的资料，正踮着脚伸着胳膊去拿，听到刘主任的通报，却连身都没有回，依旧在往上伸着胳膊。而在那一刻，站在门口的容若初，记忆一下子全回来了！

熟悉的背影，曾经的故人！

"武全？"若初脱口而出。

那一瞬，屋子里的人——武全，蓦地停下，回转身来。

时间仿佛凝住了。

双泪长流！内心多少翻江倒海，才最后安静坐下，从容而叙。

"武全，怎么是你啊？你就是鸿方地产的总裁？这是怎么回事？东四环 0188 地块，真的是你拍走的？"

"是啊，若初，真对不住，我知道你们很想拿下这地块，但是，各为其主，我也没有选择！在那样的场合下，我也不好出面解释什么，所以，我约你单独见下。”

“怪不得，你们主任怎么会有我的电话，我还奇怪，以为你们的情报系统都多么发达呢，哈哈！”

“哈哈，对不住！本来应该我打电话，怕一打电话吓着你，所以先请刘主任约你。我知道，为了这块地，你一定会来！我目前出任鸿方地产的总裁，这家地产公司是混合所有制，背后有强大的资金支持，为了这公司，我已经默默准备了一年多了。这家公司来到这个世上的目的，就是为了整合资源做大项目，所以一出手就不惜代价拍下 0188 地块。据可靠消息，北京的行政中心很快就会东移到通州，所以东四环将会成为北京的核心地段，未来的升值潜力不可限量。若初，放心，这地块我会和你合作的，不为别的，就为了当年你的仗义。”

说到当年，两人沉默了。容若初想问一个她这 5 年来一直憋在心里想问的问题。

“武全，你从监狱出来了，怎么不跟我说，我去接你！”

“唉，若初，我这也不是什么好事情，只愿能避开老朋友们尚且不及，呵呵，哪好还周知一下。”

“武全，别这样说，5 年前的事情，本来你没有错，却为何独你受难！”

“胜者为王败者寇，不是因为是寇所以败了，而是因为败了所以是寇，没有什么好说的了。”

“那你恨他吗？”看到武全的眼神，若初知道，她终于问到了这一个这 5 年来时时灼烧他的问题。

“恨！怎么不恨 ?! 我这次出来，就是想做给他看，让他看看 5 年前他把我亲手送进监狱，到底是对了还是错了！”武全咬着牙说。

“可是……”

“若初，我知道你想说什么，他顾智山是央京地产集团的董事长，央京集团在他带领下，是央企里近年发展最快的，他本人也获殊荣无数，江湖上也非常尊崇他的地位，称他为地产界的北王。我知道你担心我要跟他作对，无异于以卵击石。”

“是的，武全，我知道5年前你一定有苦衷，经济领域的原罪本来就是个说不清的事情，只是你撞枪口上了。但是，既然定性为经济案件，证据确凿，过去了且放开，就当是个提醒也好，毕竟人生除了生死无大事。更何况，据我刚得到的消息，他因为言论偏激，已经被央企罢免，我看不如就此算了。现在你刚重出江湖，就整这么大的动静，现在地产界机会很多，卷土重来指日可待，不如好好发展为上，且放下内心恩怨。”

“谢谢你，若初，我知道你为我好，可是人生的一些结，在哪里系的就要在哪里解开，如果全看开了，人生也就没什么意思了。如果不是这份恨，我在狱里哪能挺过来？而我出来后，又怎么会这么快再立山门？”

容若初无语了，知道再劝没用。而且，也许不用劝，人和人之间的结，的确只能当事人才能解开，解铃还须系铃人。只是看着顾智山和他一手培养的接班人武全，最后落得了如此针锋相对、你死我活的局面，也不禁唏嘘。恐怕武全这恨里不全是恨，没有爱哪来的恨？

那是5年前轰动一时的旧案了。坊间流传的版本是，央京集团副总裁武全涉嫌非法集资，总裁顾智山大义灭亲，将自己一手培养起来的接班人送进了监狱。

酒桌上流传的版本是，武全刚愎自用，自立山门，挑战顾智山的地位和集团的发展方向，顾智山先下手为强，索性斩草除根，为第二接班人扫清了战场。有人可能不理解了，既然都是确定了的接班人，干吗还相煎太急啊？其实看看中国历史，从春秋战国时期起，就有多少太子废了帝王，多少帝王杀了太子。历史上最有名的一桩，就是汉武帝的太子刘据被逼谋反，最后太子被杀，而太子生母，那位流芳百世的卫子夫皇后，也自尽身亡。汉武帝的最后4年，是在悔恨中度过的。

一切历史都是当代史。

5年前，武全这个案子轰动一时，不仅商界人人皆知，就是各种小报，也拿这事情大肆渲染，其热闹程度绝对不亚于演艺明星的绯闻。后来，有的商学院还把它写进了企业管理的案例集。武全出事的时候，央京集团正在和海岳集团合作一个项目，项目是武全负责的，容若初这边对于武全的思路非常认同，他的责任心，一丝不苟的认真劲儿，让她觉得他是一个很好的合作伙伴。可是就在那个时候，央京集团内讧。武全被警方带走的前一刻，他把和海岳集团合作的事情条分缕析地交代给了继任者，最大限度地减少了内讧给合作项目带来的损失。若初虽觉万分惋惜，可是别人的门前雪，外人无论如何也扫不了的。

既生瑜，何生亮？一山难容二虎。商场如战场，谈笑间樯橹灰飞烟灭。

武全望着窗外沉默了一会儿，窗外的杨树枝干在寒风中静静立着，干干的枝桠直直地刺向天空。“若初，这个小楼，是15年前我刚参加工作时的办公室，15年前我从这里走出去，15年后我再一次从这里走出去！”

容若初望着他，看着他那坚定的眼神，知道一切都已经不可更改。当每个人刚刚开启人生的时候，并不知道路会这样走，而当幡然醒悟的时候，往往都已经踏上了不归路。武全，从5年前，或者更早，就选择走了这条路，所以，只能走下去。

若初想到一个问题，她忍不住问武全：“70亿的价格，拍下了东四环0188地块，你们真的是有备而来吗？”

“商场如战场，谁也不知道这一仗能不能打赢，能做的也就是充分做好战斗准备。据我的分析，近期地产将有一个大的反弹，特别是北京东部的地块最被看好。所以，虽然这个价格也超出了我们的预算，但是不管怎样，先把地拿下来。土地是不可再生的稀缺资源。”

“哦。”

听完武全的话，她心里有数了。看看表，已经9点半了，她该告辞了，赶紧赶往机场。

武全突然问：“若初，最近上微博多吗？”

“微博？呵呵，好久没有顾上看了，都是秘书在打理着呢。怎么了？”

武全兴冲冲地打开自己的页面给她看，博主名称“王者归来”，竟然已经发了300多条微博，其中有几十篇都是长篇经济分析，粉丝也已经

100 多万了。

若初开玩笑说：“这么多粉丝，不会是买来的吧？”说完她后悔了，他肯定会生气。

武全果然气鼓鼓地说：“当然不是，你知道我的！我每天一有空还自己动手杀一些不知道哪儿冒出来的僵尸粉呢！”

容若初不禁被逗乐了。

自从新媒体，特别是博客、微博、微信兴起之后，很多企业家也开始发声，发表自己的观点，影响着公众对于经济现象的看法，有些人甚至拥有了大量的粉丝而名声大噪。可是，对于已经经历过人生大起大落的武全，为什么也来凑这个热闹呢？难道狱中 5 年还没有参透名利？

当若初看到他打开另一个页面的时候，她明白了。

顾智山的页面。

顾智山现在已经是粉丝 1000 多万的大 V 了，他的言论或被狂热追捧，或被批判争论，不管怎样，都是相当有影响力的意见领袖了。有时候他发个路边随手拍的花花草草的图片，底下跟的评论也是成百上千的。

有时候我们看到表面很宏大的叙事，其实起因往往是一些很小的甚至很可笑的私愿。大家以为是一位新的经济学家在崛起，实际上不过是武全对于顾智山的一个反击，他要在顾智山出现的任何领域去证明自己，不仅有实业领域，还有思想战场，告诉顾智山：我，回来了！

“若初，下周三，在盘古七星三楼的大宴会厅，有地产媒体举办的一次地产武林大会，你一定要来啊！”

这个武林大会，若初知道，请柬正躺在她的办公桌上呢。其实本来邀请的是她的老板于万复，之前老板要参加的大会一般会安排集团赵总裁从广东飞过来代他，但是从今年起，他有意识让容若初和业内大佬多接触，所以改为由她代他出席。

“一定来啊，我有大动作，你来捧个场，而且，听说京城四位大佬，号称东君西霸南帝北王的，全都答应了会来参加！”

听到这儿，若初沉吟了一下。

他？他真的会来吗？他答应出席是很不容易的，整天在世界各地飞，能邀请到他，是真的吗？

不管是不是真的，只要有希望看他一眼，她就会去！

“好的，武全，我一定会到。不过，我也就是静静地看会儿，如有早退，请多包涵。”容若初是个局外人，不想多待，而且这样的大会，其他特邀嘉宾也一定会早退，第一排的贵宾们，很少有从始坐到终的。每个人的时间都被划分成小格子。

“好，一言为定！若初，你来看着我，我要重出江湖。”

“好！我现在马上要去机场，本周末回来。下周见，告辞了。”

武全站在门口，看着她的身影在楼梯拐角处消失。5 年过去了，容若初还是那么脱俗，那么美，美得不像是个商界老总，倒像是人间仙子，虽然身上多了些久经沙场的霸气，可是书卷气质依然。

他静静地站着，背后的光照在他的身上，就像一幅逆光的剪影，落寞里有一份坚毅。他一动不动，也许是在想，如果这 5 年他在商界中腾挪施展，而不是在狱中艰难度日，今天的他，会是什么样子？在最应该大展身手的年纪，他在狱中饱尝了辛酸。苦倒不怕，怕的是错过了一个时代。

日子如同指缝里的水，迅速流淌着。下周三，很快就到了。既然地产界是江湖，就会有武林大会。

因为和武全的重逢，痛失东四环 0188 地块的容若初，获得了一个可以合作的机会，一场大战之后，能够稍事喘息。于万复听了汇报后，虽然痛惜没有拍到地，但市场也不是自己能左右的，而失利之后容若初能迅速与鸿方地产进行沟通，让他十分满意，所以不但没有责怪，反而表扬了北京公司的快速应对。容若初几天后回到北京，也就有好心情去参加一下这个武林大会了，最主要的是为了见一个很多年没有见，想见却不敢见的人。

周三清晨的时候，天上竟然飘起了鹅毛大雪，扬盐扯絮，飘飘洒洒，十几年没出现过的窗花，竟然也绽放到了窗户上，——窗含西岭千秋雪。

容若初拉开窗帘的时候，竟给吓了一跳，天，白玉琉璃，精致晶莹，多么美丽的一个童话世界啊！

这么美丽的大雪，难道是给她和他准备的吗？

她和他，有多少年没有见面了，5年，10年，还是20年？似乎，已经过了不知多少个世纪。

今天特意打扮了一下，知道他喜欢古典的感觉，所以特意把那些所谓的国际大牌都丢开，而是穿了件妃色滚毛边的刺绣对襟套装，发髻松松地盘了一下，簪了个黄钻发针，看起来秀气典雅。妆面轻轻点了一下，若初的肌肤一向是吹弹可破的，不需要任何彩妆的，只是轻扫了下蛾眉，就已经是清丽照人了。一边拿着眉笔，一边对着镜子，恍然间兀自呆了，二十年时光从眸间悄然滑落，有一股悲凉的感觉一晃而过。

不容多想，赶紧出门，今天一准儿要堵车。

果不其然，本来就是“首堵”的首都，今天的北四环简直成了停车场，走走停停，停停走走。

大会是9点正式开始，容若初8点从家中出发，本以为一个小时足够了，可是8点45分的时候，刚刚由长虹桥走到望和桥。她真是心急如焚！

8点50分，到了惠新东桥。

8点55分，到了安慧桥。

9点15分，到了北辰桥。

等到终于到达盘古七星，武林大会已经开始半个小时了。

容若初的车驶进的时候，正好有一辆黑色奔驰擦肩而过地出来，绝尘而去。

上到三楼，主办方可爱的小姑娘们小伙子们已经在楼梯口迎接了，马上就有礼仪人员带着进到场内。因为大会已经开始，所以悄悄被带到第一排，坐下。

坐下后，才定睛看了看周围。

以她容若初目前在地产界的地位，还到不了一线大佬的位子，大佬的地位是需要岁月累积的，不是有钱就可以做大佬，大佬那高高在上的台阶，每一层都是血和汗一点一点垫起来的。她只能属于后起之秀中的佼佼者，新一代的领军人物，所以论排座次，虽然可以坐到第一排了，但还到不了一排正中的那几个位子，但是，因为这次是代于万复前来，所以，就按照于万复的地位给容若初排了位子。不要小看这排位子的学问，有些人奋斗一辈子，为的不就是这众人面前的一个位子吗?

她坐下后，看到左邻是一位很艳丽高挑的贵妇，妆容精致，杏眼樱唇，有种咄咄逼人的美，浑身珠光宝气，但并不觉得俗，反倒搭配得恰到好处，衬托出一派雍容华贵、舍我其谁的气场。这位是康大庄的夫人，康庄集团的总裁李似锦，虽不熟识，但是彼此知道，本来商界上层的女人就很少，相貌出类拔萃的更少，所以彼此有份忌惮，也有份相惜。

容若初很客气冲她微笑一下，说：“李总，您好。”

李似锦淡淡地回了个礼，“容总好，听说前几天拍地，连一向彪悍的容总都失手了，真是少见啊！不过我们也没拿到，可谓同病相怜了。”李似锦这话绵里带针。从实际年龄上，她应该比容若初大十几岁，但是看起来，也就是差个几岁的样子，可见保养之精细用心。

容若初看她并不善意，也就没有接话，冷冷地笑了一下，环顾四周。

容若初的右邻，桌牌写着“沈承风”，但是位子却是空的。

是没有到，还是已经走了?

答案很简单，桌子上的茶杯盖放在一边，明显有人喝过了。

大佬就是大佬，能在开幕时露一下面，就已经是很给面子了。

再往右边，倒是还有人在坐着，桌牌写着“顾智山”。

传说中的四位地产大佬中的一位，北王顾智山。

他在聚精会神翻看着手里的一些资料，貌似全是数据什么的，他看得那么仔细，眼镜挂在鼻梁上，有点儿像老学究。不过明显看着有点儿憔悴，估计刚刚被免职的事情对他的影响还是不小的。他全身衣服穿得很普通，一身皱皱的深色西装，好像印象里他出场从没换过衣服，永远是这一套西装似的。

再往两边和后边，就是其他一些公司的代表了，乌泱泱热热闹闹大约有五六百人的样子，还有人是站着的。地产界就是不缺热闹场合和凑热闹的人。

轮到顾智山发言了。

他往台上走着，突然给地上的电线绊了一下，一个趔趄，他很认真地蹲下，扯起那根线，跟工作人员说："这种临时扯的线，用透明胶带包起来，再粘到地上，就不会绊倒人了。"

慌得小姑娘们赶紧去找胶带了。

主持人在台上尴尬地拿着话筒等着，他这时才不慌不忙地走上去，说："我以前是个火爆脾气，爱骂人，特别不好，照以前给绊住了脚，一定会发火，但是现在不会了。为什么呢？我差点儿给绊了，这没关系，大不了我一把老骨头编编号，重整一下，但是我可以提醒后边的人不再被绊了。现在中国经济的前方，就有这么一根电线，咱们是看到了给避开呢，还是直接过去给绊一下然后再爬起来，或者直接就触电去见马克思了，爬不起来了呢？接下来，我给大家讲讲我最近这几天琢磨的事情，就是宏观调控下的房地产的危机在哪里，机遇又在哪里？"

台下的人一听都会心地笑了，这就是顾智山的演讲风格，天南海北地扯段子，有时候还有些黄而不色的段子，但最后还都能扯回到点儿上。

容若初一边听顾智山的演讲，一边又往后看了看，武全呢？

正想呢，突然大厅里起了一些骚动，武全大步流星走了进来，后边跟了几个人，每人抱了一大堆红色毛线围巾。

武全打了一个手势，几个人就在场里发起围巾来。主办方有些莫名其妙，但是跟武全也认识，以为是他赞助了伴手礼呢，也就乐得场面更红火热闹，有些还跑来也帮忙往下发红围巾。

台上的顾智山是看不到台下的，因为台上打了强光灯，台下看台上一清二楚，台上看台下黑黢黢一片。

顾智山讲完了，就往下走。

主持人笑盈盈地拦住了他，说："顾总留步，听说您功成身退，整个地产圈都十分祝贺，同时为了表彰您为地产事业的付出，今天还有一个大奖要颁给您呢！”

其实众所周知，顾智山是被央企免职的，不过大家不在意这个，顾智山能有今天这么高的行业地位，更多是靠他的言论影响力。所以，即便免职，地产界也很照顾顾智山的面子，台上说起来，也便是“光荣退休”。

主持人煞有介事地拆开一个信封，里边是获奖理由，念了起来：

“经大会组委会评定，特授予顾智山先生最佳联盟奖，顾智山先生作为行业意见领袖，不仅颇有著述，而且三年前成立了中国地产经济联盟。中地联盟在统一行业意见、优化行业秩序、推举优秀人才、打造融资合作平台等方面发挥了重大作用，团结了两千地产行业高管人员，已经成为中国地产人的旗帜和大本营，鉴于顾智山先生在此方面的贡献，特授予最佳联盟奖！”

顾智山在身为央企董事长的时候，与其他央企干部不同，并没有一心“上进”，而是更多混迹江湖，还成立了个地产人的联盟。不过，退休前还有些顾忌，所以相对低调，退休后反而可以走向了台前。

底下掌声雷动。那些正忙着串桌子换名片的，其实并没有听见主持人念什么，看到大家都鼓掌，也就更加起劲儿地鼓掌叫好，一则表明自己是跟这事儿是有关系的，二则真是生怕天下还不热闹。

在地产社群中，有几个声势非常浩大，比如这个中国地产经济联盟，一则地产的确是经济里边最受关注的领域，牵动一串产业链，二则地产圈的人们比任何其他领域都爱凑热闹，三则有顾智山这样的行业领袖振臂一呼，于是应者云集。联盟的成立还是很有战略意义的，联盟会让一批人更快地功成名就，能够抱团发出自己的声音，整合产业链也将更有利于规范和促进行业的发展。

顾智山因为作为中地联盟的主席，声名更加大震，不但成了一方意见重镇，而且很多地市招商引资也频频邀请。资源就是这样，往往到了一定规模，就会显现出质的变化。

所以顾智山看起来很享受这个奖项，他乐呵呵地接过，又乐呵呵地往台下走。

这时主持人接着报幕：“下面有请的是新锐地产经济专家，同时也是刚刚夺得北京地王的鸿方地产总裁武全先生上台！”

顾智山蓦地呆住了，武全从他身边兀自走了过去，在两人擦肩而过的时候，容若初看到他俩都停顿了一下，如同时光凝结一般，但是谁都没有看谁。武全登上了舞台。

那一刻，多少辛酸恩怨在二人的心中盘旋。

5年前的故事已经落幕，5年后的故事今天刚刚拉开帷幕。

该来的，终于来了。

武全意气风发，狱中的磨炼让他更加坚毅有力，一张浓眉大眼的脸上英气十足，在当年不可一世的桀骜不驯上，更多了一份当年没有的沉稳。他的脖子上也搭了一条鲜红的围巾，衬着一身深色中山装，分外精神。不得不说，武全更懂得在舞台上如何包装自己，展现自己。

武全接过话筒，他的嗓音非常浑厚，一字一句，掷地有声，“非常感谢刚才顾智山先生的演讲，受益匪浅，但是，对于经济，允许百家争鸣，所以我也有一些粗浅研究，要和大家分享。”这几句话，说得客气谦逊，但战鼓的隆隆声却是隐隐而来，是挑战宣言吧。

“不过，在发表拙见之前，有个好消息要和大家分享，那就是，在地产界各位政府领导、各行业组织、各媒体朋友、各金融机构，特别是各位同事同仁的大力支持下，中国房地产金融联盟今天正式成立，中房金联盟将为地产界开启一个新局面！今天台下的各位联盟成员们，都围了一条火红的、来自天山的围巾，千剑下天山，希望我们的事业如同这鲜艳的颜色一样，红火，红火，再红火！”

台下又是掌声雷动，红色的围巾如红色的海洋，挥舞，晃动，有些人并不知道自己为什么被发了红围巾，但是此刻却也以拥有一条而庆幸高兴，这趟热闹又赶上了。

玩组织，玩的就是人气和气势，这一刻，新成立的中房金联盟完全把中地联盟盖下去了。

组织有两种玩法，一种是造势，一种是成事。当然，造势也是为了成事，要想成事也得造势，但是，两者玩法还是有些不同的。武全玩的是前者，前者往往需要人多势众。后者则不然，是基本封闭的圈子，比如国内几个极为高端的小圈子，像泰山会、EMBA 亿董会等，或是不接纳新成员，或是有非常严苛的入会标准，里边的每一位都是坐镇一方的人，互相帮扶也好，共同成事也好，不出手则已，一出手都是大动作。

要想在江湖中地位高，要么慢慢熬，要么自己造一个新江湖。

武全深谙其中运作手法。对于这个时候的他而言，能把势造起来，做到人多势众一呼百应，对他的发展是最有利的。

这个时代，比大佬更牛掰的是能汇聚大佬的人，会运作社群的人将会有无限潜力。

重出江湖的他，不择手段，不惜代价，要让顾智山在任何一个领域，一败涂地。虽然他也知道，顾智山的功力，目前还是远在他之上。曾经亲如父子，如今反目成仇，你死我活，势不两立。

顾智山看着这一切，有些猝不及防地惊到了，他没想到，跟武全的重逢会是这样的开局。

刀光剑影，公开宣战。

第三章　踏雪寻梅

一场酝酿了5年的复仇计划，就这样在歌舞升平中拉开帷幕。至于这局面如何发展下去，恐怕此刻任何一位也都猜测不到。

不经意间观看了一场新仇旧恨上演的容若初，内心带着万千感慨离开了七星酒店。

她悄悄跟主办方朋友打了个招呼，提前告退，从侧门闪了出去。车已经在门口等候。

老张这几天负伤休假在家，开车的是老傅。他拉开车门，一身笔挺黑西装，白手套，标准的立正姿势。老张和老傅以前都在部队开车，复员后招到公司。考虑到部队的人比较忠诚，作为司机这个岗位，这比一切都重要。有两种人最不能用错，一个就是秘书，一个就是司机，因为这两种人对你的生活的了解是最多的，一寸近，一寸险，万一被出卖，那真是有点儿找不着葬身之地了。

她正要上车，突然发现门边一个熟悉的身影，套一件臃肿的黑色大棉衣，正在费劲地推着一辆自行车。——顾智山！

的确，宴会厅虽大，此刻恐怕他也不想多待一刻了，不如早早退席。

雪还是下得很大，如同断魂的蝴蝶般漫天劲舞，天地间白茫茫一片，朝马路对面望去，都几乎有点儿看不到鸟巢和水立方。寒风肆虐，顾智山的帽子被吹了下来，他又笨拙地把帽子捂上去。

容若初一沉吟，想装作没看见，毕竟自己的朋友武全刚刚向他宣战。但又一想，同为地产界中人，看他在风雪中那么狼狈，她还是下了车，走过去。

“顾总，您要去哪儿，我送您一程吧。”

“哦，容总啊，您也早出来了，不不不，我可以自己去，多谢啊！”他很客气地感谢着。顾智山知道容若初，近年来在地产界初露锋芒的美女少壮派。容若初听到顾智山用“您”，怔了一下，虽然自己也是名人，但是顾智山也算得上是前辈了，他还这么客气和谦逊，不禁让她突然对他多了一份好感。

他看了看风雪，又迟疑了一下，想了想说：“哦，也好，如果您现在没有其他急事的话，那就麻烦您一下，我的确是已经迟到了！”

容若初亲自拉开车后门，请他坐在主座上，她坐在侧位上。坐车是有礼仪和规矩的。

“麻烦去趟颐和园吧。”

颐和园，离盘古七星倒是不远，顺着北四环一路向西就过去了，但如果骑自行车过去，的确是要费些时间的。

“我退休后，把集团配给我的车又还回去了，咱不在那位子上了，就不占着那家伙事儿了。骑自行车好，在北京，每天堵得哪儿都动不了，骑自行车比开车快多了，不用交停车费，不排放尾气增加 PM2.5，还能顺便锻炼下身体，哈哈哈！”

顾智山爽朗、有点儿自我解嘲地说着，容若初也给逗得哈哈笑。

顾智山又说：“以前听他们讲，您绰号是地产界的冷血魔女，但是看起来也并不怎么很冷啊！”

容若初也笑了，“如果您是我的对手的话，恐怕就能感受到了。”

顾智山哈哈大笑，“我是 1958 年出生的，就是京剧《智取威虎山》刚出来那年，父母都是老红军干部，他们给我取了这么个名字，如今看来，你们这代小辈的闯劲儿比我们也不差啊！”

车窗外的雪，漫天飞卷，奔扑而来。

“哪里哪里，顾总谦虚了。”容若初望着窗外，客气地回应，然后换了个话题，“记得很小的时候见过这么大的雪，雪花把整个未名湖包成了冰雪世界，一脚下去，厚厚的雪竟然会把膝盖都没过去。那个时候真快乐啊，堆雪人，打雪仗，滑雪，小伙伴们还造了雪房子，在里边爬来爬去。后来是气候变暖还是什么原因，冬天也就飘点儿小雪花了，很多年竟是没有见过这样的雪景了。此情此景，不禁让人想起来一句古诗：忽如一夜春风来，千树万树梨花开。”

“您也喜欢诗词？”顾智山听到了，扬起眉毛很惊诧地问道。

“呵呵，略有喜爱。”她笑了，的确，像她这个年纪的女孩子，喜欢诗词的，的确很少见了。

“北国风光，千里冰封，万里雪飘！”顾智山也忍不住吟咏了一句。

“顾总，您看这大自然的风光，的确美丽，但总觉少了点儿什么，多了这一句半句古诗，顿觉天地意境，不尽于间。”

顾智山兴奋起来，拍手连声说：“是滴呢！是滴呢！”这老顾，都一把年纪了，反而喜欢用小孩子的萌言萌语。

诗歌是个奇妙的东西，因为灵犀相通，而一下缩短了古往今来的距离。容若初比较喜欢跟商人谈诗歌，一则自己可以谈得随意，不需要太专业反倒受了拘束，二则很多文人们在一起往往谈怎么赚钱，而商人们还能坐一块儿谈文化的，那就的确是发自内心的喜爱了。

到了颐和园门口了，顾智山正待下车，钻出一半身子了，突然又回过身来，眨着眼睛问：“我要去赴个小宴，不过简陋得很，没啥吃的，你可愿意同去？”人只要一熟悉起来，就不会“您”啊“您”的了，虽然客气，但太有距离感。

容若初一看他那老顽童似的表情，好奇心也上来了，抿嘴笑着说：“顾总相邀，必须要参加啊！”

他很欢喜，连忙说：“车里还有啥衣物吗，都穿上！”

她环视了下车内，并没有多带衣服出来，只有一件一位艺术家朋友按照《红楼梦》的描绘做的大红猩猩毡，送她做收藏的，尚未拿回家去，不知道他说的地方要多冷，于是把这斗篷拿出来披上了。

顾智山站雪地里揣着手，看着这红彤彤的斗篷，一连说："好好好！"

沿着昆明湖侧，两人一路迤逦而去，走着走着，不但不冷，反倒有微微热气升腾。远处的十七孔桥如黑白水墨画，静卧在浩波之上，残柳冬青，皆为玉树琼枝，晶莹剔透。远望佛香阁，银装素裹，分外妖娆。

一路走，容若初心里不禁嘀咕，这雪地里人迹罕至的，这是要去哪儿，见谁呢?

沿湖走完，也就到了佛香阁，沿着山石嶙峋，拾阶而上，一直走到半山，就在朝向湖边的一侧，有亭翼然，吐纳云气。真是唯有此亭无一物，坐观万景得天全。

亭子里坐了两个人。一见顾智山走来，挥手大笑，"老顾，迟到了，先罚酒三杯！"

容若初一看说话的人，吃了一惊，于万复！自己的老板！

前几天刚见完面，他不是还在广州吗？怎么突然出现在北京这大雪中的亭子里？而她这北京总经理还不知道老板已经到京了。

看到另外一个人，她更吃惊了！

顾智山大踏步迎了过去，跟那两人使劲儿亲热拍了拍肩膀。

"哈哈，老于，大庄，我还带了位小友。老于你麾下有这么一位大才女，竟然没听你提起过？"

"哎呀，这也不能怪我，要是什么事情你们都知道啦，我哪能这么一身轻松，然后偷着和老友逍遥啊！"于万复大笑着说。他一张脸棱角分明，线条有力，有几分军人的气质。虽然很冷，但是外边就穿了件呢子风衣，还没有系扣子，任寒风撩动衣襟，端坐那里颇有几分大侠风范。

容若初也笑了。

她看了看，在座的除了于万复，还有康大庄，加上与她同来的顾智山，传说中的东南西北四位大佬，就剩下沈承风了。

这个亭子背倚石山，面朝昆明湖，天地浩渺，荡气回肠。亭中恰好有5个石凳，石桌上一个小炉，正暖着酒。他们来之前，放了三个酒杯。容若初心里一动，笑着说："都说你们几位是东君西霸南帝北王，看来今天是齐了。”

她的意思是想确认下沈承风来了没有，康大庄把话接过去了，说：“你们还好，被取了个好听的名字，我倒好，听起来像是个恶霸坏人，真是欺负我是老实人啊。”

看着他做出来的一脸无辜可怜的样子，众人又笑了。于是举酒，干了，再斟满。装无辜装乖一向是康大庄的拿手好戏，也因而在公众眼里最可爱，这是一种很精明的自我保护的方法。他身材矮胖，眼睛很小，但咕噜咕噜转得很快，很有神。他似乎比较怕冷，一件很厚的羽绒，还围了羊绒围巾，脖子都捂起来了，紧紧揣着手，时不时跺跺脚。

于万复说：“这一说还真是，老沈非要说后山花承阁的红梅开了，要去取一枝来助兴，这一去半天，还没有回来。”

容若初心里一动，打趣儿说：“要不我去看下吧，就怕雪天里人少，遇到花仙还好，遇到白狐就麻烦了。”

大家哈哈笑了，赶紧催说：“快去看，快去看！”

容若初也就顺势走了出来，沿着佛香阁向后山走去。山上很静，这么大的雪，人迹罕至，真有“千山鸟飞绝，万径人踪灭”的意境，空气中隐隐有沁香甘甜的味道，想是梅花的清香。她顺着香气，沿着山路而去。

走到花承阁，多宝琉璃塔在风雪中伫立，历经皇室荣耀，历经战火纷劫，历史早已成尘埃，而这塔还在冷眼看着这人世间的悲欢离合。

花承阁静悄悄的，并无人迹。

她知道他就在附近，也许就会突然出现在她面前，可是此刻的后山，除了大雪纷飞，却是什么都看不见。

说是什么都看不见，凝神一望间，看到一侧有一片梅影掩映，阵阵清香也是由此而来。

容若初心下欢喜，连忙奔过去。环顾四周，却也无人。

一片梅林，疏密有致，白雪包裹下，花瓣愈发娇艳，红盈欲滴。一枝横斜水清浅，暗香浮动月黄昏。

她一时兴起，拿出手机，放开音乐，里边有一段她喜欢的《云水禅心》，乐声起处，身披绛缎斗篷，翩然起舞。

起舞弄清影，何似在人间。

真得感谢教授父母，培养了自己各种艺术爱好，特别是舞蹈，因为有此，生命里多了很多美好。

大雪，红梅，仙乐，清舞，还有什么比这一刻更美好，如果此刻能看到心爱的人，此生无憾了。

不知何时，一旁老梅树下，站了一个人，朗月清风，卓尔不俗。手里拿了一枝红梅，雪已落肩上一层，看来已经站了一会儿了。

容若初一惊，站定了。时光凝住。

“若初，是你？”他问道。

这轻轻的一问，容若初心中顿时波澜起伏，她呆呆地看着那人，唇中不禁喃喃道：

“承哥，是我。”

来的人，就是沈承风。一时间，多少年相思涌上容若初心间，但是，就像20年前一样，沈承风并不知道。20年过去了，他更添一份伟岸儒雅，帅气经过沉淀，更有一种深沉的动人。

“哈哈，这么多年过去，你都这么大了，你还是叫我承哥，你爸爸不是斥责过你多次吗，说我是他同门师弟，你应该叫师叔才对。”

“嘻嘻，这不怨我，谁让你年轻呢，怪就怪师公，收的弟子年纪相差这么大！”

提到师公，两人沉默了。

“师公去世时，你在吗？”

“那是你走后第三年，我也在燕园，但是最后没有见到师公，只听爸爸说师公最后叫的名字是承风。”

说到这里，沈承风仰天而望，容若初看到，两行泪水从脸庞滑落。

这个在商界叱咤风云20年的巨擘，这位被众人仰望的教父级地产大佬，有谁会想到，此刻会流泪流得像个孩子。

“我真是对不起老师啊，他教书几十年，哲学界一代泰斗宗师，最后却收了我这么个不孝的弟子！”

“承哥，过去的一切都过去了。”

是的，过去了。

师公出生于上个世纪初，本来是浙江巨富之家，祖父是清朝大员，到了父亲一辈更是位高权重，但是师公却在二十几岁的时候和几个同学离家出走。在整个中国都放不下一张平静书桌的年代里，历经炮火纷飞和颠沛流离，屡次放弃高官厚禄的诱惑，而是笔耕不辍，著作等身，为整个中国文化的承上启下呕心沥血。在抗日战争胜利后，他到了美国，在世界上最好的大学当教授。

1949年，他和夫人放弃国外的优越生活，回到国内，建设中国文学系。后来有10年时间，他经受非人折磨，夫人也含恨去世。他本想随她而去，但是又觉责任未尽，于是忍痛存生，自1977年以后20年时间里，又写下大量学术著作。师公一生，为中国文学倾注所有，淡泊名利，登峰造极，高山仰止，是为一代宗师。师公为了学问的延续和传承，非常重视教育，爸爸和沈承风都是他的亲授弟子。而在师公所有的弟子中，他最爱并寄予厚望的就是自己的关门弟子沈承风，甚至想把所有衣钵、所有藏书都传与他，但是，沈承风在20年前，突然不告而别离开北京，最后师公去世时，竟也没有来得及见最后一面。

先人已乘黄鹤去，此地空余雪满天。

沈承风沉默了一会儿，说：“若初，是他们让你来找我的对吧，咱们赶紧回去吧，出来的有些久了。”

容若初应了一声，从他手中拿过梅花。本来他不给她，怕她走路手里拿花不方便，但看她的大红猩猩毡和梅花甚是相配，于是应允。

雪山如画，并肩而行。佳人红梅，恍若仙境。

回到亭子里，那三人已然喝得有些小醉了，在手舞足蹈的唱着《笑傲江湖》里的插曲：

沧海一声笑
滔滔两岸潮
浮沉随浪只记今朝
苍天笑
纷纷世上潮
谁负谁胜出天知晓
江山笑
烟雨遥
涛浪淘尽
红尘俗世知多少
清风笑
竟惹寂寥
豪情还剩了一襟晚照

沈承风一看，也忙奔过去，拿起一酒壶，对壶嘴豪饮了起来。

容若初在一旁给他们温着酒，看着山下的湖水浩渺，望着人间的纷纷扰扰，不禁感慨。北京城里此刻不知是怎样的繁华如梦，而此刻最传奇的四位大佬，却在这四处透风的半山亭里，菜都没有，就这样纵酒当歌。

她一沉吟，站起身来，说："我也凑个热闹，即兴吟咏一首诗，以为助兴吧！"

众皆叫好！

她清一下嗓子，吟咏起来，容若初的朗诵也是从小受教于大师，所以，声音一出，清醇，悠远，白云出岫。

大佬江湖兴忘归，
笑看风云今朝醉。
一去岁月几万里，
多少浮沉谈笑回。

沧海飞粟春秋远，

对酒当歌潸泪垂。

试看江山谁指点，

且听昆仑起风雷。

一诗终了，山湖寂静，人长醉。

一场传奇而顶级的大佬聚会，伴着这静静的雪花，如此轻描淡写，却又如此暗藏万钧。地产史的扉页上会记住这场大雪。

兴尽而返。

下山，向东宫门而去。

路上，于万复、顾智山、康大庄踉踉跄跄互相搀扶，说说笑笑走在前边。容若初故意慢走几步，和沈承风并排走在后边。

“若初，多年了，我因为内心有愧，一直没有去你家看望，你爸妈还好吗？”

“都还好，就是年纪大了，都六十多岁了。”

“是啊，我刚见你的时候，你才 8 岁，这一晃，整整 20 年过去了。”

是呢，容若初还记得，他第一次来她家的时候，她才 8 岁。和羞走，倚门回首，却把青梅嗅，那年，他才 26 岁。

“我知道你现在在海岳地产工作，是顶梁柱，工作比较忙，有时间也多回去陪陪他们，毕竟你姐姐坠崖之后，你是他们唯一的安慰了。”说到这里，沈承风的表情突然变得十分凄然。

什么，什么？坠崖？

谁坠崖了？

容若初的姐姐，容清映，她是 18 岁那年病死的。

她睁大了眼睛，盯着他！

“若初，难道师兄师嫂没有对你讲过？”

“我爸妈说姐姐是得了不治之症！”

"对不起，若初，我不知道你爸妈是这样说的。"

"到底……到底是怎么回事？"

"对不起，若初，我闯祸了，不应该跟你提起。"

沈承风的表情明显有些慌乱了，是一向沉稳的他从来没有过的。

那一刻一片空白，清映，她的姐姐，她那如皓月当空般美丽的姐姐，从小就是个神话，最美的面庞，最好的学习成绩，最乖的性格，最多的荣誉……可是，这一切，在她18岁上大学那年突然画上了句号。姐姐没有后，就长眠在十三陵附近的安息园里，每年那个日子家人去给她祭奠，都会看到她的墓碑前放着一束水仙花，每年。

水仙花，神秘的水仙花，是谁送来的？这是一个等待揭晓的谜。

容若初坐在车里，车子向家里驶去，家住蓝旗营，离颐和园不远。平时为了上班方便，她都是一个人住在国贸的公寓里，每到周末才回家来。爸妈因为都是大学教授，带了一堆研究生，常到家里来，所以家里一直是人来人往的热闹，平日里也顾不上她。

一路上，多少年往事涌上心来。

容若初的姓氏是容，其实本来应该是慕容，只是慕容氏在民族融合中，都改姓了王、刘、容，慕容氏本是鲜卑族，在东晋十六国时，慕容氏建立的燕国曾鼎盛一时，建有前燕、后燕、南燕、西燕等国。其中，最强大的是慕容德建立的南燕，定都青州，至今山东青州古城里还有很多历史的遗迹。后来，不仅慕容式微，鲜卑族也雨打风吹去了。历史就是这样，在无数的湮没中，传承着。

姐姐的名字是清映，她的名字是若初，原因就是因为爸爸酷爱李清照的词，所以姐姐叫清映。而妈妈酷爱纳兰容若的词，"人生若只如初见，何事秋风悲画扇"，是容若的名句，于是，她的名字叫若初，若只如初见。

如今一首倾国倾城的词，只剩下了半阙。

小时候容若初不喜欢姐姐，因为姐姐太完美了，姐姐从上小学起就在市里很有名了，甚至北京电视台和中央电视台的春晚里都有她的身影。完美的面庞，完美的成绩，姐姐是皎洁的月亮，她就是月亮旁边的那颗不起眼的小星星，永远都是被忽视，永远都是被用来衬托姐姐的。

但是，血脉相连，自从姐姐离去后，多少个夜里，容若初也是哭着喊着姐姐醒来。

容若初回到家里，今天难得家里没有研究生来吃饭，安安静静的，只有父母和保姆阿姨在。

容若初坐下和大家一起吃饭。爸妈见她回来，表情淡淡的，也没问为什么没到周末就突然回来了。两人一边吃一边聊。

“你看小桐那个研究生怎么样？我觉得潜质很好，好好培养下会在古典哲学这个方向上出来成绩。”

“嗯，我也觉得不错。虽然比起咱们当年的清映来差得还很远，但是我看是个做哲学研究的好苗子。这个关键还是得沉下心来，现在的年轻人最大的问题就是沉不下心来，都跑公司里去折腾，赚再多的钱还不是个满身铜臭的商人。”

容若初静静听着，这样的话她已经听了无数次了。她忍不住插了一句：“爸，妈，咱们家族七大姑八大舅的都是教授，是不是我连个硕士都没读，还进了公司，你们觉得在家族里特别没面子？”

容若初的父亲，容教授看了她一眼说：“这个，人各有志，也不怪你，就是你姐姐去得早，否则也就不至于这么遗憾。”

容若初有些沉默。谁都不知道，原来在地产江湖叱咤风云的女神容若初，在父母这里，是个羞于提起的败笔。很多时候，她在外边做事凌厉霸气，不达成功誓不罢休，可能从深层次而言，也是为了向身为中国传统知识分子的父母证明，进入商界也是一样可以成功的。

她顿了顿，接着说：“今天我见承哥了。”

容教授吃了一惊，“沈承风？!”

“嗯。”容若初一边往嘴里扒饭，一边低声答应着。

“你为什么要见他？我不是说咱们家跟他不来往吗？你呀，从小就是这么不听话，以后记住不要再见他了！还有，怎么说他也是我师弟，跟你不是一个辈分的，以后不要再叫他什么哥了！”

“可是，以前你们都是让姐姐叫他承哥的。”

“那是你姐姐，你跟她不一样。”

“嗯，爸，我听他说，姐姐，不是得病去世的，是坠崖的。”

父母怔了一怔，父亲又紧接着问：“他说怎么坠崖的了吗？”

“没有，他没说。他看我不知情，就没有再往下说。”

“这个沈承风，真是！若初，你姐姐是坠崖的，是跟同学们春游去爬野长城，不小心掉下来了。那时候你小，不想跟你说太多，就说姐姐生病去世了。”母亲接着说，表情忿忿的，似乎对沈承风很生气。

“那时你们说姐姐生病在医院，不让我去看。”

“若初，这件事情过去20年了，不要再提了！不管怎么样，你姐姐都没了，这是我和你爸的锥心之痛，以后不要提起坠崖的事情了！另外，沈承风辜负了你师公的期望，弃文从商，去当满身铜臭的商人，他对不起你师公，咱们家跟他早就没来往，也不会再有任何来往。你以后不要见他了！”

容若初不说话，用筷子扒拉着碗里的米粒。

父母对这个话题很生气，饭也不吃了，两人把碗筷一推回了房间，把门紧紧关着。

这夜，容若初睡在了家中自己的小房间里。隔壁是姐姐的房间，自从姐姐离去后，所有的东西都没有改变样子，水笔里的墨水早已经干了，但是笔还放在摊开的书本上。小的时候，姐姐喜欢带着她，去精心挑来漂亮的花，夹在书里做书签，而今，干花依然在，还在书页里夹着。

但是，姐姐却已经是离去20年了。

家家有本难念的经。

说起来，年纪轻轻的容若初在北京商界也算是小有名气，用几年时间把在北京毫无根基的海岳地产带到了年销售额接近百亿的级别，在别人眼里，可谓是年少得志，但是，没有人知道她内心的自卑。所以有时候她很任性，那是为了掩盖自卑。

容若初生在北京，长在北京，祖籍是山东的南燕国旧都。爸爸妈妈都是大学教授，二姨和三叔是院士，二叔是校长，她所有的表堂兄弟姐妹，除了她之外全是美国和欧洲著名大学的博士，本来有个姐姐是天才级的，相当给爸妈争气的，可是不幸早早离世，她是勉勉强强在国内读了个大学，总之她不但不是父母的骄傲，反而是个另类。容若初特别怀念姥姥，在所有亲人中，姥姥是最喜欢若初的。姥姥姥爷都是开国大教育家，姥姥出身名门，是风华绝代的一代才女。姥姥曾经留下不少知名的诗作和瑰丽的传说，那个年代最著名的男人好多都为她疯狂过。曾经她的客厅里，来往的都是那个时代的国宝级文豪。有容若初的时候，她已经老了，历尽岁月更迭沧桑，但至今都记得她那梳的一丝不苟的发髻，和虽然破旧但是干净雅致的衣服。姥姥有张年轻时候的照片，大约是1936年左右照的，倾国倾城，美丽不可方物，一双眸子如秋水般澄澈，是她唯一的一张，她送给了容若初，容若初一直珍藏着！

自从姥姥去世后，容若初就如同这个家族里的小星星，一直不起眼地长大着。

直到有一天，因为一个决定，她引起了父母的关注，确切地说，是震怒！

父母的想法肯定还是希望容若初也到大学里当老师，为人师表受人尊敬，女孩子家也稳定些。可是容若初却偏不，她一心想进入商界。也许是武侠小说看多了，她喜欢那种沙场驰骋的感觉。

也是机缘巧合，正好她毕业后到广东找同学玩，同学要去海岳集团应聘，她就陪着去了，最后同学落选了，她被选上了。这样不但没当老师，连北京都离开了，弄得父母好长一段时间气得都不跟她说话。

在海岳集团干了两年，集团有计划到北京来发展，派了几个总经理，但人家都不愿意来既气候干燥又没任何根基的北京，正好容若初也想缓和与父母的关系，于是主动请缨就回北京了。

刚回到北京的时候，父母还气鼓鼓的，觉得她从商了是有辱门楣的事情，不过毕竟是亲生女儿，时间久了也慢慢接受了她的商界身份。

容若初还记得，海岳集团刚刚挥师北上的时候，作为分公司总经理的她，仅仅带了六七个人，在安定门外的一栋破旧小楼里租了两间办公室，小楼是很旧的那种，门都关不严，一到冬天就冷得不行，就这样胼手胝足、筚路蓝缕就开始了在北京的征战，到今天北京分公司的各项业务的年销售额能过 80 亿，其中艰辛也的确让人唏嘘不已。

第四章　豪门恩怨

沈承风在颐和园邂逅了容若初，也是感到有点儿意外的。他虽早知道容若初供职于海岳地产，不过每个人都有自己的活动半径，所以一直没有交集，也因而才有了这次不期而遇。

东君、西霸、南帝、北王四位曾经有个约定，就是每年必聚一次，几年下来，也便成了地产江湖中的一段佳话。而其中，东君和北王比较要好，而南帝与西霸走得更近。

颐和园半山亭相聚之后，沈承风又单独约顾智山见了一面。见面的地点倒不是什么豪华酒楼，而是顾智山最喜欢的老北京家菜馆，桌上点的，都是爆肚、卤煮、芥末墩、麻豆腐、炒肝啥的。

“老顾，上次见面看你状态不是很好，所以我特意约你见一次。是不是因为被免职的事情？其实，天下之人，熙熙攘攘，皆为名来，攘攘熙熙，皆为利往，看开便好，不用太纠结。”

“哈哈，承风，你想多了。我当了这么多年央京集团一把手，该做的贡献也都做了，我没有什么遗憾的。正好早点儿退休，我干点儿自己好多年来想干而没有干的事情。多谢你，这地产圈的各位大佬里，你可谓是暖男一枚啊！”

“暖男，哈哈，老顾，你这里总有些有趣的词儿。”

“暖而不柔，刚而不硬，用来形容你比较合适。”顾智山人在央企，又经常跟文字打交道，说起话来，有时候有点儿咬文嚼字的。

“言归正传，老顾，你最近都挺好？除此没其他事情吧？”沈承风很关切地问。

“没，没有。可能天冷，人就没那么精神吧，真的没事。”其实，近日来，对顾智山打击最大的是武全的突然出现，可是这段往事，他不想跟任何人谈起，包括沈承风。

实际上，沈承风已经知道武全出狱的事情了。5年前的那桩旧事，他当然知道。而前几日鸿方地产拿下新地王，他也派人打听了幕后的操盘手是谁。不得不说，他也吃了一惊。

“前几天东四环0188号土地拍卖，结果真的出人意料。”沈承风说。

“是。你为什么没派人去参加？”顾智山不想提到武全，于是把话题一转。

“哦，之前我曾经研究过这片地，的确升值潜力很大。但是，近年来我一直在思考中国未来房地产的变化趋势。大家不能一味地拿地盖楼卖钱，总得有人来思考一些更长远的事情。国外的案例看看日本房地产的泡沫破裂，国内的有海南房地产90年代的崩盘，我在想，北上广这样的大城市，离悬崖边儿还有多远？所以，我有转型的打算，也就没有派人再去争夺地王。”

“但是，绝大多数人不会这样想。我听说老于派出北京总经理容若初，老康派出自己的女婿，在拍卖会上你死我活，斗得很厉害呢！”

“人各有志。对了，老顾，你是央企干部，我知道你这些年拿工资，肯定也没多少积蓄，你如今被退休了，要是想做点儿什么事情需要资金，就尽管跟我说，给我个机会参与下你的事情。”沈承风知道顾智山要面子，所以很委婉地说成“给我个机会”，反倒让顾智山觉得是在帮他。

顾智山当然明白，马上说：“不用不用，兄弟，你这心意我领了，我虽然没什么积蓄，可我这多年来积攒下来的江湖地位，还是很值钱的。”

沈承风看他这么说，也明白，于是不再多说，让服务员拿来一瓶茅台，哥俩儿开始喝了起来。

在东四环0188号地拍卖会上大败而归的向一飞，遭到了岳父康大庄的暴怒训斥。毕竟，这个项目对于康庄集团而言，也是个很有战略意义的布局，也难怪他暴跳如雷了。

倒是岳母李似锦上来拦着，说：“这事情不怪一飞，海岳地产不是也没占到便宜吗？”

康大庄想想也是。虽然与海岳地产在商海中屡次交手，恨不得斗个你死我活，但是，与海岳集团的掌门于万复，他还是保持着良好关系的。让老总们一线互相搏杀，大佬们照样一起喝酒吃饭，这是商界的处世之道。

“在拍地之后，我已经马上安排人散布容若初对政府不满的帖子，也不露痕迹地通知相关官员看到了，对容若初的下一步行动计划是个牵制。”向一飞为自己辩解。

“我一心想培养你做地产界顶级的少帅，但是，那个容若初的确太能干了，处处抢了你的风光，你杀杀她的威风也好。说不定下次拍地，她还是你最大的对手。”康大庄说。

向一飞不说话，就是听着。

康大庄还是没有消气，继续说：“平日里交友也得注意着点儿，我看你跟朱氏地产的朱安强来往挺多，他就是个花把式，经常是什么企业战略挂在嘴边，当一个企业掌门人天天开始讲战略的时候，就说明这个企业有问题了。一个企业能赚到钱就说明是好企业，就被市场证明有生命力，现金为王！别小看那些开拉面馆的，开好了一样可以成为企业家，至于那些天花乱坠、用几个 PPT 就能讲清楚什么商业生态系统的，就都离关门不远了。”

向一飞听岳父说得有些极端，但是也不敢反驳，只是老老实实听着。

“一飞啊，爸爸可是把你当亲生儿子，才这么直说啊！在中国，你成功了，各种马屁就来了；你失败了，就不会有人给失败者留下什么空间，墙倒众人推，唾沫星子都能淹死你。所以一飞啊，这次失利的事情，好好总结，争取以后打胜仗。”

“好的，爸爸，我一定不辜负你的期望！”向一飞信誓旦旦地说。

“我一会儿出门去跟领导吃饭，你就不用去了。咱家跟哪些领导来往密切，一定注意保密。前几天我看有人在微信晒什么跟领导的豪宴，把领导和自己全弄进去了。你看我，从来不写什么微博和微信朋友圈。敞开自己让别人去了解你，是件很危险的事情，说者无心，听者有意，大家对商人，一方面极尽崇拜和羡慕，另一方面总觉得你有原罪，所以平日里一定要低调谨慎，小心驶得万年船。”

“爸爸，你说得非常对，我一定会多注意的。”

“好，你陪你锦姨在家里吃饭，打电话让小婷也回来吃饭，别老在外边疯玩。幸亏有你还比较孝顺，她真是让我一点儿都指望不上。我出门了。”

康大庄闷闷不乐地出去了。

康家的豪宅在顺义区首都机场附近的中央别墅区里，这里是北京、也是中国最大的豪宅区。世界上著名的富人区往往有一条河，这里也有，就是被称为北京龙脉的温榆河。温榆河水势平缓，河岸宽阔，两岸球场马场众多，风景如画。

岳母李似锦没有出门，她穿着一件真丝的旗袍，在对面沙发坐着。茶几上有国外空运来的鲜樱桃，她用涂着红红蔻丹指甲的手，拈起一个，放在嘴里慢慢嚼着。

向一飞看着岳母，有点儿呆了。虽然李似锦是他的岳母，但是因为康小婷不是她生的，所以其实她只比他大十岁左右，加上富豪之家善于保养，这岳母看上去，竟然是比自己的妻子还美艳娇嫩。

那李似锦一边吃樱桃，还一边似笑非笑地看着他，向一飞都要晕了。虽然平时他瞒着康小婷在外边泡网红小明星无数，可是那些百般取悦于他的傻白甜，比起仪态万方而又风情万种的岳母来，实在是差得十万八千里了。

李似锦扑哧一笑，把向一飞惊醒了。他十分不好意思，有点儿如坐针毡。

李似锦笑得更妩媚了。她心想，当初康小婷看上这小伙子，是因为觉得他帅，这么看来，还的确是。而康大庄和康小婷的土包子暴发户脾气，她是实在太了解不过了。

她横了个秋波看着向一飞，说：“一飞，在地产少帅中，你和容若初是最出类拔萃的，也是最针锋相对的，未来会是有你没她，有她没你，你想知道怎么对付容若初吗？”

向一飞有点儿撒娇，说：“锦姨，我当然想了！”他和康小婷平时都是喊李似锦为“锦姨”。当然，康小婷在私底下可从不叫锦姨，而是“那巫婆”。

“呵呵，那你说，在地产界，最美最能干的女人是谁？”

向一飞稍微迟疑了一下，但马上说：“当然是锦姨你了。”

李似锦轻轻抿了下嘴唇，说：“那你过来，我跟你说。”

向一飞有点儿迟疑，但还是很迅速地走到李似锦旁边，俯下身子，李似锦的真丝衣衫散发着淡淡的兰花香气。

不等李似锦说话，突然间门被撞开了，一个穿着奇形怪状衣服、浓妆艳抹的女子晃了进来，像只狮子一样，这就是所谓的杀马特风格。向一飞马上摆正位置，装作去拿樱桃吃。

那女子大大咧咧，也并没有发现两人的异常，而是用一贯的白眼对着李似锦，然后对向一飞说：“你跟我来！”

向一飞有些尴尬，但是也习惯了。于是亦步亦趋地跟在那女子后边上了楼。来的人正是他的妻子康小婷。

向一飞刚进房门，康小婷就“砰”一下把房门甩上，冲他吼：“我刚才听家里司机说，咱们的地没拍到，被别人拍走了。你说，是不是你和你那老情人容若初串通好了，你故意让给她了？”

“哎哟，我的小姑奶奶，今天是在外边没玩开心呢，我怎么可能和容若初那魔女串通好了？我恨她恨得牙根痒痒呢！她给我使了多少绊子，我真是恨不得掐死她向你证明我对你的忠心呢。再说了，那片地是被一家新公司给抢走了，容若初也吃了个大亏。”

“真的？”

“骗你是小狗，哦，不，是小猪，是小老鼠。”

康小婷一听，扑哧一下笑了出来，真是雨也快，晴也快。

“那你得用实际行动给我证明，虽然你们订过婚，但是自从遇到我后，你跟那魔女早就没有感情了。而且，你很恨她，得用实际行动证明！”康小婷把“实际行动”这四个字咬得特别重。

“好好好，我的小姑奶奶，我会很快用实际行动证明，我跟这魔女，绝对是势不两立不共戴天的！放心吧，来，今天在外边玩累了吧，我给你揉揉。”

“讨厌……”康小婷也撒起娇来。

没过多久，还不等向一飞有什么行动，康小婷自己倒是遇上容若初了。

那是在一个京城的名媛派对上。名媛这个词，现在和过去也有些不一样了。过去的名媛，都是出身书香门第的世家闺秀，气质如兰，才情似海，比如民国年代的吕碧城、陈衡哲、林徽因、张爱玲、王映霞等。而现在，似乎有点儿钱，有点儿闲，有点儿背景，甚至有点儿花边新闻的都可以叫名媛了，不禁让人慨叹很多美好中文名词的沉沦。这种名媛派对，经常会在某些私人会所里举办，有时候就是贵妇千金们聚聚乐乐，有时候也会有很多商业因素在里边，比如某些贵妇自己就是经营珠宝艺术品的，经常搞搞聚会，谈笑之间，几千万的商品就卖出去了。一边慵慵懒懒地喝着下午茶，一边舒舒服服攒着自己的私房银子，这样的日子真是惬意。但是，有些贵妇的日子就没那么好了，日子不见得好过，而丈夫的酒桌上总出现各色虎视眈眈的美女。

这个圈子里的女人，有些是因家庭而富贵的阔太千金，也有一些是自己打拼出来的女强人。

这次是一位地产界的大姐，适逢春分之日，特邀十几位姐妹来共赏香道。大姐就是这个会所的老板，她是爱新觉罗氏的后裔，算起来也应该是格格了，大家也称呼她格格大姐。她之前开发过几个知名的文化地产项目。因为刚从越南带回来上好的芽庄沉和福森红土沉，特做此雅集。

容若初是很少参加这种衣香鬓影的活动的，她属于战场，不属于这种奢华的是非之地。不过，也有例外，就看是什么目的了。格格大姐是她这几天想见的人，因为她想向大姐打听一些地产圈 20 年前的旧事。

这两种都是香道中沉香的极品用香，先焚的是芽庄沉，炉烟袅孤碧，云缕霏数千，悠然凌空去，缥缈随风还。轻烟如水袖般袅袅婀娜，心境亦随此静然而仙。香气先是微凉，继而轻涩，中间甘甜，最后淡雅飘逸。

须臾，又换了福森红土沉，香气转而苦涩，泛酸，接着甘甜越来越浓郁，最后留香端庄持久，久久不散。

大家正坐在一起赏香，正寂然凝神间，一个女子突然晃过来，兀然说："容小姐这是哪个国际大牌衣服啊，我孤陋寡闻，怎么没见过？"

这真是大庭广众之下的公然挑衅！

容若初一看，是康小婷。她一身浓浓的香水味道，脖子上恨不得挂三根项链，全身五颜六色的，脸上的妆也浓得看不出原来的底子长什么模样。容若初和向一飞有过婚约，想必这个故事康小婷也知道，容若初没有兴师问罪找上门去，她倒出言不逊有意挑衅了。

"呵呵，就是呢，我这衣服穿得太过简单，不是什么国际大牌，就是国内做的呢。"

"哦，容小姐真是节俭，这种土不拉叽的衣服也穿到重要场合，不知道是觉得自己不重要呢，还是姐妹们不值得重视？"

康小婷真是句句指桑骂槐，含沙射影！

"康小姐说得对呢，我自己也是觉得土呢，前几天我还对我的裁缝说，既然是给我定制服装，就用心点儿，别我花个几十万请的私人定制设计师，你们给我做出来，让不懂的人看了，以为是地摊货。"

容若初轻描淡写地说，也不看康小婷，取出一盒龙涎香递与会所主人，"姐姐看看，这是我上个月从马来西亚带回来的天然龙涎香，不成敬意，送与姐姐闲暇时玩。"格格大姐一身宽摆蚕丝旗装，颈间一串佛珠，典雅大气，雍容淡定，见此情形，抿嘴微微一笑，款款接过香盒，与容若初慢慢赏玩。

康小婷知道龙涎香的珍稀和名贵，不禁有些尴尬，接着又说："虽是私人定制，但是看着不像是能成国际大牌的范儿啊，呵呵。"

容若初也笑了，直直看着她说："康小姐说得对，我这衣服的确不容易成国际大牌，你看那些国际大牌多有范儿啊，一个设计师在法国郊区拿图纸设计设计，弄到印度，或者咱们的南方小村镇，一下子能生产出一堆来，真气派啊！”

“我这衣服，世界上也就一件！”康小婷有些急了。

“对的呢，看这范儿，也的确是为康小姐量身定制的，就是不知道这位国际设计师，知不知道中国的审美还是以纤瘦为美的，这腰身最好收一下，这样即便稍微有些超重，看起来也不那么明显。”容若初端起一杯碧螺春，慢条斯理地说。

康小婷尴尴尬尬气急败坏地走掉了。对付这种千金小姐，不说几句硬的，还真让她以为好欺负了。

格格大姐指着容若初笑道：“你呀你呀，这嘴还真是厉害。这康小婷在我这里得罪了好几位姐妹了，我看在她父亲的面上，没有拒她于门外，今天也终于有个更厉害的怼她一顿了。”

容若初也笑了，“失礼失礼了，我本来不想逞口舌之快的，随便让她说两句也没事，只是我在地产界沙场征战习惯了，吟得了诗词，斗得过地痞，所以也就忍不住回应了她几句。”

“呵呵，地产圈的魔女果然厉害。”格格大姐说完，突然又觉得当面用这个词不合适，赶紧拿起茶来喝了一口掩饰。

容若初却并没有在意，外界的人怎么看待她称呼她，那是人家的权利，如果因此她会生气，那大事小事加起来，岂不是天天会气得吐血？

她一笑，说：“人家都说，世界上有三种性别，男人、女人、女强人，可见我是多么不受待见的一种人。”

格格大姐试探性问：“容总还单身？”

“貌似坊间目前还没有我结婚的传闻吧，连点儿绯闻都没有，真是做人失败啊！”容若初拿自己调侃道。

格格大姐也被逗乐了，“现在说是男女平等，何曾平等。古代男主外养家，女主内养娃，倒也平等，而今你看普通妇女，不但每日一样工作辛劳，回家还要做饭照顾老公、孩子、公婆。至于像你这样的商界女强人，在男人的眼里，恐怕看不到你的优点，而只看到你的霸气。最可气的是那些辛劳的妇女，还会酸溜溜地说一句，你看那女人，只知道忙事业，连个看上她的男人都没有。妹妹，我说的是不是这个道理？”

容若初无语。

格格大姐似乎触动了什么心事，话也多起来：“不瞒妹妹，我至今也是单身。”

容若初很吃惊，说：“格格大姐不是常在微信朋友圈晒自己的两个混血宝宝吗？”

格格大姐笑了，“两个孩子是我亲生的，可是父亲是谁我也不知道。我是从美国买的精子，人家都说混血的孩子聪明漂亮，这都是圈里公开的秘密，我并不避讳。我其实一直没有对外讲的是，我也曾经有过恋人，我非常爱他，可是他跟我在一起，总是自卑，最后他找了个很普通的妇女，去过那种辛劳而琐碎的生活去了。我看开了这一切，也就从此不再想结婚的事情，我现在也过得很圆满，不但不残缺，而且轻松快乐，女人不是说非有男人才行的。”

“哦。”

“有了男人，也不一定开心。20 年前地产界第一美女，惭愧得很，是你姐姐我，十年前是李似锦，而现在是你。你看李似锦，听说在家族里也是各种烦心事不消停。有时候我遇见她，她对我这已经人老珠黄的过来人，都有几分敌意，往往过得不幸福的女人，才会比较尖刻。对于你，估计更是看不惯吧，女人之间的嫉妒，有时候真是莫名其妙。”

“倒还好啦，我也并没有觉得对我有什么特别。再说，这地产界第一美女，我也不敢当啊！我无非就是个打工的。如果说是美女就会有敌意，姐姐你不是对我很友善吗？”

“那是因为咱俩隔的年代太久了，已经不在同一个战场上了，我在你身上看到了 20 年前的我，所以反而比起其他人来格外喜欢。”

“哦。”容若初无意识答应着。她这次来本来是想向格格大姐打听 20 年前沈承风在地产圈的一件旧事，聊到现在，倒也不方便再问什么，于是她告辞。

“真是抱歉，我得回去了，我已经出来两个小时了，还得赶回公司去开会。”

“好的，理解。有空就过来坐坐。”

“多谢！”

容若初告辞出来，急匆匆上车，向公司方向驶去。

这边受了气的康小婷，开着自己的红色玛莎拉蒂一路闯了几个红灯，来到康庄集团在国贸的总部大厦，车停大堂门口，人直接就冲进向一飞的办公室。向一飞正在跟高管开会，看到康小婷冲进来，高管们很识趣地都躲出去了。康小婷河东狮吼的脾气，康庄集团上上下下没有不知道的，这驸马爷也不是好当的。

“怎么了，宝贝儿？”向一飞赔着笑脸。

“你怎么还不去铲除容若初那个魔女啊！我看就是你心里有鬼！我今天遇到她了，她还主动向我挑衅，看她那嚣张得意的样子！”康小婷气急败坏地说。

“好啦好啦，我刚才跟高管们开会，就是在商量这个事情的，小姑奶奶，你先回家，等我的好消息！再说了，你在这里，一会儿被爸爸遇到，他会骂你的。”

“哦！”康小婷听到这里，赶紧问：“今天爸爸也在公司？”

“是啊，我刚从他办公室出来还没 5 分钟。也许，他一会儿就过来参加这个高管会呢。”

康小婷一听，马上不闹了，抓起包就往外走，“你说好的，赶紧去给我复仇，帮我把这口恶气出了！”

“好好好！”向一飞赔着笑脸把她送到电梯口，然后看着她消失在电梯里，才舒了一口气回到办公室，继续召集高管们开会。

这次开会的内容，他没有骗康小婷，的确是如何对付容若初。

对付容若初，肯定不是因为这些私人恩怨，而是因为海岳地产是康庄地产最大的威胁，容若初长袖善舞，联合了多家央企合作，连续拿地，使得康庄地产在北京的土地储备连年减少。东四环0188号土地，虽然容若初也失手了，但是鸿方地产的总裁武全是她的老相识，武全已经在公开场合表态会和容若初合作，这让向一飞觉得康庄地产是雪上加霜。容若初是海岳地产最骁勇善战的主将，除掉容若初，海岳地产就会大受打击。

“你说，行宫县的土地有问题？”向一飞看着自己的一个手下。

“是的，向总，兄弟们按照您的意思，把海岳地产近年来涉足的土地都做了一个调查，他们还真的挺干净的。不过最后被兄弟们发现，在北京之外的周边省份，行宫县的一个项目，土地有问题，而且是大问题。县政府当年跟农民征地，完全不合法，而这些地，县政府用招拍挂的形式卖给了海岳地产。不知道容若初知不知道这地的来历，但不管怎样，这里边可做的文章太大了！”

“太好了！这下容若初跳进黄河也洗不清了。虽然她通过合法途径拿到这地，但这地是有问题的，只要我们浇桶油上去，这火想烧得多大就会多大，后果很严重啊，哈哈哈。我想就是农民，也不会放过她吧！”

“是是是！”一众手下附和着。

“你们，继续找更多的证据，然后加紧筹备行动！”

“是！”

看着手下们从办公室出去，向一飞站到落地窗前，看着眼前长安街的车水马龙，禁不住开心地笑了。他已经好久没有这样如释重负的笑容了。

他拿出手机，拨通了一个电话：“小凌，今天晚上咱俩一起吃饭，还是北京亮餐厅，老位子。”

国贸是北京时尚范儿最足的地方，再苦逼的打工族走到这里也会自带贵族的气质。

北京亮餐厅，是北京看城市景观最好的地方。

靠窗的一个位子上，有个20来岁的小姑娘坐着，似乎在等什么人。

等的人还没有来，她百无聊赖地看着远方。高楼林立，是钢筋水泥的森林，不过看不了太远，今天的雾霾十分严重，少有的严重。

她不禁想起半年前那次雾霾，就像今天一样，把整个城市捂得严严实实。

本来深夜的国贸是非常热闹的，可是那天因为雾霾，晚上走在路上的人非常少。她陪着容若初加班到很晚，容若初走后，她独自急匆匆去赶地铁。

突然，一位老人在前边踉踉跄跄，然后倒在地上，四周没有其他人。小凌一惊，本能反应要过去扶，但是，她似乎犹豫了，想上去，又迟疑。最后，她还是狠了狠心，装作没看见绕行了过去。

在她的身后，那个老人自己站了起来，很矫健地离开了，完全不像刚才走路艰难的样子。

小凌一边走，一边突然感到四处阴森森的，雾霾如同恐怖的怪物，笼罩着这个城市，昔日光鲜热闹的国贸一片死气沉沉。她心里突然莫名地不安，不禁加快了脚步。

突然，几个衣着奇特的小青年不知从哪儿冒了出来，其中一个上来就给了她一巴掌，还骂骂咧咧的："你这个贱货，在家里吵了几句你自己就跑出来了，还不赶紧回家！"

小凌大惊！她根本不认识这几个人。下意识地，她想起来微信上流传的帖子，有人贩子团伙就是这样在大庭广众之下把妇女绑架的。这一想，她浑身僵硬了，想喊"救命"，可是那小青年上来就把她的嘴捂上了，还不停地说："媳妇儿，我错了，跟我回家吧！"

路边几个人几部车经过，也有人好奇地看看，但是听到这么说，也就都走开了。

几个人架着女孩子，朝一部面包车走去。

那女孩惊恐万分，可是却挣扎不出。世界上最恐怖的事情，就是你在人群里，却没有人帮你。

眼看着就要被架上那辆脏兮兮的面包车了，突然，一辆兰博基尼从旁边经过，那车停了下来，一个男子走了下来，手里拿着手机，冲那些人喊着："把人放下，否则我报警了！"

那些小青年一听，慌忙把小凌丢下，呼啦啦上车，一溜烟开走了。

小凌呆坐在地上，还没有从惊恐中恢复过来。

那男子很温柔地走过去，说：“没事了，别害怕。”

女孩抬起眼睛，似乎认识这个人，但是思维混乱之下，也记不起是谁。

那男子自己介绍起来：

“你是容若初的秘书小凌吧，我曾经见过你，这么巧！我叫向一飞，是康庄集团的。刚才出什么事了？那些坏人你认识吗？”

小凌盯着这男子，也记了起来。她很感激地说：“谢谢向总，这次幸亏遇见您，要不就麻烦大了！”

向一飞说：“是啊！这么大的雾霾，你怎么还在外边走？我们公司的人全都放假在家工作了，容总这做人也真是的。今天人很少，你千万不要再在路上走了，太危险。这样，我送你回去吧。”

小凌在犹豫。

向一飞笑了，“你是担心我？放心，我是你们容总的朋友，是康家的女婿，干不了什么坏事，哈哈！”

小凌也禁不住笑了。她有点儿不好意思，连忙说：“不是不是，我是怕这么晚了麻烦您，多不好意思！”

向一飞很绅士地扶她起来，走到兰博基尼前边，一个潇洒的姿势打开车门，说：“很荣幸为凌儿美女服务，如果不介意，我还没有吃饭，陪我在附近简单吃点儿东西怎么样？”

小凌笑了。坐在兰博基尼里的感觉，的确有些不一样。

坐在“北京亮”餐厅的感觉更好。这家餐厅，在国贸一带也可谓是顶尖的餐饮场所了，环境一流的棒！虽然因为雾霾看不清外边，可是精致奢华，灯色旖旎，已经足够让她受宠若惊了。

“小凌，你到海岳公司工作多久了？”

“有大半年了，我从美国大学毕业后回国，就到了公司。”

向一飞一听，赶紧称赞：“哇，这么优秀！如果在我们公司，早就应该是副总了。不过，容总是我的好友，我是不会挖她的身边人的，哈哈！”

小凌很高兴，工作这么久以来，容若初一直对她冷冰冰的，每天就是疯狂忙碌，如果她做得稍有不好，还会被训斥。第一次，有人这么夸她。每个人都是需要被夸奖的，更何况是被向一飞夸奖，这是地产界少帅，是康庄帝国的继承人。同样一句话，从王子嘴里说出来和从屌丝嘴里说出来当然不一样！

“向总，您过奖了。我父母都是小城市的普通职工，送我出国几乎耗费了一生的积蓄。可是，毕业后才发现，海归其实还不如土鳖在国内更受欢迎，所以毕业后就做秘书，一直到现在。”

“可能是因为土鳖更懂国情，同学人脉也更好。不过不用急，像你们这样具有国际视野的人才，会更有后劲，你未来一定不亚于容若初的。”

“真的吗？”

“真的，小凌，你要是有什么需要我为你做的，我很乐意为你这样的美女效劳！”

一饭毕，春心荡。

小凌恋恋不舍这奢华的餐厅，向一飞很绅士地帮她拎着包，让她感觉自己就是公主。他们朝着车的方向走去。

向一飞开着车，穿行在长安街上，两旁的路灯向身后跑去，就像流星的眸子。就像很不经意地，他的手握住了小凌的手，小凌又惊又喜，又羞又乐，心里如同一只小鹿般扑通扑通地跳着。

到了小凌家的楼下，是一个很杂乱的小区。向一飞看着她的眼睛，问：“你是自己在这里住吗？”

小凌心中又是一阵紧张，她轻轻地说：“是，我租的房子。”

向一飞英俊的面庞上浮起不可捉摸的笑容，“好，睡觉前关好门，早点儿休息。”

兰博基尼绝尘而去。留下小凌怔怔地站在夜色里，如梦如幻，久久缓不过神来。

从此以后，向一飞动不动就找时间约小凌一起出去玩，有时候是吃饭，有时候是到郊区度假，每次，向一飞都是送给小凌各种包包、首饰。刚开始小凌还是拒绝的，但时间久了，架不住向少帅的各种甜言蜜语、软磨硬泡。慢慢地，两人出去玩就住在同一间房间里了。

今天，又是雾霾沉沉，依旧是在北京亮餐厅。

向一飞急匆匆走了进来，坐下，变戏法似的从手里拿出一条项链。看他的表情，今天十分开心。

小凌觉得自己幸福得都要晕过去了。

“小凌，等着急了吧。”

“没有没有，我在看风景，没有等着急。”

“哈哈，小凌，我就喜欢你这么乖巧懂事的样子，其实今天全是雾霾，哪有风景看啊。对了，你出来的时候容若初还在办公室吗？”

“还在，不知道在忙什么？”

“好，以后她在忙什么你多注意着点儿。你是秘书，应该能掌握她的全部行动信息。”

“嗯，好的，我一定把她全部信息都拿来给你。”

“乖！”向一飞的脸上掠过不易察觉的笑容。

容若初回到办公室，她并没有感觉到慢慢逼近的危险。开过会，她留在办公室加班。容若初的办公室简约大气，冷色调的装修，非常中性化，桌子上放了一块泰山石。

秘书小凌一到下班的时间就抓起包冲出去了，容若初也说不出什么来。虽然希望自己身边人是忠心耿耿陪着自己的，可是人家一下班就离开也没有什么错。其实，还没下班的时候，小凌早就在摆弄自己的爱马仕包包了，也不知道这月薪 6000 的小姑娘，买了这样的包包，剩下的生活该怎么喝西北风。

最近发生的事情有点儿多，有件事情一直压在她的心上，让她隐隐感觉到沉重。上一次她的车被撞，她的行程具体信息到底是谁出卖的？到底谁是内奸？齐协是她一手提拔起来的，而且一直重用，没有理由这样做。小凌从国外毕业回来，是个很单纯的女生，应该也不会。至于公司的其他员工，她挨个想了一遍，都觉得似是非是。

响起敲门声，她说："请进。"

齐协推门进来，问："容总，要不要给您买份外卖？"

"多谢，不用了，我用手机订餐了。今天是周五，不用陪我加班了，你早点儿回去过周末吧。"

"好的，我也处理一些工作。反正我是一人吃饱，全家不饿，在办公室比在家里更让我觉得充实。"齐协说。

"哦，没出去谈恋爱？"容若初极少问下属的私事，可听齐协刚才一说，也就顺口问了一句。

"没有，在北京，我们只是活着，没有生活。"

"呵呵，好有哲理的一句话。"

"容总，难道您不是也这样吗？感觉您的工作就是生活，生活就是工作。"

"有时候我也有这种感觉，比如说，北京这十几个区，有海岳项目的区就是我的家，经常来往穿梭。没有海岳项目的区，似乎已经几个世纪没去过了，偶尔去一次，感觉跟出国一样遥远。打拼的日子，谈生活似乎是奢望。"

"即便这样可大家还是都涌向北京。"

"是啊，所以海岳地产的住宅开发重点还是放在北京这样的城市。"

容若初谈三句，基本就会绕回到工作上。齐协已经习惯了，他帮容若初倒了杯水，然后就轻轻带上门出去了。

容若初看着他的背影，叹了口气。齐协非常拼命能干，可是，公司除了他，就没有其他得力干将了，以前几个副总不知什么原因，都辞职了。要做好事业，团队实在是很重要，所以很多事情事必躬亲，才搞得自己比较累。

齐协以前是海岳地产售楼处的接待员，有一次，容若初视察到那个楼盘，他特别有眼力见儿，得体殷勤，且相貌一表人才，十分上得了台面，于是容若初把他调到公司里来。齐协很珍惜这个机会，不断努力奋斗，几年来成绩卓著一路晋升，直到成为副总。

刚才说到今天周五，明天就是周末了，容若初突然想起了一件事情，于是拨通了陈鱼的电话。

“小鱼师妹，明天有时间吗？师姐请你吃饭！”没有人的时候，两人的称呼还是很随意的。

“好呀，大美女，明天在哪儿吃？”那边传来陈鱼娇滴滴的声音。

“蓝色港湾吧，晚上 6 点。”

“欧了。”

第五章　明争暗斗

第二天，虽然是周末，但是容若初仍然在办公室里加班，最近的事情实在是太多了。看看快 5 点了，便向朝阳公园湖畔的蓝色港湾去。这里据说是京城里闺蜜聚会最好的地方。

容若初选了个窗户靠近湖边的位子等陈鱼，湖水粼粼，揉碎了夕阳的倒影。刚坐下不一会儿，一个火红色的身影婀娜万分地晃了过来。眼睛都不用抬，就知道是陈鱼来了，这是她最喜欢的颜色。

陈鱼一屁股坐下，脱下风衣后，深 V 的连衣裙几乎要遮不住胸前的波涛汹涌，周边的男士们都往这边张望，她真是一位沉鱼落雁的万人迷美女！陈鱼似乎对备受关注已经习惯了，她笑吟吟地说："容大女神，怎么又想起召见我了啊，是不是想打听什么江湖秘事啊？"

容若初瞄了她一眼，迅速把菜点了，还有陈鱼最喜欢的苏州甜品。

陈鱼还是跟上大学那会子一样，跟什么人说话都像是在撒娇。如果在古代，她一定是那什么春楼的花魁，而暗地里就是最厉害的间谍和杀手。

"怎么，师姐没事请你吃饭不行啊？好歹咱们上大学那会儿还当了两年邻居呢，你不记得你喝醉了酒，跑到我们宿舍我的床上睡了一夜，害得我只好在床边坐了一晚。"

"那人家不是失恋了吗？"

"你失恋，算了，这骗骗别人还行，如果我没有记错，那天你的确和你男朋友分手了，不过是你提出来的，而那天晚上喝醉了是因为学校里有个舞会，你玩到很晚才回来。"

“哎呀师姐，就别提人家的糗事了啦。快说，想打听什么江湖秘事？”

“你呀，总是这么直奔主题。”

“就是啊，一个女人请另外一个女人吃饭，要么就是聊事情，要么就是聊男人，要么就是两个都要聊，哈哈！”

“精辟！”

“师姐，不如我先帮你算一卦，看看你找个什么样的如意郎君比较合适？”

“呵呵，说说看看吧。”

“现在的优秀女生，要么找个事业成功的大叔，图人家个钱，要么找个阳光灿烂的小鲜肉，图人家个色，让我看看哪个更适合你。”

“图人家个爱不行吗？”容若初很认真地纠正陈鱼。

“你傻啊姐姐，还谈什么爱，你等了你爱的那个人 20 年了吧？有结果吗？所有因为爱而结成的婚姻里，有一半以上是离婚的，剩下的一小半，一生中会有 200 次的冲动想掐死对方。所以说，爱是这个世界上最不靠谱的东西。世界上没有什么东西比钱更靠谱，你努力就会得到它，在你遇到各种问题的时候，它不一定能全部解决。但，绝对能解决绝大部分。”

“可是，我这么努力工作，努力赚钱，就是想我在面对爱的时候，可以不用考虑钱。”

“女神啊，白莲花啊，圣洁啊！”陈鱼很夸张地笑着，“男人面对你的时候可不这么考虑，其实他们想得可多呢。比如面对你，好色的人会觉得你过于熟女了，不如找个二十几岁的傻白甜，每天就会傻傻地崇拜自己。贪财的人会觉得你不过是个职业经理人，再有钱自己也不是老板，不如找个年纪大些的姑姑，等着继承遗产。至于居家的正常好男人，会觉得像你这样的女强人一定不会顾家，即便你再漂亮，也不会选你当老婆。所以，就算你在商界是叱咤风云的女神，在婚姻的这个战场上，你就是个弱势群体。”

“陈鱼，几年没跟你彻夜深谈了，我发现你对人生看透了不少啊？是不是被什么男人伤害了？”

“哈哈，当你不在乎男人，而只是把他们当作生活的道具的时候，就没有人能够伤害你了。再说了，我作为地产界首席大V，不仅关心宏观调控土地开发，也关心各位大佬们的私生活，没事当个狗仔爆个八卦什么的，要不我那公众号那么多的粉丝从哪儿来啊？看别人的故事多了，一样能深刻领悟到生活的真谛。”陈鱼故作严肃地说。

说得容若初咯咯咯直笑。她瞥了一眼陈鱼夺目的漂亮包包，随口问：“好漂亮，你在哪儿买的？”

“巴黎。师姐，不要小瞧我这大V的侦查能力，比如你这一句话，就能暴露你的来历和三观。看到我的漂亮包包，一大堆女人都会想，是哪个男人给她买的？那都是天天做梦有男人给她们买东西的小女人。而你无意识地问是我自己在哪儿买的，是因为你是一个靠自己赚钱活得漂亮的人。而且，你很有钱，因而你不但独立，而且在你眼里女人给自己买个昂贵的包包不算回事儿。”

“嗯，谈不上多有钱，但我的确不在乎钱，因为我有能力赚钱。”

“美人所见略同，哈哈！其实我从来不花男人的钱，想用几个钱买动姐，做梦吧。给我买东西不是不可以，不过也是得讲究资格的。现在很多人还停留在20世纪的观点，认为女人有钱一定是男人给的，而很多男人也让人不能理解，最近相亲了几次，遇到的全是奇葩，我打扮得漂漂亮亮是取悦我自己，他就认为是爱上他了，说什么女为悦己者容。哎呀妈呀，那些哥们说不上多么有色相，只有几个钱，就以为自己很优秀了，我就应该爱上他，我也只能呵呵呵了。竟然还有个人问我，我是不是不喜欢他的人，我说，我不但不喜欢你的人，我连你的钱都不喜欢，咯咯咯。”陈鱼一边说，一边自己捂着嘴巴笑了起来。

“陈鱼，你可以去开情感专栏了，专门谈新女性新思潮，呵呵。”

“我看行，我可不是那种被离婚了才知道醒悟的人，那太老套了，我是提前把男人和人生看透，免得以后没后悔药吃。”

“把人生看透？”

“就是。比如说，很多人说平平淡淡才是真，这话没错，可是这是人到80岁该说的话，才二十几岁就说这话，自己也不觉得矫情？还有，看朋友圈里的人天天嚷嚷做减法，真是莫名其妙，他们做过加法吗，空洞的人生有什么可减的？”陈鱼眨着大眼睛说。

“从男人谈到人生哲学，陈鱼，跟你做闺蜜，真是经常听到好多有趣的观点啊。”

“所以每个女人都需要有闺蜜，一起把男人和人生来看透。”

容若初就是抿着嘴儿笑，陈鱼是个想什么说什么的人，这点在她眼里是个很可贵的品质。

菜陆续上齐了，陈鱼津津有味地吃着。容若初欲言又止。

陈鱼看了她一眼，说：“师姐，以我作为四海八荒第一侦探的眼光来看，你有什么事情想求我？你这大忙人，不会这么有空请我吃饭就为了听我谈男人和人生吧？快说吧，别吞吞吐吐的，有什么需要我做的，看在这么多年姐妹情分上，我在收费上一定会给你打折的。”

容若初想了想说：“陈鱼，你记不记得咱们上大学那会儿，有一次咱俩彻夜长谈，就在宿舍楼顶上数星星，我跟你讲了我爱的人的事情。”

“记得啊，你说你爱上了你师叔，他已经失踪很多年了。”

“嗯，我就是想打听他的事情。”

“拜托，我只是地产圈名侦探，满世界去找一个失踪了20年的人，是警察叔叔的事情。”

“可是，他就在地产圈。”

“啊？你找到他了？哦，不对，你找到他了，就不会找我来找他了。”

“我是已经找到他了，其实我早就找到他了，可是我的父母不让我去见他，再加上他整天满世界飞，也难得在北京。所以，仅仅在前不久，才见到面。”

“好啊！太好了，那赶紧相认啊，表白啊！”陈鱼伸开双手做出一个拥抱的夸张姿势。

“哪有那么简单，曾经想得很美好，见了面就大功告成了，其实，见了面，发现彼此之间还是很远。他还是仅仅把我当成一个小妹妹，看来我的路，还很长。所以，第一步，我就是想了解一下他的情况，否则，我这下一步，都不知道怎么走。”

“哦，说说看，你想了解一下他什么情况。”

“当年听说他结婚了，还有了儿子，我曾经万念俱灰，差点儿听家里的话嫁了别人，幸亏向一飞悔婚了，这个以前跟你说过，你知道。后来我又听说几年前，他离婚了，前妻和孩子在美国生活。可是，仅仅是传说而已，他从来不在公众场合提到自己的私人生活，这是我想知道最基本的。另外，他的行踪，我也想大体知道一些，这样尽量争取往他的轨道上靠吧。”

“靠……你可真痴情。能告诉我那位大叔的名字吗，让我看看是什么人这么幸运，得到了容女神20年的痴情。”

“沈承风！”

当容若初说出这个名字的时候，陈鱼的嘴巴张得跟一条金鱼一样圆，久久没有合上。

许久，她才说了一句：“如果这人是沈承风，我倒是也觉得，这20年值得了。”

“怎么样，好闺蜜，帮我去打探下吧，价钱好说，我会付给你的，在商言商嘛。”

“这个，上次你们海岳地产付给我的银子还没花完，既然真的是你自己的事情，那这次我就不收费了，你多给我介绍点儿其他业务吧。为了尽快把你嫁出去，我也就第一次不谈钱，豁出去了。”

“好嘞，就知道你仗义，辛苦你啦，我再给你点一份甜品，多吃点儿，吃饱了好有力气去干活，啊！”容若初笑靥如花地说。

陈鱼一副高深莫测似笑非笑的表情。

夜色渐渐深沉，斑斓的色彩装点着蓝港的欧式建筑群，朝阳公园的湖水在灯光的倒映中，旖旎多姿，荡漾着迷离的波光。

跟陈鱼刚见过没几天，容若初正琢磨着怎么和沈承风再见面，他微信上的信息恰好来了。

“若初，这个周末有一场慈善晚宴，你有兴趣来出席一下吗？”

“哈哈，这个，当然有兴趣了，我一定到！”容若初利落地回复沈承风，既可以见他，还能做些好事，为什么不去？当然一定要去的。

有些日子，你越盼它，它来得越慢，你真是恨不得把时钟给掰过去。时间慢还不是最悲催的，最悲催的是你在期盼着这件事情，而集团来了开会通知。

容若初正坐在办公室里批阅文件，秘书小凌走了进来，说：“容总，收到集团总部通知，请您明天到广州开董事会，总部那边特意交代了，会议是于董事长亲自主持，各地老总们都不能请假缺席。”

容若初呆住了，但也无可奈何，毕竟人在职场，还是以工作为重。

周四晚上，容若初就飞到了广州，周五、周六、周日三天开会，为了弥补周末开会的无聊，集团包了一艘豪华游轮，就在海上一边看日出、钓海鱼，一边开会。

安排是很好，可是苦了她啦，无论如何，周六她得回趟北京。慈善晚宴是晚上 7 点正式开始的，最多可以迟到一个小时，算了下时间，从机场到银泰柏悦大酒店，大概需要一个小时，从广州飞到北京，大约三个来小时，从船上到机场，大约半个小时，也就是说，她最迟 3 点半要离开。

这次的董事会还是比较重要的，是不允许请假的。但是，世界上所有的事情，都会有解决办法，就看你能不能找到钥匙了。周六上午，容若初去找于万复，对他说，鸿方地产的总裁武全，再三伸出橄榄枝，想与海岳集团一起开发东四环 0188 地块。海岳北京公司经过缜密分析，认为此项目虽然拿地价格过高，但是，在北京房价飞涨的大背景下，这个项目的利润空间还是很大的，所以，有计划参与。而集团在北京地产界的地位是否牢固，此战役也十分重要，建议此次董事会增加此项议题。本来她是想下周专程来找于万复汇报的，但是，既然集团董事们都在，不如就提前审议一下。

其实，董事会她是向来不主张增加临时议题的，但是事至于此，她也想不出更好的办法了。于万复听完她的分析，深以为然，但是之前没有安排此事，各种资料尚在北京没有带来，文件柜钥匙她带着并没有留在公司，于是她说连夜回趟北京，周日早上可以讨论0188项目。

容若初又赶紧给一位朋友打电话，这位朋友在广东餐饮业是首屈一指的，特别是他家的生蚝，味冠全球，也难怪莎士比亚、拿破仑都喜欢吃生蚝，这生蚝的味道讲究起来，比红酒还要千变万化。每次来，必去他店里光顾，他也会将刚刚从世界各地空运来的生蚝上席来品尝。这位朋友，有艘私人游艇，容若初打电话就是希望他的游艇能去大游轮接送一下。

这个当然是没有问题的，下午3点半，那位蚝神朋友亲自驾驶游艇出现在游轮边上。

容若初刚要下游轮，突然一个人冲了出来拦住了她。她一看，是于万复的秘书小闻。

小闻拉住她，说："姐，你不要走，明天上午集团有人要对你下手了！"有一次小闻家里出事，容若初私底下借给他了20万元救急，小闻一直感恩在心。

"小闻，是什么事？"

"集团的钱董事他们，要在董事长面前排挤你。"

容若初心里一暖，看着小闻，说："放心，兄弟，他们排挤了我好几年了，不管他们这次出什么新花招，我接着就是。我有急事，必须离开，明天早上一定赶回来。"

"好，我手机彻夜不关，有什么事情随时打电话给我。"

"好兄弟！"

于是，登艇，上陆，乘飞机，这边沈承风派了一辆保时捷在等，7点30分，容若初出现在银泰柏悦大酒店门口，在贵宾室换了秘书小凌给她送来的礼服，这是一件宝蓝色真丝镂花鱼尾长裙，容若初专门找人培训过小凌化妆盘发，以备临时之需，小凌很娴熟，10分钟就一切搞定了。7点45分，光彩动人、艳惊四座的容若初出现在拍卖晚宴上。

这拍卖晚宴，真是巨贾云集，明星蜂至，各种的星光璀璨。容若初一进去，沈承风站起来，走到门口迎接，大厅里的人都十分好奇，能让沈大佬如此殷勤相迎的人，是何方仙子？

沈承风请她在主桌坐下，有专门给她的留位。他一身立领中式服装，越发显得气宇轩昂，风度不凡。沈承风本来就是大帅哥，这些年除了地产，他也投资时尚文化产业，所以他的穿着服饰格外讲究和别具一格，也往往是商界男士们的着装教科书。

容若初看了下，时尚慈善夜果然不同凡响，连续举办了多届，募得善款无数，救助了很多需要帮助的群体。很多来宾都是先生夫人一起来的，容若初看了一眼沈承风，左边坐的是她，右边是一位英国勋爵和夫人，再往右是钢铁大王和夫人，左边是浙江首富和女友，另外还有几位一线大明星。

这次慈善晚宴上，由沈承风倡议，专门成立一个救助先天心脏病儿童的基金会，叫心然慈善基金会，他自己放了5000万在基金里。

又到了拍卖环节，是一件汉朝的香薰炉，名字叫“玉炉沉水烟”，据说是汉武帝送给李夫人的。这位李夫人很传奇，李夫人的哥哥叫李延年，有一次在汉武帝面前唱歌，说“北方有佳人，遗世而独立，一顾倾人城，再顾倾人国，宁不知倾城与倾国，佳人再难得。”汉武帝大奇，说世上哪有这么美的女子，李延年说有的，就在小臣家里，是胞妹。于是李夫人就进了宫，果然绝世美丽，且冰雪智慧，温婉可人，一进宫便受宠异常，汉武帝把自己素日用的香薰炉赏给了她，意思是软玉温香，时时在怀，可见李夫人之地位。别小看这香薰炉，是用整块的翡翠制成，玲珑剔透，巧夺天工，历经这么多朝代更迭，玉环飞燕皆尘土，阿房唐宫多灰烬，昔日帝王美人儿早已经成了历史中的一页，这个炉子，如今出现在这衣香鬓影的京城之夜。

这个香薰炉，拍卖底价是500万。

价格很快就被叫上去了，500，650，700，850。

拍卖师叫到850万的时候，大厅里沉默了一下，这是互联网老大叫出的价格，互联网行业近年风生水起，老大也是蝉联了两年的中国新首富。

"900 万！"

就在拍卖师要落槌的时候，一个人又喊了个价格，容若初侧目一看，是沈承风。互联网老大笑了笑，摇了摇头，意思是自己放弃了，沈承风抱拳笑着回礼了一下，表示感谢对方的谦让和割爱。

花落沈家。

沈承风拿得玉炉，并未发表什么拍得感言，淡淡说了句"谢谢"就下台来了，坐下后，直接把炉子放到容若初的面前。

容若初一下惊呆了，抬起眼睛看着他。

沈承风依然淡淡的，微笑着说："若初，20 年没见，这个算是兄长给你的长大礼和再见面礼。"

容若初一惊，这礼物，还真是名贵。但是如果推辞就是见外了，于是嫣然一笑，便收下了。

周围人看着只是啧啧称奇。估计明天的新闻又有素材解释什么叫有钱任性了。

宴会的 8 号桌，在大厅的右侧，虽然也是贵宾桌位，但是因为靠近厅墙，所以并不显眼，有一个人，坐在暗处眼睛一直在盯着这一切——向一飞。

接下来是南北朝的一件玉玺，容若初心有所动。

150 万，200，220，250，280，300，330，350！

大厅里的气氛越来越火热。拍卖就是这样，到了一定火候会给人带来一种莫名的快感，而钱，不过也就成了数字。

这件玉玺，350 万被拍走，赢得这件宝物的，是容若初。

这个，是她给沈承风的回礼，一则是感谢他送她玉炉，二则，也是对慈善事业的支持。

现在的女性，不是古代，男人给什么，便收着什么。如今的女子，想要什么不要什么，自己很清楚，男人给什么，自己想回什么，就回什么。

这 900 万对大佬沈承风而言，不过是九牛一毛，而 350 万对容若初而言，不是个小数字，因为她只是职业经理人，虽然年薪百万，但是说到底还是个打工的。

不过，美人为博英雄一笑，江山都舍得，还舍不得钱吗?

沈承风有些不好意思了。刚才送容若初礼物，也是一时兴起，此时倒是有些后悔。他知道容若初是个不肯欠人人情的人。不过礼物既然送了，也就收下了，不管怎样都是为心脏病孩子的一份爱心。

旁边人看热闹的更是奇怪了。这俩人礼物送的，够惊心动魄的。

看到沈承风喜欢，容若初也很开心。小的时候，她看沈承风和父亲在家里指点江山、激扬文字的情形，知道他心里对历代圣贤帝王的崇拜。

不容多想，她今晚的行程还很紧张。

“承哥，我得先告退了，今晚还有点儿事儿。”她向沈承风告退，只说是有点儿事儿要走，并没有告诉他这一趟来得多么不容易，而今夜，还得海陆空赶回船上去。

“哦? 哦，好的。”沈承风含笑颔首，他也并没有多问，也没有挽留，他知道她一定有原因。

容若初也很礼貌地与主桌上的诸位大佬明星一一告别。于是赶紧出门，回贵宾室去换便装。但是此刻，她的秘书小凌不见了!

本来小凌应该一直跟在她的身边，拍卖的时候就站在墙边随时候命的。秘书的眼睛永远是在上司身上的，她一出来，不用招呼，小凌也就应该跟着出来的。但是，没有。

此刻，小凌正被向一飞暗地里叫到一个角落里，在叽叽咕咕说着什么。她没有想到容若初会这么早出来。

容若初的便装还在沙发上。她打小凌电话，没有人接，大厅一片人声鼎沸，估计也听不见。她来不及多想，只好自己费劲儿把礼服脱下来，再麻利换上便装。

走出酒店大门，司机老张已经在门口等候，飞驰回公司，拿得 0188 地块的所有资料，再一路奔到机场。因为刚才找小凌，耽误了些时间，已经非常紧张，几乎要赶不上飞机。如果这班航班赶不上，最早的就是明天早上 7 点的了，到船上估计得中午了，那，一切都晚了!

急急急!

等容若初一路小跑通过贵宾通道，真是有些狼狈不堪了，她索性把高跟鞋脱下来，拎在手里赤脚跑向登机口。容若初还很少有这么不顾形象的时候。还好在最后时刻，登上了飞机。

航班在凌晨3点的时候到达广州。蚝神的司机已经在机场等候，送到码头，海面荡漾的星光中，蚝神在游艇上敬了个海军礼，把容若初给逗乐了，这就是真哥们儿，关键时刻最靠谱！

于是，游艇开足马力向着大游轮破浪而去。

当游艇到达昨日离开的地方，竟然发现大游轮不见了！

茫茫海面，一望无际，而海上的风浪似乎越来越大。离开岸边后，手机信号也十分微弱了。

这下大家都有些慌。回，还是不回？

也就是此刻，容若初微信里，收到了一条定位信息，是秘书小闻发来的，他发来的，正是大游轮新的停泊地！

是谁改了游轮的位置，难道是知道容若初暂时离开，所以故意想让她回来的时候找不到吗？

真是每一次瑰丽的海上日出，都经历了昨夜的惊涛骇浪。

在董事们走进船舱会议室的时候，容若初已经坐在座位上了，在小闻的帮助下，她已经回到船上，回到自己的舱里洗澡换衣，看看天已经亮了，她索性也就不休息了，直接就到会议室里来坐着，慢条斯理地喝着咖啡，容光焕发地和大家打着招呼。

阳光透过船舱的窗户，洒在她的侧影上。

清早，于万复走进会议室，一眼看到容若初在那里坐着气定神闲地喝咖啡，不禁略略有些吃惊，他没想到容若初回来得这么快。其实，作为江湖老司机，他心里知道容若初突然跑回北京，肯定有不能说的原因，而不仅仅是去拿个材料，但是，作为一个聪明的老板，是知道什么时候该装糊涂的。他本来以为容若初中午才能赶回来，没想到黎明就看到她了。

其实他倒是希望她回来晚些，因为他遇到了很棘手的问题。

容若初到公司来也有些年月了，而且筚路蓝缕地把北京公司从无到有地建了起来，可谓是劳苦功高。目前是北京公司总经理兼集团副总裁，按道理，是应该提拔为集团的董事、高级副总裁的，别小看这个提拔，这是身份根本性的改变，是由纯职业经理人向股东的转变。

于万复一年前就有这个打算了，于是在董事会上提了出来。

集团董事钱奎高一听，马上瞪大了眼睛，说："于总，容总她还很年轻，心高气傲的，心性儿还不稳定，看看再说吧！这股份，给的时候简单，万一不和，收不回来是大麻烦啊！"

这钱奎高可不是一般的董事。当年于万复坐牢的时候，老钱直接把家里值钱的东西卖了撑着公司，气得老婆带着儿子跟他离了婚。老钱后来也就索性搬着铺盖卷儿，睡到了公司里。他这一带动，本来军心动摇的弟兄们也都回来了，一起硬撑着公司，等到于万复出狱回来，才有了后来的东山再起。

因为这层原因，老钱在公司那可是牛气哄哄啊！加之他比于大复还年长十岁，所以公司里都不称呼他"钱董事"，而是——"钱爷"。

这钱爷，连于万复都无可奈何。虽然现在他不仅做不了贡献，反而常常多事，但是，念在以往贡献，那是无论如何不能对他不敬的。

不知为什么，钱爷就是看容若初不顺眼。说原因也很简单，钱爷等人已经日暮西山，而容若初正是骁勇善战、战功赫赫的年纪，这跟老女人嫉恨少女一样的道理。

于万复也很为难，他非常想用股权来拴住容若初，如今好的职业经理人太难找了，但是，他又不敢招惹钱爷。这钱爷没别的本事，他一准儿会坐于万复办公室里，一边老泪纵横一边说："于董，为了公司，我的家都没了，如果公司觉得我没用了，我可以走。"

于万复最怕这个。在江湖上他虽然是个雷厉风行的火爆脾气，可是一遇到这情形，就完全蔫了。在媒体和外界的眼里，于万复一向是彪悍的狠硬风格，做生意跟打仗一样，见魔杀魔，见佛杀佛，有时候还让人望而生畏，但是大家都没想到，在公司内部会是这样。

这有点儿像古代的君王，驰骋天下时不可一世，回到宫中往往就会被后妃们弄个左右为难。新宠和旧爱，千古难题。

钱爷不仅会哭鼻子抹泪，还会拉帮结派。公司里的另外几位董事都跟他穿一条裤子。企业内老臣和少壮派的争斗，精彩之处不亚于宫斗戏。

就算于万复再偏心容若初，他也提拔不了了。

这是一年前的事情。这次其实于大复想再试探一下钱爷等人，他总觉得对不起容若初这几年的卖命。

于万复一走进船舱。大家马上肃立表示欢迎老板，就跟上朝一样。海岳集团还是非常讲究规矩和权威的。

于万复致辞完，按照规矩，先请钱董事汇报下他的工作。

以往钱爷总是排在第一个汇报的，这次不知为什么，支支吾吾的，说:“容总今年功劳最大，还是请容总先说吧。”

于万复很高兴，他觉得是钱爷心眼儿大了。

但容若初却觉得奇怪，这老爷子今儿怎么这么谦虚了？还是，有新的阴谋?

容若初来不及多想，这边于万复已经开口对大家说：“那就容总先汇报吧，而且昨天也已经通知大家了，今天的会议增加一项新议题，就是关于北京 0188 地块开发的事情。”

容若初也就清清嗓子，开始发言：“董事长，各位董事，各位同事，早上好！现在我来跟大家汇报下 0188 地块开发的事情。

“随着近 30 年来中国经济的快速增长，城市化速度逐步达到顶峰，造成了诸如土地资源紧缺、环境污染、生态破坏、交通拥挤等一系列城市化矛盾和挑战。我们接下来就是坚持竖向发展、大疏大密、产城一体、资源集约、绿色交通、智慧管理这六大规划策略，完善城市化布局和形态，改善城市的低密度、分散化倾向，提高城市土地使用效率，打造立体城市。

“香港密度约合每平方公里 6 万人，新加坡 5 万多人，北京四环内的土地非常紧张，更应该更大效益的利用起来，实现节地、节能、中密度、高强度投资、产业先导、本地就业的未来集约高效、生态宜居环境。

“目前四环内的土地非常稀少，0188 地块虽然不是我们拍得的，但是，鸿方地产的总裁与我们有过合作关系，所以希望我们入股一起开发。我们本来犹豫他的邀请，因为拿地价格实在是太高，但是，北京的房价上涨超出了我们这些职业人士的预测，近两个月涨幅之大让我们都目瞪口呆。在这样的情况下，这块地相对价格就变得适中，我们也对合作表示出极大的兴趣。鸿方地产的风格比较彪悍，近期他们连续又在上海、长沙、鄂尔多斯拍得了地王地块，目前资金链紧张，所以非常希望我们的介入，如果我们明确表示拒绝，他们将与康庄地产等公司接触。这一役成功与否，将直接决定北京地产界的格局，和我们的地位。

“对于这个项目，海岳北京已经做了项目分析、项目规划和财务预算，供董事局决策之用。我们的计划是，建一个包含酒店、购物广场、写字楼和住宅在内的立体大型综合体

“酒店方面正在跟国际排名前十位的酒店集团接触，预计中国酒店市场规模将在 2025 年超过美国，酒店房间数量届时可能达 610 万间。关于综合体内的其他业态，我有如下看法，首先是高端奢侈品，中国已经占到 28%，这个数字还会继续增长，所以，我们计划大规模引进新品牌，实现中国和欧洲的即时对接，这也是全球并购的一种。中国的消费需求，最起码在未来的 5-8 年内，14%、15% 的增长是一定有的，品牌，特别是高端轻奢品牌一定会大大超过这个平均值。

“再如医疗医药，中国现在占到了全球的 15% 左右，有人说未来会以 18% 的速度增长，但我看不止这个数字，因为 1963 年前后 7 年出生的人，占到了中国人口的 45%，这拨人今年平均 50 多岁，等到 55 岁的时候，他的医药开支是现在的 3-5 倍，所以，未来的医疗规模，我看到 40% 的增长都有可能。而且，中国目前已经步入老龄化社会，可以说是未富先老，过去 10 年，我们处在 9 亿人抚养 5 亿人的人口结构中，到 2030 年，天平逆转，5 亿人养活 9 亿人，庞大的养老压力对社会提出了海量的需求。所以，我们将在综合体内加大养老、医疗的主题。

“再有，目前电商的发展，对于传统的零售行业是个毁灭性的打击，

我们的海岳商业街在北京开了三年，今年就遭遇到了电商带来的强烈冲击，仅光棍节一天，淘宝网全网销售额就让实体店真是望洋兴叹啊，所以，我们新开的购物中心，将与电商进行接轨，跟得上这趟列车。

“很快，中国的服务业将有一个爆炸性的增长，人均 GDP 超过 7000 美元之后基本在 4-6 年会崛起一个大概 3 万亿人民币左右规模的新服务业。

“所以，我们的新综合体，也就是命名为‘三生之城’的这个项目，将会很大的颠覆传统综合体的做法，不管是在整体设计上，还是在业态分布上。”

各位董事们静静地听着，于万复一言不发。

容若初讲完后，知道按照惯例，那些老臣们都会提一大堆问题来刁难。

果不其然，首先发话的是蓄谋已久的钱爷，钱奎高。钱爷早年得过面瘫，说起话来，嘴巴有点儿歪，他慢条斯理阴阳怪气的说：“年轻人嘛，都在讲创新，可是创新是什么？连传统是什么都不知道，还谈什么创新？分析是分析得很好，可是用到实际上，就未必可以喽。容总不要见怪，我不是针对你，我是在谈社会上的一些现象。所以我的观点，对于 0188 这块地，还是开发传统住宅，北京的刚需是明明白白放在那里的，这么好的地段，盖出来多少人想买。按照刚才容总的阐述，咱们在这块地的开发上投入要大很多，而最后收益未必是成正比的。”

钱董事刚说完，周董事又跟上了，他略微有些磕巴，这俩哥们，真是一对儿！

“老钱说的有……有……有道理啊，咱们这……这……这么大的集团，战略应该以稳为主，要有……有……有延续性。年轻人有闯劲固然是对的，但是还……还……还是步步为营、分阶段性的创新比较好。”

这两人，跟黑白双煞似的，每次都配合得这么好！

容若初静静听他们说着，虽然很愤懑但也只有沉默。从去年开始，新兴产业的发展对于这些大集团们造成了很大的冲击，现在是一个不创新则必亡的时刻，老臣们就算不为集团，也要为自己手里的股票担担心、操操心了。看到他们还在故步自封，容若初也是无可奈何。如果一个大企业要出事，往往都是从内部开始的，这跟一个王朝的覆亡是一个道理。

于万复终于说话了，他是这艘船的船长，一切最后还是看他掌舵的方向。

“容总的设想非常好，也完全是建立在目前对中国、对北京、对整个社会需求的分析之上的，数据很翔实，很有说服力。海岳集团从 80 年代再度崛起，成为一个航母级地产集团，能够紧跟时代获得发展，靠的就是创新。我想，容总很好地践行了这一点。我的意见是，我作为董事长，要做的事情就是像柳传志先生说的，搭班子、定战略、抓管理，具体的事情，你们可以按照这个大思路进行推进。”

容若初看到会议桌对面，钱爷那恨恨的目光。钱爷知道自己已经日薄西山，失宠久矣，但是，他不敢恨于万复，于万复让他感到敬畏，他恨的是一帮少壮派，特别是容若初。

只要容若初在，他的地位就会一步步更加被侵蚀，所以一定要出这口气，除掉容若初!

不过不管怎样，这次董事会他又赢了一局，容若初没有被提拔为高级副总裁，也没有得到任何股份。

董事会结束了，大家都走了出去，钱爷故意磨蹭在最后。于万复比较了解他，就问：“钱董事，还有什么事情吗？”

钱奎高凑过来说：“董事长，我总觉得 0188 这项目风险太大了，而且最初容总去拿地，不是失败了吗？怎么对方还邀请咱们一起开发，我看这里边没这么简单。容总毕竟是女人，女人的弱点是很致命的，所以在战略上还是要帮她把把关。另外，我倒是觉得她那边的副总齐协，为人稳重敦厚，人缘颇好，是个可以重用的人才。”

“好，我知道了。”于万复说了一句。钱奎高看到于万复要忙着接电话，自己挑拨的目的也达到了，于是就告退走了出来。

于万复忙着接电话，是之前发英雄帖，把东南部沿海一带的富豪们都邀请了一下，到豪华游轮上来共度奢华之夜，所谓土豪就是——有钱，任性。富豪们都陆续到了，所以给他打电话报到呢。游轮靠岸，接上了大家，然后又向海面上驶去。

整个游轮，到了晚上被布置得金碧辉煌，歌舞升天，于万复喜欢用洋美女来充场面，特意从好莱坞请了几位一线当红女星来助兴，别以为那些姐姐们推掉了新片首映式来中国走秀是为了促进国际友谊，这一趟于万复可真没少给她们银子。富豪们看到于老板这种一掷千金的风格，也是啧啧称奇。

大家穿着漂亮的礼服，端着酒杯走来走去，甲板上，船舱里，灯光辉煌，繁华如梦。人们也在议论这位大土豪。

“听说于老板很喜欢美女呀，看看这船上。”

“不过我听说有明星想对于老板下手的，没有一个成功的，坐怀不乱的柳下惠呢。”

“看美女多了自然不稀罕什么明星不明星了。”

“嗯，我还听说，于老板娶了好几个老婆呢，现在的太太，已经是第三任了。”

“他娶老婆虽多，但是坊间却没有任何婚外恋的传闻，也真是有原则，哈哈。”

“关键是人家有本事，哪怕离婚了的老婆，也对他一往情深，没半句怨言，关键是于老板出手也大方。老兄，你学着点儿，听说你的女朋友和老婆打得厉害呢，全省都传遍了。”

“于老板有句名言，凡是用钱搞不定的事情，就用更多的钱去搞定。”

“听说于老板现在的太太不怎么漂亮，老三不如老二，老二不如老大。大太太是香港一代影后，那才叫风华绝代，就这样还被离了，可怜。于老板的大公子于欧宸就是这位影后太太生的。”

容若初正好经过，听到这句话，她不禁想起自己和大太太的第一次见面，是离婚十几年后于万复又送了她一层楼，容若初去送文件。当时大太太住在香港半山豪宅，容若初见了她真是吃了一惊，虽然已经五十多岁了，但是那种美，可谓惊为天人！她闲闲地斜倚在贵妃榻上，拿着一根玉簪子，在梳理一株兰花的细叶，那种兰花，容若初认识，叫作兰贵人，据说是当年慈禧太后的最爱，所以用自己年轻时候的封号命名。这种兰花，全天下不足 5 株。

这一晃也是三年前的事情了。

容若初不爱听八卦，于是便走开了。八卦这东西，真是无处不在，江湖有，庙堂里也有。

今天的豪华游轮上，也是美女如云，可不知为什么，总觉得那些美一点儿都不动人，少了一点儿韵味。船上不知从哪里混上来一些年轻高挑的女孩子，据说是些小模特外围女，花枝招展地在土豪堆里乱贴乱晃着。容若初叹了口气，这海天盛筵的玩法，早晚得出事。

她想提醒下于万复，找了一圈，却并没有在白花花的美女群中找到老板，他去哪儿了？

此刻的于万复，正在船上的密室里，叼着一根雪茄。他的对面，坐着温州帮的富豪们。温州是一个极为独特的地区，温州人商业意识浓厚擅长经商，已经成了非常有势力且紧密抱团的一个富豪群体。

于万复说：“各位大哥和兄弟，虽然咱们都不是一个行业的，但是，天下的生意，做大了本质都是一样的。不管什么企业，只要到了一定规模，多多少少都会做地产，而地产，最后都是金融。我是标准的地产企业，但是，设计不是我做的，全世界有无数个优秀的设计公司；房子不是我盖的，是建筑公司的工人；楼盘也不是我卖的，海岳大部分楼盘都是代理公司销售的；还有物业，也都是知名物业公司管理的。那我是做什么的呢？本质上讲，地产公司其实就是金融公司，而目前，我正在进行更大的金融布局，届时想邀请各位共谋大业。此次邀请大家来船上，我略尽地主之谊，以示诚意，希望大家玩得开心。”

大家纷纷表示愿意追随于万复。于万复很高兴，请大家一起去参加鸡尾酒会。

于万复刚走出来，正好遇到四处找他的容若初。

“怎么，容总，没有去舞会跳舞？”

“董事长，我觉得今天晚上太热闹了吧，都不知道是些哪里来的美女四处乱晃。”

“呵呵，没事，我让人找了家演员经纪公司，找了些演员来调节下氛围。”

“咱们是一家地产公司，不是娱乐公司啊。”

“哈哈，”于万复看到容若初着急的样子，不禁笑了，“你是担心咱们丢掉了艰苦奋斗的作风？放心吧，容总。另外，今天下午钱董事的发言处处针对你，我看出来了。我知道你劳苦功高，但是，你还年轻，不着急。”

夜风习习，游轮微微荡漾。

于万复走到游轮最高的地方，这里只有从会议室才能上来，所以客人们都到不了这里，只有他和容若初。

“容总，你来公司很多年了，有些事情我也没有跟你讲过。今天不妨讲给你听。我爷爷的故事，书上都有，不需要我多说了。80年代，我才20多岁，下定决心重新振兴祖业。刚开始没有钱，就在温州苍南宜山的小商品市场折腾再生腈纶衣裤。那个地方也真是奇怪，从小县城到宜山，都得跋山涉水从早到晚颠簸一天才能到，但是却是当时中国最大的再生纺织品市场，而且产品远销欧美，只能说在当时市场环境下，这样的穷乡僻壤反倒受计划经济束缚比较小吧。有一次我去宜山，正好是旺季，中巴车已经挤不下多一个人了，正好有辆去给当地送活猪的货车，我当时二话不说，给了司机一点儿钱，就在笼里和猪坐到了一起。半路上还下起了雨，三月的雨还是很透骨寒的，那时候比较穷，衣物也不怎么保暖。其实保暖也没用，从外到里早就淋透了。就这样浇淋着几个小时一路到了河边，又和猪一起坐船。好不容易快到了，还得坐一段当地‘土的’，也就是柴油三卡的蹦蹦车，小车上也人满为患，我几乎是趴在车外边像蝙蝠一样一路挂过来的，到了再坐船的地方，两只手几乎已经青紫磨破了。这样天快黑的时候，宜山到了。呵呵，容总，我当年就是这么白手起家的，所以，你不用担心我会奢靡腐败，那些，都是给客人们准备的，必要的公关手段还是得有的，你看我不是没有和任何一个美女喝酒，而一直就在会议室里工作吗？

“再接着说，虽然我从年轻的时候，有份和年龄不相称的老道和沉稳，但是，在那个年代，再沉着的人也有疯狂的时候。海岳公司成立的第二年，也就是 1985 年，我沉不住气了，放下自己小而稳步发展的事业，跑到海南去倒卖汽车。那一年，那个贫穷偏远的孤岛像着了疯魔一样，全岛狂热倒卖汽车，连扫地大妈幼儿园阿姨都在倒腾汽车批文，这股不正常的狂热随着中央的整顿严惩而落下帷幕。我至今还记得那一天，警察撞门进来，把我带走时的情形。我坐了两年多的牢，我出狱后回到广州，重新思考未来企业的发展，把业务都放到地产上，这样一晃 30 年过去了，咱们成为国内地产业的第一梯队。我坐牢的时候，钱奎高他们妻离子散来支持我、等我，没有他们，就没有我的今天。所以，我明知道应该对你厚奖，但是依旧听了钱董事他们的建议，希望你也理解我。另外，作为你的老板，也作为你的朋友，我很真诚地指出，你也要收敛些，不要太血气方刚，也不要太锋芒毕露，要学会韬光养晦。其实钱奎高他们说得也没错，你还需要历练得更圆滑一些，等你把跟钱董事他们的关系处理好，我再考虑你的提拔，如果处理不好，说明你还不够成熟啊，容总，明白了吗？”

容若初没想到于万复会跟自己推心置腹讲这么多，非常感动，“于董，作为一名职业经理人，最大的幸运就是遇到一个肝胆相照的好老板，所以我觉得我非常幸运，我也不会辜负这份信任。”

“好，你去酒会上看看吧，跟那些大佬们搞好关系，我们海岳集团正在进行金融布局，这又是一个大的转型，需要富豪们的支持，团结的人和资金越多越好！一会儿我还要在办公室和几位银行行长开个会。”

“好！”容若初答应着，走了下来。

于万复看着容若初的背影，沉思良久。他不是不知道哪方理亏，但是，如果钱奎高和容若初两方相斗，他只能两者取一的话，他选择钱奎高。虽然他已经是老朽没用了，但是，弃了钱奎高，他就是忘恩负义不顾兄弟的人，名声没了，在江湖上就什么都没了。而容若初，虽然是难得的职业经理人，也是他最得力的干将，但是，即便没有了，他依然可以重金在商界挖到更多能干的人。另外，从心底来说，他并不希望钱奎高和容若初完全和好，因为如果臣子们太和睦了，就会一致针对老板了，所以，臣子们之间，必须有些适当的争斗，互相牵制。所以钱奎高早就退休了还留他在公司里，而容若初也的确有时候多管闲事，比如这海天盛筵她就明确表示了反感。所以，让高管们之间互相斗斗，也是一种领导的权谋之术。

当然，容若初和钱奎高都不知道老板心底是怎么想的。

容若初与于万复分开后，也禁不住寻思，自己是不是太心胸狭窄了，跟钱奎高一退休老爷子计较，越想越觉得自己也有不对的地方，于是就到甲板上去找钱奎高。

此刻，钱爷正和周董事他们趴在栏杆上，面对着一望无际的浩瀚大海，端着酒杯大谈。

“钱爷，你又何苦跟容总过不去，你没看到董事长那么信任她吗？”周董禁不住劝钱奎高。

“就是这样我才生气，我闯江湖的时候她还没出生呢，现在就这么嚣张跟我叫板，以为我老了，哼，想得美！”

“那您能拿她怎么样？”

“拿她怎么样？我一点儿小计谋就能让她葬身这大海，哈哈。昨天晚上我让船长把游轮驶离了位置，我知道容若初凌晨会回来，这样她就找不到游轮了，昨夜风浪又大，不小心就会掉海里。”

“啊呀，好险！”

“这次算她命大，哼！”

背后的容若初，听到了这一切，她什么都没说，转身离开了甲板。

第六章　前尘往事

在董事会上，于万复批准了与鸿方地产的合作，所以容若初回到北京的第一件事情，就是去找武全。也不知道这么久没见，他和顾智山的恩怨，是不是已经可以释怀了。

自从上次在地产武林大会遇到武全,顾智山已经很久没有见到武全了。他就像是在捉迷藏，在最意想不到的时候，出现在他的面前宣战，但是，接着又是神龙见首不见尾。敌人并不可怕，看不到敌人在哪儿，才可怕。

其实，有时候午夜梦醒，他自己也在想，当初把武全送进监狱，到底是对还是错？是不是当初两人之间的争斗，根本到不了用这个方式解决的地步？本来武全是他一手培养起来的接班人，可是武全刚愎自用，挑战他的权威，自作主张决定企业的发展，让他极为震怒。而武全，出于无知，也在无意中触碰了经济犯罪的红线。这件事情其实本来可以大事化小，小事化了，但是，顾智山还是通知了纪检和司法部门，把事情最大化处理了。

如今，事已至此，他就要一直坚持下去，他不停地告诉自己，当初他的决定是对的，他这样做不是为了自己的尊严和地位的稳固，而是为了央京集团，是为了公家的事业。

现在，武全回来了！而且，在公开场合，明明白白地向他宣战了。

这天晚上，一位老朋友邀请他去参加一个高端饭局。本来他不想去，但是老朋友力邀，他本来想是拿出这个晚上时间来写篇新文章的，这几天地产圈又有他看不下去的怪事了，这样晚上早点儿回来再写吧，也就答应了老友的相邀。

吃饭是在长安俱乐部，顾智山到的时候席上已经到了几位了，正坐着聊天，见他到了也就开席了。顾智山因为身份和地位高，所以被请坐在主宾位子上，旁边的主位一直空着，他觉得有点儿奇怪，请客的人还没来，这会是谁？但是也没问。

席间的人有外地来的大老板，也有本地的被称为“局长”的人。这局长，是饭局的局，经常会在各种饭局见到。初见还觉正常，他说他是北京的，两杯酒下肚，就开始吹得天花乱坠，恨不得北京都是他的了，似乎全北京的官员，没有他不认识的。至于他的来历，每次似乎也都不一样，有时候是谁谁谁的亲戚，有时候是谁谁谁的亲信，北京这样的人很多。主人还未到，席间就由这位局长张罗着说话，倒还不至于冷场。

热菜刚刚开始上，这时候，门被推开了。

武全走了进来。

席间的人，除了顾智山，全都站了起来，表示欢迎。

武全似乎跟这些人认识，走进来直接在空着的主位上坐了下来。

席间那“局长”也停止了滔滔不绝，一个劲儿给武全倒酒夹菜。

武全端起酒，说：“我迟到了，自罚三杯。”说完，自己就接连喝了三杯。然后他把第四杯倒上。

他沉吟了一下，开始挨个敬别人。顾智山坐在他的左边，他是从右边开始敬的，每一位他都把满满一杯酒干了。顾智山知道他最后会敬到自己这边来，只是这酒怎么喝，他有些怔了。

武全一位位敬过来，跟每一位说笑寒暄，这段时间他也在观察顾智山，知道他正在煎熬着，但是，表面上依旧稳重如山。

顾智山正出神，武全站到了他的面前。武全的眼神注视着他，很有意味地一笑，说：“顾总，5 年了，别来无恙，我敬你一杯。”

顾智山轻轻叹了口气说：“武总，我记得你当年滴酒不沾的，现在酒量这么好了。”

“经历了这么多事情，如果人再不改变，那可能吗？”

“是的，我一直等着这一天。”

"等着这一天，是等着看我有多风光吗？"武全哈哈笑了一下。

"不是，是等着，想跟你好好谈一次。"

"谈？顾总,你我之间还有要谈的事情吗？咱们的事情所有人都知道，而所有人，也在等着看一个结局。"

局长看气氛有些尴尬，马上出来打圆场，说："哈哈哈，大家都是朋友，都是自家人，有话好商量。"

武全端起酒杯，也没敬谁，自己喝了一杯，说："今天这饭局，特意请大家来，是为了欢聚，既然是欢聚，就应该喝酒。顾总，感谢您当年知遇之恩，我再敬您。"

席间的人也都起哄，说干了，干了。

顾智山知道武全是在拿酒向自己挑衅,这是男人之间的一种解决方式，而他如果不喝，也就败了。他顾智山可是一响当当的汉子，老骥伏枥，依旧志在千里，怎么会在酒桌上落败。他端起来，一饮而尽。

武全也不说话，拎着茅台酒瓶又自己倒满端起来干了。

顾智山亦然。

刚开始旁边的人还起哄叫好。后来看着这么喝下去，都有些怕了，一个劲儿劝不要再喝了。武全瞪了大家一眼，大家也都不作声了。

在中国人的酒桌上,太多说不清的文化与故事。酒场,比战场还要惨烈。

顾智山在央企几十年，跟政商两界打交道，都没少喝酒，酒量在业内也是有名的，这区区的酒，还难不倒他。想用儿瓶酒就看他的笑话，不太可能。

最后，武全停了下来，人也有几分醉了。他哈哈笑着，说："顾总，这么多年了，还是厉害啊！今天这酒，如果我不赢，就算是我输了，我们之间没有平手，只有输赢。"

"我们的战场，在商场，不在酒桌。武总，不管我是对不起你还是对得起你，咱们商场上见分晓！"

"顾总，如果不是我这几瓶茅台酒，你哪会说这么实在的话。你只会冠冕堂皇地上纲上线，够虚伪。你口口声声为了公家，其实都是为了你自己的脸面。”武全借着酒劲，一口气把心里话说了出来。

“武全，难道，我在你心目中，就是这样的吗？”

“这5年来，我家破人未亡，我一个人把一切都想明白了。我这次重出江湖，就是要让所有人看到，我武全，是一个什么样的人！”

“你如果怨恨我，就尽管冲我来吧！武全，我可以告诉你，5年前你没有胜过我，5年后，你会败得更惨！别觉得我老了，虽然我被退休了，但我才五十几岁，最好的日子刚开始。”

“好！顾总，如果你已经老了，我会很悲哀，世间最大的悲哀就是没有对手。但是你没有老，你其实一直在等着我，你知道我会回来找你。”

“对，武全，我一直在等你，不管用什么样的方式，我们都会做一个了断。”

“好，顾总，我今天请你来，就一个目的，也就是想跟你说，我们之间的解决方式只有一个，就是你要还我的清白，面对公众跟我道歉！我要的，只有三个字‘对不起’！”

“武全，你当年错了就是错了，这三个字，你这一辈子都等不到了！今天多谢有这酒，把不好说的话也都说了。”

“一切刚刚开始，顾总，你这话说早了！”

“那就等着看吧。”顾智山语气淡淡却坚定地说。

“好！哈哈哈！今天这酒喝得爽，感谢大家的捧场，没有不散的宴席，今天就到这里吧！”武全又端起一杯酒，自己干了。

两人这几瓶茅台干下来，都有些支撑不住了，但是表面上都在撑着。大家也都看得出来，于是连忙说：“感谢感谢，见到了两位酒神的华山论剑，今天吃得很好，喝得很高兴，早回去休息！”

武全站了起来，大步走了出去，稳稳地，竟似没喝一滴酒一样。顾智山也倒背着手，闲庭信步似的走了出去，旁边的人看得啧啧称奇。

武全微笑着上了车，跟司机说向前开，开出去5分钟，他让司机停下，他下车，胃内翻江倒海一般，他一口吐了出来。

本来今天攒了个饭局，又让人把顾智山请来，是想用酒试试他的底线，没想到，对手竟然比 5 年前还要强硬。他明白，自己这复仇之路一定会充满各种未知和波折。这场硬仗，比自己想象中的还要难打。

顾智山说得对，他们的战场，不在酒桌，也就是借酒说几句话而已。他们的战场，在商场，在地产界。

武全在全国正狂飙突进拿地布局，目前资金十分紧张。北京的项目，他需要容若初的帮助。他知道她去广州开董事会了，他要等她回来。

容若初从广州回来后，本来第一件事情就是安排去见武全。但是，她刚下飞机，就接到了陈鱼的电话。陈鱼说有重要事情，请容若初去她的工作室一下。

容若初家都没回，拎着行李就过来了。

陈鱼的工作室就在机场高速旁边，798 艺术园区里，是一个三层的厂房改建的。陈鱼已经在会议室恭候，投影仪开着。

容若初坐下，满脸好奇地看着陈鱼，“陈大小姐，这是什么架势啊，第一次请我坐在会议室里啊！”

“容大女神，你是我的客户啊，没看到我今天穿着职业装吗？我在工作啊！”

还真是，陈鱼极少穿职业装，今天一身火红色的套裙，倒也像模像样的。她手里还拿着一个遥控器，轻轻一按，投影仪开始工作。

白板上出来一个人的照片。容若初呆了，是沈承风。

“师姐，你呆什么呆，不是你让我查一下沈承风的情况吗？”

“是，是啊，不过，我就是问问他到底离婚了没，这是基本应该知道的吧。另外就是他喜欢什么，两句话十几个字就足够了。我没想到你这么正式，还弄了个 PPT，过于敬业了吧！”

“哈哈，师姐的事情，我是十二分的认真，换作别人找我，这活我接都不接呢。我又不是月老，不管人家的姻缘，嘻嘻。”

“算了，既然做了PPT，那就给我讲讲吧，我看看你到底弄了些什么？”容若初也有些好奇。

“不知道我讲这些还有多大的价值，我看前几天你俩已经在公众场合你侬我侬了啊？”

“哪有的事啊？”

“拍卖会啊，沈承风送了你一件 900 万的汉代香薰玉炉，你回赠了一件 350 万的南北朝玉玺，这土豪大手笔坊间都传遍了。”

“哦，那件事情啊，其实也没什么，他一直把我当小妹妹，师兄家的女儿。况且，我和沈承风坐在那里，回想起来，好像都没交谈过几句，他也没正眼看我一眼。算了，不说这事情了，你说说你的成果吧。”

“好，容女士，现在我就给你讲讲你的心上人这么多年的故事。”

陈鱼一页页翻着 PPT，开始讲述。

“沈承风本来是哲学大师的关门弟子，本来会在哲学领域前途无量，但他读博士的第一年，因不明原因离开了学校，离开了北京，据说是情伤，但没有确切证据。在别人眼里是不知所踪，其实他是去闯海南去了。据知情人透露，最初找到一份工作是帮人刷墙，这是一家建筑装饰公司。刷墙刷熟练了，后来他就拉了几个兄弟，自己成立了一家装修公司。成立公司的钱是原来那家老板借给他的，海南的奇人奇事真多，现在你要出去单干，老板恨不得掐死你，那时候，还肯借开办费，真是一个奇特的时代。当时适逢海南房地产的疯狂‘大跃进’时期，他靠装修公司起家，成为一家大型房地产公司，名字叫大乾地产。毕竟，他是名校的高才生，理念跟别人不一样，所以发展速度跟坐火箭似的。那时候，他结婚了。”说到这里，陈鱼看了一眼容若初，看到容若初表情十分平静，才又接着往下说。

“你还记不记得刚才说沈承风刚成立公司时，开办费是一个装修公司老板借给他的，那老板照现在看来，就是顶级风投啊，他最大的投资是把自己的女儿嫁给了沈承风。真是有眼光！沈承风年纪也不小了，同龄人的孩子都可以打酱油了，而且他也的确感激岳父的知遇之恩，于是，也就真成了他的岳父。不过，据我本人调查，他和夫人感情虽然一直很好，但也一直不温不火，他有时候会很客气地称赞自己的夫人，要知道，夫妻之间如此客气，那说明感情一定不浓。事实也是这样，大约在 7 年前，他与夫人离婚，哦，也许是夫人与他离婚，不知道谁离了谁。总之，夫人带着孩子远走美国上学，再也没有回来过。所以，师姐，你放心好了，他离婚的事情是真的！而离婚前后，没有任何第三者的绯闻，他这么多年一直单身至今。但是，三年前他却曾在一本杂志的采访上说过‘此生心有所属’，不知那姑娘是谁？这不是个好消息。

再接着说公司的事情。海南在中国房地产史上的确是一朵奇葩，让无数人疯狂，也让无数人灭亡。沈承风因为做房地产，最初的确发了大财，那个时候，凡是在海南的，不管有钱没钱的，不可能不涉足地产业。有时候上午买块地，下午转手卖出去，凭空就得几百万。最初的民营企业是野蛮生长的，因为当时呼吸的就是让你野蛮生长的空气。那是一个最好的时代，也是最坏的时代，可以让人上天堂，也可以让人下地狱。沈承风也并非一帆风顺，也遭遇过几次濒临破产的危险境地，但是他做得最明智的事情，就是在海南房地产泡沫破灭的前夜，把公司的业务都搬到了北京。

到北京后过了几年，大约在2005年，沈承风与顾智山相识，相见恨晚，两人都有点儿文绉绉的爱弄笔墨。而处于发展转型期的大乾集团，也接受了一家央企——央京集团的注资，当时顾智山正是央京集团的一把手。央京集团投资后，成为大乾集团的第一大股东。

大乾集团每年的企业纪念日，都不是歌舞升平的歌功颂德，而是彻底反思每一年来的每一步得失，察于未萌，布局未来。每个企业的气质都和领导人的气质一脉相承，所以他开发的项目往往文化气息很浓。”

“哦，当然，他是这样的人。”容若初一脸花痴地说。

“哈哈，想看一个男人有多优秀，就看一个强势的女人在他面前多温柔。”陈鱼指着容若初笑。

“有道理哈。”

“唉，看看你啊，让地产江湖闻风丧胆的魔女，遇到爱情的时候智商跟普通人一样，都回归到零。真是美人难过英雄关啊，啊呀呀！”

“陈鱼，警告你啊，少打趣我，我好歹是你师姐。”

“哈哈，不过为东君沈大佬动心，不管怎样，都是情有可原的，他的确是人中龙凤。江湖上人称地产界的四大顶级豪门为东君西霸南帝北王，他最年轻，可谓功成名就，风华正茂。”

“乖鱼儿，别扯远了，快说说，他平时爱好什么？”

“他的爱好比较多，最大的爱好，是书。这几年他出版了几本书，想必你也都拜读了。但是，有件事情你肯定不知道，他特别爱买书，而且常去的几个书店，比如万圣书园、季风书店、诚品书店等，我打听了下，他每个月都会去一次万圣书园，一般会在某个周日的晚上 8 点左右，挑书到 10 点。师姐，你若想邂逅一场浪漫，不妨去试试。哈哈。”

容若初禁不住“嗯嗯”，是的，20 年了，他依然爱书。

这时候电话响了，容若初一看，是武全打来的。武全似乎喝醉了酒，含混不清，但是大概能说清楚，他在办公室。此刻已经是晚上 9 点了，容若初怕他出什么事，赶紧告辞出来。

陈鱼送她到门口，倚着门看她消失在夜色里。然后走回到会议室，拿着遥控器，把刚才的 PPT 又重新放了一遍，每一页，都是沈承风在不同年代的照片，有的风华正茂，有的英俊儒雅，有的指点江山，有的深沉睿智……陈鱼陷入了沉思。

其实，她知道容若初仅仅想知道他是否单身，爱好是什么？她本来也的确是想用十几个字就把师姐打发了的，毕竟，她是商业盈利机构。但是，当她去接触沈承风的资料的时候，突然发现，人世间原来还有这样的钻石王老五。要知道，陈鱼大美人也是眼睛比天都高的人，至今单身。不过，陈鱼跟容若初不一样，她爱的不是男人，而是自己，男人，仅仅是她成功的阶梯。不管是什么样的美人，都有年老色衰的一天，不管什么样的神仙眷侣，也都有想掐死对方的时候，这一生爱自己的只有自己。她生命的意义，就在于自己灿烂地活着，不是男人，也不想要孩子。她爱大款，不是爱大款的钱，而是要把自己也变成豪门和大款。

在一个人身上用的时间越多，就越容易陷进去。陈鱼知道容若初为沈承风守候20年了，但是，那关她什么事，如果他俩有缘，早就在一起了，也不会再给别人留下机会。在爱情这个战场上，只要能站在这里，就都是公平的。

这个男人，她也想要！

陈鱼跟容若初说了沈承风的爱好是每月一次到万圣书园买书，可是，最重要的她并没有告诉容若初，那就是，如今的沈承风最大的爱好是到世界各地旅行。而她的手上，已经拿到了至少5个沈承风的出国安排，因为有些旅行是游学或公务顺带，并非完全保密的。

容若初接到武全电话，就急匆匆赶到了鸿方地产的办公楼。当一个男人在醉酒之后给你打电话，说明是真的把你当哥们。

武全在沙发上躺着，闭着眼睛，他知道容若初过来了。容若初一看他这副样子，知道在这个世间，能让武全动容的，唯有顾智山。

“你见他了？”容若初明知故问。

“是的。”

“怎么醉成这样？”

“我和他拼酒了。”

“谁赢了。”

“平了，也就是我输了。”

容若初看着他，沉默了一会儿说：“你故意的？”

“不是。”武全回答得很干脆，从沙发上起来，稳稳站在了容若初的面前。

“武全，我算是你的铁哥们吧，我怎么不懂你？你现在非常清醒，估计再喝一瓶茅台没什么问题。但是，你停住了，是因为你看到顾智山已经到了极限，你不忍心，所以自己放弃了，自己认输了。你打电话给我，是因为心里难过，你难过不是因为你输了，你没输，而是因为你发现自己对顾智山还有感情，你下不去手，所以，你没法原谅自己，你觉得对不起过去5年受尽煎熬的自己，对吧？”

“别说了！”武全脸上竟然有泪痕，“是的，若初，你说对了！所以我不能原谅自己，我需要你开导我，在这个世界上，我只有你一个朋友，一个哥们。你知道顾智山害得我多惨，5 年，最好时光的 5 年，我在监狱里度日如年，虚度光阴！我的老婆，带着孩子改嫁了，再也不肯见我，我出来后去找她，只是希望见见女儿，她也不许见。她是我这一生唯一爱的女人，她在我最艰难的时候离开了我，但是我不怪她，还觉得对不起她，这都是顾智山害的！如果说，我真的非法集资了，那倒也罢了，可是，我是冤枉的！所以我出来复仇，但是，毕竟我从十几岁就跟着顾智山干，他还送我去读了大学，又去名校读工商管理硕士，曾经情同父子，他怎么对我下得了这样的手，所以，我想不通！”

“武全，每个人都有每个人最在意的事情，顾智山是央企的干部，他在意的不是钱，而是他的尊严和权威，而你，挑战了他的脸面。对于中国人而言，你知道面子两字有多重吗？你有没有想过他的感受，你有没有想过——去给他道歉？”

“不可能！”武全两只眼睛里像要冒出火来，他怎么也不相信容若初说出“道歉”这两个字来。

“我不理解你为什么要我去跟他道歉，为什么当有人做了错事，大家总是去劝受害者要宽宏大量，似乎不宽容才是最大的错，为什么不去谴责他？”武全情绪有些激动。

“那你打算怎么复仇？以其人之道还治其人之身，也送他进监狱？”

“不会，一则我并没有证据，二则我也并不想这么做。我有两个计划。虽然他退休了，可央京集团毕竟是他一生的心血，也是地产界的超级巨无霸，我要让鸿方地产快速扩张，在几年内规模超过央京，我要让顾智山看到，我武全才是真正的霸主，他不如我。第二，顾智山退休后，精力都放到了他的中地联盟上了，看来，他喜欢这个主席，甚至超过了喜欢当董事长。有一天，我会凌驾于中地联盟之上，让天下地产英雄都听我的号令。我复仇就一个目标，我要让他体会到当年我的痛苦。”

“啊……这，有些难度吧？”

“难才去做，不难的事情，对我没有意义。”

容若初一看这幅架势，心里明白这个话题多说无益，于是去给武全倒了杯水，两人好好坐下来，把话题一转。

“武全，我刚从广州回来，董事会批准了与你合作的决定。接下来，海岳将入股0188地块的项目公司，我们近期要正式谈判一次。我会代表我方，一方面本着合作共赢的原则拿出诚意，另一方面，我也会站在海岳集团的立场为海岳谈判最好的合作条件。我不会在你酒没醒的时候跟你谈判，给你足够的时间，你准备一下吧。”

“好！若初，很期待与你的合作。说实在的，前段时间我在全国狂飙突进地拿地，资金链已经十分紧张，这个时候，我需要你来做我的战友。”

“哦，你的资金链目前有多紧张？”

“就缺骆驼身上的最后一根稻草，我基本上把能用的融资手段都用了，信托借款、公司债、债务重组、夹层融资、融资租赁、债权转让、特定收益权转让、股权收益权转让、关联方借款、夹层式资管计划、银团贷款，而其中最重要的还是销售输血。所以，我需要北京的项目尽快做起来，让资金回笼，以支撑我的全国市场。北京几个最著名的地产项目都是你亲自操盘的，所以，你给了我很大的力量和支持。”

“武全，你能讲得这么清楚，的确是没喝醉，哈哈。0188地块是块会下金蛋的母鸡，我一直十分看好，也很有信心。目前我的团队已经做了详细的规划，会在与你的正式会议上提交。至于你在全国其他地方的拿地，我们可能不会参与了。毕竟，只有北上广才是海岳地产的核心，除此之外，海岳地产基本不在其他地方开拓地产业务。这三个地方的市场空间，足够海岳地产再做50年。”

“好的，若初，每个公司对于地产未来的判断是不一样的，鸿方地产的判断是，未来三四线城市的房价会大涨，空间很大。所以，我在全国布局。历史会证明，谁的策略是正确的。”

“好的，武全，作为朋友，我建议你谨慎，地产这个行业的水太深，一不小心会被呛到。”

“多谢你，若初。你一个女孩子家，也多注意安全，想想你也真不容易，一身书卷气的教授家的女儿，却在地产圈这么残酷的地方生存了下来。”

“习惯了，其实，地产圈想掐死我的人，真的不在少数。在房价疯涨的时候，海岳地产开发的房子一直保持不涨，因为海岳是房价的风向标，所以有些其他地产公司的楼盘也不能没谱地涨，少赚了钱，他们都恨死我了，于是都叫我冷血魔女。但是，目前的房价，的确已经高得让大多数的北京人无法安居。但是，我也理解那些地产公司，因为不是面包贵，而是面粉太贵了。在地产公司工作，似乎每天都处于纠结之中，一方面希望为公司赚更多钱，好好发展下去，另一方面，看着那房价飞涨，不知道年轻人要买房得多艰难。其实说实话，即便是我，此时此刻要再买一套房的话，都是有困难的。”

“地产这事情，的确不适合有情怀的人来干，但是，还必须得有情怀的人来干，才有未来。幸好有你这样的人。至于我，一介武夫，除了复仇没什么情怀，也没什么理想，就是一心想把企业做大了，有了力量后，去讨回 5 年前的一个公正和说法。世间的事情就是这么残酷，即便我是有道理的，但是如果我没有实力，也永远是没理的。甚至，都没有给我开口讲道理的机会。”

“武全，我理解你，都不容易。所以，有时候，要从对方的角度去思考问题。”

武全听了这话，又不爱听了，他看了看表，说：“若初，你刚出差回来，这都半夜 11 点了，赶紧回家休息吧。”

容若初一看也的确是很晚了，明天一大早还得和高管们开会，从海淀回到国贸路上还要挺长时间，于是就告辞出来。武全一直送她上了车。

容若初住在国贸，前些年她在离公司不远的地方买了一套公寓自己住。也的确幸亏是买房早，连她这地产公司的总经理，都没有想到北京的房价会涨得这么快。如果是现在买，估计她也会非常吃力。

开门进到屋子里，漂亮的公寓里边安安静静冷冷清清的，没什么人间的烟火气息。下了飞机就到陈鱼那里，又到武全那里，一晚上也没吃什么东西。打开冰箱，里边空空的。平时她太多忙碌，基本是在公司或外边吃饭，家里好久都没有动火了。其实，她是很喜欢厨艺的，在大学的时候，她能在宿舍里偷偷用一个电饭煲做出一桌美味佳肴。但是自从工作后，这项天赋就算废了。有时候忙起来，水都顾不上喝。

肚子有点儿饿，心里也有几分落寞。外表风光的霸道女总裁，其实过的日子连普通人都不如。她索性也就不吃了，安慰自己就当减肥了。冲过澡，换好睡衣，她躺在床上。翻了翻手机微信里的朋友圈，当年的大学同学几乎都是同一个主题，就是晒娃。她叹了口气，把手机关了，看着卧室的屋顶，卧室的屋顶上挂了几百个千纸鹤，如同天空的繁星，而且，是用同一种信纸折的，就是很小的时候用过的那种白底红线的信纸。

她第一次见沈承风，只有 8 岁。爸爸带他到家里来，说："清映，叫承哥。"18 岁的清映大大方方叫了。

爸爸又迟疑了一下，说："若初，叫师叔。"

凭什么？她偏不！——"承哥。"

沈承风笑了，说，都叫哥哥好了。

那年的沈承风，比她大 18 岁，清风朗月，卓尔不俗。

他和爸爸都是师公的博士研究生，爸爸是开门大弟子，早已经留校任教多年，也已经是教授了。而他是师公刚收的应届新弟子，师兄弟年龄整整差了 20 岁。

小小的若初突然觉得很害羞，于是跑回到自己的小屋子去了，然后从门缝里，偷偷往外瞧。

从那一天起，她就没事在屋子里往上乱蹦，想快点儿长高，长大，长大了她想嫁给沈承风。

当然，这样的事情，只有她自己知道。

有一天周末，沈承风来家里吃午饭，来得比较早，而且一来就到清映姐姐房间里去了。两人不知道在说什么，说说笑笑了好久也没理她，她很生气，气鼓鼓的，就站在房间门口不说话。沈承风看到了觉得奇怪，这小姑娘怎么今天心情这么不好，于是拿出一张信纸，就是那种白底红格的，折了一只千纸鹤给她。她拿了千纸鹤，开心起来，就似拿到定情信物一般，又唱又跳，毕竟还是个小孩子。

不久以后，姐姐离去了。

没多久，沈承风也消失了。容家的人再也没有见过他，听说去了海南。

20 年后，一个声名显赫的大企业家，他的名字叫沈承风。

这段故事，谁都不知道，深深地埋在容若初的心里。

所以，该恋爱的年纪她不恋爱，该结婚的年纪她不结婚，后来爸爸妈妈给她看中了个向一飞，是爸爸带的研究生弟子。她心如止水，知道等沈承风等不来了，爸爸妈妈已经没有了清映，她在婚姻上也不想让他们不高兴，于是也就答应了。没想到向一飞突然悔婚，她虽然很生气，但是也很高兴，这样，她就又可以给自己争取时间，继续等下去了。

可是，真能等回来吗?

陈鱼说，记得几年前有一个杂志采访，主持人问沈承风关于爱情的问题，他只说了一句：“此生心有所属，不想多谈。”这个心有所属，指的是谁？那本杂志，容若初一直留着。从时间上看，是在他离婚之后。难道，他其实一直有秘密的女朋友?

再说了，他根本就不知道容若初一直爱着他，从 8 岁的时候。

有时候，孩子懂大人的事情，大人不懂孩子的心。那位被世人无数赞誉和诋毁的著名心理学家、哲学家，伟大的弗洛伊德，有个很著名的理论，就是童年的心绪和经历会影响你的一生。中国老祖宗也早就说了，三岁看小，七岁看老。

不得不承认，弗洛伊德是位伟大的哲学家，因为他发现了、开创了我们从来没有意识到的现象。容若初最认同的就是他的童年理论，童年的一次惊鸿一瞥，注定了这一生崎岖的道路。

这一段情缘，注定是不能说，不能碰，没有结局的。

想到这里，不禁内心一股悲凉袭来，久久难息。

但是，自从雪中颐和园一面，她确实疯狂想见他。思念是什么？思念是漫天的大雪，然后一瓣一瓣，融化在滚烫的心尖上。

看着眼前那几百只寂寞的千纸鹤，容若初慢慢睡着了。

梦里，月移花影动，疑是玉人来。

第七章　横刀夺爱

沈承风此刻还在美国飞回中国的航班上。昨天他让秘书统计了下，这一年来，他已经飞了 226 次。

不知道在别人的眼中，大佬的生活都是怎样的？大家看到的都是各个论坛上神采飞扬的牛人，或者想象中纸醉金迷的奢华享受，其实，沈承风心里很清楚，所谓大佬的生活，是比普通人更大的压力和无尽的寂寞。

普通人养好自己和一家人就行了，而企业家要养活的是一个企业的员工。普通人有心事了可以找几个哥们儿大街上撸串喝酒去，而大佬的心事，只能默默一个人保密在心里。有时候多说一句话，都会被舆论做各种猜测和充满恶意的解读。毕竟，房地产商在众人的眼里，都流着不道德的血液。

沈承风这次是去考察美国的房产投资，用中国动力嫁接全球资源。但是他的决定，遭到了公司几位兄弟合伙人的一致反对。这几位兄弟合伙人，都是当年在海南与他一起睡过地铺的，这么多年一起风风雨雨走来，当公司长成参天大树的时候，大家的分歧也就慢慢明显起来了。中国合伙人的故事，真是一言难尽。

他还记得出国之前那天，二弟气冲冲地闯进他的办公室，“老大，目前中国的房地产市场一片大好，咱们就应该使劲跑马圈地，加大土地储备量，而不应该把精力放到国外。我知道你有情怀，想让中国企业走向世界，可是，现在不是谈情怀的时候，是打天下的时候。”

“二弟，全球化是一个必然趋势，我们就应该先行一步，才能占得先机。”沈承风苦口婆心地解释。

“我不懂这些，我就知道拿地盖房子卖钱，这是一个地产公司最基本的逻辑，全球化是什么，跟我们什么关系，我并不关心。”

“察于未萌，布局未来，咱们得在走这一步的时候，想到下一步的战略布局，房地产业已经不是过去的时代了，也在转型和升级。”

“老大，你是博士，我们哥几个都是高中没毕业的，不能跟你比，你说的我们也听不懂，我们就知道一个企业要生存，就得一门心思赚钱。”

“可是我是董事长，我负责企业未来的战略，我得懂。”

“你不觉得你超前了吗？一件对的事情，如果做早了，那也是错。老大，我们都知道你有情怀，可是，赚钱才是硬道理啊！”

“开拓国际市场也是赚钱啊！”

“但是比起目前国内狂热的地产市场，国际上的升值潜力是不是太小了呢？咱们大乾地产这些年一直是中国房企的前十，咱得保持住啊！”

“好了，我知道你的意思了，我会认真考虑的。”沈承风打开一叠文件看了起来，意思就是下逐客令了。这是他的性格，从来不跟人起冲突，但是会不说话。二弟看了看，叹了口气，出去了。

这次沈承风去考察美国市场，看中了一栋楼，想做成美国与中国企业家交流的桥梁。他内心有种理想和冲动，这也许不是商人该有的，就是因为当年他是哲学大师的弟子，所以这么多年来，一直有着一份与众不同的情怀。但是有时候，这情怀与商业是对立的，他也一直在一种冲突和煎熬中掩藏住自己的情怀，努力当好一个商人。

但是，这次他的确是很想进军美国。而当他在董事会上提出这个设想的时候，几位兄弟一致强烈反对：

“老大，我们几个意见是一致的，现在我们就应该在土地开发市场大举进攻，开疆辟土，而不应该把精力放到其他事情上去。”

沈承风纵横江湖 20 年，从白面书生到地产教父，只有两件事情让他一直纠结，一个是内心的情怀，一个是身旁的兄弟。

面对合伙人，沈承风即便是董事长，也无可奈何，于是暂时取消了开拓美国的计划。但是，他却坚持了另外一个计划，就是投资入股一家地产网络中介公司——天天兔。

兄弟们还是不解："老大，现在新盘这么多，谁会去关注二手房啊？"

"二弟，老三，老四，这个事情我是要坚持投资的。当土地供应和增量房达到一定限度的时候，二手房市场将成为主角。"

看老大这么坚决，几个兄弟悻悻地离开了。

天天兔的创始人是几个一腔热情的年轻人，为首的是一个瘦削的小伙子，他自从创业，把自己的名字也改了，就叫兔班，意思就是兔子班长，而不是董事长。天天兔的主要业务就是做网上二手房交易，他们的目标是打造全国最大的房地产网络家居平台，引领新房、二手房、租房、家居、房地产研究等领域的互联网创新。

最初的创业就是在兔班的商住两用的家里。人们一开始对网上购房是持怀疑态度的，所以，最初的发展可谓是辛酸艰难。等到略有规模，人们的思维和生活方式开始慢慢改变的时候，天天兔也开始考虑融资，把这个平台做大做强起来。

最初的融资是十分困难的，沈承风也是在一个很偶然的情况下，见到兔班和他的团队的。当时是参加一个创业活动，一个瘦削的年轻人走过来，"沈董，我叫兔班，我做二手房互联网交易平台，希望您给我5分钟时间，我想和跟您谈谈我的商业模式。"

"对不起，我现在马上要去机场，要飞上海。"

"就5分钟，5分钟。"

沈承风看到兔班那诚恳的眼神，答应了。

5分钟后，沈承风通知秘书改签了航班。

他隐隐约约感觉到，一个新的地产时代即将来临。未来，地产开发公司会沦为富士康，而地产中介公司，可能会成为苹果。也就是说，中介公司掌握了需求和客户端，而开发公司，只是房屋的制造商。

沈承风的远见就在于，当别人都为土地狂热的时候，他已经看到了物极必反的下滑曲线。如果不能在察于未萌的时候，去占领一个面向未来的商业阵地，只怕将来首当其冲被淘汰的就是这些企业。

但是，几位合伙人不能理解这些。

这一天，沈承风正在办公室签阅文件，几个合伙人走了进来。

为首的一个说："老大，这么多年来，咱们兄弟一场，合作也很愉快，但是，现在为了以后咱们发展得更好，我们哥几个意见都一致了，想和你分家。"

沈承风吃了一惊，多年兄弟，不至于到这个份儿上。

但是另外几个人却很坚决，看来已经想了很久，也商量好了。他们在投资方向上的分歧，不是一天两天了。沈承风看如此情形，长叹一声，他把公司能带走现金都给了弟兄们，最后剩下一大摊事情自己扛了起来。以江湖方式进入，以商人方式退出，最后也成了一段佳话。

就这样，几个股东离开集团，另立门户。之后起起伏伏，不一而足。

沈承风对天天兔的投资，就是在这么艰难的情况下执行的。股东的集体撤资，多年合作伙伴的离开，对沈承风是一个很大的打击，元气大伤，但是，动摇不了他对于天天兔的信心。而实际上，在他心里，到底最后天天兔能不能成功，他也不知道。如果对每笔投资的成败都知晓的话，那就不是人，是神了。而商界，没有神。

成功了，就是神话；失败了，就是骗子。很多时候，这就是商界故事的写法。

兔班和他的团队是带着一路压力，风尘仆仆奔波在创业的道路上。沈承风作为投资人也背负了非常大的压力，大到什么程度，只有自己知道。有时候夜深人静，他也问自己，付出这么大的代价来投资这家公司，成功了固然皆大欢喜，如果失败了，他是否可以承受所带来的一切?

这一天，是董事会，兔班向各位股东汇报工作。兔班打开会议室里的投影，说：

"沈董，各位股东，各位合伙人，向大家汇报一下，天天兔的业绩连年攀升，公司在移动技术、产品、推广方面全面布局，锁定了移动房地产交易领域的领先地位。拥有2000万用户的天天兔APP是极具价值的房地产移动应用平台，在房产移动类应用的覆盖率和活跃率均名列前茅，PC及移动平台月度活跃用户数将近一亿，拥有5000多万对买房、卖房、装修有强烈需求的注册用户。另外，与全国几千家新房开发企业、几万多家二手房经纪公司、一万多个家居品牌企业进行深度合作，网络广告客户覆盖率更是连创新高。”

会议室里一片掌声，沈承风对这个业绩很满意，“兔班，我看天天兔的挂牌上市可以提上议程了。”

“是的，不过由于股权架构的问题，不符合内地的要求，所以，目前最适合我们的是到香港上市。”

“我也这样认为，好好准备吧！”

十年寒窗，最后终于到了揭榜的时候，对天天兔的上市是万众瞩目，沈承风更是捏了一把汗。他预感到，这次上市没有那么顺利。果不其然，香港上市遇到挫折，断绝了这条道路，舆论也是一片哗然。所有人的心里都是五味杂陈的，草根们期待着一个草根神话的诞生，但是又带着看客的心态冷嘲热讽着；大佬们带着英雄相惜的心态盼望着一个历史时刻，但不得不说很多人心里醋溜溜的。

这时，几个兄弟来找沈承风，“老大，你看，事实证明，这根本不靠谱吧。”

沈承风不语。

“老大，听兄弟们一句劝，把钱撤出来，专注于拿地盖楼卖钱，别再纠结于情怀了。”兄弟们苦口婆心地说。

“成也情怀，败也情怀，这是我自己的事。”沈承风回答。

“成功了别人说你是情怀，你失败了别人笑你是迂腐。情怀是企业家的春药，也是毒药！”

“不管什么药，我自己吃。”

几个兄弟看劝不了沈承风，叹了一口气出门了。

放弃赴港上市，接下来要考虑的就是赴美上市了。这就是绝处逢生的孤注一掷了，如果这次再遇挫，那就死无葬身之地了。

沈承风和兔班一行，就是在这样的情形下到了美国的。

那段日子真是寝食难安，公众面前还是风采照人的明星企业家，其实公众没看到的是多少个不眠之夜。这就是创业者，不管是不是已经功成名就，只要还在路上，就是创业者，就是每天在过着沙场征战的生活。人前光鲜，人后不知抖落了多少尘土。

终于，这一天到来了，天天兔在美国上市成功！纽约和北京正好是昼夜颠倒的，这一夜，让很多国人无眠。

无眠的原因有两个，一个是为成功者喝彩，另一个是羡慕嫉妒酸得睡不着了。

这是最好的时代，因为有梦想的人可以成功。

那天晚上，沈承风一个人站在楼顶，万家灯火，秋风猎猎。

忙完这场战役，回到北京处理了些公司事务后，沈承风给自己放了个假。其实算不上假期，是一家商学院请他作为导师，一起去以色列考察。有了沈大佬的同行，这次的游学顿时更加高大上。而沈承风也算是一边工作学习，一边出去游览放松一番，这已经算是风尘仆仆的人生中最好的休息了。

这次游学规格比较高，豪华包机出行。学员都是各行各业的大企业家，另外还有一些媒体。

沈承风到了机场，刚刚走进候机室，一个火红色的身影就闪了过来。

“沈总您好，我叫陈鱼，曾经采访过您。这次是作为随行媒体，一起到以色列考察，希望能记录下这次考察中的收获和有趣故事。”

“哦，好的。”沈承风很礼貌地淡淡笑了笑，就到一边坐下，开始看文件。他心里想，这姑娘的衣服的确很省布料。

陈鱼见他淡淡的，也就走开去和别人说笑去了。女人，任何时候都不能太主动，像容若初那么傻傻的，也难怪沈承风这么多年都不把她放在心上。

登机之后，沈承风作为导师和一线大佬，被安排坐在最前边一排。陈鱼也毫不客气地走过来，坐在了他的旁边。等到飞机起飞后，进入平稳飞行状态，陈鱼站起来，手里拿了个小麦克风。

“各位亲爱的老师和同学们，大家好，我叫陈鱼，大家知道我为什么坐在第一排吗？”

大家起哄：“因为有帅哥！”

沈承风有些不好意思，陈鱼却落落大方地说：“唉，你们太小看我的境界了！我坐在这里，是为大家服务的。我曾经是电视台的主持人，后来辞职做自媒体，今天重操旧业，这一路我将为大家主持，让大家度过一次最快乐、最难忘的旅程。首先呢，请大家自我介绍。”

说完，把话筒递给了沈承风，一双大眼睛含情脉脉地注视着他。沈承风微微一笑，接过话筒，“大家好，我是沈承风，做地产的，谢谢。”

说完把话筒还给了陈鱼。陈鱼很夸张地说：“这么简单啊。不过沈老师的确不需要多介绍，天下谁人不识君，咯咯咯。接下来是这位同学介绍，要包括名字、性别、行业、三围、今天是否单身……”机舱内一阵欢乐。

几十位同学介绍完后，沈承风很好奇，这姑娘接下来还会折腾什么节目。陈鱼果然有料，她出了个主意，让分别坐在过道两边的一百来位同学分为两组，互相拉歌，主题是：童年唱过的歌。哪一方没有歌唱了就算输，需要在飞机落地后，在微信群里给获胜的同学发大红包。于是一帮平时正襟危坐的企业家们，都开始搜肠刮肚地想自己小时候唱过的歌，五音跑掉了四个地唱了起来。

离开国内战场，每个人都还原成了孩子。沈承风有一副好嗓子，他也唱了一首，“长亭外，古道边，芳草碧连天，晚风拂柳笛声残，今宵别梦寒。”

一阵欢乐后，大家也累了。陈鱼宣布大家进入休息模式，等待着醒来后看以色列的晨光。

沈承风的习惯是在飞机上看书。只有在天上的时候，是他的世界里最安静的时候。

陈鱼放下麦克风，从随身的包里拿出一个粉色的小包包，拎着就去了洗手间。等回来的时候，脸上的妆容已经洗干净，露出白净的皮肤。沈承风看了她一眼，觉得她的皮肤挺好的，不明白之前为什么要化那么复杂的妆。陈鱼也不理会大家，自顾自从粉包包里拿出一张面膜，贴在脸上。大约过了 15 分钟，她把面膜揭掉，冲沈承风做了个调皮的鬼脸，说了句“好梦”，闭上眼睛开始睡觉。这姑娘睡觉也不老实，身子一直斜到沈承风这边来，眼睛只要稍微一瞥，就可以看到她胸前的迷人风景。

沈承风有点儿尴尬，只好往另一个方向挪了挪，闭上眼睛也睡了起来。

著名作家辛格在《创业的国度》一书中有如此表述：以色列在美国纳斯达克上市的公司总数超过全欧洲在那里上市的新兴企业总和。早在 2008 年，以色列的人均创业投资就是美国的 2.5 倍，欧洲的 30 倍，中国的 80 倍，印度的 350 倍，平均每 1844 个以色列人中，就有一个人创业。这个面积仅为 25740 平方公里，人口仅有 700 多万的小国，蕴藏着巨大的创新能力，它是一个实至名归的创新超级国度。几年下来，这个数字更是吸引了全世界的目光。

所以，近年来，很多中国企业家纷纷到以色列取经，大家像是在一夜之间发现了这个小国蕴藏的光辉。

离飞机降落还有两个小时的时候，陈鱼醒了。她拎着自己的粉包包又去了洗手间，过了半个多小时，又是一脸精致妆容地走了出来，一张脸美得犹如芭比娃娃和埃及艳后的混合体，又妩媚又靓丽。回来她看到沈承风也醒了，机舱里同学们也基本都醒了，于是又翘着兰花指拿起自己的小话筒，开始给大家介绍以色列的风土人情。

沈承风他们到了以色列之后，日程安排十分紧张，不过，在拜会各家大企业、政府机构和大学之余，商学院的主办方也带大家到旅游胜地游览了一番。

这天，大家在一家当地特色的餐馆体验以色列美食。沈承风的习惯是随时带着笔记本电脑，只要一有时间坐下来，就会处理国内的邮件和办公文件，处理完就把笔记本放在桌子下边，跟大家一起吃饭说笑。陈鱼又少不了讲了几个笑话，逗得大家哈哈大笑。

吃饭期间，一位浙江老板一直在跟沈承风请教家族传承的事情，一直到吃完饭一边走一边还在请教，而沈承风，忘掉了他的笔记本。陈鱼发现了这个遗漏，因为自始至终她的心思都在他的身上，这次她花了十几万元报了这个游学团，可不是来游山玩水的，她的目标是拿下沈承风。她对沈承风已经了解得十分透彻，这个人的第一个特点是不肯欠人情，有恩必报，那么，就一定要找到一个机会让他感谢她。第二个是心地善良，有同情心，所以，要找到一个机会示弱，把这个男人内心的保护欲激发出来。机会可不是那么好找，一共 10 天的旅程，已经过了 7 天了，还没有什么进展。

陈鱼看到沈承风遗落了笔记本，她知道这个笔记本对他的重要性。她故意没吱声，随着大家一起走了出来。她得等走远了才提醒沈承风这件事情，这样沈承风才会很着急，如果陈鱼帮他找回来了，他一定会感激不尽。当然，走远了再提醒还有一个风险，就是笔记本真的被拿走找不到了，但是，那也与陈鱼无关，她并不关心这个。

大家走了两条街，欣赏以色列的民俗建筑。突然，陈鱼对沈承风说："沈老师，您平时都特别忙吧，我看您出国都在批文件。"

沈承风"啊"地大叫了一声，大家都停住脚步。他非常焦急地说："我的笔记本……"还不等说完，陈鱼撒开腿就往刚才那个餐馆跑去。众人还在迷茫于辨识不清这陌生的街道的时候，陈鱼准确无误地向着来处奔了回去。

沈承风也有些记不清吃饭的街道了，他跟着陈鱼往回跑去。

等到他终于跑到刚才的餐馆的时候，他看到陈鱼抱着他的笔记本，正在上气不接下气地冲他笑。

这一刻，他才发现，原来这个姑娘这么美！

要知道，他的太多重要资料都在这个笔记本里。这不是一台机器，是一个仓库啊！

笔记本失而复得，所有人都舒了一口气。结束一天的行程后，大家也早回酒店休息。

第二天早上在酒店大堂集合的时候，陈鱼一瘸一拐地来了。沈承风很关切地主动问："陈鱼，你怎么了？"

"没事没事，沈老师，别担心，没事的。昨天跑回餐馆拿笔记本的时候，跑得太快，一下撞桌角上了，昨天太着急没感觉到，睡了一晚上，发现瘀青肿了。"

沈承风一看，陈鱼的膝盖上果然一大片瘀青。他自责不已，觉得都是自己害的。于是这一路将功补过，一直搀扶着陈鱼。

陈鱼暗暗欣喜，这一招果然管用，也不枉她昨天晚上在洗手间的地上跪了两个小时，才做出了膝盖瘀青的苦肉计来。

这一趟，这十几万，花得值了！

在回程的包机上，陈鱼还是和沈承风坐在一起。刚开始的时候，他觉得这姑娘过于活跃闹腾，而这10天的旅程下来，也觉得有个开朗的女生，的确多了很多欢乐。为了表示感谢和歉意，他还特意送了陈鱼一件礼物，是一条设计很独特的镶了钻石的项链。以色列有全世界最大的钻石交易中心，钻石礼品比较多，他多买了几条一个样式的，想什么时候送礼也许用得着，就不用临时准备礼品了。

出国的日子是很欢乐的，因为离开自己熟悉的环境，到一个完全陌生的地方，就可以放下很多面具。不过，回来的时候，还得重新戴上面具，北京，既是战场，又是家。

容若初很少出国，毕竟她是职业经理人，有很多身不由己的忙碌。不过近期也出了一趟，去新加坡。

中国的房地产学新加坡是条路子，她最欣赏新加坡的是在这么小的土地上，容纳了那么多人口，而且疏密有致，布局合理，空间宽阔，产业搭配，不但不觉得人多，道路拥挤，反而四处鸟语花香，绿色清新，可见设计的重要性。

新加坡是容若初最喜欢的地方，一到这个花园国度，她就睡得特别香甜。她喜欢住在金沙对面的 Fullerton Bay Hotel，每天可以看到那艘大船在晨曦暮霭中翩然欲航。白天去考察谈生意，如果晚上没有商务安排，自己就到 Long Beach 去吃黑胡椒蟹，或者去喝田鸡粥、肉骨茶，不亦乐乎。

在新加坡的收获是很大的，房地产的三种模式，新加坡模式是最适合的。土地集约，人口合理密度，产城一体，绿色宜居。

0188 地块的项目，就想做成这个样子。

回到北京后的日子，依然紧锣密鼓。新地块的规划设计出来了，她一遍遍与设计公司讨论细节，经常到深夜。

不仅这个项目，海岳集团近期在土地上多有斩获，在目前的大形势下，多做土地储备会更有利于未来的发展。容若初带着团队，在北京通州拿下了三个地块，也因为这接连的拍地，让容若初在别人眼里看起来更加心狠手辣，又得罪了一批地产同行。的确，每次拍地都是一场武林大战，不抱着破釜沉舟一战的心态，是很难成功的。

不过，每到周日的晚上，不管有多么重要的事情，她都会推掉，到北大附近的万圣书园去，希望能邂逅沈承风，但是，却一直没有遇到。

这段时间，向一飞来找过她，希望参与 0188 地块的开发，她拒绝了。这个地块，目前已经成立了项目公司，叫“三生之城”，武全的鸿方地产作为大股东，海岳地产入股，由海岳地产总经理容若初作为这个项目公司的总操盘人进行开发。凭借容若初多年的开发经验，她有信心再为京城打造一个地标性项目。

那天她从新加坡回国，前脚刚进办公室，秘书小凌就进来汇报，说向一飞要见她。

容若初一怔，这人怎么来得这么及时？于是就对秘书说：“就说我还没回来。”

话音刚落，一个身影斜倚着门，阴阳怪气地说：“容总大人，不能这样拒人于千里之外吧！”

容若初一看，向一飞不知什么时候进来了。她比较恼怒，也奇怪是谁走漏风声说她回来了，但当面不好发作，于是冷冷地说：“向总，坐吧。”

“若初……”

“麻烦您还是称呼容总！”

“这个，真是的，就咱俩还这么见外。”

容若初冷笑了一声，“向总，建议您还是直接谈正事吧，咱们各为其主，都是上市集团，压力都不小，没时间谈其他的。”

“若初，我知道对不起你，可是，你也得为我想想啊。我上有80岁老母，一大家族的人都指望我养活，我也是没有办法啊。我虽然对不起你，可是现在我老家，黑龙江那么偏远的小山村，我给每户盖了一栋新房子，我们全村人都感谢你啊！

“再说了，好歹咱俩订过婚，也算一家人，你也要心疼下我啊。康大庄夫妇俩，要不号称西霸呢，的确阴险狠毒，为了赚钱，不择手段，要不也不会这么快有钱。他那独生女儿，想必你见过的，康小婷，有一次因为衣服的事情被你奚落过一顿，你也就知道是什么素质了。

“康小婷根本不管集团的事情，每天就是吃喝玩乐。高中毕业，她爸爸帮她买进了大学，却是天天和一帮狐朋狗友混着，所以，康大庄所有的钱、所有的希望都在我身上。

“很快，康庄集团所有的一切都会到我手上，到那时候，我和那只母老虎离婚，咱们再在一起，就什么都有了！”

“向总！”容若初听不下去了，厉声打断他，“我明确回复，不欢迎和你的合作，我现在非常忙，请出去！”

向一飞尴尬了，他站起来，有点儿威胁地对她说：“容总，你可以考虑考虑。另外呢，对我态度请稍微好点儿，毕竟，你只是个打工的，这件事情最后不是你决定。”

向一飞被拒绝后，恼羞成怒，他拿起电话打给助理：“给我查一下，鸿方地产的武全平时最喜欢什么？”

半个小时后，助理回电：“向总，已经查到，武全酷爱跑马拉松，除此之外没有其他爱好，每周至少三次在奥林匹克森林公园南园跑20公里。”

向一飞略沉思了一下，说：“好，给我找个跑步教练。”

不对自己狠点儿，怎么会套得住狼！

这日子说过就过了一个月。

奥森公园南园已经是京城跑步者的圣地了。不但普通跑者熙熙攘攘，就连很多名人，也都是这儿跑道上的常客，比如毛大庆、潘石屹、张朝阳等。

武全喜欢这儿，除了办公室，这里就是他的主要出没地了。对于俗世的应酬，除非有明确战斗目的，否则他绝对不会出席。他每周至少三次，会在这里跑上 20 公里，他喜欢那种什么都不想，一直向前跑的感觉，只有自己的身体和心在对话，忘掉世间的一切纷扰。而隔一段时间，他就会去跑一场马拉松，每一次都是战胜自己的耐力和意志。

这个周六下午，他照例跑着。当他跑到第三圈 15 公里的时候，他没注意到附近有个人把一瓶矿泉水拧开，把水抹在自己脸上，装成大汗淋漓的样子，然后紧跟着他跑了过来。

武全正跑着，突然听到“唉哟”一声，一个人捂着肚子，很痛苦地蹲了下去。他赶紧跑过去看，那人很英俊的一张脸已经被痛苦扭曲得不成样子。

武全定睛一看，像是康庄集团的向一飞。不多想了，他赶紧把他背起来，朝着门口方向跑去。他本来是想把这人背到停车场，然后送去附近医院，不过刚跑了几步，就听那人说：“我没事了，放我下来。”

武全把他放了下来，果然那人已经好多了。定睛一看，果然是向一飞。

“如果我没认错，你是康庄集团的向一飞？”

“是的，是的，是我。”

其实武全和向一飞虽然打过照面，但是没说过几句话，对他也并不了解。而武全与容若初虽然熟识，但是容若初并没有在他面前提起过向一飞的种种。

向一飞就是抓住了这个空漏。

武全怕向一飞再出事，于是陪着他慢慢向门口走去。这一走，就是两公里，走了 30 分钟。

向一飞很懂武全的心理。这个人受过苦，孤独，没人理解，也不想去理解别人。但是，只要与他有共鸣，触及他的痛处，他一定会肝胆相照。

向一飞问武全："武总，你怎么喜欢跑步的？"

武全回答："我以前在监狱里待过5年，没别的事情做，就是跑步。"

向一飞一怔，他没想到武全对自己的这段历史这么坦白。他一脸感动的样子，说："我跑步，是因为我很孤独。小的时候，我家里很穷，在东北的小山村，那个时候我个子长得小，经常被同学们欺负得鼻青脸肿。我打不过他们就跑，后来，我越跑越快。现在，你也知道，我是康大庄的女婿，但是，这豪门的女婿真不是人当的。他们把我当成狗都不如，用得着的时候和颜悦色，稍有不满就不由分说一顿骂。后来，我就常一个人到奥森来跑步，只有跑步的时候，才觉得快乐，才会忘了一切。"

武全看着他，内心百感交集，说："真是家家有本难念的经，我还真没想到你有这样的故事，这样以后有时间，咱们多坐坐聊聊。"武全虽久在商界沉浮，但耿直的性格一直如旧。

向一飞巴不得听到这句话，他使劲拍了拍武全的肩膀，说："好！武大哥！"

武全看了看表，对他说："不知不觉都这么晚了，我有个朋友也是做地产的，姓容，是一位大美女，说不准你还认识呢。晚上和她一起吃饭，她开车在门口接我，现在可能要到了。"

向一飞一听，吃了一惊，这会儿已经走到停车场门口了，他马上说："哦哦，突然想起来，我还有东西忘在寄存处了，我马上去取。大哥，咱们下周再约！"

武全也不勉强他，说："也好！"

向一飞转身又向奥森公园里跑去，他的背影刚消失的一瞬间，从东边过来一辆奔驰，车窗摇下来，正是容若初！

武全很高兴地上车，和容若初去吃饭了。

武全指路，来到故宫旁边的一个四合院里，这是武全刚盘下来的会所。

前段时间武全有一笔资金回笼，他马上重金打造了这个会所，倒不是他奢靡，而是很多人都太势利。

会所很隐蔽，大门紧紧闭着，十分朴素，即便打开大门看进去，视野所及的影壁和前院也是陈旧破败。但是，转过影壁，会看到另外一道门，门口站着两个高大帅气的警卫，他们一看到武全来了，连忙推开二门。走进去，豁然开朗，楼阁金碧辉煌，亭台美不胜收。在屋顶上，竟然还有一个巨大的泳池，站在泳池旁边，就可欣赏故宫院落的美景。

武全很得意地跟容若初说："若初，看，我们的新会所。从地理位置上，从私密布局上，非常适合请人吃饭，哈哈！你先在这里欣赏下景色，我去去就来。"

说完，武全就去冲澡了。下午在奥森刚跑完步，一身汗，因勤于健身，武全一身肌肉倒是十分有型。

容若初独自坐在二楼的泳池旁，喝着咖啡，看着暮色中的故宫，典雅而苍凉，有股历史的味道。天空中一片一片的乌鸦飞过。据说清朝的时候，把乌鸦当作神鸟供奉，所以至今故宫附近仍有大片大片的乌鸦。

余晖融尽了归鸟的翅膀。落日熔金，暮云合璧。

容若初看着武全这霸气的场面，心中倒没有为他高兴，而是深深的忧虑。自从武全拿下东四环 0188 号土地之后，很多人认为他疯了。但是，疯了的不是他，而是时代，房价如同坐火箭，一路飙升，一个大老板辛辛苦苦经营一个上千号人的工厂，一年的收入还不如炒一套房。前段时间还有新闻在朋友圈疯转，说是两套学区房救了一家上市公司。所以，武全押对了宝。而接着，他以更快的速度和更高的价格，在全国三十几个城市大面积囤地。这速度，连一向做事彪悍的容若初都看着心惊了。毕竟，各种宏观调控让整个大环境太不可预测了。

武全不只是高价疯狂囤地，还玩起了"土地期货"，把预售发挥到了极致，实现地产零库存，甚至最大限度地利用客户和合作者资金，共享红利。而鸿方地产的团队，很多地方总经理用的都是刚 20 岁出头的年轻人。可以说，武全的每一步牌，都没有按照常理来出。

楼下传来一阵急促的脚步声，容若初知道，只有武全才会走得这么快，脚步声还这么大。

跟武全一起上楼的，还有一个人，容若初不认识。

武全介绍说："容总，这是赵总。"因为有外人在场，称呼也正式起来。

武全接着说："容总，不好意思，赵总等了我半天了，我和他简单说几句，赵总马上要去机场。"

赵总很感激地坐下，"武总，不瞒您说，我是从武汉过来的，特意来拜访您。现在地产业的形势您也看到了，不是要逼死地产业，而是要逼死小开发商啊。我们这种小公司拍下的地，实在没有能力开发了，是在市中心的好位置。所以，特地上京来，就是求您把我们收了吧。"

武全按了下桌子上的铃，一会儿一个人走了上来。

武全对赵总说："这是鸿方地产副总，你这件事情我答应了，具体让他和你谈吧。"

说完，副总就带着赵总下去了。

容若初这边看得瞠目结舌。一个项目就这么简单谈妥了?

武全笑了，说："若初，这个项目我虽然收得快，但是不武断。首先，武汉是中部重点，人口众多，刚需很大。其次，他刚才说了市中心的位置，凡是省会城市市中心的位置，我们一律照收。在中国，最稀缺的永远是土地。要把稀缺的东西握在手里。"

容若初沉吟了一下，又问："那……你们的资金有那么充足？虽然你们有大背景，可是，你在全国各地圈的地实在是太多太贵了。"

武全哈哈哈爽朗地笑起来，很神秘地对容若初说："说实在的，这次我的资金链真的马上就要断了。"

容若初一惊，一脸疑惑，也搞不清楚武全说的是真的还是假的。

这会儿武全严肃起来，很认真地看着容若初，说："真的，我的资金链马上就要断了！在我的背上，还差最后一根稻草，就可以让我全部倒下。不过，除了你之外，没有人知道，别人也不需要知道，因为我很快就有办法满血复活。哦，这也不对，还有一个人知道，是沈承风，我去找他帮忙，他拒绝了。”听到这里，容若初心里一紧，她知道武全是个特别记仇的人。

武全并没有注意到容若初脸上的变化，他接着说：“所以，在别人的眼里，我还是在不停拿地。而且不拿小钱买便宜的，而是用大钱买贵的，一向是我的原则。事实证明，只有这样，附加值才更高，赢利空间才更大。我要让所有人认为，我现在很有钱。这样他们才会追随我，膜拜我，才会帮我，否则，就会恨不得落井下石，让我分分钟死掉。这就是商界的真面目。至于钱，放心，这个时代，最不缺的就是钱。我今晚请你吃饭，是因为我明天要出差去香港，会去很久，见一位传说中的香港教父。放心，若初，我和顾智山的恩怨还没有了结，我不会倒下！”提到顾智山，武全的眼睛里又放出血光。

武全说得很对。第二天，他就坐上了去香港的飞机。虽然他会一掷千金在皇城根下盘下一个四合院招待客人，但是，他坐飞机，却是舍不得花钱，只坐经济舱，而且不带秘书。他知道苦日子是怎么走过来的，知道每一分钱要用在刀刃上，绝对不会在不用摆排场的地方花钱。

到了香港，他找了个便宜的小酒店住下，托了一位从北京派到香港政界的朋友，帮他约香港的各位大佬见面。

一天过去了，两天过去了，三天过去了，一个星期过去了，朋友连一位大佬都没有帮他约上。

武全心里虽然急，但是，他还是相信这位朋友的人脉和人品的，于是按捺住性子继续等。平时他就穿一件 T 恤衫在街上混，但行李箱里却有一套极为名贵的西装和鞋子。

直到第八天，朋友兴冲冲地给他打电话，说：“老武，你会打牌吗？”

武全说：“会！”

朋友说：“明晚船王在家里打牌，本来约了赌王，可是赌王今天又急事，去澳洲了，于是临时把我喊去。这样，我就把你一起带去，先混个脸熟。听说还有两位大佬，甚至香港地产界教父穆不惮也可能一起去，他们都是几十年的牌友了，经常在一起打牌。”

武全十分兴奋，但也十分紧张。他其实并不会打牌，不过，他还有一天的时间去学。

他自己觉得，这世界上从来没有事情能难倒他武全。

第八章　阴差阳错

向一飞结识了武全，十分高兴。他想第一时间去找李似锦，商量下一步的计划。

但是，李似锦却没有心情来听他这事情。这几天她一直在家卧床休息，她与康大庄去做试管婴儿，又一次失败了，毕竟，她已经43岁了。

当年她是怀过孕的，但是被康小婷的生母一阵打闹，最后流了产，身体也受了影响，以至于多年都没有怀孕。再加上早些年她帮着康大庄辛苦打天下，根本没有太多的心思想孩子的事情，等到发现这是个大事情的时候，已经有些来不及了。

这几年，都数不清做了多少次试管婴儿了，国内，台湾，美国，欧洲，一次一次都失败了。如果她今生没有自己的孩子，即便是中国第一女富豪，又能怎样呢？可能还不如那田间满脚是泥但儿女成群的农妇快乐。这世界上的事情，就是围城，里边的人想冲出来，外边的人想冲进去。

康大庄是李似锦的第二任老公。第一任，却是没有任何人知道。

一直到现在，她的第一任丈夫，依然在陕北务农。

李似锦的父母都是很有文化的知识分子，在20个世纪60年代狂热的上山下乡运动中，到了陕北农村。现在的年轻人已经不太清楚什么是上山下乡了，但是那个运动改变了一代知识青年的命运。李似锦就是在村里出生的，最初不叫李似锦，而是叫李红国，就是一颗红心报效祖国的意思。70年代末，知青们大举返城，但并不是所有知青都成功返回城市，经过抗争、送礼、走关系、性贿赂乃至以死要挟，最后还是有数十万知青没能成功返回城里。李红国的父母就是这样，于是，也就在农村生活了下来。李红国小的时候，和村里的孩子一样，河里摸鱼，山上放羊，唯一不同的就是，当过老师的父母，把所有的知识都悉心传授给了她，特别是母亲还曾经是学校的英文教师。

在李红国二十多岁的时候，和村里的一个小伙子结了婚。那个小伙子很憨厚，浓眉大眼，是个老实本分的农民子弟。婚后丈夫很体贴，小日子也很甜蜜，但是，一个偏远的山村，一个出门只能看见黄土和大山的地方，又怎么能安放一颗已经知道世界有多大多美妙的心？

80年代出国热潮席卷全国的时候，哪怕是边陲小村，也感受到了这股风气。新婚不久的李红国，这个英语老师的女儿，顺利地考上了美国一所大学。丈夫把家里能变卖的都卖了，给她买了去美国的机票。虽然，这个小伙子知道，她这一走，是永远不会回来了。

从此，李红国改名李似锦，也就是希望自己前途似锦的意思。

初到美国的日子，是要多辛酸有多辛酸，但是，李似锦身上有陕北孩子那股拗劲儿，硬是生存了下来。白天上课，晚上去打好几份工，这样不仅大学毕业，还把全球最著名的商学院的硕士博士都攻读了下来。

此时的李似锦，不再是当年黄土高坡上苦命的小女孩了，而是怀揣最高学府金融学博士学位的海归精英了。李似锦随后选择了回国，她知道，接下来全球最大的经济热土在中国。

第一次婚姻早就结束了。回国后不久，她遇到了土财主康大庄。一方面，刚刚回国的她除了学历一无所有，所以需要一个有钱的丈夫。另一个方面，她还是对来自乡土的男人有一种天然的亲切感，那种完全洋化的男人，让她觉得特别假，吃个小饭还什么AA。更何况，她看出了康大庄这个土包子的潜力，她知道，他们会一起开启一个时代。康大庄如果不是遇到李似锦，可能永远只是一个土财主，遇到之后，他的命运也改变了。

嫁给康大庄之后，总体还算顺心，康大庄事事都听她的，唯有孩子的事情，让她十分闹心。

这些天，她心里十分沮丧，也就没去公司，而是在家养身体。这事情越想越生气，就是因为康小婷生母闹的，当年，她怀的可是一个男胎啊。不过那母夜叉如今在青海祁连山下的老家，她的恨也只能都记到康小婷这里来了。

向一飞端了一碗鸡汤过来，说："锦姨，喝点儿鸡汤补补身子。放心，现在医疗技术这么发达，怀个孩子会越来越容易，听说德国有技术，都可以电饭煲里生孩子了呢。"

李似锦翘着兰花指，拿汤匙喝了一口鸡汤，还是一脸忧愁。

向一飞不禁有些感慨，想平日里，李似锦在商界是多么厉害的人物，拿大奖拿到手软的王熙凤式的女人，谁能想到，她的脸上也会有这么落寞悲戚的神情。不过，向一飞从内心里是不希望李似锦生孩子的，因为如果她没有孩子，康家的庞大产业就全是康小婷和他的了。

"说说吧，0188 地块那事情怎么样了？"李似锦稍微回了回神，问起公司的事情。

"锦姨，你说得对，0188 地块的价值太大，所以，即便我们拿地失败，也一定要用其他方式参与进这块地的开发中。而且，北京的行政中心东移，这块地的政治意义也很大。我去找过容若初，又被她赶出来了。不过，这块地的业主方毕竟是鸿方地产，而武全在狱中多年，并不知道我和容若初的恩怨，我打算从他这里下手，入股三生之城的项目。锦姨，我不会辜负你对我的期望的。"

李似锦微微笑了下，说："这块地意义重大，你有把握吗？"

"有！我的手下已经查到，目前武全的资金链十分紧张，几乎快要崩盘了，所以，这个时候我们入股，他求之不得。"

"好，也借这个机会打击下容若初的气焰。你父亲一直觉得她抢了你的风光，比你更优秀，所以，你要想让你父亲更认可你，就必须得压住容若初。"

"好的，锦姨，放心吧，我还有更大的计划在后边呢，目前正在加紧筹备中，一定会置容若初于万劫不复之地。"

"嗯。"李似锦听完，也没有多问，懒懒的。向一飞看在眼里，就想用什么方法可以讨锦姨欢心。

“锦姨，我帮你找个事情开心一下吧。”

“咦，什么？”

“中地联盟联合媒体，要做一届地产奥斯卡时尚人物评选，锦姨你是地产圈第一美人，我看这个奖不会落到别人那里了，呵呵。”

“我美吗？”李似锦抿着嘴问，终于笑了。

“那当然，是我见过的最美的女人，比起那些影视明星来，不知道还要美多少倍。”向一飞的眼神开始迷离。

“哈哈哈。”李似锦笑了几声，说：“既然你这么孝顺，就去办吧。”

向一飞有几分尴尬，李似锦这个“孝顺”，既是夸他，又是提醒他，她毕竟是他的岳母。

他喏喏地答应着，走了出来。中地联盟的主席是顾智山，这人脾气又臭又硬，不好说话，他于是找到合办方的媒体，许诺下年在他们媒体上投放 500 万的广告。锦姨交给他的事情，他得办好。

这个地产奥斯卡时尚人物评选，李似锦唯一的竞争对手是容若初。毕竟，又美又能干的女人不是那么多。这个事情，也的确把容若初惊动了。本来这种场面上风光的事情她平日里不爱参与，但是，如果地产圈评选时尚人物，男士的得主毫无疑问是沈承风。

如果能和沈承风分别获得帝后桂冠，再一起走走红地毯，岂不是一件很浪漫的事情？容若初虽征战沙场多年，可暗地里也有颗爱浪漫的少女心。

这次评选有几个环节，首先是微信投票。这个微信投票，绝对是绑架人的事情，君不见平时多少父母为孩子而求人拉票，多少商界精英也把自己搞得跟娱乐明星一样。

但是，不管怎么样，容若初也决定努力一把，她甚至把大学同学也发动了起来投票。努力再加上天赋，微信投票这一环节，容若初稳居第一，第二是李似锦。

第二个环节，是地产奥斯卡时尚之夜的现场投票。活动是在水立方举办的，这一夜星光璀璨，地产圈大腕云集，很多影视明星也来凑热闹，特别是未婚的女影星。

首先是时尚之王的评选，几乎毫无悬念，沈承风的英俊是有目共睹的，而他的穿衣举止，的确是无人能及。男人仅帅是不行的，还得有一个庞大的商业帝国作为自己的最好的脸面和装备。一个四十多岁的男人，功成名就，儒雅倜傥，是多少女人心中的梦。

到了时尚女王的环节，投票的现场却是十分激烈。其他的竞争者很快就被拉开差距了，只有容若初和李似锦票数十分胶着，现场真是让人想起希拉里和特朗普的选举来。

刚开始唱票的时候，容若初的优势十分明显，但是当唱票结束的时候，150 张选票里，李似锦比容若初多了两票。

时尚女王的桂冠，花落李家。

李似锦穿了一件香奈儿最新款的礼服，风情万种地走上台去。她横了容若初一眼。她看得出来，容若初很落寞，容若初一向是个在公众场合喜怒不形于色的人，这次能有这么明显的表情，可见内心的确失落。她心里很高兴，这些小妖精别觉得年轻几岁就能怎么了，只要她李似锦想霸占的舞台，任何人都休想染指。

虽然她也知道，对于商界中人，这些都是虚的，但是，她享受那种美貌和能力被追捧艳羡的成就感。在台上接受膜拜的时刻，她会忘掉自己的所有烦恼。

李似锦没有看错，容若初的确很失望，也很不解，本来她的票数很明显是领先的，为什么会在最后时候出现那么大的反转?

她多么希望自己能和沈承风站在今晚的舞台上。而今晚的沈承风，在聚光灯下，更加倜傥不群，美好若梦。

旁边的顾智山看着，看了看容若初，又看了看李似锦，禁不住嘟囔：“有点儿奇怪，我让人查查去。”

容若初一笑，说：“算了，虚名而已。来打个酱油也挺好的，顾主席，我先告辞了。”

说完，容若初借着去洗手间，悄悄走了出来。再待下去也没有意思了。

因为是中途退席，天色尚早。想想水立方离北大挺近的，此刻又是周日晚上，不妨再去下万圣书园。当然，她知道今天一定遇不上沈承风，因为他正在里边领奖。

但是她心里很落寞，得找个地方发泄一下。不是喝酒，不是购物，而是在一个更加落寞的地方看书。落寞到极点，也就否极泰来了。

万圣书园创办于1993年秋天，已然成为京城的文化重镇。季羡林大师在一次文化沙龙上赞叹道：“万圣有其不可替代的地位。”何怀宏先生更用深情的笔触写道：“万圣不仅巷子深，门槛还高。要买书，先得登上一个小平台，万圣好像还有点儿傻乎乎的理想主义。”

这天已是初秋。北四环照例有些堵车，等过去的时候天已经有些晚了，而且刚下过雨，还有些冷，路上有雨打湿了的叶子，踩在脚下沙沙作响。夜色苍茫，像一幅黑白版画，路上没什么人，店里也是，只有寥寥几个身影在书架间。

容若初在咖啡区坐了一会儿，又移步到书架间，手里拿了一本龙应台的作品，无意识地抬眼看了一下周围。

有个人走了进来，径直走到最里边的哲学书架区，看样子对这里很熟悉。

突然，她像意识到了什么似的，盯着那个身影——正是沈承风！原来他真的会来。

容若初有些怔了，不知道该如何上去打招呼。

正犹豫间，他正好回过身来去拿一本关于宪政的书，手伸在书上，而人已经呆了——他也看到了她。

“若初，你也在这里吗？”他很高兴。

“噢，你也在这里吗？”容若初也呢喃了一句，怎么觉得这句话这么熟悉，马上想起来这是张爱玲短篇小说里的一句话，于千万人之中遇到你所要遇到的人，于千万年之中，时间的无涯的荒野中，没有早一步，也没有晚一步，刚巧赶上了，那也没有别的话好说，唯有轻轻地问一声：“噢，你也在这里吗？”

是的，此刻，我也在这里。

刚才那繁华如梦的场合，并不是属于他们两个的，那是名利场，而此刻，才是今晚两人的相遇。

容若初突然觉得很紧张，也不知说什么，倒是沈承风先安慰她：“若初，今晚的评选，其实也就是老顾他们为了壮大人气，搞得跟娱乐圈似的。我本来不想参加，但是老顾一定要让我来给他站台，我也只好临时充当演员了。我的任务完成了，看水立方离万圣书园不远，就顺便过来这里买书。最近太忙，好久没来了，我看新书多了很多。今晚的事情你不用介意，我看那投票是有问题的，就当是一场玩笑好了。”

“呵呵，承哥，放心，我就是当作一场热闹来凑的。”其实容若初参加这个评选，是为了沈承风，但是站在沈承风面前，她倒不好意思说了。

不过她想，不管怎样，今晚和沈承风站在一起了，在书店里一起选书，其实比一起站在台上更浪漫。

于是就陪着沈承风一起挑书。了解了一个人看的书就可以了解这个人，因为书里的思想影响了他，而他在书中看到了自己的影子。

听说，他有一个很大的书房。书房，现在还有多少人有书房？我们有豪华宽敞的客厅，却很少有客人来；我们有北欧定制的超舒适皇家睡床，却每天只能在上边睡几个小时，我们的灵魂在哪个房间里栖息？

书房，是一个人心灵的家园，也是一个国度文化的标志。

可惜，她从来没有去过他的书房。

等她有了孩子，她的婴儿室就要布置成书房的样子，要让宝宝，在伸手就可以拿到书的地方长大。

挑书是最快乐的，看到好书，会心一笑，放入购书车中。遇到特别喜欢的，两眼放光，惊喜万分，迫不及待打开书，找出最经典的一段来指给对方。不知不觉，已经挑了满满一推车。

已经到了下班时间，书园里没有其他人了，窗外，晚风阵阵。

近深夜，店员却并不催他们，也许，这里经常有像这样的人，流连书海而忘了时间。这种宽厚，也正是这样的文化书店的魅力。

“若初，还有一个地方买书也好。”

“哦？哪里？”

“诚品。”

诚品，在台湾。

“若初，你开车了吗？”沈承风把容若初买的书一起结了账，问她。

“我一般逛书店会到很晚。大周末的，我让司机早回去了，一会儿我打车回去就好。”

“哦，你住在哪里？”

“国贸。”

“没和父母住在一起？”

“我上班在国贸，为了方便就住那边了，否则每天路上来回得 4 个小时。”

“哦，也是。国贸离我家倒是不远，我送你回去吧。”

容若初的心里一阵狂喜，但还是很客气地说：“不耽误你时间吧？”

“没事，我每天睡得很晚。再说，这么晚了，不放心你一个人打车。”沈承风笑了笑。

司机载着沈承风和容若初，一路上，沈承风并没有和容若初说什么，而是一直在打电话，讨论一个商业综合体的项目方案。

停在了国贸公寓门口，容若初下车，沈承风挂掉手机，也走了下来。

两人相对而站，容若初的心里突然像小鹿一样怦怦直跳。

沈承风很平静地伸出手，握着容若初，淡淡地说：“早点儿休息。”没有多说一句话，也没有多一个眼神，然后坐回车里，车又发动了。

突然，容若初记起了什么，她奔过去，喊住沈承风。

沈承风把车窗摇下来，问：“什么事？”

容若初急急地说：“差点儿忘了，我老板于万复让我给你送份请柬，他又要结婚了，在普吉岛。”

“好，我尽量。你明天让司机给我拿到公司来就行。”

“哦。”容若初站在门前，看着他的车离去。

夜色已深，雨后的清新中透着落叶的馥郁。

离开容若初，沈承风的车子向回驶去。往事历历。

自从雪中颐和园重逢，沈承风的心中也是久久不能平息。见到容若初披着大红猩猩毡，在梅林里起舞的那一刻，他似乎被电击了一样，多少年前的回忆，一下子就全部回来了。可是，在他的心里，容若初就是一个小妹妹，仅此而已。

容若初对他的感情他不是不知道，男人和女人之间，有一种奇妙的电波，能交流特殊的信息，他不会感觉不到，可是，却不能。在他的心里，二十年如一日的，是另一个人的影子。

这么多年来，美女见过不少，但是，动心却不曾有。所以，虽然沈承风在企业家中可谓是最帅的男神，多年来却没有任何绯闻。能让这样一个历经沧桑的大佬再动心的人，不知道人间还有没有了。

看那些新闻报道，都是什么大佬和小明星的故事，可是，人到了这个年纪，心灵的需求其实是最重要的。每天在“沙场”疲于奔命，能有个说说话的人，才是可遇而不可求的。大佬和小明星也好，和女秘书也好，能有多少共同语言呢？所以，很多的报道其实也就是个圈外的想象。偶尔有那么一两个小概率事件，就被夸大传播了。

更何况，人在江湖，每天一睁眼，迎面扑来的都是刀光剑影，这些已经应顾不暇了。

广州的海岳集团总部这几天比较热闹，因为老板又要结婚了。整个总裁办最重要的工作，就是通知嘉宾和婚礼接待。

钱爷在忙着做预算。有一天，去跟于万复汇报的时候，忍不住说：“于总，您也50多岁了，三太太年轻又漂亮，性格也好，这怎么又折腾了？”

“你不懂，别问了。再说，我小儿子都快出生了，能不结婚吗？”

“这婚礼花的钱也太多了吧？这新太太还没进门，我这预算一做，发现得将近1000万呢。”

“这花的是我自己账户上的钱，有钱不给女人花，留着做什么？你把钱摸破了，钱也不会摸你一下。奋斗一辈子，还舍不得为自己的女人一掷千金，难道等着别人为自己的女人花去？都说女人现实，女人不现实能行吗？她肯花你的钱，是认可你的能力，我的女人要是不花我的钱，是看不起我。”

“哦哦哦。”钱爷听于万复这么说，也只好答应着。

于万复看了他一眼，接着说：“把钱花在女人和职业经理人身上，都是性价比最高的支出，前者会给你带来很多很多的爱和孩子，后者会给你赚更多更多的钱。当然并不是说这些是钱买来的，而只是你先用钱表达了自己的诚意。连钱都不舍得，就不配得到这些。都说真爱难寻，人才难找，先问问自己付出了吗？”

“是是是。”钱爷也不知道于万复说得对还是不对，只会说“是”。

“钱也不用留给儿子。我的儿子要是不会自己赚钱，就不是我的儿子，所以，别嫌花的钱多，这是我自己账户里的钱，就按照这个预算去准备吧。”

于万复在家事上从来不犹豫。钱爷也就不敢再多说一句了。

算起来，这是于万复的第六个儿子了。因为于万复的太太都是外籍，所以生多生少，倒没关系。

这事情传到大太太耳朵了，她又是在梳理她那株兰花，听完，幽幽说了句：

“你们以为他已经老了，但他就是要折腾给你们看。”

容若初作为于万复的得力干将，这几天也放下北京的项目，赶赴普吉岛，作为婚礼总指挥，全权负责老板婚礼。二十多个地方总经理，于万复只让容若初来插手自己的家事，可见是心腹。于万复让容若初来还有一个原因，因为这可不是一场简单的婚礼，中国的权贵富豪都被邀请到了，搞得跟企业家峰会似的。除此之外，于万复在东南亚也有投资，东南亚各国的政要豪门也邀请了。所以，婚礼之外，还是一场顶级外交。

这婚礼，真是奢华至极啊，水陆空全出动了，豪华游艇、私人飞机忙得不亦乐乎，只玫瑰花就用了足足有20万枝。新太太算不上多么美，不如三太太漂亮，但是个子非常高挑，性感而不俗，大大的眼睛深深的，是个混血美女。

于万复延续了他一贯的土豪作风，从好莱坞请了一堆一线男女明星来添热闹，弄得普吉岛那几天成了全世界产生新闻最多的地方。于万复在美国也有大动作，刚刚收购了一个电影公司，正在筹拍一部3D武打动作片。

这次婚礼，在发请柬的时候，都是写明要携夫人或女友一起前来的。

沈承风会带谁一起来呢？是不是那位他说的“心有所属”的神秘女人？

事实上，沈承风是一个人来的。

他永远就是这样，像一个谜。

他送给于万复和新太太的结婚礼物，是一条设计很别致的钻石项链，说是从以色列买的。礼物是由容若初收的，她是婚礼大管家。

在期然和不期然间，宴会上遇到了，容若初穿了一件希腊样式的鹅黄色长裙，发上戴了一枝花束，亭亭玉立地站着，像一朵水仙花。她看到他了，却不走近他，而是远远地盈盈浅笑着。

他看着她，竟十分震动的样子，呆了！

容若初嫣然一笑，隐去了。

要学会给男人留点儿想象的空间，他才会寻着你的香而来。

果然，整个宴会上，他的目光一直在追寻着她的身影。宴会是在草坪上举办的，整个现场搭建得如同花神的宫殿，如梦似幻。

她走过他身边的时候，冲他眨了眨眼睛，微醺的他看到她的目光，笑了笑，她知道他看懂了。

容若初走到了海边，海面上白鸥飞翔，夜色中的海风吹拂着她的纱裙，飘然若仙。

她知道他站在身后。

但是她装作不知道。

她把发上的花朵取下来，一朵一朵抛到海里。每抛一朵，都是优美的曲线和舞姿，银铃般的笑声也随之散开。

沈承风慢慢向前走来，满身酒气。容若初转身，两人相对而站。

突然，沈承风一把抱住她，吻住了她的嘴唇。容若初呆了，这一切都太突然。

沈承风似乎在梦境里，他的吻如雨点儿般落在容若初的唇上和脖颈上，嘴里轻轻唤着：“清映。”

但是容若初没有听清，她整个人已经蒙掉了，全身如同过电一般，酥软得几乎要晕过去。

过了一会儿，沈承风突然又清醒了，他看了看容若初，往后退了几步，快步消失在夜色里。

只留下容若初站在海边，失魂落魄。

第二天一早，沈承风就离开普吉岛，去日本了。

容若初没有走，她得处理婚礼后续事情。礼堂用了20万枝玫瑰，娇艳欲滴，可惜的是，她们只开过这一天，很快就会零落成尘碾做泥了。

容若初正发呆，身后进来一个人，原来是大太太。

在婚礼上，于万复把他的前妻也请来了，结婚上有这样的场面，也算是奇葩。大太太是容若初亲自去机场接的，之前她也到香港拜会过大太太，所以关系比较近。

“可惜这花，也就只绽放了这一天。”大太太喟叹道。

“是啊。”容若初看大太太比较伤感，想安慰下她，就接着说：“其实，您才是这婚礼上最美的人。”

“呵呵，我都老了。你是不是奇怪，老于多年前怎么会跟我分开？”

“这个……董事长的私事，我没想过。”

“其实也没什么，我生下欧宸后，身体受了很大的伤害，不能继续生了。那个时候，医学还不像现在这么发达。而老于，一心想着他们于家当年人丁兴旺的盛况，想着他爷爷那个时代，所以他需要更多的孩子，他想复兴的，是一个家族。”

容若初一声叹息。没想到这么硬气的于万复，竟然也有这样难以释怀的情结。

于万复的婚礼也引起了舆论的轩然大波。太不像话了，在很多大龄男青年都没有房子娶老婆的时代，地产商于万复竟然结了离，离了结，实在是欺人太甚。但是于万复他明白一点，暂时的舆论并不是历史的定论，有些貌似来势汹汹的口水，很快就会干涸在时间的微风里。而且，对于他而言，他任何时候都想证明自己，人们越是反对他，他越是逆反任性。他就是想这样做，偏这样做，做给所有人看，告诉大家，我想怎么做，决定权还在我这儿。

原来每一个人，都有自己任性的时候。

而容若初自己，也是心如乱絮。沈承风对她一直不冷不热，而且几年前他被采访的那句“心有所属”，一直是她心里的一个谜。昨日沈承风酒后的失控，根本不像是表白，倒像是认错了人。而他今天早上一句话不留就离开了，更是让人无法理解。

容若初心里正乱着呢，电话响了，她一看，是武全的，于是接起来。

“若初，好消息啊！康庄集团决定 10 个亿入股三生之城的项目。你也知道我资金链紧张，需要更多的钱在全国圈地，康庄集团也是大集团，他们的介入是个好事啊！明天早上向一飞正式和我来谈。”

“什么？！”容若初大吃一惊，“武全，这件事情你等我回北京后再说，毕竟海岳地产也是股东，必须得经过股东会决议，才能接受新的股东。我今天飞机飞回北京。”

战场上战鼓又鸣，容若初在那一瞬间放下了儿女情长，披挂上阵，继续征战。向一飞入股三生之城的项目，可不是什么好事。

容若初本来是晚上的飞机，可是，突然的变故让她改变了行程。明天早上向一飞去会晤武全，那么今天晚上她就得见一下武全。原来的行程到北京就得 12 点了，一切都来不及了，所以，她赶紧改机票。还好，最后一张机票被她抢到了。

坐到了飞机上，关机起飞以后，她才想起来一路匆忙，都忘了跟公司司机说来机场接她。不过，现在滴滴打车这么方便，也无所谓了。

飞到北京，天色还早，武全晚上有个饭局，8 点与容若初见面。容若初想想,最好去公司拿上相关资料跟武全谈,于是就打了个车,往公司驶去。

到达公司，才 17 点 25 分。正常是 17 点 30 下班的，员工们也一向是按时打卡，可是，当容若初到公司的时候，公司里竟然没有一个人！

这一惊可不小。

这时，公司保洁刘姐拿着拖把走了进来。她看见容若初，也很吃惊："容总？您不是通知公司说今天半夜回京，明早才回公司吗？"

"哦，临时有事，所以改了航班，来不及通知大家。这是怎么回事？没到下班时间，怎么人全都不见了？"

"哦，是齐总请全公司的人吃饭，所以齐总让大家统一早下班，带大家出去了。我孩子病了，所以没去，打扫完就回家陪孩子了。他们怕一到 5 点半就开始堵车，所以提前了 10 分钟走了。"

齐协请全公司的人吃饭？趁容若初不在！而且并没有向自己的上司汇报这事情！

容若初突然觉得有点儿堵得慌。这事情如果向齐协去兴师问罪，倒显得她小气了，谁说副总就不可以请公司的人吃饭了？谁说副总请公司的人吃饭还得向老总汇报了？只要不是公款就行。

可是，齐协明明知道容若初今天是半夜回京的，趁她不在请全公司的人吃饭，这是什么意思？笼络人心？独独瞒着她一人？为什么不等她回来连她一起请？齐协并没有想到，也没有得到消息，说容若初会提前回京。

这个齐协，最初是公司售楼处的一个负责前台接待的小伙子，有着男模特般帅气挺拔的面容和身材。容若初看他机灵，提拔他为销售经理，后来擢升为营销总监，再后来是副总经理，可谓是自己一手提拔起来的。

而齐协本人也争气。他从小父母双亡，是爷爷奶奶带大的，中专学历，从售楼处接待做起，从住地下室，一直到今天在东三环附近买下 300 平的豪华公寓，可谓是北漂励志的典型教材。

北京就是这样。很多人漂到北京，为了实现一个梦想，大部分人的梦破灭了，但总有人成功，所以激励了更多的人涌入北京。在资源密集的地方待着，哪怕什么事情都不做，成功的机会也会大一百倍，如果此人恰好又聪明上进，那即便实现不了既定梦想，比起曾经的生活，也是天壤之别了。

北京，就是一个承载了最多梦想的地方，也是有梦想的人最密集的地方，不管是在富豪的高级会所里，还是在三里屯的酒吧里，抑或尘土飞扬的工地上。梦想，是这个世界上最动人的东西。

当然，过度膨胀的梦想就不是美好而是灾难了。

容若初尽量让脸上没什么表情，就像她平时一样，淡淡地说："好，我知道了。"就走进自己的办公室了。

她现在还没有心情来想齐协的事情，向一飞的突然入股让她措手不及，而武全，因为在狱中多年，所以也并不知道她和向一飞这些年的恩怨。她也并不想把这些私人恩怨拿出来说。

容若初虽然征战沙场多年，已经非常理性。为了公司利益的大局，她可以做到一退再退，但是，她毕竟也是血肉之躯，有自己的爱憎，这个项目要跟向一飞这样的冤家合作，还要经常见面，她的确不想接受。而且，也并不是说跟向一飞合作才是唯一的途径。

她得说服武全。说服一个人，绝对是一门艺术，而每一次去说服，都不亚于是一场小型战役。

看看已经 7 点了，反正公司司机也跟着齐协出去吃饭了，她就索性继续打车，约好了在世贸天阶的咖啡馆见面。晚上武全在附近吃饭，这一吃就不知道到几点，而且也不知道喝成什么样子。很多中国企业家最大的体力和精力都耗费在喝酒上了，但是，不喝不行。容若初又急着见武全，于是武全想了个办法，中间出来见容若初。

"嗨，若初，不好意思，让你多等了10分钟，主要是有外地合作伙伴来，陪他们多喝了几杯。"

"没关系，武全，因为跟我见面，没有让你喝好，抱歉啦。"

"没事，我跟他们说有美女等我，他们就放我走了，给了我半个小时的假。”

“哈哈，说正事，你要跟向一飞合作？”

“是啊，我觉得这兄弟不错。我们是在奥森跑步认识的，后来他经常去我那儿坐坐，或者约我出去越野，慢慢熟悉了。前段时间他提出来想入股三生之城的项目，我觉得康庄集团是一个非常有实力的大集团，在开发方面也很有经验。你也知道，我的资金链十分紧张，目前康庄集团的介入，对我是件好事情，而且，他们还会在我全国扩张上继续助一臂之力。”

“可是，向一飞这人不太靠谱，他有今天无非是因为入赘康家。”

“若初，你是从来不评价人的，怎么突然这么说向一飞？虽然都知道他是靠裙带关系才腾达的，可是，他也是有真本事。我觉得你还是不要用市井的眼光来看待他。如果照你这么看，我这种从监狱出来的，就没有机会新生了？”

“哦，我不是这个意思。”

“这就对啦，再说了，他入赘康家跟你有什么关系啊！即便康庄集团入股，这个项目的总操盘人还是你。我相信你能打造一个新的地标项目。”

容若初有些语塞。武全并不知道她和向一飞的事情，她也没打算向武全讲与向一飞过去的恩怨，即便讲了，也没什么用，只会让武全觉得她格局气量小。

“武全，这样，这么大的事情，我得请示下我老板于万复。毕竟我只是职业经理人，在我的权限范围之内的，我可以做主，但是这件事情得于董亲自表态。”

“好，那是应该的！若初，我还得回去酒桌上喝酒。今晚是我请外地那帮朋友吃饭，本来想请你一起的，你又不肯，所以我来咖啡馆见你，但是现在得回去了。”

“这，好吧。我请示过于董后回复你。”

“好！”

容若初把于万复抬出来，其实是缓兵之计。她希望说服于万复不同意这件事情。

看看才晚上 9 点，她知道于万复处理工作都是到晚上 12 点，所以就打电话给他。企业家就是这样，没有什么工作时间与休息时间的区别，只要醒着，就是在工作。

容若初刚提到三生之城，于万复那边就说："容总，我的婚礼结束后，康总没有马上走，我们此刻正坐在一起叙旧。他提出入股三生之城，对此，鸿方地产也表示欢迎。康总这次借给我道贺婚礼之机，专门来当面说明，礼数也很周全。我看此事很好，你那边按照这个思路推进合作吧。"

容若初没办法再开口说什么，因为，此刻康大庄正和于万复坐在一起。于万复知道容若初和向一飞的恩怨，可是，对他而言，那是太遥远的一件事情了，也许早就忘了。他的心里，只有公司，一个职业经理人的个人恩怨算不了什么。其实，就是他本人的个人恩怨，在公司利益的前面，也都算不了什么。

第九章　众叛亲离

向一飞这些年屡次败在容若初手上，一直十分恼怒。有些人就是这样，从来都是看别人哪儿对不起自己，从来不看自己哪儿对不起人家。他虽然屡战屡败，不过，他现在手里有一颗棋子，就是容若初的秘书小凌。这个傻孩子，还真以为向一飞爱她呢，现在对他是言听计从，指哪儿打哪儿。

而小凌，刚开始的确觉得自己和向一飞在一起非常不对，有段时间，向一飞说现在她住的小区太破旧杂乱了，想帮她租个新房子住，她都拒绝了。她每天还是下班后回到自己的出租屋。能够有个独立的房子住，而不是好几个女生挤在一起，她已经很知足了。唯一觉得困扰的就是隔壁家太吵，经常是打架声和大人小孩的号哭声掺杂着，有时候到半夜。

这天，她又是陪容若初加班，回到家已经10点了。走进黑漆漆的楼道，有个人靠着墙蹲着，吓了她一跳。仔细一看，原来是隔壁家大姐。她看大姐满脸是泪，有些不忍，就说："要不，你先来我家里坐会儿？天晚了，走廊里太冷。"

大姐也就跟着进了房间，小凌给她倒了杯水，她一口气咕咚咕咚喝下去了，看来好久没喝水了。喝完了，大姐给小凌看她身上被老公打的伤痕，开始哭诉："当初我家里人都不让我嫁给他，说他没钱，还总不务正业，我不听，觉得我们有爱情就能面对一切困难，但是，世界上有一条真理真的说对了：贫贱夫妻百事哀。"

"别难过。"小凌不知道怎么安慰她，只会说这一个词。

“当初我也是大学毕业，本来有个好工作，可是他说老人孩子没人照顾，又请不起保姆，我就辞职了在家照顾。可他又说我没用，不出去赚钱，稍有不如意就又打又骂的。他在外边也比较艰难，受了气又不敢发火，所有的火都回家来发了。”

正说着，就听见门外有人喊：“你跑哪儿丢人现眼去了，还不赶紧回来，孩子要换尿布！”

大姐一听，赶紧慌里慌张就跑回去了。

小凌目送着大姐跑出门去，看着桌子上她喝得精光的水杯，拿出手机，给向一飞发了条微信：“我觉得你的建议挺好，我不想再住在这儿了，有合适的房子你租个吧。”

向一飞很快回复了：“好的，真乖！”

向一飞可不是给每个女孩都花钱的人，那些网红小明星有些几年才得到他一件礼物，但是对小凌，这个一开始他根本就没看上而只是利用的女孩子，却让他感到了前所未有的踏实和宁静。每天受够了妻子的河东狮吼，跟小凌在一起的时候觉得特别简单安静，所以，他租房子其实是为了自己有个可以安静的地方。

最近，向一飞格外忙碌，他在盘算下一步的计划。

康小婷是从来不管公司的，天天和一堆奇形怪状的狐朋狗友混在一起。工体、三里屯这些地方，经常看到康大小姐的身影。

这一天，一家超级豪华的KTV包厢里，纸醉金迷，群魔乱舞，康小婷又在大宴宾客。不知什么时候，包厢里蹩进来一个略显陌生的面孔。不过，这批人大部分也互相不认识，所以，谁也没有关注到他。他悄悄从口袋里拿出一包什么东西，放在沙发上。

这时候，突然一个人过来猛地抱住了他，他吃了一惊！

回过来一看，是已经喝得酩酊大醉的康小婷。康小婷说：“这不是筒子吗？这几天你死哪儿去了，也没看见你，过来陪姐喝一杯！”

筒子赶紧端起一杯酒，咕咚咕咚灌了下去。筒子想马上离开，不料康小婷似乎喝多了，有点儿迷迷糊糊，紧紧抱着他，他挣脱不得，看着脸上满是焦急和无可奈何的表情。

就在这时，门一下子被踹开了，一队警察冲了进来。

包厢里的男女顿时大惊，尖叫连连，乱作一团。

警察喊："都蹲下，不许动！"

所有人一下子酒都醒了，乖乖蹲在了地上。

一个警察戴着手套，从沙发上拿起一小包东西，白色的粉末！

带队的警察说："我们接到举报，说有人在这里聚众吸毒，现在所有人都要带回去调查！"

大家一听，大惊失色，有几个小姑娘嘤嘤哭了起来。

警察们似乎要找谁，问："谁是康小婷？"

这会儿大家才想起来康小婷，往沙发上一看，她还抱着筒子，已然醉得睡过去了。被警察这么一吼，她似乎清醒了点儿，迷迷糊糊地问："发生什么事情了，都傻了？"

警察无可奈何，于是全部带回派出所。

事情调查清楚也非常快，因为那包白粉上只有一个人的指纹：筒子。

到底是谁指使他来的？他说没有人指使，他是自己想拉纨绔女康小婷下水，从而赚点儿外快，没想到被抓住了。

白粉的事情并没有结束，不知道谁把这事情通风报信给了媒体，很快，微博上以铺天盖地的气势，吃瓜群众加水军的模式，流传开了豪门千金康小婷吸毒被捕的事情。

当然，康小婷只是被拘留了一夜，调查清楚后就回家了。回到家后的康小婷，在房间里待着，消停了几天。她努力回忆经历过的一切，她记起来，筒子是在一个晚宴上认识的，而那次晚宴她本来不想去，是继母怂恿父亲带她一起去的。那次她就觉得很奇怪，因为继母从来不喜欢父亲和她亲近。而那次晚宴上，筒子出现了，第六感里，她就对筒子保持着一种警觉。所有人都把她当游手好闲的傻子，其实她心里清楚着呢。

每天早上她看着向一飞匆匆忙忙出去，深夜又匆匆忙忙回来。向一飞作为康庄集团副总裁，还是比较称职的。他是一个从小穷怕了的人，知道奋斗的重要。他忘不了被同学歧视，欺负得鼻青脸肿，那个时候他就发誓，为了成为人上人，将不择手段，不惜代价。所以，读研究生的时候，虽然导师容教授待他视同亲子，且把自己女儿也托付给他，但是当他遇到首富女儿的时候，毫不犹豫就悔掉了原来的婚约。虽然他并不爱康小婷，甚至讨厌她的那份土豪家大小姐的飞扬跋扈、蛮横无理，虽然那时他也很喜欢师妹的知书达理、美丽清纯，但是，理智束缚不了内心的魔鬼。他连自己都不爱，只有所谓的成功才是他的真爱，不管这成功是天使还是恶魔。

跟康小婷的所谓邂逅，其实也是向一飞的设计。在大学里，往往有一些商业领袖班，学费动辄百万，不是一般人能上的，里面非富即贵。这里面的人，可不是为了读书而来的，一般上课的时候都在睡觉，而一下课就开始兴奋，呼朋唤友，出去一掷千金。还在读研究生的向一飞，没事儿就往这些班里蹭，从大家玩笑的只言片语里，判断出了每个人的身份，包括康小婷。于是，在纨绔千金为作业发愁的时候，救世帅哥出现了。

向一飞追康小婷，用的方法还真是独出心裁。如果一个女人已经看尽人世间的繁华，就带她去坐旋转木马。向一飞真的这么做了，康小婷玩得非常开心。她的童年是缺失的。小的时候，父亲每天为了生意而忙碌，她很少见到父亲，而即便见面，也是在父亲与生母的互相谩骂中。后来，父母离婚了。

婚后的向一飞，并不是个省油的灯，瞒着康家的人，也偷偷包养了几个四线到八线的小明星。这都是底下的事情，人们看到的不是这些，看到的是一位具有社会责任感的、积极进取的励志青年的榜样，而向一飞和他岳父一样，也频频作为社会公众优秀人物，出现于各大媒体活动的现场。

这就是北京，光怪陆离，充满诱惑。

不得不说，向一飞也是个少见的商业天才，康庄集团在他的努力经营下，一路高歌猛进，先后拿下北京多处绝佳地段，成就了一个个地产销售奇迹，直到这一切遇到了逐渐崛起的海岳北京分公司和容若初。在几次的拿地大战上，向一飞屡屡失手，包括0188地块，因而被岳父一顿数落。他是个特别爱迁怒于别人的人，于是，这笔账都算在了容若初这里，除掉容若初，是最好的办法了。

他的第一步计划，是入股三生之城，破坏掉容若初与武全的合作。

第二步计划，他已经筹划了半年了，是一个能置容若初于死地的圈套。

容若初现在腹背受敌。一则，向一飞在紧锣密鼓地入股三生之城；二则，武全对此事也十分急迫，因为他在着急融资，在全国继续扩张；三则，于万复接受了康大庄的游说，对此事也持欢迎态度。

容若初本来想找齐协商量下这件事情，可是，齐协在她出差期间，避开她邀请全公司人吃饭的事情，总是让她有些堵得慌。于是，暂时也不想跟齐协商量。

不过，她自己想到一个方法。这件事情最关键的还是武全。毕竟是这个项目的控股股东，而武全接受康庄集团，无非也是因为资金链紧张，虽然海岳集团缓解了武全的一部分困难，可是，资金当然是越多越好。那么，如果有一个方案可以让武全比跟康庄集团合作得到的利益更大，那么，他会选择新的方案的。

容若初想到的新方案，就是找沈承风合作，由沈承风出资入股三生之城。一则沈承风是为数不多有这个实力的人，二则容若初有信心让沈承风在这个项目上赚个盆满钵满。

容若初给沈承风打电话，没接。可能在开会吧，容若初安慰自己。

于是就发了个微信："承哥，在吗？有时间一起坐坐？"

沈承风倒是很快回复了："抱歉，最近事情太多。"

"哦，我是想和你谈工作的事情，三生之城的项目你感兴趣吗？这个项目的潜力和价值十分大。"

"不感兴趣。"

容若初有些心里凉凉的，沈承风的回答明显是拒人于千里之外。她不明白，那天在普吉岛的海边，那个深情吻她的沈承风，是不是同一个人？

她想最好找个机会当面跟沈承风说一声，而且，她心里有个疑问，也想见一下沈承风。

于是，她又发微信：“承哥，哪天有时间，到我家来吃饭吧，你和我爸妈都好久没见了。”

那边沉默了很久，容若初一直盯着手机屏幕。终于，沈承风回信了，说：“好的。”

容若初心里一阵狂喜。

容若初邀请沈承风回家吃饭，其实心里是有打算的，她知道父母一直对沈承风有意见，如果不化解他们之间的误会，恐怕无论如何她也没办法和沈承风有进一步的进展。而他们之间的误会，听父母说起来，也不像是有多大的事情，可能大家坐在一起面对面吃次饭就化解了。容若初怕父母不见沈承风，所以事先没说。

吃饭时间就定在周六晚上，父母在家，沈承风也有空。

周六下午，她早早就离开公司，回到蓝旗营的父母家中。在小区门口的超市里，她买了一大堆鱼肉和青菜，然后回家下厨。

父母正在忙毕业生答辩的事情，还没回来，不过听保姆说，会在 6 点半左右回来。因为容若初说过自己周六回来吃饭，所以父母一会儿一定会回来的。

6 点的时候，门铃响了，容若初奔过去开门，沈承风果然按时到了。他的手里拿了一盆水仙花礼品。容若初很开心，连忙接过来，然后请沈承风在客厅里坐一会儿，她跟保姆交代下要做的菜，然后马上回客厅来陪他。

容若初回到客厅，却没看到沈承风，她以为沈承风去洗手间了，于是就削苹果。削了两个，还不见沈承风回来，她突然想起来自己的手机还在里屋，于是进去拿，刚走进去，突然发现沈承风站在姐姐清映的闺房里，呆呆的，门是开的。

若初觉得有点儿奇怪，但也没有多想，走过去说：“承哥，这是姐姐的房间，自从她走后，里边的陈设一点儿都没有改变。我们也很想念她，我想你也是吧，那个时候咱们三个经常在一起玩。”

“哦。”沈承风像是从梦中醒来，回了回神。

“承哥，那天在普吉岛，你挺开心吧？”容若初羞羞地问，其实，她是想提醒沈承风那天在海边吻她的事情。

沈承风脸上有几分尴尬，说：“是的，喝了很多酒。”

容若初不明白这“喝了很多酒”是什么意思，是说很开心，还是喝多了糊涂了？

这时候，家门的钥匙孔一阵窸窸窣窣响，教授夫妇走了进来。

“这届毕业生素质真是好，我真舍不得他们毕业。”

“就是，要是每一届都这么好，那就好喽。”

正说着，教授一眼看到了站在客厅里的沈承风。

“沈承风？”

“师兄，师嫂，是我。”

“你怎么来了？”

“若初邀请我来吃晚饭。”

“吃晚饭？我们怎么不知道？”

“哦，爸，妈，你们好多年没跟承哥见面了，我想给你们个惊喜。”容若初赶紧插话。

“惊喜？不再给我们个晴天霹雳就不错了！沈承风，别觉得过了这么多年了你就可以解脱了，我这一辈子永远不会原谅你！我们一家，也永远不要再跟你来往，你是亿万富翁，我们也高攀不起，你走吧！”

沈承风还想说什么，但是话到嘴边，终究没有说，他叹了口气，看了容若初一眼，走出去了。

容若初大惊，她顾不上父母的指责，追了出去，但是，茫茫夜色里，沈承风已经消失了踪影。

她心里一团乱麻，她得找沈承风解释清楚。

正好，第二晚沈承风在国家会议中心有个演讲。容若初不想惊动任何人，没有告诉主办方自己到了，而是找了个后排的位置悄悄坐了下来。

这几天心里堵得慌，所以也没好好吃饭，刚坐下的时候，就觉得肚子有些不舒服，容若初也没在意。但是肚子越来越疼，容若初实在坐不下去了，于是就捂着肚子走了出来，刚走了几步，就觉得钻心般的剧痛，支撑不住就倒在了地上。保安看到了，赶紧背着容若初就往大门跑。会议中心派了一部车，马上送往医院。

会议中心里，沈承风依然在台上演讲，并不知道门外发生了什么。

容若初被送到医院，原来是急性阑尾炎，需要动手术。

不管什么样的女神男神，只要进了医院，都是病人。在这里，穿一样的病号服，名字变成一个编号。不管你曾经在这个社会多么光彩照人，在医院里就像到了另外一个世界，一切不复存在。

容若初躺了 5 天才拆线，不过还得在医院里再住 3 天，直到伤口愈合得比较好，再回家里休养一段时间。在这几天，包括父母，她没有告诉任何人生病的事情。在大家眼里，她是不会倒下的铁娘子，所以，有伤她只会自己来扛，就像打碎了牙自己咽肚子里，也绝不会让人觉得同情可怜。对公司，她就说休年假了，毕竟她已经 5 年没休过年假了，这也说得过去。她不想见任何人，只想一个人躺着疗伤。

这天刚拆完线，她正躺着睡午觉，手机静音了。等她醒来，发现手机上有 9 个未接来电，是秘书小凌打的。小凌从来没有连续给她打过这么多电话，出了什么事情?

她坐起来，不能让人听出来是躺着说话，也不能听出来有虚弱之感，她的声音尽量平稳：“小凌，什么事？”

“容总，您在北京吗？”

“在。”

“出大事了，您赶紧去看一下吧。咱们在行宫县的项目，农民说咱们抢他们土地，现场打起来了！齐总现在正往那边赶，他们说必须要您出面，才肯罢手，否则就……就烧了工地，而且，还可能会出人命！”

“啊 ?!”容若初一听，马上意识到了事态的严重。

海岳集团在北京的布局，也辐射到了京津冀周边省市地区，京津冀一体化，是最近的一个热词。有个叫行宫县的地方，位于北京东边，离北京中心距离非常近，甚至比很多北京郊区还近，房价非常便宜，吸引了大批在北京置业困难的北漂们。

两年前，容若初曾经在这里以招拍挂的方式拿下一个相当大的地块，可谓是再造了一个新城。目前盖了大半，其中一部分房子已经预售出去，销售很火爆。这个项目对海岳地产而言十分重要。

容若初心里很着急，虽然身体还没有恢复，但是，她知道这种工地上的混乱场面一旦失控，后果有多么严重。

容若初看医生正在换班，于是悄悄换了便装，溜了出来。

行宫县项目工地上一片混乱，乌泱泱的人群在吵嚷着。看到容若初来了，不知道谁喊了一声："容魔女来了，大家找她算账啊！"为首的是几个彪形大汉，他们手里拿着大锹大棍，身上绑着血书，吵嚷着直接就冲了过来。

"黑心开发商，还我土地！跟你们拼了！"众人呼喊着。

场面刹那间混乱了，早一步来到工地的齐协看到容若初有危险，赶紧跑过来，让人拦住疯狂的农民们，可是，这哪能拦得住？海岳公司对建筑工人素来优厚，待大家如同正式员工，照顾有加，这些建筑工人也都是西北农村来的老实巴交的农民，非常义气，见东家有事，抄起家伙就跟这帮冲过来的人干了起来。

这是电影里才能看到的场景，一时间工地成了沙场，大家厮杀混战在了一起，而且是越打越红了眼，越杀越拼了命。

容若初制止不了场面，混乱中赶紧在齐协和几个员工掩护下进入临时工房，把门从里边顶了起来，可是，外边的人越来越疯狂，而临时工房的小薄墙根本抵不住几个大汉的冲撞。齐协用自己的身体死死顶住房门。

容若初身上溅了些血，不知道是自己的还是别人的。紧张之下，连疼痛也分不清是真还是假了，刚刚动过手术的伤口，又被撕裂了开来。

正在千钧一发的时刻，毕竟小县城路近，警察很快就到了。

在这场突如其来的械斗里，两边都有人负伤，而且很严重，但幸好没有人死亡。

事情还没来得及查清，第二波冲击就到了，纪委的人从天而降，带走了行宫县书记。与此同时，北京各大报纸的记者也似乎早得到了消息，在几乎同一时间都到达了偏远的行宫县。

这些记者事先都得到了一份新闻通稿，内容是海岳北京总经理容若初勾结当地县官员，强取豪夺农民土地，引发农民维权怒潮。

陈鱼作为地产界自媒体大V，也接到通知赶到了。她打听了下，容若初正在县医院急诊室，于是跑了过去。

“师姐，你看！我今天中午得到了这篇新闻通稿，还有一个短信通知，说你在行宫县强取豪夺土地，引起农民维权，今天下午3点会在工地上爆发血斗，是个爆炸性新闻，通知媒体都来现场报道。”

“什么？”容若初一听，就知道有人下套了。但是，目前还无从查起是谁。她把新闻通稿拿过来一看，气得差点儿背过气去。

“陈鱼，你相信我，这块土地是海岳地产以公开透明的招拍挂方式从当地土地部门拍来的，流程和手续没有任何问题，这篇新闻通稿明显就是有人作恶。”

“我也相信你是无辜的，可是，现场的农民口口声声说的，也都是真的啊！他们的土地是被夺走了，虽然不是你夺的，可是土地最后是在你手上啊！”

容若初正要说，门突然被推开了，几名公安人员走了进来。

“谁是容若初？”

陈鱼下意识往后退了一步。容若初椅子上站了起来，“我是。”

“好，请跟我们走一趟，协助调查。”

因为这场械斗比较严重，主要负责人都被控制，包括容若初也失去了自由。

人在江湖，难避风雨。

容若初被关在一个独立的小房子里，没有人跟她说任何话，她也不知道外边后来发生的事情。

行宫之事经过各大媒体的渲染，很快人尽皆知。

事情很快就清楚了。当地县委书记通过以租代征的方式，从农民手里强行夺得大片土地，然后以合法招拍挂的方式，卖给地产商，中间获得了大量的利益。不过，这位县委书记拿到的钱倒没有放自己家里，而是给县里修了公路。但是，这毕竟就是一桩严重的官员违法事件，政治生涯就此结束不说，恐怕自己的下半辈子也要在高墙里度过了。

客观地讲，这个事件与地产公司没有法律层面的关系，也就是说，海岳集团没有违法违规的操作，是通过公开合理的招拍挂从当地政府手里取得土地。至于械斗，首先是当地村民受到指使来闹事，建筑工人是正当防卫，海岳公司也并无多大责任。蹊跷的是，为首的几个彪形大汉在械斗后都没了踪影。而据当地农民反映，他们不是当地人，也不认识他们，他们说要抢地，农民们就糊里糊涂血气上涌，跟着一起来了。据现场丢弃的武器来看，也根本不是农家器械，而是定制的长柄刀具。

械斗的事情暂告一段落，但后续事情并没有这么简单。

这块土地，当地县政府在征用的时候是违法的，也就是说，虽然已经出让了，但是必须要收回来还给农民。

可是，这里的住房楼已经盖了大半了，很多房子也预售出去了。每到周末，经常有年轻人带着老婆孩子或年老的父母站在附近，充满幸福憧憬地看着自己未来的家。

但是现在，这些房子必须要被推倒，重新变回土地。

愤怒着蜂拥而至的，这次不是村民了，而是已经在此购房的业主们。他们不会去找政府，也不会去找已经关押起来的县委书记，他们的一腔怒气是冲着开发商来的。

业主们不会去工地，他们直接就到了海岳集团在国贸的总部，示威搞得轰轰烈烈，警察只好戒严了一条街。

一位业主用刀子划破手指，在一条白布上写着：“十年血汗钱，倾家荡产，还我家园！”

公司内部，如临大敌。

于万复也紧急从广州飞到了北京。

他一根一根抽着雪茄，因为容若初暂时被关押了，他把副总齐协叫来。

“齐总，你是容总的左右手，应该知道内情。拿地是两年前的，为什么那个时候村民没有闹事，非要等到这个时候呢？而一系列的事件，一环扣一环，也不像是自然发生，而是有人在幕后策划指使。你看看门外的示威，连口号和标语都是整齐划一的，不是临时聚集起来的业主能来得及准备的。还有那篇事先准备好的新闻稿，这到底是什么势力在幕后策划呢？你们在北京，有得罪过什么人吗？”

齐协想了想，说：“我们从未去主动得罪过什么人。不过，人在江湖，不如你过得好的人，都有可能把你当作敌人。我觉得当务之急，是先把局面控制住，擒贼先擒王，只要查出来是谁主导的就好办了。同时我们由公司官方出面交涉，尽快把容总救出来。”

于万复看了看齐协，以前从未注意过这个副总，不过面临大事他表现出来的沉稳有些不一般。至于齐协说的话，他是老江湖，明白这层意思，不管怎么样，先把眼前的事情处理好为妙。

于万复派公司的人与警察一起，挨个儿核对楼下示威的人是不是真的业主。这样一来，有些人竟是偷偷就溜走了。接下来，这些真正的业主代表被邀请到公司会议室，于万复亲自与他们座谈，介绍事情的前因后果以及善后方案。

最后达成的意见就是，海岳公司退还2000户业主的购房款，并按照房价的上涨做相应的补偿，承诺业主可以优先选购海岳集团在其他地方的房产，并提供优惠价格。

房款退还了业主，地被收回，盖起的项目被推倒，这一场风波，海岳集团损失惨重。而实际上，所有的流程里却并未做错任何事情。这就是中国民营企业的生存环境。幸好整个集团实力雄厚，并未伤到元气，换作其他略小些的公司，倒闭是肯定的了。

外边的事情处理完了，没想到公司内部的风波还没结束。

原来，那天于万复在广州得到消息的时候，他正在与总裁开会。接完电话，跟总裁说了几句就急匆匆出门了，连钱奎高进来汇报工作，他都没顾上看一眼。

钱奎高很奇怪，虽然老板平时都是雷厉风行，可是从未这样匆忙，而且面色凝重得可怕。

他问赵总裁，怎么回事？赵总裁跟着于万复也20年了，今年59岁，身体也不好，马上退休。他以前在机关工作，后来被于万复挖到公司，此人是个老好人，既对于万复忠心耿耿，又做到事不关己，高高挂起，明哲保身，也这是因为这个不争即争的性格，才在一个30年的老集团的斗争旋涡里，屹立不倒了20年。他客观如实地说：“董事长接到北京的电话，咱们有片地牵涉到地方纠纷，目前工地发生械斗，北京的容总被警方带走。”

钱奎高一听，使劲按捺住内心的狂喜，假惺惺说了句：“啊呀，这可得好好处理。”说完，就走了出来。他的机会终于等到了！他琢磨了一下，走到旁边的一个办公室，敲门。里边说：“进来。”

钱奎高走了进去。里边坐了个30岁上下、帅气倜傥的年轻人，正在看文件，看见他进来了，连忙站起来说：“钱叔，有事吗？”

“小于总，我找你还真的有点儿事情。”办公室里的年轻人是于万复的大儿子，也是于万复与大太太生的，从沃顿商学院毕业回来的于欧宸。

“小于总，我刚才看到赵总裁，感觉他的身体状况更不好了。俗话说，身体是革命的本钱，本来60岁即便退休了，还可以返聘再为公司工作20年的，远的你看李嘉诚，近的你看我，今年66了，身体还好得跟牛似的，但是赵总裁，可惜再过几个月就得退休了。”

“是啊，赵总裁这些年跟着我爸，没日没夜辛苦，的确也应该休息了。”

“赵总裁退休了之后，你觉得谁会当总裁？”

“这个……谁都行，听我爸的吧。”

“唉，小于总，你可是我看着长大的，从小就懂事，真的跟你母亲一样，有贵族风范。可是，树欲静而风不止，这公司里的形势，容不得你如此淡泊啊！我就明白说吧，董事长的意思，是从集团的各位副总裁包括地方公司的总经理中，选出一位总裁来继任。”

“好啊！”于欧宸笑了，“如果各位愿意为我们于家效力的话，我代表爸爸感谢大家。”

“小于总，我知道你不着急，因为你心里很清楚，你是你爸爸的亲生儿子，而所有的职业经理人只是打工的，铁打的营盘流水的兵，不管基业发展到多么大，最后都是你们父子的。可是，你忘了一件事情，你还有好几个弟弟，还都不是一个妈生的。你的二弟今年硕士毕业，三弟本科毕业，特别是你的三弟于欧驰，你爸爸在多个场合说过最像他，而董事长也从未说过基业传给长子，而是说机会均等。”

于欧宸沉默了。钱奎高一看，就知道自己说到他心里去了，于是接着说：“小于总，这是你最好的时机，不能再等了。你的兄弟们已经长大，你从沃顿商学院毕业后来到公司几年了，至今仍是副总。如果不借这个机会成为总裁，一则会被你的弟弟们捷足先登，二则这几年都没有被任命，难免会被公司里的人认为你没有得到你父亲的认可，是不是能力有问题？”

说到这里，的确击中了于欧宸的痛处。他急急地问：“钱叔，从小就是你对我最好，你说怎么办？”

“据我分析，你的弟弟们刚毕业，还没有机会。而赵总裁退休后，竞争力最强的一个老总就是北京分公司总经理容若初，而现在，她因为土地的原因被关起来了。不管她对还是错，只要借这个机会压住她，那么总裁之位就没有人与你争夺了！”

“好！钱叔，我都听你的，那下一步怎么办呢？”

“你爸爸已经坐他的私人飞机去北京了，咱们赶紧买最近的机票也去北京，只要当面说，就有机会！而且，容若初那边的副总齐协，我早就埋下这条内线了，他是我的人，会帮咱们的。”

“好！”于欧宸此刻的心里，已经全是“总裁”这两个字了。

等到钱奎高和于欧宸到了北京，事情已经处理得差不多了，案件的审理也基本到了尾声，被关押的容若初没有任何责任，即日回家。

于万复知道她受了委屈，亲自去接她。奔驰轿车在大马路上行驶，旁边的楼齐刷刷向车后跑去，就像奔跑在钢筋水泥的森林中。一路上，经过了好几座恢宏的大厦，都是容若初当总经理的时候盖的。

接到容若初，于万复想送她回家。但是容若初还是坚持去公司，毕竟，要善后的事情太多了。于万复想想也是，于是就一路回到公司。

二人一进公司，就觉得气氛有点儿不对。于欧宸在。

于万复很吃惊，说："欧宸，我没有通知你来，你怎么来了？"

于欧宸见了父亲，有点儿胆怯，但还是说："董事长，请到会议室说话。"于万复要求儿子们在公众场合不能叫"爸爸"，都得称呼他的职务。

于万复看了儿子一眼，大踏步走进了会议室，进来更吃惊了，钱奎高也在。会议室里还有齐协和小凌。

"这是什么情况？"于万复盯着钱奎高。

钱奎高两行老泪流了下来。

"董事长，今天我不得不说了。您总是说我看不惯年轻人，可是，一件件事实证明，的确是要葬送咱们30年的基业啊！咱们老哥几个，30年来没少受罪。您出事那两年，我们好不容易撑着，好歹现在有了这个海岳，有了这份基业，可是，现在眼看着就要被这些年轻毛娃娃给败了，您说我心里能不痛心吗？"

"有事说事。"于万复冷冷地说。

"哦，我听说北京出了大事情，所以和小于总特意赶来。"

"没什么大事，已经处理好了，谁让你们来的！"

"我是无意间知道了些内幕，怕您又被容若初蒙蔽了，所以赶来的。而当我来到北京后，竟然收到一封检举信，说是容若初与地方官员勾结，中饱私囊，贪污分赃。"

"检举信？哪里来的？"于万复追问。容若初也吃了一惊。

钱奎高看了一眼小凌。

小凌有些紧张，哆哆嗦嗦地说："今天快递送来的，不知道是谁。刚好小于总和钱总进来了，我就给二位了。”

于万复一把把信拿过来，越看脸色越难看。

“你看看，这检举信上说的，证据确凿啊！容若初事先是知道这片地有问题的，但是，她和地方官员勾结，以高价购入，中间有不少钱他们分了。现在事情暴露了，才会闹出这么多事情来，最后黑锅和损失都是海岳公司背。董事长，她这是害了您，害了公司啊！”钱奎高几乎要声泪俱下了。

容若初大惊，说：“我没有！”

“容若初，你口口声声说没有，那你的证据呢？人证物证在哪里？”钱奎高逼问。

容若初看着齐协说：“齐总可以证明，他是全程参与的。”

钱奎高冷笑了一声，看着齐协说：“齐总，你来说说，这封检举信说的是真的吗？”

会议室里的空气凝结了，压得人透不过气来。

“真的。”齐协的嘴里说出来两个字。

容若初看着他，就像从来不认识这个人，她的眼泪几乎都要流出来了，但是，她不能流泪。

她看着于万复，说：“董事长，您相信这是真的吗？”

“我只相信证据。”于万复冷冷地说。此刻，他的心痛如刀割，容若初进公司很多年了，跟着他一起打下了北京的天下，而且，赵总裁退任后，他打算让容若初接任总裁。可是，证据放在眼前，这几天的事情历历在目，他不得不信。

“容总，现在，我作为集团董事长，宣布对你的事情的处理结果：集团不会走法律程序起诉你，集团内部也不会追究你，这都是看在你为海岳集团这么多年立下汗马功劳的分儿上。但是，目前证据都摆在这里，不管怎么样，暂时你不能继续做总经理了。”说完，他走了出去，回到自己的办公室，看得出，他的脚步很沉重。

于万复回到自己的办公室，一根接一根地抽烟。最近发生的事情有点儿多，而对容若初的指控，以他多年老江湖的经验，不是看不出来有蹊跷。但是，此时，他必须对容若初有所处理。一则，罢免容若初，在对外的舆论上可以让锋芒都对向容若初，而转移大家对于海岳集团的指责，算是断臂求生；二则，更快地平息农民和业主的怨气，平息这场风波，以免节外生枝；三则，钱奎高带着自己的大儿子出现在这里，不管怎么样，这两人的面子还是要考虑的；四则，容若初的下属也指证她，说明她连内部关系都没处理好，的确工作上有漏洞。而此刻，各种因素掺杂在一起，不管她是真贪污还是被冤枉，离开都是最好的安排。

容若初看着于万复走出会议室，她的内心痛苦至极，如火山般汹涌，但是她什么都没有说。

钱奎高和于欧宸看目的达到了，也就悄悄走出来，买机票回广州了。毕竟，他二人只是想把自己的敌人赶出去，对她本人并不想赶尽杀绝。

容若初回到自己的办公室，她知道现在已经没办法辩解了，所有的证据她都没法推翻。她呆呆站在窗前，看着楼下的车水马龙，多少次她站在这里运筹帷幄之中，决胜千里之外，而今天，她要离开了。她心如刀割，但没有流眼泪，商界，不相信眼泪。

过了 30 分钟，她敲开了于万复的门。于万复的桌子上全是烟灰，他还在不停地抽烟。

“董事长，我有最后一个请求。”

于万复把烟灰弹了弹，示意她说下去。

“我到海岳集团这么多年，从未有过任何请求，这是唯一一个，也是最后一个。我不想离开，如果离开，就说明我承认了对我的污蔑，我也就没有机会还自己一个清白。有个办法，海岳在北京有一条商业街，在电商的冲击下已经倒闭，您把这条商业街给我管理。一则算是对我惹出这么大风波的惩戒；二则，也是给我一点儿时间去证明自己的清白；三则，这条商业街每年亏损严重，都是用其他赢利项目在补贴着，我把这个难题解决，也算是对您这么多年信任的回报和感谢。”

于万复继续吸着烟，烟雾后的他，似乎是从来没有过的苍老。他看着容若初，说：“好吧，我答应你，但我只给你一年时间。以后职务有别，你不能再向我直接汇报任何工作了。你出去吧。”

容若初咬着嘴唇呆了呆，她往后退了几步，然后转身出去了。

第十章 创业大道

容若初是在三天后来到这条商业街的。这条商业街在北大东边，不远处是清华和其他高校。这里本来是海岳地产最得意的一个商业项目，曾经熙来攘往，天天门庭若市，周边各大高校的学生都喜欢到这里买衣服、吃东西或闲逛。可是，自从电商兴起，实体商业街一下子就垮掉了，学生们在宿舍就可以买到一切吃的用的东西，再无人光顾实体商业街，整条街冷冷清清，商户们几乎都关门了。

容若初孤零零一个人，走进了海岳商街，四处静悄悄的，偶尔一两个人路过，外立面墙体都有些斑驳了，此时正值秋天，残阳如血，落叶凌乱飞舞，越发显得破败凄凉。

她的背影，是凄凉中笔墨最重的那一笔。

商业街有 500 米长，建筑面积 7 万平方米左右，中间一条大道，两旁都是矮层建筑，基本都是两三层的商铺，错落有致，只有最南端有一栋 5 层高的。整条商业街的风格是欧式的，非常时尚，当年这条商街的设计方案还是容若初亲自定的。

她找到原来的物业办公室，那里还有海岳的一个老员工在看门。他认识容若初，赶紧去开门。

容若初让他找了间办公室，暂时安顿下来，是大道中间一栋三层的小楼。办公室十分简陋破败，落了一层厚厚的灰尘。刷马桶，洗地，贴墙纸，一件件没有干过的事情，她都是亲力亲为。毕竟今非昔比，曾经前呼后拥，如今孤家寡人。而且，她现在要节省钱，因为成为商街的项目经理后，就再也不是年薪百万的高级白领了，如今每个月只有一万月薪，除去社保等，也就七八千。曾经的她从不会理财和攒钱，除了买了国贸那一套房子，其余的钱都被七七八八花完了，包括在慈善拍卖会上买了350万的玉玺送给沈承风，还有捐给希望小学和各类公益项目的，所以并没有什么积蓄。沈承风曾送给她一个900万的汉朝玉炉，她珍藏在保险柜里，任何时候都不会动的。

容若初还是住在国贸，虽然父母家就在附近，可是一则上次赶走沈承风的事情让她不能释怀，二则父母是学院派的知识分子，两耳不闻窗外事，并不知道容若初在外边发生的事情，她也不想让父母知道，徒添操心，于是就没声张。

从国贸到北大东，而且是上下班高峰期，打车需要将近100块钱，每天来回就是200，一个月就是五六千，这笔开销对如今的容若初而言，是个巨大的数字，这已经不是当年了。因为一直工作忙碌，且因为工作突出，很早就有专属司机和公司配的豪车，所以她不会开车，也没买车，如今只有一个办法，就是坐地铁。说实在的，容若初没坐过地铁，也搞不清几号线到哪儿。

不过，凡事都有开始，她用导航软件搞清楚坐几号线，原来离她家不远的地方就有地铁口，以前竟然从没有注意过。

地铁里的人，可以用蔚为壮观来形容。容若初随着人流跌跌撞撞地走进地铁站，排队候车竟然等了5趟都没上去，里边塞得满满的，每次一个门口只能挤上去几个人。这时，容若初突然发现隔壁排的那一队里，有以前采访过她的几个小记者，那一刻真是好尴尬，她赶紧侧了侧身，免得被认出来。

下一趟车来了，她挤了上去，心里刚刚舒了一口气，有几个人拼命挤了上来，正是那几个小记者。

“哎呀，好不容易挤上来了，要不今天的峰会就迟到了。”

“可不。咦，这不是容总吗？”

此刻的容若初正被几个人挤在一边，脚都只能放一只在地上，脸几乎贴玻璃上，狼狈不堪。她也只好尴尬地笑了一下。

几个小记者很识趣，就不跟她说话了。过了几站，几个人开始聊天，她们以为车厢嘈杂，容若初听不见，可是，这么狭小的空间，每一个字都清清楚楚。

“哎呀，可怜啊，当初多么风光，何苦勾结贪污，身败名裂，沦落到跟我们一样挤地铁。”

“就是，看衣服都挤皱了，汗都湿透了。”

“真是落架的凤凰不如鸡。”

“你说谁是鸡呢？”

“哦哦哦，对不起，我是说今非昔比。”

“是啊，估计众叛亲离的感觉不好受吧。”

过了十几站，小记者们下车了。容若初跟劫后重生般，走出了地铁站。她突然记起一段鸡汤文字，说是走上坡路的时候要对下边的人好点儿，要不走下坡路的时候还会遇到。

到了下午，一个帖子就开始疯传，是容若初在地铁上的狼狈照片，还配了各种不堪的文字。

真是墙倒众人推。即便自己再狼狈，也千万不要被别人看见，否则不但不会有什么同情，相反大家都恨不得看你的笑话。

她不能住国贸了，决定搬到商街上住。一则挤地铁实在遭罪，二则每天单程就两个小时，一天上下班有 4 个小时在路上。海岳商街虽然简陋，但好在她也不是娇气公主，每天能省下来 4 个小时工作，稍微将就一下还是没问题的。

于是她就在办公室的顶楼找了间空房子，打扫了一下就搬进去了。天气渐冷，深夜里越发凄凉。每天晚上，周边一片黑漆漆，风声呼啸的时候，她就用被子把自己紧紧裹起来，勉强入眠。

来不及安顿好，她就开始想如何振兴这条商业街。钱奎高知道她没有离开海岳集团，十分不爽。他是集团的钱爷，财务总监，所以从集团的层面上，不给这个商业街拨付任何资金，也不允许北京公司给予任何支持，包括人和钱。

容若初出去看了几条商业街，西单，王府井大街，蓝色港湾，世贸天阶，看来看去也没有好的主意。比如有些商业街就改成了吃货街，特别是商务宴请，还得大家在现实世界中坐在一起。不过海岳商业街地处高校附近，老师和学生的消费都十分有限，而且学生们都习惯了叫外卖，这条路子行不通。至于亲子儿童主题，有些商业综合体转型后反响不错，但是对于高校附近，这个主题更是遥远了。

容若初又想把商业街进行大块划分，然后找以前的熟人，大面积整租，用来办公。这个理论上行得通。

她给以前在地产界的熟人打电话。

“容总，咳咳咳，这个抱歉啊，我们自己的商业街都有大片闲置面积，爱莫能助啊。”

“你还在北京？听有些知情人士说你与官员勾结贪污，是真的吗？另外你被海岳开除了，怎么海岳的物业还交给你管，不太可能吧？”

“容……容小姐，对不起，我现在正在开会。”

“容总，恕我直言，俗话说人走茶凉，你现在已经不是那个呼风唤雨的地产女总裁了，我帮了你，有什么好处呢？”

“对不起，你打错了。”

……

一连两个月，无非就是见识这世态炎凉。当然，也有感兴趣的来现场考察，容若初请他们到办公室喝茶。人家一看办公室那寒酸样，有涵养的什么都不说客客气气就走了，再无音讯。不客气的直接冷嘲热讽，容若初也只好听着。谁让自己当年风光的时候那么目中无人，如今被奚落也得忍着，不忍，她就没有机会证明自己的清白了。

不过客商说办公室寒酸，容若初一看还真是，但是海岳没有给一分钱的经费，所以，她用自己的钱把办公室里里外外重新装修了一下。装修完了，她坐下来，拿出纸笔算了下，这个月吃饭的钱都得每天节省着花了。

因为没几个员工了，所以也没有食堂，吃饭都是在附近的餐馆里吃，这样算下来每月也得不少钱。每天去超市买东西又太费时间，买回来也没有冰箱放，容若初就买了一大堆方便面和火腿肠，这是她以前从来不吃的东西，既没有营养，又全是添加剂。

突然，一个身影走到了门口。她一惊，来的人是沈承风。

“承哥，你怎么来了？”

“我听说了发生的事情，但是我当时在国外，回来后给你发信息你也没回，后来打听到你在这里。”

“嗯，对不起，是我没回信息。”容若初低声说。

“我知道你从小高傲，遇到事情不会对人说，但是，我算是你大哥，你老实跟我说，现在生活上有没有困难？”

“没有。”容若初清晰地说。

“好，那你多保重自己。有事给我打电话。”沈承风看了看她，没有多说什么，也不知道说什么，告辞离开。

容若初看着他的身影慢慢走远。她其实有很多困难，可是，她宁肯去低声下气地求不认识的人，也绝对不会答应沈承风的帮助。因为她爱他，任何时候她都不希望在他心里那么狼狈。

沈承风走后的第二天，齐协来了。容若初冷冷地看着他。如今的他，已经被提拔为海岳北京分公司的总经理。

“容总，你现在需要资金是吧？集团不允许北京公司给你任何资金支持，但是我可以私底下挪用一部分，给你来渡过暂时的难关，至于其中的风险，我来承担。”

“不需要。”容若初一边忙着拿锤子钉桌子，一边说。

“若初……”

“你走吧！你这种忘恩负义、满口谎言的人，我再也不想见到！”容若初厉声打断了他。

“总有一天你会明白，我这么做是为了你。”齐协留下来一句莫名其妙的话，转身离开了。

这样忙忙碌碌三个月，深秋已尽，初冬将至，还是没有任何进展。她纵横商海这么多年，第一次遇到这么山穷水尽的事情。但是，她不能知难而退，就是因为这是个难啃的老大难，于万复才会答应给她一个留下来的机会，如果她就这么退缩了，不是响亮地打自己脸吗？所以，她必须突围。

这天，容若初心里闷，饭也吃不下，索性就在周边校园里无目的地溜达。黄昏的空气中有一种说不出的氤氲。落叶簌簌，一片一片，都像燃烧过的心，在空中翻舞，颓然落地。

校园的海报栏上贴了很多活动预告，大多是创业大赛。同学们或两两，或三三五五地经过。

有几个学生的对话突然引起了容若初的注意。

"都说创业呢，怎么创啊，今天我出去问了下，咱们学校附近的写字楼，每平方米都是10块钱上下，最小的办公室都是50平方米以上，咱们根本租不起。"

"就是呢，咱们其实根本用不了那么大，10平方米就足够了，咱们是智力密集型，又不是劳动密集型。可是，哪儿也没有10平方米的办公室出租啊！"

"今天我去了两个创业咖啡馆，一个在朝阳，一个在海淀，来回就花了4个小时，其实就说了一件事儿，就是找投资人的事情。"

"还有公司注册啊什么的，一连串手续，我今天腿都跑断了才去了两个地方，手续且慢着呢。"

"就是，都在一起就好了，放一个大房子里，什么都解决了。"

学生们边说边走远了。

容若初突然像被电到一样，打了一个激灵，一个绝妙的想法有了！

近年来，创业成了一股热潮，而联合办公也提上了日程。其实对于联合办公，美国已经有非常成功的经验，那就是WeWork。国内也在陆续有一些尝试。

容若初的想法，就是把海岳商街变成一条创业大道。在这里，将构建一个创业生态系统。有咖啡馆，作为信息、资源、活动的聚合地。有开放的联合办公区域，分成小片，乃至桌子，租给需要办公的创业者，甚至以很低的价格乃至免租金，减免的钱进行折合，作为创业公司的股份。

这里，将是创业者的天堂，也是投资者的天堂，大家不用在路上彼此寻觅那么辛苦了。同时，还有工商注册、法律等一系列的一站式服务。这条街，按容若初的想法，就叫“创业大道”。她越想越兴奋，一连几晚上都兴奋得没睡好觉，连夜赶写商业计划书。以她多年的商业经验，这绝对是个靠谱的风口。

有了商业模式，就得开始行动。

时代，有时候以一种你没有想到的节奏发展着。有时候踩对了点，就是风口；错了，就是深渊。

每天，容若初忙碌在创业大道上，内心充满焦虑。

容若初也不知道这种模式能否成功。仅仅靠收租金肯定是不行的，因为这里的工位本来就是以极为低廉的价格租给创业者的，靠租金肯定是亏损的。而且，创业刚刚兴起，还没有形成潮流，创业大道的出租率也并不高。

要解决这个问题，首先就得邀请更多的创业者来到这里，而如何邀请创业者来呢？这里得有创业者需要的东西，而不仅仅是工位，那就是各种创投资金。那么最好的办法，就是邀请国内有名的投资机构入驻。可是，邀请人家来入驻，最起码要把整条商业街7万平方米的建筑重新装修一遍。

最大的问题不是钱，最大的问题是没钱。

容若初需要800万来装修，但她绝对不会找齐协，她只有一个办法，去找于万复，她给于万复发短信，于万复的回复只有几个字：“此事由北京分公司齐总处理。”

这一夜真是无眠。眼看着一个巨大的机会就在面前，就差那么一点点，怎么都抓不着，那种心情，不是一般人能体会的。容若初站在屋顶，寒风呼啸，她看着眼前黑黢黢的商街，心里有了一个主意。

第二天，她去找齐协。如今的齐协就坐在她曾经坐过的办公室里。桌子上的摆设一点儿都没有改变。

她推门进去。

齐协看到她来，很高兴，说：“容总，请坐。”

容若初高冷地站着，说：“我不坐，说完就走。海岳商街我决定改为创业孵化器，但是海岳公司没有任何资金投入，目前装修需要大约800万。”

“若初，我调动资金。”齐协急忙说。

“不必了！”容若初冷冷地打断他，“我已经想好了，这部分装修的钱我自己来出。我成立一个管理咨询公司来出钱承包，装修以及其他运营的花销我全部承担，每年我会给海岳公司利润分红，并且以后每年递增10%，多出来的利润是我的盈利。我写了一份商业计划书，麻烦你通过公司正常流程，呈送于董事长审议通过。”

“若初，这样风险很大！”

“麻烦你还是称呼我容经理吧，我们之间没有这么好的关系可以直呼名字，风险是我的事情，你只需要报送！”

“是！”齐协下意识地答应着，就像当年一样。的确，虽然容若初已被打入冷宫，但那正宫娘娘的气势还在。

“等你回复。”

“若……容经理，那天的事情，你听我解释。”齐协走近几步说。

“人不为己，天诛地灭，不必解释了。”容若初说完，扬长而去。

于万复的回复，第二天就回来了。他同意了。

容若初拿到海岳集团正式的回复函，打电话给链家，请他们把她在国贸的房子出售。那套房子价值950万。房子里还放了一个价值900万的汉代玉炉，但是，那玉炉是任何时候都不能动的，哪怕饭都吃不上。房子卖出去之前，容若初去搬家，特意把那几百只千纸鹤一只一只拆下来，小心地运到商街住处，又一只一只挂起来。

装修预计800万，剩下150万作为运营费用，至少得招聘几个人吧。

来应聘的人很多，吹得天花乱坠的各色人等，土鳖，海归，就差来自星星的外星人了。容若初听得都快崩溃了。

好不容易有稍微出色点儿的，一听只有5000月薪，然后给一些虚无缥缈的股份，也都打退堂鼓了。

容若初几乎要彻底失望的时候，进来个小伙子。容若初一看他那么年轻，一脸稚气，也不抱什么希望，随口就问:“你为什么来创业大道应聘？”

按照标准答案，应该讲一堆远大理想。

小伙子很呆萌地眨眨眼睛，说：“我想帮助别人成功。”

容若初一听，扑哧就笑了，说：“你成功了吗？这么大言不惭，说要帮助别人成功？”

小伙子也笑了，露出一排很阳光的牙齿，说：“我成功不成功没关系，但是不妨碍我帮助别人啊，在学校里，大家的事情都是来找我帮忙的！”

“我们这CEO听起来职务很大，可是是个初创公司，月薪只有5000。”

“能吃饱饭吗？”

“这个……应该能吃饱吧。”

“那就行，以后我还可以少吃点儿。”

“可是，同学，你没有工作经验啊？”

“可是,国内有做联合办公经验的人吗？这是个刚刚兴起的全新事物，大家不都是在摸索吗？”小伙子一本正经地回答。

容若初突然对他产生了浓厚的兴趣，仔细看了下简历，他出生于1993年，在北京读的大学，设计专业应届毕业生。毕竟大家都张口闭口90后，也就赶个新潮用个小鲜肉CEO，和年轻的创业者们更好沟通一些。

于是，走马上任。

新CEO叫张多多，帅气得像灿烂的阳光一般，有一双大大的眼睛和长长的睫毛，唇红齿白，似乎还天生自带表情包，古灵精怪的。

他上班第一件事情就是看到容若初做的装修方案。

“天哪，容姐，这样老气的方案怎么能配得上创业这么伟大的事情呢？不行不行，得改得可爱一点儿，酷一点儿。”说着就坐下自己画了起来。

容若初有点儿不高兴，从来没有人否决过她的决策。不过，她一转念又忍住了，毕竟今非昔比，而且，换一个环境，换一下思路，也许是个好事情，于是，她就很好奇地凑过去，看张多多在画些什么。

一个非常卡通的方案，就像是从动漫里走出来的。

张多多还念念有词："容姐，我是CEO，是干活的，你负责貌美如花就行，我负责干活看家。"他是一刻不停地贫嘴，是不是90后都这样?

容若初看了看，虽然和自己的方案已经大相径庭，可是也有耳目一新的感觉。看着张多多那期待表扬的小表情，她也就一笑，说："不错。"

张多多做了个很夸张的如释重负的表情，说："姑姑，终于看到你笑了！"

"啥？你叫我啥？我有那么老吗？"

"姑姑，指的是四海八荒第一大美人，也是古墓里冷若冰霜的小龙女。"

"别这么称呼，你以为你是杨过还是夜华啊！"容若初脱口而出。说完又觉得不合适，连忙掩饰，说："你赶紧干活，现在公司人手还不够，我是董事长兼财务总监、品牌总监、人事总监，你是CEO兼CXO，除了咱俩，只有几个员工。咱们必须得在投资机构入驻前，把所有的工作准备完毕。"

"遵命！还有，容姐，我有个很正式的请求。"

"什么？"

"其实，我实在不明白你为什么把自己打扮得老气横秋。其实套装不适合你的，牛仔裤才适合，线条超美的！"

容若初听他讲得这么直白，有些不悦，但是看他又是一脸真诚讲的，想他在她的眼里，也不过就是个孩子，就当小孩子话罢了。于是就说了句："赶紧干活吧！"就走出去了。

背后的张多多做了个鬼脸，又趴下画图了。对于设计专业的学生，画图是拿手本事。

到了晚上，容若初在房间里把衣橱打开，找到当年的牛仔裤，对着镜子比来比去，觉得张多多说得还是有道理的。

第二天早上，她到办公室，穿的就是一条牛仔裤。张多多趴在工位上偷偷地笑。容若初横了他一眼。以前穿的衣服，动辄就是几万的香奈儿什么的，如今就简简单单，倒觉得更舒服一些。

张多多到岗之后，负责一些杂务，容若初的精力腾出来一些，开始寻找创投机构入驻。

她给几个认识的做投资的朋友打电话，他们一听是做创业投资，都很惊讶，说："容总，您可得仔细考虑啊，创业公司的风险太高，创业失败率在 90% 以上，目前我们有大量成熟公司可以投，投完了马上上市，为什么要投创业公司呢？"

这还是客气的，不客气的，又听到风声说容若初因为贪污被处分了，连电话都不接了。

容若初心一狠，反正也没其他办法，为了让孵化器孵蛋，得先把老母鸡拉来。于是，拉下面子，挨家去拜访投资机构。

真是求人的时候，才看尽这人间冷暖。

有时候，都到人家办公室门口了，漂亮女秘书出来说一句："对不起，我们李总说他不在。"

有时候，直接在论坛上拦住人家就说，人家跑得飞快。

有时候，容若初等着对方打完一通电话，对方来了一句："对不起，容总，我今天还很忙，要不咱们改天再约？"

有时候，对方色眯眯地来一句："要不要去看电影？看完电影咱们可以……嘿嘿嘿。"

有时候……

求人时候的各种难堪，一言难尽。在商界，人们更愿意帮助有价值的人，而不是需要帮助的人。

从前容若初是做甲方地产开发商代表，一向是高高在上的，一堆乙方出力讨好，阿谀奉承，什么时候受过这样的待遇？不过，既然是在商海中讨生活，能放下面子，那叫基本功。先当孙子，才能再当爷啊。

累的时候，容若初索性就坐在石阶上，望着大道发呆。有时候她也不知道还能不能撑下去。

但是，中国的投资界毕竟还是有一批有眼光的人，他们敏锐地察觉到，中国会在创业创新方面释放出巨大的潜力。而国际上的成功案例，在预示着这种趋势的到来。

这一天，容若初接到电话，一个拒绝了她不止5次的投资机构，要来创业大道设据点了。那一刻，容若初高兴得差点儿跳起来了！

又一天，一个国内最大的投资机构的老板，亲自带着团队来创业大道考察了。老板牛哄哄地指指点点，容若初和张多多跟店小二似的赔笑招呼，虽然老板表现出了对创业大道的强烈不屑，但他还是派了一队人马在此安营扎寨了。

招商来了创投机构，就得寻找创业团队了。之前容若初跟创业团队没有太多交集，所以难度更大一些。

这天，容若初正和大家一起刷墙，这面墙刷好了，要把这条商街的新名字——“创业大道”挂到墙上。走近了仔细看，其实可以连成一句话：“创业，没有捷径，只有大道！”只是其中“创业大道”四个字特别醒目。

她爬到脚手架上，身手敏捷，张多多看到了，跑出来喊：“姑娘，姑姑，姑奶奶，求求你下来吧，人家刷墙要钱，你要命啊！”容若初哈哈一笑，继续刷。

这时候，一个火红俏丽的身影出现在大道上。她看着容若初，一步步走近。

高处的容若初很快看到了，她很高兴地从架子上爬下来，远远打招呼：“陈鱼！”

陈鱼看着她，像不认识一般，说：“你怎么变成这样了？”

“啥样？村姑？”

“像刚毕业的大学生，哈哈！”

“哈哈！”容若初也笑了起来，亲热地请陈鱼坐下说话。

“陈鱼，我创业了，一切从零做起。我要做一个联合办公的项目，把创业者都集中到这条创业大道上来。为什么叫创业大道呢，我是想告诉大家，创业，没有捷径，只有大道。这是一个孵化器和加速器的混合体，我们会提供全方位立体服务，从公司注册到各轮融资。你看这沿街的一层，我打算租给各家创业咖啡，现在的咖啡厅已经不是原来的概念，而是一个创业的策源地。也许，一杯咖啡就可以产生一个好项目，也可以把一堆好项目连接起来。”

“太棒了！师姐，你一直就是这么棒！”

“呵呵，恭维了。你是地产界大V，我前段时间发生的事情你应该听说了，我是要多狼狈有多狼狈，要多落魄有多落魄。我现在在这条大道上，既想获得自己的重生，又要洗刷自己的冤屈。现在只能是好歹活着，棒不棒也顾不上想了。”

“师姐，我有个想法，我想在这条创业大道上开一个自媒体人的咖啡馆，把北京的自媒体大V都集中来，大家资源配置，共享合作，做国内自媒体第一大社群平台，你说如何？”

“好啊，太好了，你这样做，真是帮了我的大忙了！我现在正愁没有钱做宣传呢，你这一来，把问题全解决了。陈鱼，感谢你，在我落魄的时候，你是我最好的朋友，也是永远不会背叛我的朋友！”

“嗯嗯。”陈鱼嗫嚅着答应道。

“还记得你曾帮我找沈承风的资料，回想起来，恍若隔世。”

“哦。”陈鱼脸上的表情有些尴尬。她下意识地摸了一下脖子上的项链，那是在以色列时，沈承风送给她的。

容若初正眉飞色舞地描绘未来，没有注意到。

有了陈鱼的“人鱼咖啡馆”做的宣传，再加上创投机构慢慢到位，创业者们纷纷前来投奔，一时间，创业大道从最初的稀稀落落，变得开始热闹起来。大道上以前临街的商铺，也都改成了创业咖啡。

创业大道的第一批租户慢慢都搬来了，大家都在收拾门面。

3C咖啡，主合伙人35岁，叫高克己。克己，很有学问的一个名字，意思是克己复礼，可是，有这个名字的人实在是太爱高科技了，于是，他被人喊作“高科技”。他第一次来到大道上，仰望苍穹，喃喃自语一个很深邃的问题：一个水滴从太空中落了下来，按照重力加速度，如果砸到人身上，会不会砸个洞？旁边有人经过，很不屑地说："有病啊，你没被雨淋过啊？""高科技"清醒了过来，"哦"了一声走进门去，他的身后，跟着一个系着丝巾的机器人，叫小芳，是他研发的作品，也是他的女朋友。

"光年加速器"来历很大，是央企办的，也来凑热闹。他们的总经理是个厅级干部，来看房子的时候倒背着手从大道上踱过，旁边至少七八个随从鞍前马后。

"小海龟天使会"是一群海归年轻人办的，他们忙着互相问，你是从哪个国家回来的？一听是英美回来的，一脸不屑的样子。一听是以色列留学回来的，很有兴趣地围了起来。

"嘻嘻加油站"集合的是一群艺人和艺术家。

这一天，容若初正在办公室里，张多多走进来，说："容姐，有个土豪要来租个大房子做咖啡厅，他指名要中间位置最好最大的那一栋。"

"哦，什么来历，要做什么？"

"一家叫千金投资的公司，要做天使投资，这是他们的计划书，做得挺专业的，你看看。关于房租，他给的价格比我报的价还要高，志在必得。"

"哦？"容若初好奇起来，"我亲自和他谈一谈。"

对方是一个很专业的职场人士，对于容若初的各个问题对答如流。因为创业大道对于入驻的机构要求还是非常高的，所以并不是所有来租房子的都可以如愿以偿。宁愿空着，也不能租错。

容若初总觉得哪儿有些不对劲，可是又挑不出毛病，于是，当天就很快签约了。对方的咖啡馆，叫"千金咖啡"。

千金咖啡果然是多金的主儿，签完约后就大刀阔斧地装修起来。容若初禁不住走到门口。就那天谈判的现场来看，凭借容若初多年的阅人经验，对方那位负责人其实只是职业经理人，这家咖啡背后的老板是谁呢？

她正想着，突然背后传来一阵笑声，有个人阴阳怪气地说："哟，这不是容总经理吗，怎么在这么个小街道上亲自当起包租婆来了。"

容若初一看，是康小婷！

她十分厌恶，说：“你来这里干什么，这里不欢迎你。”

“我来这里干什么？我现在就是来告诉你我来干什么的。”康小婷一边说，一边走到门口台阶上，居高临下地望着容若初，得意地说：“千金咖啡，你说，我是不是中国第一豪门千金？”

容若初大吃一惊。康小婷看到她这表情，也不再理她，得意地哈哈大笑着走进咖啡馆。

这时张多多走过来，问：“容姐，怎么了？”

容若初收了收神，说：“没什么。”就走回办公室去了。曾经那些黑暗残酷的斗争，她不想让张多多知道。

办公室里静静地坐着一个人，容若初认识，是海岳北京分公司的财务总监，以前容若初的下属。

“周总监，你来做什么？”

“容总，齐总派我过来，是想跟您说，海岳北京分公司的总部决定要搬到这条大街上来，就是最里边那独栋5层办公楼。因为现在整条大道都委托您的公司来运营，所以齐总让我来跟您谈一下财务上的事情。”

容若初不说话。

周总监又说：“容总，我知道您和齐总之间有误会，但不管怎么样，大家都还是海岳的人，来日方长，所以请您多担待。”

“你说得对，”容若初淡淡地说，周总监是个50多岁的大姐，平日里比较稳重。“周总监，你回去回复齐总，都是海岳的人，我也不可能阻止他来。但现在这里已经被我承包下来市场化运作了，如果海岳北京总部搬来，条件与外边的企业一样，一视同仁。不会因为这是海岳公司的物业，而他是本公司，就会有什么不同。”

“没问题，齐总说了，您说什么条件，就是什么条件。”

“呵呵，那倒不必，一视同仁而已。”

容若初把张多多喊来：“周总监，这是创业大道管理公司的CEO张多多，这件事情我同意了，具体细节以后你跟他对接吧。”

"得嘞，容姐。"张多多一下子坐到周总监前边的桌子角上，牛仔裤上的破洞十分扎眼。一身制服正襟危坐的周总监有些尴尬和意外，说："这……这……这孩子是您的 CEO？"

"啊呀大姐，我今年 23 岁了，不是孩子。"

"呵呵，周总监，在创业大道上，一切都跟在国贸公司不同，这里没有森严的等级，没有那么多规矩和讲究，也没有这总那总的，我们都是合伙人，都是小伙伴。"

"哦，哦。"周总监答应着，说，"感谢您答应海岳公司搬来，我回去回复齐总。"

"好。"

周总监走后，张多多很努力地想了一会儿，说："那个齐总，是海岳集团北京分公司的老总，这条大道是海岳公司的物业，那么，齐总就是你的上司了，他们来了后，会不会事情特别多啊？"

"上司？"容若初低低地重复了一下这个词。这件事情没法跟张多多解释清楚，还是什么都不要说算了。就让他的世界，留下一片清净祥和。

"那倒不会，咱们现在是独立运营。"容若初其实也有点儿想不明白齐协为什么要把北京总部搬到创业大道上来。但是，周总监说得对，既然都在海岳，即便她恨齐协，也不能拒绝海岳公司。只有忍，才有机会洗刷曾经的冤屈。

这几天，来的大机构不仅这几个，顾智山也来了。顾智山从央京集团退休后，把精力都放在了中国地产经济联盟上，中地联盟现在已经成为地产界第一大社群。伴随着联盟的发展壮大，以前的办公室已经不够用了，而且顾智山也希望到年轻人多的地方来，于是选中了创业大道，租下来 1000 平方米的空间。创业大道是欢迎这样的社群的，现在已经进入了社群经济的时代，于是很顺利就入驻了。

一时间，创业大道上英雄云集，新秀辈出。

容若初看在眼里，喜在心上。没过多久，更好的消息来到了——国家开始大力提倡"大众创业，万众创新"，总理亲自在多个场合大力支持，鼓励双创!

就这样，经过一段艰难的维系后，创业大道赶上了风口，红极一时，成了年轻创业者的圣地。包括各地政府，也络绎不绝地派了考察团来参观，最后都有点儿让人哭笑不得，像旅游胜地了，摩肩接踵的人在这里举着手机自拍。

从门可罗雀，到门庭若市，看似简单，实则绝处逢生。

只有容若初自己知道这繁华背后的危机。

想要把一个项目搞热闹很容易，可是真的产生价值，那并不是一件容易的事情。大家都在梦想做一只风口上飞翔的猪，但是，很少人去想，风停了，猪怎么办?

作为在实业界奋斗了这么多年的“老司机”，容若初可不糊涂，她清醒地看着各种项目从呱呱坠地，到快速膨胀，再到迅速陨落。O2O，一时间成了一个炙手可热的词儿，似乎什么东西O2O了，估值就得迅速多少个亿了。各种送外卖的、洗车的、卖水果的、修指甲的、做SPA的、分期付款的、卖情趣用品的，一时间甚嚣尘上。可是，那样烧钱，没有赢利的商业模式，真的可以持续吗?

容若初自己并没有答案。

这一年的春天，就在各种不确定里来到了。一身诗意千寻瀑，万古人间四月天。春天，萌然心动，喷薄而出，每一抹绿芽，每一影花色，都让人惊叹于生命的神奇，都让人感觉到力量的涌动。

在这个时代，不是没有神话，创业大道上就有。

3C咖啡馆的合伙人，就是那位叫“高科技”的理工男。他的身后跟着一个会走的机器人，叫小芳，是他女朋友。没有人认为他的机器人会成功。现在大活人都找不到活儿干呢，谁会用机器人?

在创业大道上，他是被讽刺嘲笑的对象。

“高科技，什么时候和小芳生孩子啊?”

“高科技，你说机器和人谁聪明啊?”

他懦弱，内向，但是有时候也发火，他坚信自己的理想会成功。

偶尔，他会翻翻自己的相册，一辆红色法拉利跑车的旁边站着一个意气风发的年轻人，西装革履的，依稀是“高科技”的样子。

一天，一对老年人来找“高科技”，老人见了衣衫不整的“高科技”十分生气，说：“儿子，你看看你，成什么样子了？外企的几百万年薪你不要了，非要研究什么机器人，现在落魄成啥了？”

原来“高科技”也曾经有钱过啊！但那些钱全被他搞研发败光了。在父母的阻挠下，他依然很固执。

最后父母叹着气抹着眼泪走了。

除了他自己是首席工程师外，“高科技”还养了一支十几个人的职业研发团队，就在3C咖啡馆的二楼，就是他们的办公室。容若初上去过一次，墙角都是被子。本来想提醒他们注意内务，但是看着那帮人废寝忘食的样子，话到嘴边又咽了回去。只是对张多多说，多注意这二楼的消防问题。

过了一阵子，“高科技”来找容若初，要把一楼咖啡馆转租出去。

按照创业大道的租约合同，租户是不能当二房东转租的。容若初问为什么。刚开始“高科技”还扭扭捏捏不肯说，后来没办法了，终于吐露实情：“容总，不瞒你说，我没钱交房租了，而且，下个月工资也发不出来了。”

容若初沉默，的确，没有前期不艰难的创业公司。她想了想说：“高科技，你听我说，一楼是不能转租的。我有个建议，创业大道不临街的后边，有个300平方米的地方，比咖啡馆这片便宜很多。你可以把现在的地方解约，还给创业大道，我租给你后边那个房间，而且不临街，也安静，适合你们搞研发。再有，创业大道组织的各种投资机构参与的路演很多，你具体跟张多多去聊一聊。”

“高科技”听了十分高兴，千恩万谢地去了。

有一天，真的有人给他投资了。

50万的天使资金。在这个随便个人都可以说自己估值多少个亿的年代，50万是个再小不过的数字了，人们继续嘲笑他。

一个科技团队烧掉50万，那是分分钟的事情。“高科技”不知道自己还能支撑多久。

他以前是一家外企的高管，拿着几百万的年薪，玩玩豪车，泡泡妞，旅旅游，不亦乐乎。但是，他的内心从很小的时候起，一直有一个梦想，就是做机器人，终于有一天，他决定辞职，去追求自己的梦想。梦想，往往是被嘲笑为疯狂和可笑的。他的美艳女朋友听了他的想法后，第二天，一声不吭地搬离了他的公寓。

为了机器人，存款很快花光了，于是卖了豪车，卖了公寓，破釜沉舟。

在“高科技”觉得自己支撑不下去的时候，他去找容若初，说，想把公司关了！

容若初一听，大吃一惊，她实在不忍心，一个坚持了这么久而且十分有前途的项目，就这样夭折了！

她说，你再等等，我来想办法。

容若初通过朋友，从美国硅谷找来一批投资人考察创业大道，有一家看中了“高科技”的机器人，很快谈妥，给投了A轮，10亿估值！而且，真金白银投进来！

所有人都不相信，但是，一个机器人科技时代，一个智能时代，的确已经到来了！现在物流送货都用机器人、无人机了，谁还会再质疑机器人的价值呢。

“高科技”换上整洁的衣服，英姿飒爽，他要去硅谷了！

临行前，他把自己的“女朋友”小芳送给了容若初做妹妹。容若初抱着小芳，看着“她”那呆萌的大脸，真是哭笑不得，但是，心里却是暖暖的。在刚刚来到这里的时候，那是身负屈辱，几乎是万念俱灰，多少人在等着看她的笑话，多少人想让她全军覆没，没想到却是因祸得福，不但将大道做得有声有色，而且，天天和一群充满激情的创业者们在一起，一起犯二，一起奋斗，多了很多快乐和感动。

第十一章　陷阱重重

康小婷出现在创业大道上，的确是件让人十分意外的事情。在公众的眼里，她和一系列坑爹的奢靡故事联系在一起，是名副其实的败家女。不过，她自己倒不这样认为，她认为父亲经商成功，她应该遗传有这样的天赋，所以，当夜店都玩腻了的时候，她突然想当投资人了。

她去找康大庄。知女莫若父，康大庄听完她的想法，强烈反对。投资哪是那么容易的事情，一堆有经验的人殚精竭虑，都未必能投出几家好公司，有的知名投资人投了几百家公司，没有一个能坚持到B轮的，像她这样纯粹是为了找乐，怎么可能成功，只是拿钱打水漂罢了。

于是康大庄建议，他打算从意大利引进几个轻奢品牌，交给康小婷去打理，也许会做出一点成绩。毕竟康小婷天天买奢侈品，虽然不敢恭维，还是有点儿品位的。

但是康小婷死活不同意。这父女俩一直是拗着的，她觉得当今最光鲜最牛掰的，就是当个投资人，在人群里晃来晃去，都觉得自带威风，所以，她就要做当今最知名的女投资人。

康大庄听了哭笑不得，不过，因为只有这一个女儿，也没有办法，权且就先给她一个亿去折腾。如果成功了，是一件好事，如果不成功，他已经安排了职业经理人跟着她，相信也不会有太大的损失。

的确，只有这一个女儿，是让康大庄最闹心的事情。他和前妻离婚后，与李似锦并没有孩子，做了很多次试管婴儿都失败了。

而李似锦有时候都很难评价自己的人生，到底是成功还是失败？无数个寂静的夜晚，她醒来，内心也是充满惶惑。如果说成功，生孩子这种对普通人而言再简单不过的事情，她一个都不可得；如果说失败，在中国的女富豪排行榜上，她是最璀璨醒目的一位。她的美丽和财富，都可以让国际名流为之驻足侧目。

说到底，自己没有孩子，是因为康小婷生母当年的一场大闹让她流产，她把这个仇恨都记到了康小婷这里。就因为那个孩子没了，所以康小婷是康庄集团唯一的合法二代继承人。

康小婷缠着康大庄要做投资人的事情，李似锦很快就知道了，毕竟，公司有一个亿的资金变动，她作为集团总裁不可能不知道。她心里很清楚，康小婷这么做，一个方面是被当投资人的光环迷住了，另一个，恐怕是为了到创业大道找容若初的麻烦。

其实，本来是向一飞撕毁了与容若初的婚约娶了她，理亏的是这两口子。但是，这两人却都对容若初充满敌意，而康小婷一直是把容若初当情敌看待的，这和所谓的恶人先告状是一个道理吧。

李似锦突然有了办法，整倒康小婷，让康大庄对她彻底失望。

而此刻的康小婷，还沉浸在身份转化的新鲜感中，丝毫没有感觉到即将发生什么。从前，所有人都认为她是扶不上墙的富二代，给她贴上的标签都与玩乐、吸毒、斗殴等有关。但是，她爸有钱，她摇身一变，重新包装一下，就可以换另外一种姿态见人了。

于是，那段时间还冒出来好多文章，写她什么千金小姐的华丽转身之类的，题目五花八门的，比如：

《豪门千金从败家女到投资人的华丽逆袭》

《你不知道的康小婷》

《抛掉第一千金光环，她要做投资人》

《一掷千金的美女投资人》

《从拼爹到拼自己的康小婷》

……

李似锦猜得很对，康小婷到创业大道上开创业咖啡馆，想要生活换换味道是一个原因，还有一个更重要的原因，就是她一直看容若初不顺眼，得知她弄了一条什么创业大道，想来闲着也是闲着，不如捣乱一下。真是一举两得的好办法。可怜康大庄还以为女儿真的上进了。

自从第一天开始，她就没让容若初省心。装修的时候，为了创业大道的风格统一，大道管委会给出了参考装修意见，可是康小婷根本不搭理，耀武扬威地把“千金咖啡馆”装得像20个世纪90年代夜总会的风格。这几天又出了新情况，门口明明不允许摆东西，她放了两个大灯箱。

容若初知道她为什么挑衅，正琢磨怎么办呢，张多多首先坐不住了，冲了出去找康小婷。容若初怕他们打起来，赶紧跟出去。

没想到，张多多到了千金咖啡馆门口，并没有喊人出来搬走灯箱，而是把手里一张卷起来的大长纸展开，贴了上去。

容若初一看，是“公共洗手间前行300米右转”，不禁哑然失笑。

康小婷气坏了，问张多多：“这是怎么回事？”

张多多嘿嘿一笑，说：“最近来参观的人太多了，各个咖啡馆的洗手间老排队，幸好咱创业大道是由商街改装过来的，还有公共洗手间这种古老的设施用于应急。不过因为在角落里，大家总找不到，于是借用你家的灯箱贴个指示。既然你长得这么美，也有共享的心态，为了大家的便利就这么贴吧，而实际上你看看，除了你家门口这大灯箱，的确没有其他地方可以贴路线指示了，我还得好好感谢你呢。”

康小婷吃了个哑巴亏，她一看，那纸条是临时打印，故意找茬的，但是，也没法反驳张多多的话，看着“千金咖啡馆”上边还有“公共洗手间”几个字，实在心里不爽，于是就一把扯了下来。

张多多说：“美女康总，你这是以实际行动反对共享啊。你若安好，便是晴天，你若安不好，小心我用洪荒之力发雷霆之怒。”

康小婷有点儿气急败坏，只好让人把这两个灯箱给扔了。

容若初看在眼里，心里想：张多多这小子，不但足智多谋，嘴巴还溜得很！

康小婷到了大道上后，还保留着在夜店的生物钟，三更半夜搞派对。因为容若初是住在隔壁办公楼里的，实在被吵得没办法，就去找康小婷。

康小婷一副睥睨的表情，一边拎着酒瓶子喝着酒，一边指着容若初说："你有什么资格教训我？不过是个小包租婆而已，以前你也没有什么本事，是借了于万复才上位的，所谓上流社会那点儿丑事，什么都瞒不过本小姐，你不过就是于万复的小三，现在被一脚踹了而已！"

容若初听了这话，十分恼怒，冲上去想打她一耳光。

"啪！"康小婷的脸上结结实实挨了一记响亮的耳光，嘈杂的夜趴大厅里的人都听见了。音乐师也把音乐停了，大厅里的空气一时间被惊诧得凝结了。

是谁敢打康小婷？

——张多多。

张多多从容若初的身后抢过来，一巴掌呼在康小婷脸上。康小婷捂着脸，也呆了，她没想到真有人会当众打她，酒一下子醒了。

容若初说："康小婷，你说话的时候，记住顾全一下你爹的脸面，他怎么教出你这么一个败家女儿！你以为女人能干就是靠男人？你不看看北京这有名的地标都是谁操盘的，又是谁让你们康庄集团屡屡失手，才让你们这么记恨我。你记住，就凭我的能力，还轮不到拼美貌。看看你自己，除了有个有钱的爹，还有什么？"说完，转身而去。

康小婷捂着脸，呜呜哭了起来。

容若初爬到楼顶，静静站着，看着眼前的一条大道。春寒料峭，刚刚长出的新叶在寒风中瑟瑟发抖。初春的夜风，比冬天的还要刺骨。

张多多来到身后。

"你干吗为了我去得罪康小婷？"

"我不能让任何人欺负你。"张多多清晰地说。

容若初转身看着他，"你都知道了？你知道了什么？"

"我都知道，知道你以前在地产界的风光，知道你被坏人诬陷后的艰难，知道你为什么来到这条大道。现在，有了我，我要保护你，不让任何人再欺负你！”

容若初看着张多多，有些思绪纷飞，她纵横江湖这么多年，认识各位神通广大的大佬，可是，从来没有一个人说过要保护她，毕竟她是一个女人，也渴望被呵护被关爱。而这话从一个完全没有能力保护她的小鲜肉嘴里说出来，虽然觉得可笑，却有那么一种说不出来的温暖。

她笑了笑，“你还小，不懂这些江湖的纷争。”

“我不小了，才比你小 7 岁而已。再说了，我是男人。”

“多多，谢谢你。”容若初突然不知道怎么回答他，于是莫名其妙说了个谢谢，“其实，自从来做创业大道，我才活回了自己，以前的地产魔女、霸道女总裁，并不是我喜欢的样子。我不过跟千千万万的职场人一样，外表包了一层硬硬的铠甲，内心却是软的。那个时候，活得很孤独，也很虚伪，但是，现在我有了创业大道，有了未来和希望，特别是有了你们，我觉得这才是活在北京的样子。”

“容姐，只要你活得高兴，我就高兴。”张多多一脸情深地说。

容若初不知道怎么接这句话，就“嗯”了一声，从屋顶下楼回宿舍去了。

张多多看着她的背影，漂亮的大眼睛一直注视着她离去，有些呆了。自从创业大道火起来，他也成了红极一时的创业明星，身边围绕着很多追他的小姑娘，还有电影学院的小美女，可是，他却无论如何都不动心。不知为什么，那天第一眼看到大他 7 岁的容若初的时候，他突然有种非常异样的感觉，心跳不知不觉加速了！

有种魅力，真的是需要岁月沉淀一下，才会散发出致命的诱惑。容若初的举手投足，一颦一笑，那种大气和淡然，那种韵味和风情，真不是小姑娘能媲美的。

特别是，容若初在商海风云中指挥若定的那种从容气度，真是迷死人了！而最打动他的，是容若初人后表现出来的那种柔弱，让他有一种想去保护的冲动。一直柔弱的女生其实没有什么魅力，而强势的女人在背后表现的那份柔弱，却让男人充满了保护和征服相互交织的欲望。

张多多不是富二代，他来自于大山深处，一路通过考试改变了自己的命运，所以，他懂得珍惜，更懂得去拼搏。因为生在大山，所以性格里都是山里的简单和坦荡。

也因为对容若初的特殊感情，他工作起来就更拼了。他看了好多之前的新闻后，知道容若初是因为什么才来到创业大道的，所以，他要拼命地努力，去做好每一件事情，去帮她，去保护她，不让她再被人欺负。他压根儿就不相信她会勾结贪污，一定是有人陷害的。

忙忙碌碌的日子，相安无事了好久。

康小婷被收拾了一次之后，老实了很多。之前她找了几次容若初的麻烦，每次都是机灵古怪的张多多出面，她也没赚到多少便宜，久了也觉得乏味，突然记起来自己现在是知名投资人了，还是赶紧找几个项目玩玩，说不准大赚一把，让那些平时看不起她的人，特别是继母，好好看看。

于是，她跟狐朋狗友们商量，大家都说办个路演会吧，让好多创始团队都来路演。康小婷一听这事情行，于是拨了笔经费，让手下赶紧去办，名字就叫“千金天使投资基金项目路演会”，还有个副标题：一掷千金，只为靠谱的你！

到了路演会那天，搞得有点儿像农村办婚礼，搞了充气拱门，放了些彩花礼炮的。康小婷也难得穿上职业装，煞有介事地坐在台下，看台上一个个项目去介绍。

可怜台上的创业团队都不容易，听说这个天使基金是财大气粗的康庄集团的，以为会有特别好的机会，谁知道坐在台下的康小婷哈欠连天，毕竟，很多她都听不懂。

这时候，轮到一个路演项目。创始人上台，乍一看，真没看清楚是男生还是女生。说是男生吧，一身粉色系妖娆打扮，连面庞都是有些淡妆的，那份精致玲珑的美真能气死好多女生；说是女生吧，一开口的的确确是个男生。

“尊敬的康小婷女士，各位投资人，大家下午好！”这个开场白真是讲究，还是第一次有人说“尊敬的康小婷女士”，正迷糊打盹的康小婷一下子就清醒了。

“大家好，我的名字是阿杏，我的项目名字是‘性福列车’，我的产品是大家都在用，但是从来不提起的情趣用品。”

他刚说完这句,底下一阵哗然。毕竟在中国,公开场合还是谈性色变的。

他却很淡然，继续说：“另外，我是个同性恋。当然，你们可能像看怪物一样看我，但是，我想说的是，同性恋也有资格来创业！而且，我能看到别人看不到的商业痛点。

“比如说，情趣用品。中国有十几亿人，只要是人，就有性的要求。千百年来，科技在发展，社会在进步，文明在飞跃，但是，人的最基本的生理需求，在质量上不但没有上升，反而日趋下降，因为这个原因，造成了无数人的不健康和不幸福。而这一切的罪魁祸首,就是因为我们对于‘性’的回避。其实，在国外，这是一门非常登大雅之堂的科学。因为我们回避，所以，在目前的情趣用品市场上，搞得像黑市。产品种类奇缺不说，价格畸形昂贵，质量低劣，而且，几乎没有售后。因为，谁会买了情趣用品用得不满意还来投诉的呢？所以，这个市场到了亟待整改提升的时候！

“好，接下来介绍我的‘性福列车’项目。我们是一个O2O垂直类商品平台，我们有自己的网站和APP，和大量的供货渠道，还有自己的物流渠道。顾客在我们的平台上进行挑选、购买、评价、打分。我们做到质优价廉、售后保障，同时，我们还有‘性福学堂’，指导大家如何更好地享受性福和快乐。中国十几亿人口，我们第一个目标，是让我们的客户数目突破一亿。让一亿人先性福起来，是我们的口号。”

康小婷听得十分好奇和兴奋。她本来就喜欢新奇的东西，想了想，觉得阿杏说得挺对的，这个项目靠谱！

“你要多少钱，给多少股份？”康小婷打断他，直接问了个很直白的问题。

“天使轮，1000万，10%。”阿杏报得很利落。

“行，投了。”康小婷说。周边的人又是一阵哗然，没见过这么投钱的。看康小婷的表情，一幅“姐有钱，爱投谁投谁”的表情。旁边的人提醒她还得看下阿杏他们的团队以及财务报表等，康小婷也就敷衍地“嗯”了一下。

“性福列车”接受康小婷的投资后，办公地点也搬到了创业大道上。康小婷把千金孵化器中的500平方米给了他们。除了工作人员，其余的地方当货仓用。这个引起了容若初和张多多的异议，毕竟，大道是公开场合，人来人往，有时候货物包装露出来，岂不尴尬？但是，因为这块物业已经出租给康小婷，并没有做违法违规的事情，所以，只能是无可奈何，管不着了。

这天，康小婷召开高管会议，她的高管大部分是她那帮狐朋狗友，也有康大庄派来的正规职业经理人。

“要想让一只猪飞起来，靠猪自己是不可能的，得靠风，而且是马力十足的风。”康小婷很认真地说。

大家一阵笑，康小婷拿着本子使劲敲了下桌子，大家都收敛起来，老老实实坐着。

“我说的风，指的是媒体炒作，得把这个项目炒热了，让更多的的人知道，让更多的钱进来。”

大家连连说是。

“那就由公关部门去找最好的媒体来给咱们宣传。对了，我看旁边那家人鱼咖啡馆里全都是做媒体的，找那个风骚女老板陈鱼聊聊，咱们有的是钱，只要她们把活儿干好。”

“得嘞，小康总，您放心！”

陈鱼很高兴地接受了这个单子，同时也做出了一个超高的媒体预算，康小婷看了看，就签字付款了。陈鱼拿人钱财，给人卖力，于是使劲帮这个项目造势，康小婷身上的光环越来越多，而阿杏也由一个活在性别夹缝中的人，变成了创业成功的励志典型——虽然刚刚获得了天使轮融资，离成功还差十万八千里。

“性福列车”在这种强力推动下，发展的确很快。APP的用户量直线上升，订单供不应求。康小婷和阿杏也因为这个项目，四处演讲，俨然成了新一代创业的明星标本。这个项目的估值也翻了 20 倍。

康小婷很得意，又投了 5000 万给阿杏，作为 A 轮融资。

这样过了三个月，突然有一天，一个帖子一夜之间红遍了所有的媒体，自媒体、微博、微信、社区、论坛等。

“性福列车”以次充好，拿着三无产品来冒充正品！而且，证据确凿。

得到这个消息，各路人等怀着不同目的，马上展开了对“性福列车”地毯式人肉搜索。要知道，有一批人是靠爆料活着的。

很快，新的料爆了出来：

“性福列车”的产品，以次充好不是个例，而是大量存在的……

“性福列车”号称APP用户量上千万,而实际上也就是几千个而已……

“性福列车”根本没有自己的物流渠道……

“性福列车”创始人资料造假，阿杏涉嫌赌博，有大量债务没有还清……

“性福列车”根本没有售后服务团队……

一时间，铺天盖地。猪是怎么飞起来的，也会怎么跌下来。

同时，对康小婷投资了大量资金给“性福列车”，也受到了潮水般地嘲讽和批评，俨然不是前两个月对于新兴项目的吹捧了。

有好事者跑到创业大道上的办公室去看，发现“性福列车”的办公区域一片狼藉，产品还有大量贴牌伪造的痕迹。

城门失火，殃及池鱼，容若初和创业大道同样受到了公众的质疑。

康小婷听到这些，很吃惊。虽然她经常不务正业，但是，却从来不干坑蒙拐骗的事情，因为她有钱，根本犯不着啊！

她看着那些帖子，题目是什么《烂泥终究糊不上墙，康小婷的造假之路》，她气得把 IPad 都摔了，站到门口大喊：“你们都过来！”各位高管都屁颠屁颠跑过来。

“你们看看，这都写的是什么乱七八糟啊，赶紧找国内最好的公关公司给删掉！”

“删帖很费钱的啊！”

“那也删，查查是谁写这种文章，我要起诉侵害名誉！”康小婷吼叫着。

“姑奶奶，这不是最重要的，现在先看看那项目到底怎么了吧。”

康小婷一想也是，她赶紧跑到“性福列车”的办公区看，看到了和小报记者同样的场景，办公区乱七八糟，一个人都没有。一刹那，她也呆了。

阿杏已经不知所踪，但是，在他的办公桌上，有一张废弃的便利贴，上边写着一行字：“请给李总回电。”一串电话号码。便利贴丢在一边，还没有扔掉。

康小婷用自己手机输入，号码竟然显示了：老巫婆。

老巫婆，是她手机上李似锦的名字标签。

她突然明白了！

阿杏和“性福列车”根本就是李似锦给她下的一个套儿。而因为这个项目，康大庄给的一个亿基本没了，或者说，已经变相流到李似锦的口袋里了。而父亲，也会对自己彻底失望。说不准，未来会把家产全部交给理财机构，甚至都裸捐了，也不会交到她手上了。这几天康大庄去香港出差了，回来后不知道会怎样生气呢。

想到这里，康小婷不寒而栗，又怒从心头起。但是，她现在拿李似锦没有办法，除了去跟她大吼大叫，她根本不是李似锦的对手。

康小婷无论如何都忍不住，于是打电话问保姆李似锦在家吗？保姆说李总刚回来。于是她开着跑车一路跑回家，找李似锦兴师问罪。

回到家里，已经是晚上八九点，家里静悄悄的。她怒气冲天，像一只发疯的小母狮子。在客厅和书房没有看到李似锦，康小婷毫不客气地把李似锦的房间门用了吃奶的劲儿撞开了。

撞开的那一瞬间，屋里屋外的人都呆了！

屋子里，是衣冠不整的李似锦和向一飞！

康小婷惊了！但是马上明白了是什么事情，她冲上去，厮打李似锦，没想到旁边的向一飞一巴掌把她打飞了。

康小婷颓然倒在地上。

康小婷投资失败这个风波，对于容若初和创业大道来说，也是个不小的打击。毕竟，项目是在创业大道上的空间内孵化的，出了事情，即便不是直接责任，大家也会觉得创业大道的把关过于低滥，严重影响了创业大道的品牌。

这给创业大道也带来了危机。

张多多来找容若初，“容姐，把康小婷这种垃圾人清理出去吧！”

“不。”容若初一边翻阅文件，一边说。

“为什么？”

“不为什么，租约没到期。”

“可是，咱们合同里有一条，如果租户的行为恶劣影响了创业大道的整体品牌，甲方是可以解约的。”

“投资失败率在95%以上，是不是我们要把95%的创投机构都清理出去？”

“这个……好吧。”张多多出去了。

其实，容若初不是不想把康小婷清理出去，毕竟她造成的影响太恶劣了，但是，一则正如她刚才对张多多所说的，二则她还有自己的私心。她一直就感觉，当年行宫县的风波跟向一飞有关系，但是苦于没有证据，所以，她必须得留下康小婷这根线，然后想办法查清楚此事。

的确，那年行宫县风波发生后，一切线索都没了踪迹，那些闹事的农民和业主都不见了，连自己的秘书，接到举报信的小凌，也在事后迅速辞职，不知所踪。

她有时候想起旧事来心情郁闷，就找陈鱼聊聊天。除了陈鱼，这世界上的知己真的不多。两人晚上在楼顶平台聊天。

“康小婷的事情我知道，前期宣传还是我帮她做的，事到如今也是她咎由自取，不过可惜了还有尾款没付给我，正在由律师交涉。另外我猜，她处处与你作对，你还容她三分，肯定是想从她身上得到当年事情的线索。”陈鱼说。

“知我莫若你。”

“其他没有线索吗？”

“没有，我后来去过行宫县，闹事的农民和业主都没了踪迹，找到的也就是跟着起哄的，并不知情。”容若初有些怅然。

“当初我们媒体接到举报，是一个人在媒体群里发的。那人用网名一直潜伏在媒体群中，事发后就悄悄退群了，所以并不知道是何方神圣。”

“但是，总归会有蛛丝马迹。现在创业大道做起来，我在海岳集团重新站稳了脚跟，虽然于万复只给我一年时间，但是，这么一来，我已经给自己争取了更多时间。”

“嗯，但愿快点儿水落石出。对了，你和沈承风怎么样了？”

“还是老样子。”容若初神情有点儿落寞。

“这么多年，你难道就没考虑过别人？你可是生活在中国的精英圈子里，周边全是高富帅。”陈鱼试探地问。

“我宁愿一个人孤独多年，也不会随便找一个男人来填补我的寂寞。”

“可惜了，像你这样的大美女，如果不是这么能干，还是有很多男人想养的，就不用像现在这么辛苦这么艰难了。”

“呵呵，虽然独立很艰难，但不独立更难，我无法想象没有自我，靠别人生活的日子。那得活得多憋屈。”

“的确是这个道理。”陈鱼若有所思，“不过你也真不容易，创业大道上得多少事啊，比如康小婷这种的。”

“如果是近处看，的确全是鸡毛蒜皮，不过站这楼顶露台上看，心情就不一样了。高度变了，视角就变了，所以我经常一个人在这露台上。”容若初突然想起了另一个话题：“对了，你最近忙什么呢？看你每天很活跃啊。”

“我在忙着当网红呀，我要做地产圈乃至中国第一网红！我现在的自媒体已经有 500 万粉丝了，几乎三篇文章里就有一篇 100000+，投资机构给我的估值是 30 亿。”

“当网红这么值钱啊，我孤陋寡闻了。”

“说到底你还是个传统的人，哪怕现在在做最新潮的共享办公，你就从来不会包装自己，做来做去都是给别人做了嫁衣裳。其实，最靠谱的事情是让自身的价值升值，这是谁都抢不走的。”陈鱼很认真地说。

“对呀，你就一直比较新潮。”

“我是一个目的性很强的人，有了目标，会有很强的动力去实现，为了实现，可以不惜代价，不择手段。”

“你怎么这样说自己？”

“话糙理不糙。我现在的目标，是让自己的流量更大，成为全中国首屈一指的网红，为了这个目标，我要动用所有资源。”

“小心点儿。”

“没什么可小心的。人生只能活短短几十年，去掉 20 岁前不懂事的日子，去掉老了累了干不动的日子，能往前拼搏的时间其实很短，所以，要尽情释放往前冲。前半生不要怕，后半生不要悔，能折腾成什么样子，就尽最大努力去折腾。”

“那，折腾的目的是什么呢？”容若初问。

“不负今生，尽情享受。最起码的，人这一生变数太多，不是为了遇不上风雨，而是为了遇上风雨的时候不当回事。所以，要不断投资自己，比如说，我只剩下 10000 块钱，我会用 9500 块去买衣服和化妆品，剩下 500 块干别的，只要自信在，不管遇到什么，随时都可以东山再起。我可不是靠男人的主儿，我任何时候都靠自己，只有自己最靠谱！”

容若初想了想，她说的没什么不对，但又觉得似乎哪儿不对劲。这时，楼下飘来很香的味道。

陈鱼很夸张地四处嗅了嗅，“这是什么味道？”

“应该是多多在做夜宵吧。以前创业大道没有食堂，我都是凑合着吃饭，现在员工多起来了，就专门备了个食堂，大家吃工作餐。晚上没人的时候，多多就会用厨房来做私房夜宵。”

“有夜宵？哇，去看看！”陈鱼说完，迫不及待拉着容若初往楼下跑。

厨房里，一身厨师打扮的张多多，正在很认真地品尝汤的味道。看到容若初进来了，他很高兴地说：“容姐，你看我今晚给你做的夜宵，喜不喜欢？开不开心？兴不兴奋？”

不等容若初回答，陈鱼装作很不高兴地说：“原来你们每天晚上都吃夜宵，这么久了，竟然没告诉我。”

“少来装，你天天晚上都是各大豪门大佬请你吃盛宴，哪里有空光顾我们这简陋的小厨房。”容若初笑着推了她一把。

陈鱼尝了一口，对张多多说：“这是你做的？”

“当然，如果不是遇到容姐后当了这 CEO，我现在一定是全中国最帅的厨子。”

“哈哈哈！”

“不过能给容姐一个人当厨子，我还是很心满意足的。”

听了这话，陈鱼意味深长地看了容若初一眼，后者正在喝汤。

“容姐每天都忙到很晚，晚饭早就消化没了，再说晚饭都是在食堂和大家一起吃，没什么营养，晚上我煲的这汤，可是四海八荒的第一美容养颜瘦身养身排毒延寿汤。”

“得了得了，稍微吹一会儿就行了，别嘚瑟个没完了。”容若初打断他。

张多多做了个鬼脸，不说话了，哼着歌收拾厨房。

“若初，真是好命啊，5000 块钱加股份招聘来个 CEO，超级能干活不说，还是个会做饭的小鲜肉暖男。”

“陈鱼，别打趣我了，多多喜欢做饭，有这嗜好，都近乎痴迷了，拦都拦不住，真不是我让他做的。”

“嗯嗯嗯。”张多多连连称是。

陈鱼咯咯咯笑个不停。而她的心里，在盘算另外一件事情。自从在以色列与沈承风结识，这么久却一直没有什么进展，沈承风永远是若即若离，让人捉摸不透的。她分析，可能沈承风是对容若初有感情，所以才对她这性感大美女没有感觉，所以，她得让沈承风对容若初死心。而今天见到厨房里的张多多，她一眼就看出了张多多对容若初的感情，她陈鱼是情场老手，这点还看不出就白混了。

喝完汤，夜已深，大家也就散了，一夜无话。

第二天，陈鱼派人来找张多多，说是有个活动需要创业大道的协助。作为管理公司，对创业大道上的每一家入驻咖啡或企业都有协助的义务，所以张多多一会儿就来了。

说完正事，张多多正要走，陈鱼喊住他。

“鱼姐，还有什么事，谈完了我得赶紧走，你这衣服布料太少了，坐久了影响我这样的少年儿童的身心健康。”

“咯咯咯，多多你真是嘴甜得很呐，也难怪容若初这么喜欢你。”

“喜欢？她可不喜欢我，你没见她骂我笨的时候有多凶。”

“不会吧？”

“会啊，我真是伤心欲绝呢。”张多多笑着说。

“多多，你要是真把我当姐的话，你老实跟我讲，你是不是喜欢容若初？”

“我就是不老实跟你讲，也可以说我喜欢她啊，反正男未婚女未嫁，我又长得不难看。可是那有什么用啊，她一见面就跟我谈工作，好像我们都是工作机器似的，完全没有感情。”

“你知道为什么吗？”陈鱼突然一本正经地说。

“为什么？”张多多也认真起来。

“那是因为她心里有人，这个只有我知道。”

“鱼姐，好鱼姐，世界上最好的鱼姐，能告诉我吗？”

“你保证不说出去？”

“我哪有那么傻啊，怎么会说出去？那不是让他们把生米煮成熟饭吗？”

“那好，有这机灵劲儿就够了。你知道沈承风吗？”

“知道，地产江湖如雷贯耳的大佬，但是从来没见过。”张多多突然醒悟过来似的问：“难道，容姐喜欢他？”

“对的，沈承风是若初爸爸的师弟，20年前亲如一家，后来闹掰了，但是若初这20年来一直喜欢着他。否则这样的大美女不早就嫁出去了，还等着你叫姑姑啊。”

“这么多年的感情啊，而且是别人倒好说，偏偏是高富帅沈承风，那我完了。”张多多很失落。

“放心，多多，如果这么多年的感情还没到一起，那就证明到不了一起了。其实，还有件事情，承风其实一直很喜欢我。”陈鱼有些扭捏地说，不知道是因为害羞，还是因为说谎而心虚。

张多多涉世未深，哪看得出来，又惊又喜。

“但是，我们俩怕若初伤心，一直不知道怎么告诉她，毕竟我俩从大学时候就是最好的闺蜜，她比我大两级。”

“哦，这就是大家说的防火防盗防闺蜜？”

“去你的，你还想不想让若初喜欢你？”

“想想想，一百个想。”张多多这样的90后，表达感情很简单，也很直白。

“我也是这样觉得，承风不喜欢若初，这样拖着她不是好事，也徒增添她的烦恼。我昨天晚上在厨房看出来你喜欢她，很为她高兴，我相信你会给她幸福，现在就流行御姐找小鲜肉。所以，为了她的幸福，咱俩得一起干点儿事情。”

“好好好，鱼姐，我听你的，你指哪儿我打哪儿，你说向东我绝不向西，只要容姐能开心幸福。”

陈鱼看着张多多那表情，真是有点儿酸溜溜吃醋，不过，她从来就不是感性的人，她有自己的目标，知道自己想要什么样的男人。这种小鲜肉不是她的菜，她需要的是能让她更红的人。她从不屑于傍大款，那是傻白甜干的事情，她要通过大款成为更大的款。

“那好，过几天我会安排件事情，到时候你听我的。”

“好！”

陈鱼做自媒体这一路走来，在别人眼里风光无比，其实也有不少坎坷。

自媒体的盈利模式还是比较困难的，她已经用上了一切能用的介质，做主持，做直播，做活动，做公众号，每周都在国内飞来飞去，很多的美容觉都是在飞机上补的，平时实在是睡眠不足。中间也有不少委屈不说，有时候还会遇到不怀好意的咸猪手，所以，她要更大的机会，帮助她更快地成功。

这个周末，陈鱼的自媒体咖啡馆“人鱼咖啡”要办一场大活动——“女神来了”，内容就是评选出当今北京的十大创业女神。做自媒体就得经常搞活动，才能带来更多关注和流量。

容若初是作为评委参加的。活动下午 3 点开始，14：45 的时候，她从自己的办公室出来，到创业大道的公共大礼堂去。联合办公就有这个好处，不用每家企业都准备自己的大礼堂这种平时没什么用、关键时刻还必须得用的空间，一个，就足够大道上的机构们共享使用了。

容若初正急匆匆走，突然听到有人喊她，是沈承风！容若初有些呆，不知道沈承风缘何而来。他笑笑说，是陈鱼邀请他来做评委，曾经与陈鱼一起去过以色列，于是一直熟识。不知为什么，听到这里，容若初心里有些酸酸的味道，一起去过以色列，这件事陈鱼怎么没对她提过？

容若初了解陈鱼，的确是太性感火辣了。

为选手们评选的时候，容若初侧着眼睛看了看沈承风，后者正微笑着聚精会神地盯着台上，陈鱼一袭短短的修身订制小红裙，Ferragamo 最经典款高跟鞋，亭亭玉立地站在台上主持，媚眼儿时不时就抛到台下来了。

容若初如坐针毡，心里有种不祥的预感。

不可否认，在当今的大佬中，沈承风是最倜傥帅气的一位了，而且，男人在四十多岁的年纪，正是最魅力四射的时候。

面对着更年轻、更迷人的陈鱼，容若初竟然有些自卑。看看自己的穿着，倒是温婉大气，但是却少了性感和朝气。

突然，容若初看到了陈鱼颈间的大钻石项链，非常醒目地挂在低胸裙领上。怎么这么面熟？她使劲地想，终于想起在于万复的婚礼上，沈承风曾经送了一条一模一样的来当贺礼，那次她是婚礼总管，礼品还是容若初代收的。因为是沈承风送的，她还特意打开包装盒，看了看送的是什么。

而如今，一模一样的一条，在陈鱼这儿。

其实，当时沈承风买了好几条，为了应付各种礼节，不过容若初不知道，她以为就这两条。恋爱中的女人，总是往事情最坏的那一方面去想。

最后，谁得了创业女神的冠军，容若初糊里糊涂的，并没有在意，别人鼓掌，她也跟着鼓掌，一副很投入的样子，实际上，心猿意马。

活动一结束，陈鱼从台上跳了下来，亲亲热热拉住沈承风的胳膊，开开心心地对着媒体相机拍照。一旁的容若初好尴尬，也好自卑，当一个女人有了自卑感的时候，就更会往坏处想了。

沈承风很绅士地与陈鱼一起面对相机拍了几张照片，就想告辞了。

“陈鱼，我晚上还有事情。”

“不会吧，我邀请函上明明说的有晚宴，我打电话邀请的时候也说了有，你答应了的啊！你是大佬，不能说话不算数，再说，今天是我办的最重要的一个活动，你就帮我捧场捧到底吧。今晚对我很重要的，好不好，好不好嘛？”

“哦，那也好。”沈承风有点儿推脱不掉，只好答应。他的性格就是这样，经不住人求。

庆功晚宴容若初没有参加，她感觉有点儿辣眼睛，于是回办公室去处理公务。

陈鱼请沈承风坐在自己旁边，一直在和沈承风干杯，她干了，沈承风也不好不干，不知不觉，人有点儿醉了。

沈承风问容若初为什么没有参加晚宴，陈鱼故作夸张地说：“她呀，忙得很，最近走了桃花运。你看到那个年轻帅气的小鲜肉了吗？这是容若初的 CEO，也是她新交的男朋友。御姐配鲜肉，绝配啊！”沈承风听了，默不作声。

陈鱼给张多多使了个眼色，张多多会意，马上端着酒杯过来，敬沈承风：“沈董，听若初说您是她的长辈师叔，她今儿晚上有公务，我代她敬您一杯。”说完，一杯满满的红酒一仰脖就干了。

沈承风也礼节性喝了一口。他看了看张多多，二十几岁，的确神采飞扬，青春逼人。

张多多又说：“沈董，我是创业大道的CEO，您是前辈，我有好多要向您学习的，可不可以加您个微信？我保证不会随便打扰您的。”

沈承风放下酒杯，拿起手机。

趁沈承风正在加微信不注意的时候，陈鱼悄悄撒了一点儿药粉在沈承风的杯子里。

酒宴已罢，人散尽。陈鱼似乎喝得酩酊大醉，沈承风让自己的司机送她，她说不用，到咖啡馆后边的办公室休息一下就好。沈承风也只好扶着她，往后边走去。

一边走，他觉得不知为什么，身上越来越燥热。

后边的办公区有陈鱼的办公室，办公室的里间是一间小卧室，陈鱼有随时休息补觉的习惯。

沈承风把陈鱼扶到床边，陈鱼一下子就倒在床上，手里还拽着沈承风。沈承风本来就有些迷糊，也就一下子压在了陈鱼身上。

陈鱼绵软而性感的身子，散发着迷人的香气。沈承风突然觉得内心有一种欲望不可遏制，一浪接一浪地涌上来。而此刻，陈鱼一下子吻在了他的嘴唇上，沈承风也像发了疯一样，疯狂地吻着她。

而此刻，窗外，张多多不早不晚，正带着容若初路过。他跟容若初说，人鱼咖啡馆后边的电线有安全隐患，请她看一眼是不是第二天早上马上找人来修。

容若初看到了房间内的一切。她呆了！房间里的沈承风正压在陈鱼身上疯狂激吻，陈鱼那双白白的大长腿似乎什么都没穿，紧紧盘在沈承风的背上。

自己最信任的闺蜜陈鱼，捅了她最狠的一刀！

她彻底呆了，马上又醒过来，顷刻间泪流满面，转身就跑。

张多多看目的已达到，赶紧跟在她后边追了过去，怕她伤心之下做出什么事情。

房间里，几乎失控的沈承风在吻着陈鱼，他仅存的理智告诉他要停住，可是身体就是不听话。

在最后的一刻，他一下子把自己弹出去，跌在地上。他还是控制住了，毕竟这么多年的江湖不是白闯的，任何时候都能控制住自己，是个基本功。

功亏一篑的陈鱼有些失落，但是不能表现出来，她装睡。

沈承风拧开桌子上一瓶水灌了下去，然后踉踉跄跄地走出了门。窗外发生的一切，他都不知道。

第二天，沈承风正在办公室里看文件，突然秘书很紧张地走进来说："沈董，您今天看微信朋友圈了吗？"

"没有，我很少看，怎么了？"

"这个……这个，有些照片和文字在传，关于您和陈鱼小姐的。"

"哦？"沈承风一惊，心里一紧，本来今天就有些忐忑，昨晚的画面浮上心来。

他赶紧看了下秘书发给他的截图。一张是他扶着陈鱼往后屋走去的图片，陈鱼已经衣冠不整了，而他的手，放在了不该放的位置上；另外一张是他压在陈鱼身上，陈鱼的两条大长腿光光的，其余就没有了。其实主要是那晚陈鱼的裙子本来就短，倒真没做什么。文章最后是几排方块，还有一行字：此处省略 5000 字。

他有些十分后悔，觉得对不起陈鱼，于是打电话过去，那边的陈鱼就一直哭，哭得他更加惭愧了。

媒体怎么会放过这样的八卦，更何况是沈承风的绯闻，那是等八辈子都等不来的爆料花边啊。于是，一时间，各种声音和质疑甚嚣尘上，大家看多了明星的绯闻，也就索然无味了，企业家的绯闻一时间引起了全民极大的兴趣，掀起了前所未有的热度，竟然好多天都在热搜榜上。因为沈承风平时过于正统，所以大家都好奇他的另一面，从内心已经认同了他是个假正经真流氓。

这时候，陈鱼通过自己的自媒体发声了："感谢各位媒体、各位好友对我和承风的关注，我们感谢大家的祝福。"

这是一句莫名其妙的话，没什么毛病，但是说明了两点：第一，这件事陈鱼是自愿的，不是沈承风趁她喝醉了揩油；第二，两人是两情相悦的情侣，只是这次不小心被公开了而已。

大众接受了这种说法。一时间，各种铺天盖地的谩骂又变成了各种赞美阿谀，那整齐划一的论调，就如同有谁用水军操控了一样。

沈承风不能理解陈鱼为什么这么说，陈鱼打电话给他："承风哥，如果我不这样说，别人都会认为你是坏人，你的一世英名就付诸东流了，我这样说，是为了保护你。我没有关系，只要你能保持你的名誉，比什么都重要。等过阵子风波平息了，咱俩再公开声明说分手了，就什么事情都没有了。"

沈承风很感动。虽然他不想这样，但是也没有更好的办法，只好暂时先这样，等风波平息下去。身为大佬，自有大佬的苦恼，有时候的确为声名所累，不得不做一些不情愿的妥协。

其实，他的心中一直爱着一个人，既不是陈鱼，也不是容若初，只是没办法在一起。既是如此，暂时和陈鱼唱出假戏，也是可以勉强接受的安排。

因为这场恋情曝光，陈鱼成了一线网红，她公司的估值水涨船高，到了50亿，陈鱼也成了最美、最年轻、最性感的自媒体创业明星，亿万小富婆。

一时间，人鱼咖啡馆门庭若市。

陈鱼在自己的办公室里得意扬扬地转来转去。突然，门口出现一个身影——容若初。

陈鱼惊愕了一下，但马上把表情调整成笑靥如花，说："师姐，今天不忙啊？怎么到我这儿来视察了？"

"你知道我为什么来！"容若初冷冰冰地说。

"哦，其实呢，我和承风哥感情进展得比较快，本来我们应该早点儿告诉你的，是我做得不对。师姐，你别生气啊！"

"陈鱼，你明明知道我爱沈承风20年了，为什么你会对他下手？这样对待自己的朋友，你不觉得无耻吗？"容若初十分伤心和生气，说话语气很重。

陈鱼的脸上有点儿挂不住了，她也变了脸色，“容总，容女神，容师姐，请不要一直用高高在上的语气跟我讲话。你知道为什么你在地产界如日中天的时候，身边所有人都反对你吗？因为你没有给别人留下空间。你一直有很强的优越感，你也的确很优秀，你让人感觉到你的光芒是咄咄逼人的，所以别人会羡慕你，嫉妒你，最后恨你。你智商很高，但是情商太差，你不会委屈自己去逢迎别人，不会隐藏自己的光芒，给别人留下发光的空间，所以，没有人会喜欢你，包括沈承风。你被围攻，被赶出海岳，其实并不是别人在害你，全是你自己应得的！”

“陈鱼，我一直把你当成我最好的闺蜜，你就是这样看待我的？”容若初非常吃惊地问。

“对！所以说，沈承风选择我是有理由的。不可否认，我性感美貌，是撩汉的高手，但是这都不是最重要的，我能得到我想得到的所有男人，这个只是基础。真正的秘诀是，当你很优秀的时候，你还能时时刻刻去崇拜他，还肯委屈自己去体谅他，肯放下自己的高傲去讨好他，这些，我能做到，你却做不到。所以，不要怪我抢走沈承风，怪只怪你自己口口声声说爱他，却从来没有好好用行动爱过他！”

容若初听到这里，如同掉进了十八层的冰窖。陈鱼说的是对的，也许，她的确不配得到沈承风的爱。

容若初已经不知道怎么回答。她转身离开了。那一刻，她觉得自己的心如同玻璃一样，碎了一地。因为行宫县的事情被污蔑的时候，她并不是一无所有，她还有一颗高傲而坚强的心，而现在，这颗心，被陈鱼赤裸裸地打碎了。

第十二章　相爱相杀

沈承风和陈鱼的事情发生后，容若初为了掩盖内心的伤痛，更加拼命地工作，工作的确是疗伤的最好的办法。

现在很多外地机构到北京来，希望把创业大道的模式引到外地去，容若初婉拒了。暂时她还不想去外地，她想把北京的项目，用尽心血好好打造出来。在做创业大道之后，她才发现，这原来才是她喜欢做的工作，充满阳光，乐于分享。曾经的地产江湖，其实不适合她这种文艺青年。

容若初作为董事长的北京创业大道管理有限公司，一个方面做整条大道的出租和运营，入驻机构不针对单个创业企业，而是只租给创投机构或孵化平台，由他们来招募单个创业企业入驻。同时，创业大道也有自己的咖啡馆和创投基金，咖啡馆就叫“大道咖啡”，一楼是咖啡馆，二楼三楼是孵化器，这个是接受单个创业企业的。容若初也在寻找好的项目，进行天使投资和孵化，可是，创业项目虽多，好的项目哪有那么好找。

今天是一个项目路演会，有二十多个创业团队报名前来，大部分都是大学生创业。半天的时间有限，于是就从中挑了7个。

路演开始前，张多多和容若初在第一排坐好，创业团队正在准备，有个几分钟时间，张多多看容若初闷着不说话，便跟她聊天：“容姐，你觉得大学生创业靠谱吗？”

“挺好啊，我觉得是一件非常好的事情，转变了大学生的就业观念，也缓解了国家的就业压力。”

“现在很多大学生的父母都比较有钱，有些人的启动资金都是从父母那里得来，如果成功也便成功了，如果失败也是一种促进社会资金流动的方式。至于我这种寒门子弟，就得从零一点点做起了。”张多多有点儿惆怅地说。

“其实，富家子弟未必幸福，虽然不必为生计奔波，也可以自由去做自己喜欢的事情，可是，也少了那种从零奋斗、回报父母的成就感，所以，没有高下，各有利弊。”

“哦，容姐，你真会说话。”

“你这是夸我呢还是损我？”

“当然是夸啦，呱呱呱。”

“多多，你就是传说中的把日子过成段子的人吧？”

“正是在下！”

“好了，别贫嘴了，开始第一个项目了！”

“好！”张多多马上收起自己的小表情，正襟危坐，一本正经地看着台上。

第一个上台路演的项目是“共享家厕”。

创业团队上台介绍项目：

“各位尊敬的导师大家好，我们团队带来的项目是共享家厕。大家一定都经历过这样的场面，周末或法定节假日的时候各景点、商场等地的客流量增加，很多人都遭遇了上厕所难的问题，厕门前排队竟近30人，排队几十分钟才能上到厕所，有时候实在是憋不住了。为应对此问题，我团队特地研发了‘共享家厕’这款APP，满足十几亿人口的拉撒问题，让如厕不再是问题，同时，让厕所主人充分利用闲置厕所资源，赚取人生的额外一桶金。

“首先打开APP，然后点击‘我要如厕’，就会看到周边民居里参与共享的厕位，您可以根据自己的喜好选择蹲型、坐型，可以选择豪华版，也可以选择普通版，除了提供厕纸，有的还可以提供充电和WI-FI，使用完毕后您可以付费，价位从2元到30元不等，同时，要进行打分评价，以利于后期服务改进。这样一则市政不必再修建公共厕所这种浪费空间的建筑，二则也可以充分利用居民家里的闲置资源。最后我们来算下经济效益：

“在中国，平均每3个人使用一个厕所，保守估计中国有4亿个厕所，而这些厕所90%闲置，并不产生经济效益。

“按照中国13亿人口计算，每天人均上厕所次数：小便3次+，大便1次。每人每天有一半概率在外如厕，假设每次使用‘共享家厕’如厕，均价5元，则‘共享家厕’销售额将会达到：6.5亿*5元*2=65亿元，年销售额65亿元*365=23725亿元。

“所以，各位导师，我们认为我们的项目将是改变未来国人生活方式的一种新模式，必将获得资本市场的高度认同。谢谢大家！”

台下，容若初看了看大家，请其他导师针对这个项目先开始提问。

这时候大道上吵吵嚷嚷的，容若初站了起来，想出去看看。张多多拉她坐下，说：“我去看看，有我在，你不用辛苦。”说完便出去了。

容若初继续听下边的项目，是一个针对校园分期付款的。

过了大约半个小时，张多多跑回来了，确切地说，是几乎跌进来的，衣衫不整，嘴角带血。容若初大惊，是谁这么大胆，敢在创业大道对张多多动手！

张多多摇摇手，说：“没事，不小心弄得。有个项目是上门修脚的，因为掌握了居民家庭人口而沉淀了大量大数据，所以被好多家资本热捧，刚才争着给这个项目投资，一言不合，几家投资机构打起来了，我去拉架，不小心挨了几下，倒不是真打我的。现在没事了，几家回去了，谁家资金到位快就用谁家的。而我就算为创业的热情献身了一把。”

“哎呀，你看看你。”容若初禁不住想帮他去擦嘴角的血渍，一想是公众场合，马上止住，“多多，你还是去医院看看吧。”

“没事，不是内伤，我用内伤APP测过了。”说完，张多多坐了下来，继续听路演。

路演结束后，容若初一个项目都没通过。张多多很不解，跟着她回到办公室，一路上喋喋不休地问。

“容姐，你看看人家，都为一些上不了台面的项目打起来了，咱们这些项目都挺好的呀，你怎么一个都没留下？”

“多多，你知道吗，从决定要做创业大道，直到做得风风火火，其实我并没有感觉多难，但是，当创业大道一片繁荣的时候，我却感觉到了前所未有的压力，或者说，惶恐。那种感觉，是你驾驶着一辆车在加油狂奔，而你却找不到刹车在哪儿。可怕的是，前边是大道还是悬崖，能狂奔多久，你也并不知道。所以，我一直在控制速度，在寻找可持续发展的内在规律。”

“容姐，时代改变了而已，别用过去的经验来考察现在的项目。”

“也许吧，我也时常反思自己，是不是太保守了。可是，有些问题，说真实的，我作为国内共享办公的开创者，我都不明白。比如说，一个没有或只有很少的现金收入，只靠大量烧钱的O2O项目，会有那么高的估值，这是怎么计算的？这种计算方式，明年还会这么计算吗？还是只是今年的一场海市蜃楼？”

“容姐，不会是海市蜃楼，至少还有你这样冷静的人存在啊。”

“但愿吧，我努力。”

两人一边聊一边走着，前边有一家正在热热闹闹搞活动，两人也就停下脚步来。张多多赶紧介绍：“这是顾智山顾主席的咖啡馆，叫作地产人咖啡，二楼是中国地产经济联盟的办公总部。这个咖啡馆，将成为中国地产人的汇集之地。”

容若初看了他一眼，“还用你介绍啊，搞得我好像也是来参观的。”

“嘻嘻，那咱们进去参观下顾老爷子的道场吧。”

“嗯。”

咖啡馆里，顾智山在准备一场演讲，正指挥人搭台子。演讲是他人生的第一大爱好，被退休后，终于可以自由发展自己的爱好了。以前都是被邀请到各个论坛去演讲，自从有了自己的道场，除了那些大论坛，也每周一次做一些定期的活动，顾智山在地产江湖的地位更加稳固。顾智山觉得自己把总部搬到创业大道上来是对的，不再束之高阁，而是多跟年轻人来往，更加接地气儿。

除了做活动，顾智山也开始打造地产类IP，做产业创新IP。房地产业正在从制造业时代迈向服务业、金融业时代，正从产品时代迈向平台时代、内容时代、运营时代、资产时代，正从“圈地皮，做产品”迈向“建平台，做内容”，正从“卖房子”转向“卖生活方式”，正从“建空间”升级为“孵化产业”，正从“项目开发”走向“城镇运营”，房地产业与人的生活、产业发展和城镇发展高度融合，正在成为推动消费升级、产业升级和城镇发展的基础性的强大力量。在这样的大背景下，消费升级领域的商业、儿童、文创、旅游、健康、养老、体育等产业蓬勃发展，许多内容开始与房地产高度融合，形成“内容＋地产”的房地产创新IP。创新IP涉及的创新领域包括：可续建筑、商业地产、园区地产、写字楼与综合体、文化和旅游地产、文创产业、健康产业、养老住区、社区服务、现代农业、儿童产业、体育产业、咨询顾问、规划设计、开发、营销创新、服务运营等。

顾智山总感觉时代发展太快了，使劲赶，却还有跟不上的感觉，他真怕自己老去。他看见容若初和张多多走进来，打了个招呼坐下来。

这时门外进来几个90后年轻人喝咖啡，因为咖啡厅正在准备活动，服务区人手有点儿不足，年轻人很不耐烦，正好顾智山坐在邻座，就过去解释下。

几个年轻人横了他一眼，说：“老头儿，你是这儿打杂的吗？你们这里服务怎么这么差啊？”

顾智山一听这口气，马上火了。“啪”，一拍桌子，说：“你们都给我出去！”

那几个小哥也都站了起来，说：“你们开店的这么牛啊，你谁啊你？小爷我的企业都已经估值过亿了，知道不？”

容若初一看，赶紧给张多多使了个眼色，多多会意，马上站起来，拦到两拨人中间。

“我说几位少爷，你们问这位大侠是谁，说出来估计你们也不知道，人家闯江湖的时候你们还没出生。”

几个人一看张多多，倒都认识，马上说：“多多哥，哦，应该称呼多多弟弟，您更年轻有为，我们开玩笑来着。”

“哎，叫哥，叫哥是江湖地位。”

“嗯嗯，多多哥，我们跟大叔开玩笑来着。”

“好啦好啦，到哥的咖啡厅，咱们去聊聊。”张多多把几个年轻人带走了。

顾智山的表情有几分尴尬。容若初明白是什么意思，马上开导说：“几个小孩子，不懂事，不认识您也是正常，不要放到心上。”

“嗯，沉舟侧畔千帆过，我这虽算不上沉舟，但也快老朽了，我什么都不怕，就怕老。现在的90后已经登上了历史舞台，留给我们的时间已经不多了。”

“一代人有一代人的故事，您现在还是地产界的东西南北四位大佬之一，不必太伤感。”

“前段日子，我感到了很多变化。以前的商界是论资排辈的，各大论坛的第一排都是那些权威大佬，而现在，有些不认识的小孩子，都排在我们的前面。”

“他们只是代表了创新的方向，论实力，离您和诸位前辈都还远着呢。”

“但是我心里也不舒服。容总你别见笑，我这么多年来，最看重的就是一个面子。从前在央企，我说是淡泊名利，其实也就是淡泊了利而已，名并没有淡泊，相反，我把面子看成了我的最高行动纲领。”顾智山说话，还是有很多带着时代烙印的词汇。

“哦，包括对武全的事情的处理上？”容若初低低问了一句。

顾智山看着容若初，问：“你都知道？”

“嗯。”容若初回答。

顾智山沉默了一会儿，说了句：“也许吧。”就站起来默默走开了。

台子搭建好后，下午顾智山的演讲正式开始，乌泱泱来了满屋子的人，把咖啡馆都快挤爆了。顾智山看人气这么旺，心里高兴，冲淡了上午的不快。容若初和张多多也过来捧场。

他演讲的风格是人越多越能发挥得开，“在 1999 年的时候，我让大家买房，有人买了，有人不买，有人骂我；在 2009 年的时候，我让大家买房，有人买了，有人不买，有人骂我；而今天，我让大家买房，依然是有人买了，有人不买，有人骂我。历史将证明谁的话是真理。那些唱衰派，自以为是，哗众取宠，却一次次被事实打脸。我本人是希望房价低的，因为我工资低，但是，这改变不了房价继续上涨的趋势。我认为，二三线城市那么需要人才，家乡的建设在等待着游子，北京已经人满为患，不堪重负，那些买不起房的人，的确没有必要留在北京。”

说到这里，人群里起了很大的轰动和骚乱，也许这话触碰了很多人的痛处。有一个人怒从心头起，脱下皮鞋就朝台上的顾智山扔了过来。顾智山慌忙一躲，躲开了，但也是在台上一个趔趄，差点儿摔个大跤。那人看没打到，不知道是要继续上前打，还是想捡回鞋子，就往台上冲去。台上的顾智山明显有些惊慌。

这时候，人群里一个高大的身影一下子冲了过来，结结实实地把那人拦住，挥起胳膊，几下就把那人制住了。

大家都舒了一口气，定睛一看，来者是武全。武全把那人交给刚刚赶来的保安，没看顾智山一眼，就走出去了。

容若初也赶紧出来，“武全，你怎么来了？”

“我本来是有事情来找你的，看到有地产主题的演讲，就来听听，正好遇上顾智山的事情。我虽然一心想找他复仇，但是，我却绝不允许别人伤害到他，没有人可以跟我武全抢敌人。”

“唉，你们俩如果是一对恋人的话，那用一个词形容很合适，就是相爱相杀。”

“算了，不提他了，说说我为什么来找你吧。说实在的，我真是没脸见你了。你的事情我听说的时候正在香港融资，没想到待了那么久，回来后各种疲于奔波。我特别后悔没听你的，让康庄集团的向一飞参与了‘三生之城’的项目，那人的确不靠谱，给我造成了很大麻烦。唉，不说了，我来这里，看到你做得这么好，特别为你高兴！”

“哈哈，武全，我就怪你一点，没有早点儿来看我。”

“是啊，来晚了，所以，得请你吃好吃的。”

“什么好吃的？”

“酸辣粉儿。”

“啊？武全，你卖什么关子呢？”

“我想在创业大道上开个酸辣粉儿馆子，不用太大，几十平方米就够了，我看你这儿一铺难求，但是北角上还有个小房子是空的。”

“看来你到我办公室之前已经做了实地调研。大街上是只有一个小房子了，本来是要做肉夹馍的，可是最近的肉夹馍太多了，我否决了那个计划。酸辣粉儿倒是个好主意，你怎么会对酸辣粉儿感兴趣？”

“我老家四川的啊，我爷爷就是卖酸辣粉儿的。”

“嗯，除此之外，你这么大一个地产总裁开个小小的酸辣粉儿店，恐怕你是为了来找顾智山的吧？那个小房子的对面，就是顾智山的联盟总部。”

武全不说话，算是默认。“酸辣粉儿店我会雇几个颜值高的年轻人帮我打理，我自己还得去管地产公司，但是，我会经常过来吃粉儿。”

“唉，你说我这条小小的创业大道何德何能，竟然把当今中国有名的大佬和新秀们都汇聚了个遍，可以拍电影了。”容若初打趣武全。

“海纳百川呗。”

“呵呵，我也是感慨，也只有跟顾智山的恩怨，才能让你这位大总裁，在我这小街上开个小粉儿馆了。”

“能屈能伸。”武全嘿嘿一笑。

“你那馆子叫什么名字？”

“川心儿酸辣粉，四川的川，心情的心。”

“恐怕是万箭穿心的穿心吧。正对着顾智山，你真是要报穿心之仇？”

“若初，又来了，你又要劝我不要报仇，我说过那是不可能的。这个社会最大的问题就是对好人太坏，而对坏人太好。不说这么多，我租你房子开店，是我在转型，凑个创业的热闹，看在多年好友面子上，就租给我吧。”

“好吧，我让多多给你办理。其实他也不是坏人，只是你们有误会，搬到一起也好，经常见面，也许就能说开了。”

武全的酸辣粉儿馆子很快就装修好了。酸辣粉儿的原料和师傅都是从四川来的，特别是醋，用的是正宗阆中保宁醋。招牌上六个大字——川心儿酸辣粉。橱窗挂了些红通通的四川干辣椒，还放了几个大弓箭，正对着对面。估计顾智山看了，心里会酸酸辣辣，五味杂陈吧。武全高薪招聘了几个表演系毕业的男生女生，一时间，成了创业大道颜值最高的地方。

张多多看了，喃喃地说：“这下热闹了。我怎么感觉这儿像《武林外传》啊？”

“我也感觉天天像在演情景剧。不过，演什么不重要，不是悲剧就好。”容若初说。

“我会让大道上天天都是情景喜剧的。”张多多意味深长地说了一句。

川心儿酸辣粉开业那天，武全弄了个舞龙队来，还雇了好多临时工扮成卡通动物，在街上发免费券。

容若初看了，有些后悔答应武全了。这哪是创业者啊，分明是土豪的做派。但是，当她看到武全亲自扎上围裙做粉儿时，又觉得还是有点儿意思的。其实想想也对，大学生一毕业就创业，毕竟缺乏经验，最靠谱的是有丰富经验的企业家或职业经理人再次创立的新项目。

正想着，一个扮成绵羊的卡通人来到她面前，怀里还捧了一大束娇艳欲滴的玫瑰花。绵羊人单膝跪地，把花递给容若初。容若初想，武全真会搞，连这个都有。她一笑，接过玫瑰花。这时候，绵羊人把道具帽子摘下来——张多多！

“多多，怎么是你？”

“我说过，要让你的生活每一天都是情景喜剧。”张多多一脸自我陶醉地说。

容若初有点儿哭笑不得："好了好了，别闹了，快去干活！"

张多多高兴地跑开了。

创业大道的南端，是一个巨大的LED屏幕，上边每天是创业者的大幅海报，直到一天傍晚，大道上的人们都呼啦啦往屏幕那边跑，还有人来喊容若初去看。

容若初以为出什么大事了，跑过去一看，屏幕上显示了一张她的速写美图，一颗大大的爱心，上边还写着"生日快乐"。容若初一想，今天的确是自己的生日，自己都忙忘了。而屏幕上那张图画，笔画简单，但极为传神地画出了她的美丽。大道上最会画画的人，是学设计出身的张多多。

张多多正在大道上招呼邻居们："今晚都不许早走啊，今晚有容姐的生日宴会，谁不在谁不是朋友啊！"

正好这时爸妈的电话也打来了，让若初回家吃生日面，容若初就把父母也请到创业大道上来。

容若初本来以为就是晚上一起吃个饭，所以又回办公室忙了一会儿，至于生日晚餐，有张多多张罗，她就很放心了。不知从什么时候起，把事情交给张多多，成了她最放心的安排。

张多多果然把晚餐安排得极为丰盛，在主楼的楼顶露台上，布置了漂亮的自助餐台，还从锡林郭勒订了一只烤羊。晚宴的费用，容若初坚持自己来出。大家一起碰杯欢笑到9点多，夜色完全黑了。

这时候，张多多打扮了个很动漫的样子，出现在大家面前，他用舞台化的手势请容若初和宾客们移步到楼顶边上。大家都很好奇地站在栏杆处往下望，下边一览无余，是整条创业大道的大路。

这时候，灯突然全灭了，大家正惊呼，大道上的霓彩灯亮了，如同绚丽的画卷，一浪接一浪地展现着。这时候，一队十二花神的舞者出现在大道上，音乐同时响起，水袖翻飞，翩若惊鸿。最后舞者顺着台阶上到楼顶，领舞手里捧了一个大寿桃。

容若初真的很惊喜，从来没有过这样的生日。她很清楚，只有张多多才能导演出这样的场面。

“多多，你是怎么搞出这么好看的场面的？”

“这场实景演出，将是咱们的驻场项目。演出者都是舞蹈学院的学生，她们也需要勤工俭学。创业大道到了晚上如果有了这场演出，那么吸引的人就更多了，本身也有很多创业者都是在咖啡馆到深夜的。演出虽然只有15分钟，但这楼顶将会变成一个创业者夜宵广场，一方面解决很多创业者工作到很晚的饱腹问题；另外一个方面是一种新的社交形式，将是北京第一个夜宵社交平台；第三，这个大露台闲着也是闲着，咱们可以用它来创收，去掉各种成本，还能有一点儿盈余。今天是你的生日，是第一场演出，也是一场检阅，请容总批准这个项目。”

“哈哈，这个想法很好，准了。”

张多多又笑着问她：“容姐，这十二花神，你最喜欢哪个？”

“都喜欢！”

“那你最喜欢什么花？”

“茉莉花，外形很简单，但是却清香四溢。”

楼顶夜宵派对和实景演出一推出，立马获得了广大创业者的一致好评和追捧，被誉为京城创业界的一大盛事。慕名而言的人很多，很多名人也出现在这个平台上。

容若初想，张多多真是越来越有想法了。

这天，她应外省市的邀请，出差去交流经验，本来要张多多一起去，可是他各种推脱。容若初没有办法，只好自己去了。当天来回，回来的时候已经半夜，厨房里有张多多做的粥，但是人却没看见。容若初想他忙了一天，可能已经睡了，也就回自己宿舍去睡了。

第二天清早，当她来到大道咖啡的时候，吃了一惊，整个门口都改装了。一进门，是一面郁郁葱葱、生机盎然的植物墙，墙上种满了茉莉花，清新的香气四散弥漫，空气里都是醉人的味道。

张多多变戏法似的出现在吧台后面，他问：“这位美女客官，请问你要喝什么？”

“多多，你怎么这么早？”容若初有点儿没想到。

“我天天很早就会被自己帅醒。”多多做了个很酷的姿势。

“这是什么啊？”容若初有些不可思议。

“四海八荒第一面茉莉花墙，现在城市的绿色越来越少，人们渴望回到森林的怀抱，但是城市空间太狭小了，于是把花园立体搬到墙上去。接下来，这种装修方式将是城市的一股潮流。这也是我即将想引进的一个项目——办公室绿植墙，每一个办公室里，其实都需要一面，不但提升企业形象，而且能够净化空气，也会让员工面对绿色更加心旷神怡，努力工作。容姐，这是我送给你的第二个生日礼物。如果你觉得不错，咱们就引进这个创业项目，如果你觉得不好，给我一天时间我就拆除下来。”

“好好好！多多，这才是咱们需要的创业项目，我马上见这个创业团队。”

张多多欢天喜地去约绿植墙创业团队去了。他就是这么简单，快乐都写在脸上。

容若初看着他的背影，若有所思。张多多的心思她很明白，可是，总觉得有点儿难以接受。沈承风带给她的烙印实在是太深了，而且在她眼里，多多还仅仅是个大男孩。

张多多一系列公然示爱，引起了一个人的关注——齐协。他任总经理的海岳地产是创业大道的业主方，而他，也在创业大道创建之初，把海岳北京总部搬到了这里的一栋 5 层独栋办公楼上。

创业大道的一切，都尽收他眼底。

当然，因为整条创业大道已经委托给容若初的新公司管理，而海岳并不在这个管理公司里占有任何股份，所以，齐协并没有权力介入容若初的日常经营。就比如你把房子租出去了，虽然房子还是你的，可是租户在里边如何生活，你是管不了的。

他就这样在自己的地盘上，远远望着容若初，却无法靠近。

容若初走后，海岳集团的赵总裁在于万复的请求下，并没有按时退休，而是被留任两年。于万复觉得容若初这一员大将折损了，而自己的大儿子虽然优秀，但过于贵族化，身上少了一份野蛮生长的生猛劲儿，而自己的三儿子却是最得他心。三儿子刚毕业，还需要历练一下。当然，两年后未必是三儿子接任总裁，毕竟他年龄尚小，也许高管里会有人才冒出来。于万复是静观其变。可惜钱爷和于欧宸是竹篮打水—— 一场空。

齐协感觉到，这个集团总裁的位子是在等自己。所以自从他接任容若初的职务，成为海岳北京总经理后，他合纵连横，连下数城。特别是他敏锐感觉到中央对京津冀协同发展的重视，通过分析，认为会在北京之南的河北地界上布局，果断在固安、保定、白洋淀等地圈地开发，给公司带来了巨大的发展。后来，雄安新区横空出世，验证了他之前的判断。他的职务，也由海岳北京总经理变成海岳集团高级副总裁兼海岳北京总经理。得到高级副总裁的职务他只用了不到一年，而容若初用了五六年。当然，他是在容若初打下的好基础上，才有如此成绩。

但是，他的心里有一块不能触及的痛。

这一天，下班后，他在办公室待到很晚，有一份文件需要他尽快亲自审阅修改。写累了，他突然很想到大道上走走，于是就走了出来。大道上的灯光已经稀稀落落，他看到地产人咖啡馆还亮着灯，于是走了过去。

顾智山正好站在门口送走几位来访的老友,看到齐协站在灯火阑珊处。

齐协很礼貌地走过去，说：“顾主席，这么晚还没休息？”

“齐总，虽然这里的业主方是海岳，可是很少看到你啊。”

“哦，我主要是在忙北京周边几个项目开发，疏于问候，还请顾主席海涵。”

“相请不如偶遇，进来坐坐吧。”

“好，多谢。”

齐协走进地产人咖啡，看到正对面是一面墙，上边是自改革开放以来的地产大事记，犹如一面展开的历史画卷。侧面还有一面墙，上边是各种照片和各位大佬的签名。齐协一看，的确是名流云集，真是山不在高，有仙则名，水不在深，有龙则灵。

“创业真是一个奇妙的时代，让以前很多遥不可及的大佬也能出现在大道上。”齐协说。

“是的，虽然我并不喜欢这种长江后浪这么快推前浪的感觉，但是，时代已经这样了，我也只能老黄瓜刷绿漆，让自己成为后浪的后浪。”

“您很让人佩服。”

“无所谓佩服，不被时代抛弃而已。我跟你们于老板不一样，他是私企老板，财大业大，而我退休后，一切从零开始。”

“您还很年轻，确切说，您是没到退休年龄而被退休的。”

“呵呵，过去的事情了，不过因祸得福，趁着身体还好，可以多做些事情。”

“是啊，您的中地联盟做得有声有色。”

“今晚开会到这么晚，就是为了联盟的事情。现在北京以及各地的地产联盟太多，良莠不齐，有时候还互相抢夺资源，而现在是地产界最应该抱团取暖的时候。所以我倡议，近期会开一个盟主大会，地产界各门派共同推选出一个盟主，作为总协调人，大家听他号令，统一发力。”

“那这个盟主就非您莫属了。”

“那也未必，现在似乎有股风潮，什么岗位都喜欢选年轻人，我其实在幕后会更好。而且，有几个对手十分强硬。”

“顾主席，我多年来一直仰慕您，之前就是因为职位太低，不敢跟您攀谈,如今您要是有什么用得到我的地方,我和海岳地产一定会全力相助。”

“好，我知道你最近做的那些项目，的确是地产新一代奇才，我也的确需要你这样的年轻人来做我的左膀右臂。”

“好，有什么事您随时吩咐，我随叫随到。您要是有时间，也请屈尊到旁边我那楼上指导下工作。”

“齐总客气了。”

“比较晚了，顾主席多注意休息，我先告辞了。”齐协说着就站了起来。顾智山很客气送他到门口。

此刻，容若初和张多多正在巡街，每天晚上 12 点巡街是例行的事情，巡完了就可以闭街睡觉了。他们看到齐协从地产人咖啡走出来。齐协冲容若初打了个招呼，就匆匆而去。

顾智山看了看容若初，又看了看大道对面的酸辣粉儿馆，说：“容总，今天下午我到川心儿酸辣粉去品尝了一下，味道不错，的确酸爽得很。”说完，就礼貌告辞，回到咖啡馆中。

张多多看着齐协的背影，说：“容姐，齐总看你的眼神很奇怪。”

“什么奇怪？”

“男人的第六感告诉我，他喜欢你。”

“不可能。再说我恨死他了，作伪证还不承认。”

“不急，总有水落石出的那一天。对了容姐，以后你不要这么晚巡街了，女人要早睡，皮肤才会好，而且太晚了，难免会撞上小鬼，以后我一个人巡街就好了。”

“那你一个人巡街我不放心，万一有花妖呢？”

“不会的，花妖不会喜欢心有所属的人。得不到心，即便把人吃了，也不会增长功力。”

容若初一听，假装咳嗽了两声，赶紧朝前走几步，继续巡街。张多多手里拿了件容若初的披肩，亦步亦趋地跟在后边。

第十三章　英雄云集

第二天下午，容若初发现自己的桌子上有一个水果盘，上边色彩缤纷地摆了八九样水果。她知道是张多多做的，于是把他叫来。

“多多，你的工作是打理大道上的事情，你看咱这大道 500 米长，7 万的建筑面积，说大不大，说小不小，要管的事情太多了，你不要把精力放在我一个人身上，会影响工作的。”

“我照顾好你，就是对大道最大的贡献啊！”

“这个，我好得很，不需要照顾。”

“可别这么说，你看从去年到今年，积劳成疾心肌梗死挂掉的创业者就好几位。”

“嗯，身体是革命的本钱，你也别太辛苦了。”

“你真是天底下最好的老板，其他的老板恨不得手下人拼命干活，你却说别太辛苦了，要么就是我太懂事敬业了，哈哈哈。”

“真是说你胖你就喘，经不住夸。”

“嗯呐嗯呐。对啦，刚才我经过川心儿酸辣粉，看到武全大哥了。”

“哦，是吗？正好好多天没看到他了，我去看看。”

“嗯，一起去。”

说着，两人就来到酸辣粉儿馆里。有了共同的物理空间就是方便，说见就可以见到，否则，即便在同一个城市，都有可能经年不见。

进了馆子，却没看见武全。容若初正疑惑，多多向后厨努了努嘴。容若初会意，掀开帘子看了看，武全正一身厨师装扮，在亲自煮粉儿，那份聚精会神生怕煮不好一碗粉的样子，比在土地拍卖场上还要紧张。容若初看得扑哧一声笑了出来。

武全看到容若初来了，赶紧说：“客官，稍等，我这就给您煮粉儿，我这可是祖传老手艺。”

“好好好，我们等着吃你亲手煮的粉儿。”

过了一会儿，武全端了三碗粉儿出来了，大汗淋漓的，张多多赶紧去接着。那酸辣粉儿，真是色香味俱全，妙不可言。

“看不出来你还有这本事。”

“嗯，如果不是当年顾智山把我带到厂子里，我可能是一个非常优秀的厨子。”

“我看你跟多多有点儿像，都爱做饭。”

“不一样呢，”张多多抢着说，“有着本质的区别。他是只会做这一样东西，但是做给很多人吃；我是会做很多样东西，但是只做给一个人吃。”

“哎呀哎呀，这话说得，比我这酸辣粉儿还酸。”武全打趣。

“你别听他瞎说，小孩子乱说。”容若初瞪了张多多一眼。

这时门外进来几个人，吵吵嚷嚷要吃粉。武全看生意火爆，人手不够，也就过去招呼了一下。

几个人声音很大地聊天：

“你们知道吧，中国地产界有个超级牛人叫武全，一出手就是上千亿的项目，屡夺地王，人送绰号武状元，他一眼就看中了我的项目。我们只是在电梯里遇到，聊了一分钟，他就给了我 15 个亿的估值，要投 10% 进来，我还没答应。”

“哎呀，哥们儿你厉害啊。”

“武总说，我这个智能停车的项目将改变中国人的出行习惯，估值 15 亿都算少的。”

容若初看了武全一眼，说：“你说过吗？”

武全一脸蒙圈，说：“没啊，我不认识他们啊。”

“啥时候你叫武状元啦？”

“我也不知道啊。”

这时，那人又冲武全吆喝：“喂，服务员，给倒两杯水过来，怎么这么不勤快呢。”

“哦，来嘞。”武全跑过去倒了两杯水，倒完后又回来坐下。

张多多快笑岔气了。容若初还忍着笑，“你还真去给他们倒啊？”

“是啊，他们来买我的粉儿吃，是我的顾客，我当然去倒水啊。”武全一本正经地说。

“行，你厉害。”容若初终于忍不住，捂着嘴巴笑起来。那边的人看了看这边，不明白为什么笑，还在继续聊着。

“对了，若初，你觉得最近是不是人们都疯了？”武全一副百思不得其解的表情问。

“此话怎讲？”

“就我这小馆子，我就是为了弄个川心儿酸辣粉，故意对着顾智山恶心他的，并没有想别的。可是，我们店里小孩儿跟我说，竟然有人给我估值10个亿，要投资，所以我今天过来看看，这都是什么情况啊。说我流量大，什么叫流量啊？”

“哦，这个一句两句也说不清，总之，跟做地产不太一样。”

“是啊，我辛辛苦苦拿了那么多地，又辛辛苦苦盖起来卖出去，受了不少累，更挨了不少骂，也没有人给我个让我惊喜的估值，都说房地产市场有泡沫，我怎么感觉这儿泡沫更大啊。”武全十分不解。

“可能只是一个阶段吧，任何新生事物的出现，都要经历阵痛和浮躁，最后趋于理性和宁静。”容若初说。

张多多接话道：“最近有个段子你俩听说过没有？放高利贷改叫P2P，乞讨的改叫众筹，算命的改叫分析师，八卦小报改叫自媒体，统计改叫大数据分析，忽悠改叫互联网思维，做耳机的改为可穿戴设备，办公室出租改叫孵化器，圈地盖楼改叫科技园区，看场子收保护费的改叫平台战略，搅局的改叫颠覆式创新，借钱给靠谱朋友改叫天使投资，借钱给不靠谱的朋友叫风险投资！”

“多多，你从哪儿听来这些乱七八糟的东西？”

“兼听则明嘛。既然网上流传，就说明有生命力。”

“咱们不管那些，脚踏实地干咱们的活儿。对了，昨天的作业做完了吗？”容若初说。

“做完了，迄今为止，财务报表，资产和负债，盈余管理，资本周转率，存货周转率，应收债款周转率，销售现金比率，主营业务毛利率，流动比率，速动比率，资产净利率，权益乘数，成本性态分析，销售净利率，总资产周转率，ROE，ROA，ROIC，全都懂了！”张多多得意地说。

“你这是干啥呢？亲自当老师啊？”武全一脸惊诧地问容若初。

“是啊，手把手教呢，多多是设计专业毕业的，没有接触过这些经济学基本概念，我怕他沾染了浮躁气息，所以一直要求他从最基本的《经济学原理》学起。现在太忙了，一天都离不开他，不能送到商学院去学，所以我每天都教他一点儿，已经坚持半年了。”

“你还真有心。”

“可不是，我可不希望他跟着我就仅仅是个打杂干活的，得学点儿真本事。投资项目不能靠概念和感觉，必须得按照科学原理来。”

“唉，有时候我觉得容姐像我妈，哦，比我妈还唠叨。”张多多故意做出一副生无可恋的搞笑表情。

“还不是为了你好。”容若初瞪了他一眼。

“看看，像不？所有人他妈是不是经常说这句话？”张多多忍不住哈哈笑。武全也笑得前仰后合。

“多多，我刚给你买了几本书，冯仑先生的三部曲——《野蛮生长》《理想丰满》《岁月凶猛》，放你桌子上了，你好好看看，看完了会对中国民营企业的发展有很深刻的理解。咱们既然做创业孵化联合办公，就要懂得企业发展的历史和规律。”容若初又接着说。

“嗯嗯嗯。”张多多很认真地答应着。

“若初，有你们这么认真，虽然我不太理解这个时代，但是，我看靠谱，这事儿一定能行！”武全禁不住说。

这时，那几个人要埋单了，又吆喝武全。

一个人说：“哎呀，我没带零钱。”

一个说：“我没开通微信支付。”

最后一个很不情愿地把账付了，还嘟囔说：“这是什么黑店啊，一碗粉要 50 块，抢钱呢。”

武全忍不住问：“你们不是有 15 亿估值了吗，有钱人啊。”

那几个人横了武全一眼。

武全示意粉馆角落里一直安静坐着的一个年轻人过来——是武全的秘书。武全说：“拿几张我的名片给他们，送客。”说完就回到容若初身边坐下。

秘书遵命拿出名片来，递给几个人。几个人一看，彻底呆了。他们还想跟武全说几句话，但是被秘书推出去了。

一会儿秘书回来了，身后还跟着一个人，几个人抬眼一看，都吃了一惊，是向一飞。

“武大哥，我刚才在大道上看到你的秘书，就知道你在这儿。”向一飞笑着说，“哎呦，容总也在这里啊。”

武全十分不悦，说：“三生之城被你弄得一团糟，你还有脸来见我？”

“生意上的事情，不要太迁怒于个人啊，大环境不好嘛。”向一飞讪笑道。

“你来做什么？”容若初问他。

“问得好，哈哈。我太太小婷拿了个把亿玩够了之后，就玩别的去了，她那千金咖啡馆也顾不上了，只好我接手了，现在在做一个互联网金融平台，e 宝宝，听说了吧，最近很火的。”

“就是那个非法集资平台是吧？”张多多插嘴进来问。

“你说话注意点儿，这是现在最大力扶持的金融形式，你懂什么！好了，不跟你们说了，我还很忙，武总，容总，有时间叙旧啊！”说完，向一飞出去了。

“不用管他。”武全对容若初说。

“现在还不到管他的时候,但会有那么一天。”容若初看着他的背影说。

“对了，若初，你知不知道，现在地产界要开一个盟主大会，推选一位盟主出来。”

“略有耳闻，我听多多说，顾智山派人来找他，预定下个月的大礼堂，说是开地产盟主大会用。咱们大道上有一个大礼堂，能容纳500人，是服务于大道各家租户公用的。因为近期活动太多，所以需要预定。”

“哦,若初,你既然知道了,还这么对此事不上心？是真的淡泊了吗？”

“呵呵，我现在算是共享办公领域的人了，已不算地产界人士了。我也就是提供场地，做好服务而已，风云变幻，与我何干？”

武全有点儿沉默，然后说：“这个盟主，我是志在必得的。”

“嗯，你的性格还是老样子，想做到什么，就会不惜代价。”

“这个世界上，只有偏执狂才能成功。目前，据我所知，顾智山是此次盟主大会的发起人，所以他一定会参与竞选，地产界另外的三位大佬，沈承风，于万复，康大庄，也一定不会放过这个号令群雄的机会，除此以外，这两年地产界还冒出来一些新秀，竞争可谓十分激烈。”

“你需要我为你做什么？”

“什么都不需要做，你与每一家都认识，偏袒任何一家都会让你为难，你就观战即可。另外，就是等战后给我准备庆功酒。”武全踌躇满志地说。

他晚上还有应酬，所以5点一到，就换衣服准备走了。戎马倥偬，偷得浮生半日闲。在这里亲自下厨做一碗酸辣粉儿，在他看来，这就是莫大的放松。

容若初和张多多送他到门口。对面正好是地产人咖啡馆，张多多望着对面，忍不住喃喃地说：“容姐，人家的租金都是年付，顾主席的租金才交了半年，又到了该交租金的时候了，拖拖拉拉过了好久了。”

“嗯，我知道，可是顾主席以前是央企领导，每月就那么点儿固定工资，没啥家底。现在做联盟也比较艰难，联盟这东西，虽然很热闹，但是很难有盈利模式，所以我感觉顾主席资金很吃紧，所以才拖着没交的。他是个要面子的人，如果有钱，一定会赶紧交的。”容若初反倒替顾智山开脱。

“他一年租金多少钱？”武全突然若有所思地问。

“200 万。”

“你给容总转账 200 万。”武全对自己的秘书说。

容若初和张多多都很吃惊，“你这是做什么？”

“帮顾智山交房租。”武全淡然地说，“如果没有顾智山，可能我今天只是个小工人。我之所以耿耿于怀，是至今不能接受当年他对我所做的事情，但是，不代表我不感恩他为我做过的。此事现在不用告诉他，以后他自己知道了再说。”

“唉。”容若初一声喟叹，她能理解。

三人站在门口，正好看到对面顾智山走出门来，武全什么都没说，径自走远。

容若初回到办公室还没把椅子坐热，一个小伙子走过来说：“容总，我们顾主席请您移步过去一下，有事相商。”

容若初一沉吟，说：“好，我马上就到。”

随着那小伙子，她来到地产人咖啡馆二层的中地联盟总部，顾智山的办公室就在里边。

顾智山的办公室还保留着一份简朴的模样，就是书堆得有些乱。里边挂着他从二十几岁到如今五十几岁，在人生各个阶段的照片，靠一面墙做了个大书架，上边放满了过往的各种奖状和奖杯，有些放不开，还有摞在一起的。

顾智山正趴书堆里写东西，估计又要更新公众号文章了。他每出一篇文章，在地产界都是惊天动地的大事儿——太敢说了。看到容若初进来，他从办公桌后面走出来，请容若初坐到沙发上——沙发有些破。

“顾主席，请问有什么事情？”

“哦，是这样，我前几天也让人找过多多了，预定下个月的大礼堂，是为了地产盟主选举的事情。我想了想，一些细节还是我亲自和你沟通下比较好，这样既表示重视和礼貌，我也更放心。”

“好的，请说。”

“对了，我刚才看到你从酸辣粉儿馆出来，和武全见过了？”

“是的，聊了一会儿。”

“好。江山如此多娇，引无数英雄竞折腰。”

“听说这次竞选，地产界的腕儿们都出马了？”

“是的，大部分是我邀请的，既然要选盟主，就要让所有有资格的人参与，才是公平的。包括我的对手，也欢迎参加。所以，这个活动规格很高，人数众多，我希望你们作为大道的管理方，协助做好筹备工作。”

“好的，现在创业大道已走上正轨，人手充裕，运营平稳，这一个月我让张多多带人负责大道的事情，我亲自协助来组织这个盟主大选。”

“好，容总曾经也是地产界的一代少帅，你能出面是再好不过了。我有个不情之请，就是请你担任此次盟主大选组委会的秘书长。一则是在你的地盘上做活动，二则，你熟知地产界人与事，而现在已离开地产界，由你来担任，是最公正的。”

“多谢顾主席看重，既然活动在大道上举办，我会尽力做好协助工作，至于秘书长，就算了。”

“除了容总，实在没有合适的人。况且仅是协助组织活动，其中的纷争不必参与，静观而已。”

容若初沉吟了一会儿，心想反正少不了要辛苦，有了这个身份也便于协调，便答应了。

地产盟主的竞选是件大事，地产界的各位大佬和新秀们都会参加，可谓是自从有了地产圈以来最大的一次盛事，就像从春秋战国到秦汉一统。容若初深知，这又是一场牵涉深广的纷争。

她首先想到于万复，不知道于万复会不会参加？这个，可能只有齐协知道。

她正想去找齐协，齐协却已经来找她了。

她正在大道咖啡馆里忙碌，平时只要不在办公室，她就在大道咖啡里亲自当跑堂。自从创业，她就不再像从前那样端着等级森严的霸道总裁架子了，所有人都是平等的，工作也都是互相协助，没有高下之分的，而在咖啡馆里，也可以随时和创业者们交流。

她送完一杯咖啡，突然看到齐协静静地站在门口，她走出去。

齐协说："我有点儿事情，想聊一下，不知道方便吗？"齐协说话一向客气，客气得有点儿虚伪。

容若初冷冷一笑，说："感谢你大驾亲临来邀请我，你先回去，10分钟后，我到海岳办公室找你。"

齐协颔首，转身离去。

过了一会儿，容若初来到海岳公司的独栋楼前。自从这栋楼租给海岳公司做北京总部，她还没进来过，如今站在这里，既熟悉，又陌生，恍若隔世。

海岳公司的人员流动相对稳定，所以大部分还是老员工，他们看到容若初，都站起来致礼："容总，您好！"

不过，容若初之前的秘书小凌，在容若初走后的第二天，就向海岳提出了辞职，从此不知所踪，也没有跟老同事们联系过。

容若初到了5楼。这里除了几间贵宾室和公司史馆外，就只有两间办公室，齐协的和于万复的。当然，于万复并不经常来。

齐协已经在门口等着。

容若初进到齐协办公室，站到窗前，发现这个窗户正对着大道，从南端望到北端，尽收眼底。

"你找我什么事？"容若初问。

"你既然肯来，就证明你至少知道了一点儿，否则你不会来。"

"呵呵，如果我是来找你算账的呢？"

“你不会。如果你要算账，早就来了。而且你心里也很清楚，即便跟我算清楚了，总账也算不清楚。我今天要跟你说的，就是这事情。”

“哦？”

“关于我做伪证的事情。”

容若初回过身，直直地盯着他，“这么容易你就承认自己做伪证了？”

“我不做伪证也没有用。我承认了现在也没什么用。”齐协说了句不着边际的话。

“什么意思？”

“那天的情形，即便我说那封举报信是假的，谁会相信我？钱奎高带着太子爷来到现场，局势很明显，董事长不能不给钱爷面子，更不能不给自己的儿子面子。即便我说是假的，我也没有证据证明是假的，而且如果我说了是假的，那么就是跟钱爷和太子作对。我倒不在乎跟他们作对，但是如果我失去了他们的拉拢，我就没有机会做两件事情了。”

“哪两件？”

“第一件，帮你查清楚真相。第二件，集团总裁本来是你的，如果我也出局了，你就永远没有机会在海岳集团翻身了。”

“我凭什么相信你？”

“给我半年时间，我会让海岳集团的总裁变成你。如果我做到了，就证明我说的一切是真的。”

“这怎么可能？即便你承认自己做了伪证，可是举报信还是没查清楚，到底是哪些农民和业主闹事也没查清楚。更何况，董事长一向重视家族观念，集团总裁早晚是他的儿子。”

“但是现在不会是他儿子，如果他要让自己儿子当总裁，当你落水的时候，赵总裁正好退休，就应该顺理成章是于欧宸，可是没有。就说明董事长对自己的长子并不是特别满意，而二公子、三公子刚毕业，还需要点儿时间。”

“即便这样，那也不一定是你。我记得我离开那年，集团有 20 个分公司总经理，其中 10 个是副总裁，8 个是高级副总裁，集团总部还有 6

个副总裁和高级副总裁，个个是人中龙凤，都盯着这个位子。”

“我有办法，让董事长在一个月内任命我为总裁。我不会干太久，会让给你，而我相信，你也不会干太久。但你一定会接任总裁的位子，因为你需要向所有人证明你的清白和海岳对你的认可，洗刷曾经的屈辱与污蔑。而你不会待太久，是因为你已经闻到了鸟语花香，就不会再喜欢乌烟瘴气了。”

容若初看着他，似乎有点儿不认识他。第一次见他，他还是售楼处底层的员工，而以现在的智商，的确是天壤之别。

“你有什么办法当总裁？”

“现在不会告诉你。我会在接到正式任命的第一时间告诉你。”

“你为什么要这么做？费这么大心思让我倒台，然后又费这么多心思，扶我上马？”

“若初，难道你一点儿都没有察觉我对你的感情？”

容若初不说话。齐协看着她，开始讲自己的故事：

“我第一次见你，那个时候我还是售楼处的一个小接待，住在地下室的集体宿舍，俗称蚁族。你那么漂亮，那么高贵，穿着一件浅蓝色的套装，就像神仙姐姐。我被惊呆了，我没想到世界上还有这样的生活，这样的女人，于是，我做了一件我出生以来最大胆的事情，就是走上前去要了你的电话。

“从此，我幸福地跟在你的身边，你安排我做什么我都很快做好，你认为是我工作努力，实际上是我愿意为你做事，你让我去杀人放火我都会去干，我唯一希望的，就是你正眼看看我，但是你没有。你就是那么高傲的，高高在上。

“后来，我就发誓，我一定要比你更优秀，比你职务更高。我天真地以为，我职务地位比你高了，比你有钱了，你就会正眼看看我，所以我在公司里拉拢人心，在集团里巴结钱爷那些人，就是为了有一天，能让你除了工作之外，注意到我。

“结果你也知道，我做的都是徒劳无功。而因为我做了伪证，这些日子以来日日受煎熬，所以，我要把你失去的都还给你。”

“其实，你并不知道这些日子以来我背负的一切！如果你肯承认你做了伪证，那你现在去向于董讲清楚。”容若初道。

“我说过，即便我现在承认，也没什么用。对于董事长而言，他会承认自己的兄弟和儿子联起手来骗自己？他即便知道了也不会承认——他可以被骗，但不会失了面子，再说，仅仅是因为一个职业经理人。再者，他能马上把我撤了？那华北地区我这一年200亿的贡献，会比一个真相更重要？你还是太天真了。”

“也许，我一直太天真了吧。”

“你听我的，给我6个月时间，我还你一个总裁。但是，举报信和闹事的事情，还需要你自己去查，我帮不了你了。”

“好，齐协，你对我的这份承诺，不管能不能成，我心领了。告辞！”

“好，保重。”齐协亲自走到门口，帮容若初打开门。

容若初看着他，终究没再说一句话，下楼而去。

这一个月，容若初就在筹备盟主竞选大会的事情。因为顾智山也是候选人，所以为了避嫌，他完全不参与大会的组织工作。

这次的竞选，可谓强手林立。

顾智山是倡议人，他本人是一定参加的，身为地产四佬之一，曾为地产央企老大，一代意见领袖，而且中地联盟近年声势浩大，已经成为最大的地产社群，可谓是大家最看好的人。

武全，自从重出江湖变成了一匹黑马，一路狂飙突进，迅速建立起自己的地产生态系统和帝国，很快跻身于中国房企前十，而且做事往往志在必得，是顾智山最大的竞争对手。

沈承风做事一向儒雅，人缘极好，而且，他的女朋友陈鱼作为地产界第一大V，发动各种力量帮他宣传拉票，实力不容小觑。不过，陈鱼的折腾也被人视为对自己的炒作，在一定程度上影响了沈承风的美誉。

康大庄一向是个重利不重名的人，但是，因为当上这个盟主之后肯定会对自己的企业有帮助，因此也积极参选，并让自己的女婿向一飞挂帅，像模像样地成立了竞选委员会。

于万复本人没有参加，据说去爬珠穆朗玛峰了。他近年迷恋上了登山，所以参与竞选的是北京总经理齐协，他年轻能干，自从上任以来，屡创佳绩。

此外，还有一众地产界的新贵们，也都参与了逐鹿中原。数了数候选人，有23位。

竞选有两步，第一步是面向公众的微信投票，第二步是盟主大会现场投票。

微信投票绝对是个绑架人的事情，一时间，朋友圈被这次拉票刷屏了。顾智山、武全、康大庄的票数一路领先，沈承风不太喜欢这种形式，没有发动人给自己投票。陈鱼却是不甘示弱一通发动，发挥了自己的媒体优势，沈承风第二天就由20名跃升到第3名。

10天的微信投票结束，网络投票前十名的结果是沈承风、武全、顾智山、张一挥、康大庄、段同修、周莉美、李鸣一、方文君、齐协。

作为盟主大会的秘书长，容若初看着这份名单，陷入沉思。谁会胜出，说实在的，她并不知晓，但是看到沈承风的名字，她的内心禁不住一阵疼痛。其实，即便是沈承风和陈鱼伤她最深，她还是希望沈承风能成功。

筹备活动绝对是个苦力活儿，要顾及的细节太多，而且，这次来宾众多，单就收发通知、统计嘉宾，就是一项浩大的工程。

这天容若初忙了一天，已经半夜12点，从自己办公室出来时，看到办公区还亮着灯，这是谁还在工作?

容若初心里一动，她猜肯定是张多多。

果然是。

张多多正在聚精会神地统计名单，时不时还咳嗽一下。他并没有觉察到有人走了进来，直到容若初喊了一声：“多多！”

容若初看到一件衣服搭在椅子背上，就走过去拿了起来，给他披上，说：“别忙了，明天再继续吧。听话，早点儿休息！”

张多多听到这么温柔的声音，有些恍惚，他说：“马上马上，很快就弄完了！这个盟主大会虽然你不让我插手，让我专心管大道的事情，但那是不现实的，你现在已经离不开我了，这么复杂的一个大会，没有我是不行的！我今天把活动流程重新整理了一遍，现在梳理嘉宾名单，咱们公司那些新来的员工毕竟没经验，弄得乱七八糟，还得我亲自出马。这活动做好了是故事，做不好就是事故！顾智山推你做秘书长，我看就是他自己嫌累，故意的！”

容若初听张多多这么说，禁不住笑了。看他20岁多点儿的年纪，从学校出来后就到了这里，满脸的单纯和灿烂，不知道江湖多么险恶，也没看过人心多么丑陋，就是傻傻地去奔跑，这样的状态，真的好幸福!

容若初看张多多决意坚持工作，也就不强求，毕竟，创业都是不分白天黑夜的，她自己也是这么拼。于是说了句：“早点儿弄完，早点儿回去休息！”然后就推门出去了。

写着写着，张多多就趴在桌子上睡着了。

不知睡了多久，突然觉得心脏附近有种锥心的疼痛，不过很快就消失了。迷迷糊糊看了下，觉得似乎天亮了，窗户外边已经是深蓝色了，那蓝色越来越淡，越来越亮。

容若初又有很多天没见到武全了，她想，武全正在怎样准备这场盟主大战呢?

这场盟主之战牵动了太多人的心，而最志在必得的人，是武全。一则他知道这个推选盟主是顾智山提议的，他本人一定参与。二则，如果他当选盟主，不但可以号令群雄，而且可以为正在飞速发展的鸿方地产打造更为宽阔的平台。

商界是一个江湖，企业家们就是其中的武林高手。山外有山，人外有人，高手之外，更有高手。武功有招式，利益有门派。有些人是天生为创业而生的，比如武全。在他的血管里，流淌的就是冒险的血液。最大的冒险不是去什么南极北极大峡谷，而是人生的冒险。

他有一种英雄情结，就像海明威说的，人可以被消灭，但不能被打败。

只要他还能站着从监狱出来，他就要顶天立地地证明，也许是证明给顾智山看，也许，仅仅是为了证明给自己看。

其实他并不恨顾智山，相反还感谢他。没有顾智山，就没有他的成长；没有顾智山，也不会有人把他逼成一代枭雄。但是，他必须要打败顾智山，只有这样，才能证明自己。

武全从狱里出来后，正好赶上了房地产迅猛发展的黄金年代，他也加入到中原逐鹿的混战中。他擅长合纵连横，搭建资源和资金的平台，并且具有非常敏锐老辣的眼光，不出手则已，一出手就志在必得。一个冲杀战场的猛士，唯一欠缺的，就是风险意识。

出狱两年，武全就已经带领一家名不见经传的公司，一跃而成为行业前十的翘楚，这个速度，已经快得让人瞠目结舌。

武全有一种武林盟主情结，一则是天生的英雄情怀使然，二则他深谙做盟主能够带给他更大的平台和资源。

所以，他自己创立了中国房地产金融联盟，也就是中房金联盟。他为自己，造了一个江湖。

中房金联盟的成立，可谓起伏跌宕。各大公司犹如武林门派，一统江湖，没那么容易，但是，武全懂得如何用平台首先让别人受益，这样，别人才肯承认你的舞台可以唱戏。人就像伞，你不能为人家遮风挡雨，凭什么人家要把你高高举起。

做组织最重要的是人的问题。江湖是需要人的，振臂一呼，应者云集，其中的关键在于有“应者”。这是最重要也是最难的事情。不过，只要找准了大家的利益点，事情就不难了。武全需要找到两类人，一类是江湖大佬来给联盟站台，一类是与自己有共同利益诉求的人。

组成核心圈子很重要。在进入前十五的地产企业里，只要有 5 家能结盟，就已经可以成为一股势力了，武全又找来了行业内排名第五、九、十、十二的 4 家，老板分别是李子通、高士达、徐圆朗和段同修。李子通有央企背景，很有势力；高士达主攻商业地产；徐圆朗是豪宅专家；段同修则是个美国通，擅长地产金融。

武全明白自己搭台让别人唱戏的原则，所以在中房金联盟里边，他自己就做秘书长，把轮值主席给其他各位轮流做，互相抬轿子。

武全去请大佬出山。

江湖里，东西南北四位大佬，恩恩怨怨都扯不清了，就不用考虑了。难道，江湖再无大佬?

不是没有，只是有人已经久不在江湖。

武全想到了一个人。

这个人答应了武全的请求，因为离开江湖太远了，他也需要一个野心勃勃的年轻力量，帮助他巩固和拓展疆域。他会在合适的时候，出现在众人的面前。

这个神秘的人是谁? 武全计划让他在盟主大战上正式亮相。

中房金联盟的建设，武全是用了心思的，这不仅仅是个架子，还是一个的确能为生意推波助澜的平台。他成立了两类专业机构：一类是专业委员会，包括投融资委员会、商业地产委员会、指数研究委员会等；一类是俱乐部，包括高尔夫俱乐部、摄影俱乐部、航海俱乐部、飞行俱乐部、登峰俱乐部等。把做事与娱乐结合起来，是吸引越来越多人加入的秘诀。

此外，中房金联盟还设立了地方分盟，除了北京，武全在上海、广州、西安、成都、青岛、哈尔滨、石家庄、郑州、兰州、鄂尔多斯、昆明、贵阳、温州、杭州等几十个重要城市和区域，都设立分盟。分盟主席都是由当地德高望重、实力雄厚的大企业家担任，一方面，作为地方势力，有非常好的政府关系和信息渠道，可以对地产的动向有灵敏的反应和有力的把控，另一方面，分盟成员也都是设置门槛进来的企业家，这同时组成了一个庞大的资金池。而武全，就在指挥和统筹着这一切。

为了能更专业化和集约化，武全带领中房金联盟又做了两件事情：第一件是考察，国内的，国际的，凡是做得好的案例都深入调研，一边调研，一边更紧密地结盟；第二件事情，是搭建一个统一的采购平台。

所以，在中房金联盟最初成立的两年，这个联盟表现出了很强的落地性和吸引力。而武全也借助这个联盟，在地产业务上一路猛进，攻城略地。

但是，他也一直有一个强劲的对手，那就是顾智山领导下的中国地产经济联盟，简称中地联盟。

而如果他能获得盟主的位置，就可以号令地产界的一切联盟，包括中地联盟，所以他深知这个身份的重要性，也更加倾尽全力去准备。

第十四章　盟主大会

盟主大会这天终于到来了。一大清早，容若初就亲自督战，到大礼堂布置会场，张多多带着人忙前忙后。下午是竞选大赛，等选出盟主，肯定晚上会有一场庆祝晚宴，为谁庆祝目前还不知道，但必须得准备好。鉴于出席的大佬比较多，现场都启用了一级安保措施。

容若初正在指挥人搭背景板，她一个人在台下看着，挥着手左左右右地指挥，其他人都在台上搬板子。这时，她突然觉得旁边有人走了过来，一看，是陈鱼。

“师姐。”陈鱼还是那副娇滴滴的声音。

容若初没理她，继续指挥。

“师姐，我有事找你。”陈鱼走得更近。

“不要叫我，我没有你这样优秀的师妹！”

“我知道你怪我。”

“在这个世界上，只有你知道我爱沈承风，我也只信任你一个人，而你，却抢走了他！”

“他这么多年没有跟你在一起，就是根本不喜欢你。”

“那他喜欢你？还是你用了什么手段？”

“我俩是两情相悦！”

“够了！如果你今天来就是为了说这些，那么请你出去！”

“我不是要说这些，我听说你是盟主大会的秘书长，是希望你不计前嫌，帮下承风。”

“我是秘书长，所以我不会帮任何一个人，每一位候选人都是公正的，现场有500人，其中邀请了90位地产界有名的董事长和总裁作为评委，10位地产界顶级学者，评委名单是昨天才定下来的，就是为了防止有人事先拉票。最后这100票投给谁，我也不知道。”

“真的就没有办法吗？”

“你这么希望沈承风赢，恐怕也是为了让自己更红吧。”

“就算是，所以我一定要赢。”

“你还是那样，陈鱼，机关算尽太聪明，我劝你好自为之，你走吧。”

陈鱼愤愤地跺了下脚，就出去了。

容若初看着陈鱼的背影，觉得陈鱼没有以前漂亮了，都说恋爱中的女人是滋润盛开的花朵，可是她却有枯萎的感觉。

大会是下午3点开始，两点半签到。上午的时候，大道上已是来来往往的地产人。这500位嘉宾，不是谁想来就能来的，都是定向邀请，仅仅面向社会开放了50个席位，还是经过严格审核的。可以说，这是地产史上最大的一次聚会，整个中国的地产商都被惊动了。家家户户的咖啡厅，都成了会客厅。他们一则是来参加大会，同时也来参观者传说中盛名已久的创业大道，很多地产商手上都有物业，都在考虑转型的问题。

本来是两点半开始入场，可是容若初看到大礼堂门口聚集的人太多了，于是提前到两点就开始签到入场。签到板就在创业大道上，来来往往合影的人熙熙攘攘的。

顾智山在自己的地产人咖啡馆里迎来送往，忙得不亦乐乎。康大庄和向一飞在千金咖啡馆里叽叽咕咕商量着什么。沈承风提前20分钟到的，一到就被陈鱼拉到人鱼咖啡馆里去了。武全在川心儿酸辣粉馆里吃酸辣粉儿，他中午忙得都没吃饭。齐协在自己的办公室里，估计到最后一刻才会现身。

一条大道，浓缩了一部中国地产人史。

两点半，大会正式开始。500人悉数落座，大会由组委会秘书长容若初主持，她今天穿了一件白色镂花落地长裙，顾盼生辉，风采照人。

“尊敬的各位领导，亲爱的各位地产界同仁们，大家下午好，非常荣幸为大家主持这场大会。曾经我是地产界一员，如今步入另一个行业领域，由我来做主持人，我想我作为一名地产界的旁观者，已经完全做到了公开、公平、公正。从 1984 年万科公司的成立作为一个标志性事件，到今天，地产界已经风风雨雨走过了三十多年，如今的地产仍然是国家的支柱产业，更应该肩负社会责任，促进民生幸福。所以，今天召开这个大会，是希望大家在竞争之余，能够携起手来，抱团取暖，共赴理想。当然，本次盟主大会的重要内容就是选出一位大家都信服的盟主，协调行业，促进发展。首先，按照流程我们先请政府领导讲话。”

上边的领导在讲话，容若初走到台口一侧，望着现场。中间第一排和第二排都是预留座位，坐的是领导和各位候选人。左侧的 10 排 10 列是专门为评委们留的，而且被隔离带拦住了。其余的座位都是随便坐。容若初看着大家的脸庞，各有心思。

领导们讲完话，接下来是宣读投票规则：10 位候选人每人有 8 分钟竞选陈词，全部结束后，由评委们针对每位提问两个问题，之后开始投票，票数最多的一位，而且超过总票数 50% 的，将成为第一届盟主，任期三年。

按照第一轮微信投票的票数，演讲的顺序是沈承风、武全、顾智山、张一挥、康大庄、段同修、周莉美、李鸣一、方文君、齐协。

沈承风首先登台。他的讲话很简短，只有大约 5 分钟。但就在他登台的那一刻，一篇文章开始在微信、微博等各种媒体、自媒体疯传，内容就是沈承风为色所迷，泡女主持，失去了企业家的本色，而陈鱼过度借助沈承风来炒作自己，已经引起了大众的强烈反感。特别是在第一轮拉票中，陈鱼雇用了水军，水军公司的老总已经承认了。

回答完评委提问，沈承风从台上下来的时候，和他上台之前已经天壤之别，这篇文章已经铺天盖地。评委席上一片窃窃私语。沈承风坐下来，很快看到了大家异样的眼神和这篇文章，他没说什么，站起来离开了会场。

容若初因为在台上主持，为了防止和话筒共鸣引起噪音，并没有带手机，她只看到沈承风起身离开，却不知道为什么。

接下来是武全。武全的演讲慷慨激昂，谈了梦想，谈了奋斗，很让人热血沸腾。轮到两个问题的提问环节，其中一个问题是："武总，听说您在全国圈地，布局的生态系统漏洞百出，资金链一直特别紧张，请问会不会在某一天崩盘？"

武全似乎早就想到了评委会问他这个问题，他哈哈一笑，说："这个问题，我想我不必回答，因为即便我回答了，你们也不相信。我邀请了一位前辈来到现场，他来了就说明了一切。"

人们都十分好奇，大厅里议论纷纷，是谁？

这时，门口处起了一阵骚动，礼堂内的记者们都端着相机跑出去了，到底是谁？

一个轮椅被推了进来，一位老人坐在轮椅上。

老人的轮椅被推到第一排，然后停下。记者们往前挤着，但都被老人随身带的保镖们推开了。8 位保镖一色黑西装墨镜，一排站在老人后边。第一排的大佬们看到老人后，也是有些吃惊，都连忙站起来，谦恭地走到老人面前去握手。几位政府领导也热情寒暄。

老人很儒雅地和大家一一握手，然后冲保镖示意，一个保镖推起轮椅，朝台上走去。

容若初在台上本来怔住了，他怎么来了？她看到老人上来，也赶紧向前走几步迎接，手里不自觉地把话筒递了过去。

今天的戏越来越精彩了。

这位老人，商界的人都知道，但是见过他本人的却是很少。他已经不在江湖，江湖上留着的只是他的传说。

穆不惮。

穆不惮的父亲，解放前曾经富可敌国，后来把所有的产业交归国有，从此家里除了穆不惮，其他几兄弟在仕途上一帆风顺。唯独穆不惮对政治无甚兴趣，辗转到了香港，从造船业而到地产业，50 年呼风唤雨，一直在福布斯排行榜上赫赫有名，可谓是华人世界的商神。相比起他来，沈承风、于万复、顾智山、康大庄等只算得上是学生晚辈了。

穆不惮这十几年来已经很少出门，更不用说从香港到北京了。所以，这一趟来得不寻常。

穆不惮被推到台中央，他先冲大家抱了个拳，台下一片浪潮般的雷鸣鼓掌。无数人听过他的故事，本来以为只能在书上看到的人，还能现场看到，的确让很多人兴奋不已。

他开始慢条斯理地说话，虽然已经近 90 岁了，可是精神矍铄，每个字依然掷地有声：

“大家好，各位朋友们好，今天你们在这里很热闹，我忍不住来看热闹，就不请自来了。这么多年都不问世事，是觉得自己老朽了，这世界应该由年轻人来掌管，所以呢，我唯一能做的事情，就是看到优秀的年轻人，就扶他一把。刚才你们问这位武全先生关于资金链的问题，我也就替他回答，武全先生曾在香港很长时间，我们已经成为忘年交，同时，我非常欣赏他的勇气、魄力和胆识，所以，我以我最大的财力来支持武全先生，你们可以放心了。”

穆不惮把话说得很清楚了，虽然他没有说为什么不远千里来到北京支持武全，但是他只要表明态度就可以了，大家都知道，这里面的原因不简单。

穆不惮是真正的商界教父，几十年来在香港一统武林，号令群雄。关于穆不惮的故事足够可以写一部长篇小说。他威望极高，对于众人们提出的要求都是有求必应的，所以颇得爱戴。有些濒临破产的企业，也是得到了他的帮助，才重振雄风的。任何事情，只要从穆不惮的口中说了出来，不管是谁，都要给三分面子。

穆不惮常年在香港，但是现在内地的经济发展风起云涌，日新月异，已经不是以往，所以，他必须在内地物色能干的人才，作为自己的门生和盟友。

原来穆不惮就是武全的背景和王牌。这张牌，打得很是时候。商界中人，谁敢无视穆不惮的意思呢？而武全曾经在香港陪人打牌，成功融入了香港的豪门圈层，他的主要目标就是穆不惮。能够获得穆不惮如此的信任和支持，看来他成功了。

接下来，评委问第二个问题：

“武总，请问您觉得曾经的5年牢狱生涯对您最大的影响是什么？”

谁都没有想到评委会提问这样的问题。打人不打脸，骂人不揭短，牢狱之灾是很多人不愿提起的过往，特别是在公众场合。可是他就是提问了。

武全也很吃惊，虽然这件事情人尽皆知，但是在台上被问出来，一定是有人指使才会这样。至于指使的人，除了顾智山还会有谁？武全突然觉得热血上涌，多年的新仇旧恨涌上心来，他一时没控制住理智，对着话筒开始讲：“我觉得，不应该在这个场合聊这个话题，但是既然谈到了，就不要拦住我说什么了。我应该感谢把我送进监狱里的人，因为他，我才有了这么多年的磨砺，才会有我的今天！但是，今天在台上，我也想问他，当年你这么做，你真的问心无愧吗？难道我挑战了你的面子和权威，就要用这样的方式来处理吗？你是不是也在挑战伦理和法律呢？”

容若初听到这火药味十足的话，知道触动了武全的痛处，武全有点儿失了理智，她想拦住，可是为时已晚。在这样的场合撕扯，其实是最坏的方式。

这时候，顾智山从台下站了起来。话都直接冲他问了，他不能不站出来了，虽然他也知道，此刻站出来是最不明智的。

“法律自然有法律的公正，既然法律认定武先生当年有罪，恐怕这就是事实本身。不知道武先生在狱中5年，是否已经认识到自己的错误，还是继续执迷不悟，打算一错再错？”

“你！”

“就以近期武先生在全国大手笔圈地来看，就是一个非常不理性的行为，跟当年如出一辙，而且会给企业和股东造成更大的伤害。”

“顾主席还是不要血口喷人！现在大家称呼你顾主席，而不是顾总，不就是因为你被免职了吗？按照顾主席的理论，顾主席也是有错之身啊！”

“唉，我承认。”

“顾主席成立这个中地联盟，恐怕是退休之后怕被边缘化，找个组织刷存在感吧？”

“你胡说，我是在为地产界打造一个新的行业秩序。”

“太高抬自己了，恐怕全国的地产同仁并不一定这么想。”

“好了两位，时间所限，我看有些事情还是台下交流吧！”容若初屡次想打断两人，两人都不听，她也急了，一声断喝打住了两人。

“武总，您已经陈述完毕，也回答过问题了，请您下台。”容若初斩钉截铁地说。

武全看容若初真生气了，回了回神，也觉得自己冲动了，于是噔噔噔下台，坐在自己的座位上。

接下来是顾智山的演讲，很明显，他受了刚才的影响，平时他是个不看稿就可以洋洋千言的人，而今天磕磕绊绊，几次忘词。陈述完了，台下问了两个不痛不痒的问题，他也就下台了。容若初看到他的衣服已经被汗水浸透。

接下来几位候选人，有的因为立意太低，有的答辩不利，有的形象不佳。有两个发挥还不错，张一挥和段同修，但是前者被评委问到国籍问题，他在几年前全家移民了，让国际友人来当盟主，的确是欺负神州无人啊。后者刚刚被罢免了政协委员的身份，也被评委翻出来了。

最后，9位候选人演讲完毕，只剩下齐协了。其实这整条大道是海岳的物业，他可以说是主场作战。他身形利落，精神抖擞地走上台去。齐协是个美男子，有着希腊雕塑一般的面庞，配上得体的西装，有型的身材，不等开口，就已是一道风景。

“各位前辈，各位评委，各位同仁，大家下午好。首先，代表海岳集团欢迎大家来到创业大道，感谢于万复先生、容若初女士和各位，让我有机会站在台上，我将竭诚为大家做好服务工作。”齐协短短两句开场白，就获得了大家的好感。一则表明他是这儿的主人，身份地位不同于别人；二则感谢于万复，因为他不参选，才有了他的机会；三则感谢容若初，因为他是容若初发现和培养的，而且这创业大道也是容若初代管和打造的，一句话既抬高了自己，也抬高了他人，这才是说话的艺术。而最后一句，为大家做好服务工作，又把自己放到谦恭卑微的位子上，这就是智慧。地产界的人个个心高气傲，谁愿意选个对自己颐指气使的人啊，即便选个盟主，也是总服务生而已。

齐协条理清晰地来讲自己的施政纲领，没有太多空话大话，也不说太多理想情怀，只有一条条实实在在要做的事情。讲完后，掌声雷动。台下评委问的问题，也是十分巧妙，看起来十分尖锐，其实是给了齐协展示自己才华能力的机会。

容若初看在眼里，心里对局势也慢慢清晰。最后，她宣布，进入现场投票环节。

意料之外，又意料之中。

意料之外是之前谁都没有注意到齐协，毕竟其他人都是大佬，而他才是海岳集团的副总裁而已，况且在网络投票中排到了最后一名。意料之中是大会开始之后，前边一位位相继折戟沉沙，而他渐渐浮出水面，再无对手。

最后，齐协现场投票第一名，获得了81%的支持率。

《豪勇七蛟龙》的音乐响起，容若初在台上宣布，第一任盟主是齐协，任期三年。齐协意气风发地登上了舞台。他含情脉脉地看着容若初，容若初把话筒递给他，躲开他的目光，站到一旁去。

台上的齐协在发表就职演说，台下的故事就五味杂陈了。

穆不惮一直表情严肃地看着竞选，结束后，他示意保镖推他出门。武全很紧张，跑过来想解释什么，但是穆不惮把他的手推开了，没有搭理，继续往门外行去。

其余几位失败的竞选者，有的完全不在意，继续谈笑风生，给齐协鼓掌喝彩，有的失魂落魄，满脸沮丧地一句话都不说。

庆功晚宴上，齐协就是最大的明星，所有人都来给他敬酒，他也很客气地一一回应着。找了个空，他从人群里找到正在忙碌的容若初敬她，她顺手拿过一瓶矿泉水来拧开，淡淡喝了一口，就继续去忙碌了。

齐协很有技巧地跟大家喝酒，看着跟谁都碰杯，其实他并没有喝多少。

而且在中途，他就悄悄出来了。整个晚宴不会因为少了他而少了欢乐，即便他是主角。人们都在忙着觥筹交错，新朋换名片，旧友叙往事。

齐协悄悄地走出来。月圆时分的北京，正是最美的时候，月光洒在创业大道的树上，印下婆娑的影子。晚上的风略有些凉，把他喝的酒一下子就吹醒了。他快走几步，回到办公楼上。

办公楼的5楼只有两间办公室，他的和于万复的。他没有回到自己的办公室，而是敲另外一间门。

“请进。”里边有个声音说。

他推门进去，看到屋子里灯光很暗，一个人正在吧嗒吧嗒抽烟斗，正是于万复。

“董事长，一切已办妥。”

“好。”

“我已经按照我的承诺，当上了地产盟主，不知道您什么时候下通知，任命我为海岳集团的总裁？”

“明天。”

“感谢您的栽培。”

“是你自己的努力。”

“不敢。”

“下午的时候，我一直坐在后排，我都看见了。”

“哦。”齐协看了一眼于万复，立马闪现出于万复隐藏于众人之中静静观战的样子。

“你在大选之前，已经做好了准备？现场的一切都是你安排的？”

“是。”

“网络投票你是最后一名，非常不引人注意，是你自己操控的？”

“是。”

“沈承风刚刚登台，一篇关于他和陈鱼的文章就疯传，所以他现场退出了竞选。5分钟的时间，扳倒了第一位大佬，你厉害。”

“惭愧，主要是陈鱼小姐做事太不严谨，急于求成，以致破绽太多。如果不是她，单就沈承风，其实是很难下手的。”

“嗯。后来武全和顾智山在台上失了理智，台下提问的那评委是你安排的？”

“是的。虽然评委名单是昨天刚刚确定的，这100人是谁我也不知道，但是，我不需要知道，我只知道有几位确定是评委就足够了，我已经完全买通了他们几位，按照我的设定来提问，针针见血。我不是要争取100位来支持我，而是把其他竞争对手都打倒，剩下我自己就行了。剩者为王。”

“一个问题就激起了武全的血气，让武全和顾智山在台上两败俱伤，同时折翼，厉害！”

“惭愧。主要是这个问题是武全的命门，所以一招中的。”

“那其他几位呢，你是怎么安排的？”

“康大庄为人素来见利忘义，只重现实利益和金钱，所以完全不用在意，那100位评委都是人精，不会因为康大庄名气大就会把票投给这样的人，所以，我没有做任何安排，知道他不会当选。张一挥是因为移民了，之前我让人调查过了，近期社会上对这种移民之后还回国担任各种社会职务的现象正反感吐槽，所以大家不可能选他。段同修是因为刚被罢免了政协委员的资格，原因不详，但是这事情本身已经足够人们浮想联翩了，所以也不可能选他。其他几位，实力稍弱，各有软肋。”

“你能各个击破，的确出手不凡。”

“董事长您过奖了，我其实没有什么手段，只是每个人，哪怕大佬，都有自己最柔软的痛处和弱点，只要找到，就攻无不克，战无不胜。其实，他们不是败给了我，是败给了他们自己。”

“那我呢？我的弱点是什么？”

“您最大的弱点，是没有弱点。我最大的优点，是忠心耿耿，所以，这个问题，只能这么回答。”

“哈哈哈！在竞选之前，我收到邀请函，其实本来不想参加的，我对这些虚名的事情，没什么兴趣，我的梦想是建立我庞大的金融帝国。但是，你非说要参加，我想了想也有道理，毕竟有了这个平台，更有利于去做很多事情。而且，你跟我对赌，说你输了，就引咎辞职。而如果赢了，就要当总裁。虽然我不喜欢这样的对赌，但是你有这样的魄力，我非常欣赏，就答应了你。你成功了，从明天起，你就是海岳集团总裁。赵总裁因为年老住院，两个月前已经彻底辞去总裁职务，总裁这个位子已经空缺了两个月，的确不能再空下去了。”

“我一定不辜负您的期望！做好工作，辅佐好您和各位公子。”

“好，我相信你有这个能力。我明天要出发去登珠峰了，这些天集团就交给你来打理了。”

“是！您放心！”

夜色深了。5楼的灯光，在半夜11点的时候熄灭了。两个身影走出来，消失在夜幕中。

晚宴上的人们，还在庆祝干杯。

容若初目睹了齐协登上盟主之位的每一个细节，结束后用了几天时间仔细想了想，终于把一切都串起来了。在大选的第二天，她就得到消息，齐协成了海岳集团新任总裁。

那天齐协约她去，说会把一个总裁还给她，她总觉得是空口说笑话，而齐协，正在一步步在实现着。首先，他拿下盟主之位，接下来以此为砝码，进军总裁之职。于万复是个爱才如命的人，齐协是有很大胜算的。

而齐协拿下盟主之位，现场的时候她只觉得哪儿有些不对劲，结束之后一想，不禁细思极恐，齐协果然是个极有手段、深不可测的人。只有这样的人，才能在地产界这个江湖中如鱼得水，游刃有余。

张多多听容若初讲完这些故事，吃惊地瞪大了漂亮的大眼睛，“天哪，这个世界上还有智商这么高的人，而且就在那个小楼上，想想真是恐怖啊。”

“恐怖什么？”

“一个人能干掉9个大佬，真是一夫当关，万夫莫开。”

“你好像很崇拜他？”

“哪有，我很有危机感呢。”

“什么危机感？”

“我看到他在台上看你的眼神含情脉脉的。”

“得了得了，那么远你能看到什么，少瞎说了。我和他，要么是战友，要么是对手，没有其他。”

“哦，那就好，那就好，差点儿吓死我的小心脏了。”

“哈哈，对了，多多，最近你总说心脏疼，是什么情况，去医院看看吧。”

“太夸张了吧，我只是睡得晚而已。我活蹦乱跳生龙活虎生机勃勃激情澎湃上蹿下跳玉树临风的，能有什么事？”

“别贫嘴了，还是小心点儿。”

“行啦行啦，我出去忙啦。秋天来啦，冬天还会远吗？感觉资本的寒冬也快到了，大道上的咖啡冷了很多。”

“的确，不过也许是好事，说明一个行业经历了浮躁期，开始理性发展。”

“可是，咱们自己的日子也不好过了呀。”

“能吃饱饭就行。”

“嗯，我养你。”张多多说完，又有些害羞的样子，站起来就跑掉了。

他知道容若初为了创业，把自己的房子卖掉了。他很想帮她买一套房子回来，于是趁着下午不是那么忙，就跑到周边去问，一问吓了一跳，高校那一带的房价已经十来万一平方米，这不吃不喝多少年才能攒到钱买房子啊。他突然很沮丧，觉得爱情和理想在房价面前真是不堪一击。

第十五章　人去楼空

在盟主竞选大会上，沈承风中途退出了选举是因为一篇文章，那篇文章指责他的女友过度炒作，而且在网络投票中使用了水军。一时间，山雨欲来。

他觉得很委屈。第一，他本来就觉得选举是个无所谓的事情，连发动朋友投票都没干，更不会使用水军；第二，严格意义上说，陈鱼并不是他的女朋友，仅仅是因为一场误会和舆论风波，他默认了这个称呼。

他本来打算这几天就结束这件荒唐的事情，没想到一波未平，一波又起。此刻，他既不能说陈鱼不是他女友，也不能说水军的事情全是陈鱼干的，这样洗白自己，哪怕自己真的是白的，也让他觉得自己不是君子。其实，就是因为这内心的“君子”标准，把自己害惨了，他却不自知。

但是，他不能让陈鱼继续这样下去。所以，下午他专门抽了个时间，去人鱼咖啡馆找陈鱼。

陈鱼既觉得恼火，又觉得理亏，正在她后边的独立办公室里发呆。她看见沈承风进来了，吃了一惊，知道沈承风要来兴师问罪。她很心虚，这种情况下最好的处理方式就是先发制人，于是她一看见沈承风进来就开始扑簌簌掉眼泪。

沈承风本来是要指责她的，一看她这样，反倒不知说什么好了。

陈鱼哭诉道：“承风哥，都是我的错。我雇用了水军，可是我太爱你了，太想帮你赢了。我知道错了，但是都是为了爱你啊。”

“不管怎么样，你不能这样做啊。”

“我知道错了，可是你也得体谅我，自从咱们公开恋人身份之后，你从来都没有碰过我一下，那哪算什么恋人啊？我约你吃饭都是你的秘书接电话，每次都是说你很忙。”

“咱俩当时不是说好了吗，仅仅是对公众这么说，过阵子就结束这关系。”

“可是你觉得对我公平吗？我是真的爱你啊！”陈鱼哭得更厉害了。沈承风没有办法，只好拿了纸巾给她擦眼泪。陈鱼顺势抱住沈承风，身子紧紧贴着他哭。

沈承风挣了几下没挣开，也只好任由她哭了一会儿。陈鱼也哭累了，沈承风说：“千错万错是我的错，那天我不该喝那么多酒，也就不会被人拍下来发网上了，更不会为了平息舆论假戏真做，我那时真是糊涂了。这件事情发生后，咱们也正好理清一下，你需要什么补偿，我都答应你。但是，咱俩的荒唐关系得结束。”

“承风哥，难道你不爱我吗？难道我不美吗？”

“你很美，可是，爱情需要比美更多的东西。”沈承风说完，轻轻推开陈鱼，走出去了。

陈鱼呆立了一会儿，气急败坏地把桌子上的东西摔到了地上。

东西差点儿砸到站在门口的两个人脚上，那两个人跳了一下，躲开了，“哎哟我去，我去！”庆幸没被砸到。

陈鱼抬眼一看，冷冷地说：“你们怎么来了，我正要去找你们算账！”

“算账，陈大美女，是你欠我们的钱，怎么成了你找我们算账了？”

“我雇用你们公司水军的事情，你们怎么对外说出去了？害得我功亏一篑被人骂，男朋友又要跟我分手，我怎么可能付钱给你们。”

“呵呵，你雇水军的时候，就要承担这种风险，天下没有不透风的墙，我们是技术公司，不是安全部门，有人来查，我们有什么办法。”

“谁派人来查的？”

“海岳地产的齐协齐总，也就是新上任的地产盟主。这是个厉害人物，你招惹谁不好，怎么招惹他了？”

“他想当盟主，于是就设计陷害我和承风哥。”

“算不上陷害吧，本来就是把事实真相抖出来了而已。那是你们的恩怨，跟我们技术公司没有关系！”

“总之就怪你们，我不会付钱给你们的。”

“陈大主播，我们劝你不要因小失大，这些年你雇我们给你做了那么多事情，我们都是友情价，没赚你什么钱，这么一件小事就撕破脸皮，后果可很严重。你还记不记得，你和沈承风喝醉酒那次，照片是你让我们拍的，帖子是你让我们发的，舆论是你让我们造的，我们帮你追到了高富帅沈承风，你可只付了成本费打发我们啊！”

说这话的时候，去而复返的沈承风正好站在门口。因为他刚下楼，就发现只顾给陈鱼拿纸巾擦眼泪，把手机忘在桌子上了。而水军公司的话，他都听见了。他走了进来，屋子里的人都呆了。他什么话都没说，拿起桌子上的手机就出去了。

水军公司一看，也溜走了。剩下陈鱼在屋子里号啕大哭。

水军公司没有放过陈鱼，他们告到法院向陈鱼讨薪，并且把前前后后的事情都讲清楚了，公众一片哗然。陈鱼最后付了劳务费，但是接着水军公司也被清理整顿了。

最终的结局是，陈鱼那估值 50 亿的自媒体公司，一夜之间成了一个泡沫。

过了几天，陈鱼退租，把人鱼咖啡馆关了。好多自媒体早就看陈鱼不顺眼了，都另起炉灶去了。

张多多看着人去楼空的房子，慨叹：“50 亿啊，说没就没了，估计也只有这个时代有这样的事情，后代不知道能不能理解这些故事。”

容若初从后边走来，看着屋内的一片狼藉，心里说不出是什么滋味。沈承风已经通过自己官博发布了分手声明。他没有多说什么原因，只说分手了。

容若初从咖啡馆一直走到后面的休息室，当初就是看到沈承风和陈鱼在这里疯狂缠绵，才让她痛彻肺腑含泪而去的。

张多多站在她的身后，他很明白那天发生的一切，但是有一点是沈承风和容若初都不知道的，只有他和陈鱼知道。那就是当时在宴会上他俩串通起来，陈鱼向沈承风介绍他是容若初的男朋友，而他故意加沈承风微信，让沈承风手里拿手机而放下酒杯，这样就在沈承风一转身扫二维码的时候，陈鱼往沈承风的酒里放了药。如果不是因为药，就区区那么点儿酒，怎么可能让沈大佬乱性。

这一直是张多多内心痛不可触的一块心病。但是，他是因为爱容若初，才这样做的啊。

容若初看到张多多站在身后，马上从往事中回过神来。

“多多，这些房子咱们还得租出去。最近市场遇冷，有些创业公司倒闭，还有一些为了节省成本，搬到五环外去了，所以，咱们也得想想如何过冬了。虽然咱们的主营业务并不是出租房屋，而是创业的综合服务平台，但这是现金流，不能不重视。”

“好的，容姐，我会努力工作，这样我的心里会好受一些。”张多多是说给自己听的，因为那晚事情的愧疚。

容若初听在耳里，以为是张多多看到业态凋零而难过，便安慰他道：“这只是暂时的困难，创业是个历史趋势，只会越来越火，经过市场调整期反而会更快发展，咱们先把眼前的事情处理好就行，不必难过。”

张多多答应着去了。

容若初陷入了思考。当初，是她想出了做创业大道的模式，的确获得了火爆成功，不止创业大道，包括中关村创业大街、创业公社等多个项目，都有了长足的发展，现在，是大家总结经验并开启下一步发展的时候了。

容若初反思自己，自从创业大道做火了之后，自己疲于应付各种场面，思考的问题不多了，也不深入，没有好好地探讨商业模式。

没过几天，武全把酸辣粉儿馆也关了，把那些穿心的弓箭都撤了，经过与顾智山在台上的公开对撕，武全也十分后悔一时冲动，以至于两败俱伤，鹬蚌相争，渔翁得利，最后让不起眼的齐协当了盟主。最重要的是，穆不惮看到这一切十分不满，一则不满武全的过往和冲动的性格，二则不满他竞选盟主的失败。

还有一些创投机构和创业团队，纷纷搬离。毕竟，现在创业共享空间如雨后春笋般出现，很多空间有更好的装修，更好的扶持政策，更好的产业定位,更低廉的价格,更强大的资金,没有必要一直在创业大道上待下去。

而很多的创业企业，的确也显示出了泡沫，倒闭的一片。有一段时间网上流传一个帖子，是这一年公司的破产清单，俗话说“C 轮死”，可是那些 95% 都没有熬到 B 轮融资。

一下子，成了僧多粥少的局面，孵化器多，创业者少。

而创业大道在严峻的形势下，也面临了自开业以来最大的困难。

容若初几乎都快吃不下饭了，人也瘦了一圈。张多多看在眼里，急在心里。他让山里的老父亲寄来传统的中草补药，自己炖了给容若初，烫了手也不在乎，趁热端给容若初。他觉得食堂的早餐太过简单，每天他都比容若初醒得早，单独给她做早餐。因为最近容若初的早餐都是阿姨端来在办公室吃，一边吃一边工作，所以她以为所有人的都这样，并不知道是张多多单独做的。晚上张多多比容若初睡得晚，一直到深夜还在做文件。

屋漏偏逢连夜雨。海岳集团根本没有划拨资金给容若初来做创业大道，容若初卖房子的钱早就花光了，整条大道的运营盈利有限，而支出却是十分庞大，所以也需要对外融资，其实，创业大道本身也是一个艰难前进的创业项目。

到了年底，大家都在喊：资本的寒冬到了。

其实，资本根本就没有什么寒冬，只要你是好项目，永远都是火热的夏天。所以，关键还是要练内功。

容若初和张多多也在考虑，在现在的形势下，如何让创业大道有更创新的发展思路。他们决定下个月初去美国考察联合办公的鼻祖——WeWork。

人忙起来日子就过得格外快，很快，他们就踏上了去美国的班机。这次考察团一共有 5 个人，除了容若初和张多多，还有另外三位同事。

WeWork 的考察给了团队很多启发，对于硅谷的诸多创新型企业的参访，也从观念上给了大家很大的震撼。真正的创新，不仅仅是模式创新，而是技术创新。当国内的大 IT 企业在投资外卖送餐产业的时候，谷歌等在高科技上已经是遥遥领先。联合办公不仅仅是空间的联合，更重要的是打造一个良性循环、彼此扶持的生态系统。

公务考察结束后，容若初留了一天的时间，让同事们去购物，她去拜会一位老朋友。

这位朋友以前在国内也是做地产的，后来在纽约最繁华的地段买下一栋楼。这栋物业，取了个名字，叫作“北京山”。

顶层设计成一个老北京四合院的院落园林，叫作赏鲤馆，原因就是院落里做了精致的水系，凡有水处，皆有锦鲤游弋。赏鲤馆，让人想起了遥远家乡颐和园的听鹂馆。菜系是北京的宫廷菜，是以清宫御膳房菜单为基础，结合各朝名吃制成。主厨的是特级烹调师，推出的万寿无疆席、福禄寿喜席、满汉全席、江山万代席、延年益寿席，既排场又滋补。诸如豌豆黄等小吃，虽不起眼，却是当年慈禧太后的最爱。这个赏鲤馆把景做到了极致，也把味做到了极致。在北京山开业的几个月里，不仅中国的富豪权贵纷至沓来，其他各国政要巨贾也都是高朋满座，不亦乐乎。21 世纪是个全球资源整合的世纪，这个北京山就是装资源的水池子。中国动力嫁接全球资源，通过北京山，形成一个国内、国际对接的桥梁。不过，资源本身并没有价值，很多人天天说自己有很多资源，到处忽悠，那纯粹是瞎扯，资源只有经过整合，才会产生金子，而这个整合的过程，是一个只有高手才会操作的化学实验。这位朋友是位高人，他与容若初探讨了中国民营企业家在“一带一路”背景下的全球化机遇。

拜访完这位朋友，容若初就匆匆告辞了，她要去和张多多他们汇合，赶回国内。

当她回到酒店的时候，发现只剩下三个人，张多多不见了！一问，原来是张多多看容若初那么久不回，打电话打不通，以为出了什么事，于是就按照容若初留的地址，一路找过去了。容若初是手机没电了，所以才没接到张多多的电话。

于是容若初赶紧用同事的手机拨打张多多的手机，发现也是关机了，估计是一路打电话把电打光了。而现在就要马上去机场了，再不去，恐怕就会延误航班了！

容若初让三位同事先去机场，她找到张多多就马上赶过去。她知道张多多一直在国内读书，英文是很差的，她的英文也一样差，是土鳖。不过因为身为教授的父母有时候在家说英文，所以她还马马虎虎能听懂。

从酒店到北京山并不远，是条熙熙攘攘的繁华大道，容若初一边奔跑一边寻找，直到跑得气喘吁吁，再也跑不动了，突然看到前边一个熟悉的身影向她跑来！

那一刻，没有互相埋怨，而是紧紧抱在一起！

来不及说什么，赶紧奔向机场！在最后一刻过了安检，两人登上了回中国的飞机。

在飞机上，两人愁眉紧锁。这次的考察其实是有目的的，创业大道的发展遇到了很多问题，也希望借助此次美国考察，能够有一些新的思路和启发。首先是商业模式的问题，其次，国内的孵化器、加速器、创业园突然一下子如雨后春笋般，一夜之间遍布神州大地。有句笑话讲：创业园太多，创业者都不够使了。虽然是句笑话，可是笑话都是来源于真实的。再次，目前最紧急的，就是创业大道的 B 轮融资。

张多多作为 CEO，在飞机上几乎没有睡觉，一直在做路演的 PPT，届时将由他代表创业大道，在 100 家投资机构面前做路演。容若初也仅仅是睡了一小会儿，和他一起不停地反复修改。

“容姐，你睡会儿吧，你把思路跟我说了就行，我来改。”

“没事儿，我不困，你睡会儿吧。”

“我也不困。”

“嗯，这点儿困难对咱们来说应该不算什么，”容若初宽慰张多多，“难，说明咱们是在走上坡路。”

“也说明咱们还不够强大，等这轮融资做完，咱们就稳步发展了，我也就放心了。”

回到国内的第二天，就是路演。国内的知名投资机构来了好多，比如红杉资本、真格基金、创新工场、诺亚财富、洪泰基金、天星资本等，大约有 100 家。

张多多排在第三个上场，容若初就坐在他的身边。上场之前，明显感到他有些紧张，脸上直冒冷汗。容若初紧紧握了一下他的手，感觉也是汗水淋淋，但是凉的。这一握，是信任和鼓励！张多多感受到了，上台之前，他看了一眼容若初，目光里有太多内容。

张多多第一阶段的介绍很成功，关于创业大道的盈利模式、股权结构、发展计划等，向各位投资人做了详细讲解。

第二阶段，是提问阶段。想必每一位融过资的创业者，都会对那个惊心动魄的经历无法忘怀，各种问题，实在是太像炸弹了。

“请问张总，我认为你们根本没有商业模式，纯粹就是二房东的角色，这样的模式根本不可能做大。”

“创业大道有一条街的重资产，盈亏如何平衡？”

“目前，比较强劲的竞争对手有优客工场、洪泰创新空间、创客总部等，请问张总如何评价竞争对手？”

“创业大道的业主方公司海岳集团，是个历史悠久的地产公司，会不会对创业大道的发展造成影响？”

“贵司董事长容若初之前是做传统产业的，而张多多先生的年龄又这么小，之前没有工作经验，能否担当得起创业大道的工作？”

“目前社会上有种迹象，孵化器比创业者都多了。你们是如何保证有足够的创业公司入驻？目前的入住率有多高？”

“都说创业的咖啡要凉了，会飞的猪也要掉下来了，你们怎么看待这种说法？”

“请问创业大道目前孵化出了哪些成功的企业？去年的净利润是多

少？”

张多多听着这些问题，这些他都是有准备的，他非常有信心回答好，他也必须回答好。为了创业大道，为了他爱的容若初，他好几天没有睡觉，就为了准备这些问题。因为他知道，大家无数个奋斗不眠的日日夜夜，都靠他这 10 分钟来体现了。

这时，他却觉得胸口又是一阵锥心的痛，冷汗如同雨水般在全身肆虐。耳边的声音越来越嘈杂，越来越缥缈，腿也软了，人不知不觉倒了下去。他听到容若初大声喊着他的名字！他睁开眼睛，嘴唇在动，容若初凑过去，他用很虚弱的声音说：“你去找沈承风，那天他跟陈鱼在一起，是我和陈鱼串通给他下了药，他不爱陈鱼。对不起，是我骗了你。”说完，再无力气。

他最后的意识，想起来还从来没有向容若初表白过，他想说“我爱你”，嘴唇微微动了一下，却什么都没有说出来。

心肌梗死，一种本来不应该出现在年轻人身上的疾病，但是，对于创业者而言，什么都有可能发生。算起来，因为心梗离世的著名创业者，也有一批了。

现场一群商界精英，却都缺乏基本的医学常识，更不知道面对这种突发急症该怎么办，唯有等待救护车前来。那等待的时间实在是太漫长了，漫长得如同一个世纪！

容若初满含泪水又惊慌失措地抱着张多多，她遇到过无数风雨，这是最让她震惊和无措的一次。

救护车终于来了，抢救，抢救，抢救！

但是一切的努力，却并没有挽回一条年轻的生命。

几天后，容若初回到了大道上，物是人非，心如刀割，她手中拿着一朵小小的白色菊花。一年来，张多多各种古怪搞笑的表情历历在目，他的笑声似乎还在耳边，他经常会傻傻地盯着她看，但是，大道上已经不会再有他的身影。

多多不在了，但是他最后的努力却结出了硕果，创业大道的 B 轮融资获得了几家机构的合投注资，3 亿。获得了资金支持的创业大道，提升了经营模式，获得了稳健的发展，而创业大道管理公司的估值也跃升到百亿，成为名副其实的独角兽项目。

第十六章　大海血战

半年过去了，又到了盛夏，整条创业大道上郁郁葱葱，弥漫的是茉莉花的清香，这还是张多多曾经种下的。

共享办公行业经过洗牌，一些不专业的在热潮消散后，退出了这个领域。创业企业也由一拥而上变得更加理性，这些优秀的企业集中到专业的孵化器中，整个行业开始有序健康发展。所以，创业大道经历了过山车般的震荡之后，进入了平稳发展的时期。

这一天，一个身影出现在创业大道上，他慢慢踱着步，看着这街上的一切。容若初在大道咖啡馆里看到他了，赶紧走了出来。

“于董，您来了。”

“对。”

“我们有一年多没见了。”

“是。”

说完，于万复也没再说什么，走进南端的海岳办公楼里去了。

齐协正在恭候。他在自己的办公室窗前，看到了于万复和容若初的见面。

“齐总，你让人把我那办公室里多放些招财树，我计划把总部搬来北京，在北京长驻。”

“是！董事长，恕我直言，海岳集团的总部早就该搬来北京了。”

“嗯，是的。”于万复踱了两步，接着说：“这创业大道，还真不错。”

“是的，容总的确是商界奇才。”

“是啊，可惜就是当年的勾结贪污，否则真是一员大将啊。”

“您相信容总真的做了那样的事情？”

“不由得我不信，你当时不也是指证她吗？”

“如果我说我做的是伪证呢？”齐协很平静地说。

于万复一惊：“什么？”

“我当时做的是伪证，其实容总并没有贪污。”

“为什么？你为什么作伪证，而今天为什么又告诉我？”于万复步步紧逼。

“我作伪证是因为我想当总经理，人不为己，天诛地灭。我今天告诉你，是想把原本属于容总的还给她。”

“还给她什么？”

“还给她集团总裁，还给她清白。”

“那么说，当时钱爷和欧宸说的也都是假的了？”

“对。另外，董事长，感谢您的栽培，我在海岳期间，不管做了多少坏事，但是，我兢兢业业为海岳的业绩努力着，做到了对您忠心耿耿，对海岳呕心沥血。今天，我向您提出辞职，并希望您任命容总为集团总裁。这，本来就该属于她的。”

于万复沉默了，又开始抽他的雪茄。齐协退了出去。

齐协到大道上去找容若初。

“若初，不知道我现在这样称呼你，你是不是还很反感，不过我不这么称呼，估计以后机会不多了。”

“什么？”

“我已经向于董说明当年的真相，并且提出辞职，请他任命你为集团总裁。另外，跟你作对的钱爷等人，在我当集团总裁期间，我已经让他们退休好好养老去了，于董也同意了，以后你不用再在意他们一众老臣的嫉恨。至于小于总，毕竟是董事长的儿子，而且豪门长子的性格其实往往很简单，为了董事长，咱们也好好帮他。”

“好。其实，我已经不在意做不做这个总裁了，你又何苦辞职？”

“人各有志。”

“你有好的去处吗？”

“我在海岳只是职业经理人，没有股份，良禽择木而栖是个自古以来的定律。目前有几家地产公司给我的年薪是现在的几倍，外加股份。”

“哦，怪不得。”

“不过我都不会去。”

“为什么？”

“在盟主争夺大战上，穆不惮老爷子看到了我的潜力，后来一直主动跟我联系，希望我成为他的左膀右臂，虽然我们还没有谈年薪和条件，但是，我决定去追随他，他将给我更好的平台，助我实现我的抱负。”

“作为地产盟主，你有这个潜质和能力。”

“多谢。”

“什么时候去香港？”

“下周。我这一生最大的遗憾，是没有得到你。”

“哦，是吗？”

“不过人生总得有得不到的人或事，什么都得到，人生就没意思了。”

“也许吧。”

“告辞。”

“保重。”

齐协走了，夕阳斜照，晚霞如锦。

于万复在齐协走后的第二周，正式向容若初提出，希望她出任海岳集团总裁。之所以是希望，而不是任命，是因为容若初现在有自己估值百亿的成功企业，已经不仅仅是海岳集团的高管了。在国内，好的职业经理人一直十分稀缺，但凡有点儿本事的都自立为王了，自古皆然。

但是容若初答应了。齐协说得对，她需要一个清白。虽然这并不能完全洗刷当年的污蔑，因为还有几个重要环节没有查清，不过，出任总裁，至少说明了海岳集团的态度。容若初的洗冤之路，已经走了一半。

于万复这个时候也挥师北上，把总部搬到北京，在北京长住了下来。

所以，升任总裁的容若初，并没有到广州，而是依旧在北京。她在创业大道里海岳办公楼的旁边，又腾出两座楼，作为海岳集团的办公之用。

不过容若初怎么也没有想到，她就任总裁之后，面对的第一件事情，就是她这一生中最大的波澜，比以往的任何风波都要煎熬，都要惊心动魄。

这些年，经济领域有个很奇怪的现象，就是实业凋敝，金融繁荣，很多辛辛苦苦干实业的，最后发现都给金融机构打工了。很多有实力的大企业，纷纷进行金融布局。

这一天，于万复请容若初到他的办公室里，说有要事相商。容若初进去后，看到他正叉着腰对着挂在墙上的一张全国地图凝视着。

于万复看她进来，说："容总，坐！你回来得正是时候，我有个大计划要马上开始实施。你离开的这一年半里，我做了几件大事，特别是费尽周折终于获批了保险公司，叫海岳保险，再加上原来的银行、证券、信托、期货、基金，以及地产等板块，目前海岳帝国的大结构已经比较完备。接下来，我们可能会在资本市场上有些大动作，特别是在并购方面，已经发现了非常好的猎物，会在国内制造出比较大的动静。"

容若初静静听着，不禁暗暗称奇，原来于万复竟然已经暗地里做了这么大的布局。

于万复的办公室大得奢华至极，按照他的要求加了 8 棵发财树。他坐在自己宽大的办公桌后边，看着窗外，吧嗒吧嗒地抽着雪茄。这是他的习惯。他似乎在思考着什么，抽了一会儿，他把雪茄猛地放下，两手扶着桌子，身体坐正了前倾，很认真地看着容若初，说：

"容总，我这一生只有两个梦：一个梦是振兴家族，多子多孙，看来已经实现了；另外一个梦就是我的金融帝国。每个男人都有一个帝国梦，我等了 5 年，时机终于成熟了！在国内的 A 股市场上，有一只股票被严重地压低了，这个公司每年的收入近千亿，而每股还不到 20 块钱，如果此时我们介入，买下这个公司 20% 以上的股份，那就被我们捡了一个太大的便宜了。这家公司非常符合我们未来的布局，而且股权分散，大股东其实是央企，目前实际操盘人的股份十分微小。”

容若初听了，一边十分吃惊这么大一个计划，另一边又十分佩服于万复，为了这个项目，竟然不动声色，排兵布阵等了5年。这有点儿像狼觅食，能够很安静地蛰伏着，但只要一动，就是雷霆之速。

“于董，是哪家公司？”

于万复又点上雪茄抽了起来，慢悠悠地说：“沈承风你应该很熟悉，就是他的大乾股份公司。”

容若初这一惊非同小可：“于董，沈董不是你的好朋友吗？”

于万复深深地看了她一眼，说：“商场如战场，两军对峙，各为其主，这个主，就是资本市场。大乾股份的确是一块肥肉，这么多年来稳扎稳打，根深叶茂。但是，他有个致命的问题，就是在发展过程中，为了应对几次险境，引入了央企，目前的状况是股权分散，而且第一大股东不是沈承风，是央京地产集团。央京集团你也很熟悉，是个大央企，从前的董事长是顾智山。顾智山在位的时候，沈承风和顾智山的关系十分之好，称兄道弟，是穿一条裤子的。而顾智山也把央京集团仅仅作为大乾的财务投资者，从来不干预大乾的任何经营情况，形成一种‘大乾赚钱，央京分钱’的皆大欢喜的局面。但是，顾智山退休后，国资委从另外一个央企调来了一位董事长兼党委书记，名叫严建国。这位严建国的做事风格和顾智山大不相同。目前大乾集团在A股市场，因为某些内幕，股价被严重压低，的确是个可乘之机。之前因为大乾的江湖地位太高，所以人们连想都不敢想来吃这块天鹅肉，但是，不包括我于万复。”

“可是——”

“没有什么可是，在商海中，我没有朋友，也没有敌人，只有公司和股东利益。”于万复说这句话的时候，是盯着她的眼睛的。他接着说：“明明有一个巨大的商业机会放在面前，我可以为海岳的发展如虎添翼，可以为海岳股东赚更多的钱，但是，仅仅因为他是我的一个私人朋友，我就放弃了，那么在海岳的发展史上，我就是罪人，我也对不起海岳股东，以及买了海岳股票的万千股民们。你是海岳的高管，对你而言，同样是这个道理！”

容若初无言以对。她此刻面似宁静，实则心中波涛汹涌。一边是于万复，自己多年的老板，虽然遇到过信任危机，但是对她可谓是网开一面，一直宽厚，而且刚刚擢升她为集团总裁；一边是沈承风，自己 20 年痴情深爱的男人，虽然几经风雨，但是在她心中是一道深深的烙印。

于万复是一个十分理性的人，典型的摩羯座性格。如果发现猎物，他不会不出手，而且，于万复和沈承风的确算不上是关系多么铁的朋友。在地产界的四位大佬里，于万复和康大庄走得更近，而沈承风和顾智山比较交好。

于万复这几年深居简出，一直在秘密进行大布局，而当时机成熟，就需要率军出征了。对于一个有着几十年历史的大集团而言，有个是否成功的标志，就是看老板身边有多少优秀的高管始终如一地跟随。就像古代诸侯割据，谁身边的忠良大将多，谁未来就有一统天下的可能。这样老板一有新的布局，也就有高管顶上了。本来于万复看好齐协，可是他辞职去香港了，幸好容若初回来了。容若初虽然不如齐协生猛，但是教育背景更好，应该更适合做金融的事情。

安排好一切，于万复也如临大敌。他明白，沈承风也是个呼风唤雨的厉害角儿，绝对不会坐以待毙，而自己的这个行动，如果成功了，那在中国商业史上会名垂千史，如果稍有不慎，可能海岳集团今年就得关门大吉了。这么高的风险，为什么还要去做？不要问创业者这个问题，喜欢冒险是创业者血液里的因子。就像狼天生就会追逐猎物一样，虽然有时候猎物可能会把狼吃了。

容若初内心翻腾，却不知如何阻止于万复。于万复知道容若初和沈承风认识，但是内中的故事并不知晓。其实，就算知晓又怎么样呢，作为商人，即便是面对自己的爱人，都可以重利轻别离，又何况是别人呢。

容若初的办公室也已经搬到 5 层楼。她觉得内心十分不宁静，于是下楼来，走回自己在创业大道曾经的办公室里去。虽然团队新招了很多人，新的 CEO 也到任了，但是张多多的办公桌却是保留着原来的样子，一点儿都没有改变。茉莉花清香四溢，白瓣婉约。

她的耳边响起张多多最后一刻说的话：“你去找沈承风，那天他跟陈鱼在一起，是我和陈鱼串通给他下了药，他不爱陈鱼。对不起，是我骗了你。”

她没法恨张多多，相反，她觉得对不起他。如今，他离开了。陈鱼的幻梦破灭之后，也到纽约留学去了。

若初拿出手机，发微信给沈承风：“承哥，在吗？”

沈承风这次回复很快：“在。”

“方便见一下吗？”

“好的，我在大学讲课，一会儿开始，下课后联系。”说完，沈承风用微信发了一个地址定位过来。

创业大道就在附近，容若初步行 10 分钟，就进了校园了。沈承风说的上课，是商学院请他们这些成功的企业家，给同学们讲述真实的商海经验。成功人士各有自己的成功之处，有些人的成功是时代造就的，可那个时代也有十来亿人，为什么就那么点儿人成功了？这些人为什么会成功，按照柏拉图的理论，可以这么解释，这个世界上应该先有一种叫作“成功”的理性模型，所有符合这个模型的路必定指向成功。如果按照亚里士多德的理论，应该是世界上先有了各种各样的成功，然后我们从万千案例中总结出了成功的理性模型。

不管怎么样，这些成功的人，在做人做事上，一定有符合某种整体社会认同的规律，其经验可以对后来的年轻人起到借鉴和启示的作用，所以会被聘为课外导师。

容若初到了校园后，看到了学院的海报，知道沈承风在哪个教室上课，于是悄悄走进去，坐在了最后一排。

这一次模块讲的内容是全球领导力。

台上的教授正在讲开场白：“刚才说到，为了协助同学们更好地理解中国企业家的领导力，我特意邀请了我的一位好友来到今天的课堂上，他就是著名企业家，沈承风先生。”

大家的掌声落了，沈承风开始讲话：“刚才，金教授说我是企业家，的确有些诚惶诚恐，感觉自己做得还十分不够。不过，既然称之为企业家，就与商人有了本质的不同。

“一个国家的文明程度，其实体现在经济的发展形态上，以及对于企业家的重视上。企业家是推动社会发展的重要力量，特别是中国的民营企业家，虽然发展的时间不长，而且经历的波折很多，但是，到目前，不管是税收还是解决就业，已经成为中坚力量。不但如此，民营企业家在社会公益方面，也做出了很大的努力。

“在座的各位都是学子中的精英，能够到这里深造，相信在各位中外知名教授的引导下，对国际、国内的经济走势以及管理方法，有一个新的认识和提升。”

沈承风在上边讲，容若初在座位上听着。此刻，她看到的不是商人沈承风，而是学者沈承风，也许，本来沈承风就是要这样站在讲台上的，就是 20 年前不明原因的突然离开，如今不是学界大拿，而成了商界大佬。命运，真是戏人啊！是对，是错，是因为错所以对了，一切，不得而知。

沈承风的讲座是很受欢迎的，不仅因为其跌宕的经历，更为他哲学化的总结与别具一格的表述。很多人经历了，没有总结，那还是经历；有的人经历了，总结下来了，那就是经验；如果这个人还有哲学的功底，可以进行更本质地概括，那么就是人类的智慧。要知道，在沈承风出走海南之前，他是一代哲学泰斗的关门弟子。

下课了，沈承风站在教室里，容若初从位子上站了起来，走过来，四目相对。

不等说什么，一位马虎同学冲了过来，拿着一本沈承风讲管理的著作，嘴里嚷嚷着：“沈总，沈总，给我签个名吧，我是您的骨灰级粉丝。”

沈承风很认真地坐下，一边琢磨这骨灰级是啥意思，一边签上自己的名字。等他签完再站起来，容若初已经不见了。

他经常到商学院讲课。每次他讲完了，从来不让自己的车子进校园里来，他总是走着出去，走得很慢，似乎也在感受校园的气息。他到校园里来演讲，衣着也非常简约，往往就是一条牛仔裤，搭配件休闲的上衣。身旁的学生，有的正结伴去食堂，有的正呼朋唤友去打球，路边有闹别扭的小情侣，也有背着大书包的独行侠。

他没有注意到的是，在不远的地方，容若初就在他后边，也慢慢走着，不过去打招呼，而是静静用心感受他踩过的道路，他看过的树木，他闻过的花香。

走到湖边的时候，他停下了脚步，坐在了湖边的一个长椅上，戎马倥偬，能有这么惬意的一刻坐在校园的湖边，都觉得是个梦。容若初从后边走了过来，“承哥。”

“若初，你来了。”

“是，今天的讲座很精彩。”

“惭愧。比起你的父亲容教授来，的确已经差太远了。”

“哦，术业有专攻，我爸可不会管理企业。”

“呵呵，不知道他们还恨我吗，希望有一天时间可以刷淡一切。”

“我想会的。”

“若初，你找我什么事？”

“嗯，你和陈鱼的事情，有人跟我说是那天晚上下了药，你知道吗？”

“那天不知道，后来也不知道，但是，陈鱼雇佣水军的事情曝光后，我回忆了那天的事情，已经察觉出不对劲来了。我酒量很好，以前在海南经常拎着酒瓶子在海边喝酒，酒量练出来了，不会那么点儿酒就失控。”

“你闷的时候就会一个人喝酒？”

“对的，这么多年都是，虽然朋友很多，却没有什么可以说话的人。哦，对了，是谁告诉你下药的？陈鱼吗？”

“不是，是多多。”

“哦，我想起来了。那天陈鱼介绍，说那个年轻人是你的男朋友，他来敬酒，还加我微信。”

“多多是个很好的人，可是，并不是我男朋友。”

“哦，看来那天的事情都已经被安排了，只是我俩不知道而已。”沈承风深深叹了口气。

“多多一直很愧疚，所以在生命的最后一刻，告诉我这些。”

沈承风看着容若初，很多事情他心里明白，可是又不能表现出来。

“我估计是陈鱼怂恿他的，他没有什么好愧疚的。不过陈鱼也咎由自取，离开中国了，我即便知道了真相，也不想再去追究了。”

“是的，宽恕他人，就是放过自己。”

“是的，再说我自己也荒唐，在事情发生后，为了自己的名誉，答应陈鱼对外宣称是恋人关系。虽然那段时间我一次都没有再见她，并无恋人之实，可是如果说起错来，还得先追究我自己。”

“哦，原来是这样。去者已去，留者珍惜。”容若初幽幽地说。

“若初，你今天来找我，就是为了告诉我这些？”

“我……其实还有一件事情。”容若初吞吞吐吐。她今天约沈承风，主要是想说于万复即将大举进军的事情，可是她却说不出口，她怎么能做海岳的叛徒呢？她的内心纠结不已，煎熬不已。

“是什么？”

“是……是……是最近股票市场十分动荡，你多注意。”

“哦，这个啊，我知道，从来就没有平静过。”

两人一边说，一边往校门口走去。沈承风的司机已经在门口等着，车子发动，绝尘而去，她倚在校门边，呆呆地看他远去，看他正走向那个战场，硝烟四起，繁华若梦。

沈承风的车走远了。

此时的沈承风丝毫没有察觉，一条金融鳄鱼正悄悄向他偷袭而来。

容若初看着沈承风走远，想起来了一件事情，一直在心中的一个疑惑。她返回校园，来到哲学系的办公室，找一位甄乃姝老师。甄老师刚下课，正在办公室收拾讲义。她看到容若初走进来，吃了一惊，直直地盯着她看。

“甄老师，我叫容若初，是容清映的妹妹。20年前，您是她的班主任，我打听了好多人才打听到您，一直想来拜访您。”

“哦，怪不得，怪不得，长得太像了。”

“听说我姐姐是和同学出去春游坠崖的，您知道具体情况吗？”

“跟同学春游？没有啊，那天班上只有她一个人出校了，所以她没有消息后，我发动班上的同学四处找，最后是你父母带来消息，说她坠崖了，其他也并没有多说。后来我们怕你父母悲伤，也就没有多问。”甄老师听得有些奇怪。

“哦，这是怎么回事？”容若初一个人喃喃自语。

“你父母没有跟你细说？”

“出事那年我还小，只有 8 岁，我父母怕我小，就只说姐姐病逝，近来才告诉我是坠崖，但说是和同学春游。”

“唉，可能是你父母悲伤过度，又年代久远，记不清了吧。”甄老师叹了口气说。

“哦，也许吧。”容若初带着更深的疑惑，离开了校园。

不管在哪个国家，都有一股不可忽视的力量，叫媒体。

这一天，一家媒体突然发现了一个蛛丝马迹，进而挖出了一条爆炸性信息，海岳系下的海岳金融、海岳保险，取得了大乾股份共 10% 的股份，一举成为大乾股份的第二大股东。

小编以为看错了，眼睛揉了半天，终于确认这是真的，于是赶紧向总编报告。总编是多年的老江湖，一眼就看出，这是条价值不可估量的新闻，于是马上派第一高手编辑，半个小时后，新闻浮出水面。

一时间，举国哗然。

在媒体、自媒体迅速传播的年代，一瞬间，足以让一条新闻到达每一个角落。

时间一秒一秒过去，每一秒都是煎熬。媒体在继续发酵，旁观的不怕事大，生怕天下乱得不够热闹。

与此同时，于万复让容若初随他一起出门，但他事先没有说去哪里，神神秘秘的。在路上，他才跟她讲，要见的是央京集团的董事长兼党委书记严建国。毕竟，央京集团是大乾股份的第一大股东，他在二级市场上买了 10% 的大乾股份，成了第二大股东，无论如何，都得来“朝觐”一下老大的。

除了示好，于万复还有更进一步的想法要和严建国谈。没想到，严董事长以不在国内为由，闭门不见。于万复让秘书查了下新闻，就在上午，严董事长还在公司会晤了乌兹别克斯坦的商务部长。这态度很明显是不见，虽然于万复并不知道为什么。

这就是商海，风起云涌，波诡云谲，根本让人猜不透。

于万复按照当天计划，接下来到了康庄集团总部，去见康大庄。容若初亦随行。容若初虽十分不想见向一飞，但是，老板的安排，她得跟着。

康大庄翁婿在集团总部楼顶的空中花园招待了于万复和容若初。

两位大佬，对坐而饮。不过这酒里，万千滋味。容若初和向一飞坐在一边。

小孩子都喜欢玩游戏，而这资本市场，就是大佬们的游戏机。

康大庄听了于万复的计划十分兴奋，他心里也忖度，这么好的事情，于万复来找他谈，肯定是资金上有压力，或者是需要盟友。他首先表态：“于老哥，您放心，您的事情就是我的事情，我会全力以赴助您打赢这场战役。资金的事情好说，我们康家穷得只剩下钱了，需要多少，你说个数字就行！”

于万复很高兴，使劲儿拍了拍他的肩膀，说：“老弟，有你这句话，我就放心了！虽然我现在兵强马壮，粮草颇丰，但是也担心有爆仓的风险啊，所以先拉老弟合计合计。另外我今晚跟老弟吃完晚饭就会连夜赶回广州，明天去拜会广东、浙江、福建派系的富豪们，特别是潮汕帮和温州帮，也都通通气，届时大家一起呼应。”

康大庄深知，参与这场战争，战利品将非常可观，所以极为殷勤，连忙接着说：“老哥，您如果不嫌弃，我的小婿向一飞，一直协助我打理公司业务，非常能干，可以过去协助您，完成此大业！本来我也应该亲自去效力的，只是最近我在进行多元化投资，我的光伏版块业务的国际化发展比较快，所以没法分身。”

“好！”于万复看到康大庄又出钱又出人，十分高兴。

旁边，向一飞小声对容若初说：“容总，地产江湖再次见到你的美丽身影，更加漂亮了啊。”

容若初狠狠瞪了他一眼。

向一飞继续挑衅：“看我父亲和你老板聊得多好！以后咱们常见面，就是一家人了。”

容若初心里真是说了一万零一个“滚”，但是，忠字当先，大局为重，她什么都没有说。

于万复安排好这一切，马上通知集团金融部总经理，继续在市场上买入大乾的股票，增持到15%。

他的野心已经膨胀，一个更大的计划在他心中升腾。

容若初看着这一切，无可奈何，毕竟于万复是她的老板，多年来已经习惯了他的思维。他有军人的决断和果敢，一旦决定的事情，谁都改变不了。

于万复当晚就飞广东了，他要去拜会东南沿海的富豪去，临走嘱咐，由容若初来主持战局。因为已经增持到15%，在各方压力下，需要有个对外声明。这个声明早就起草好了，他审阅过后，以集团总裁容若初名义对外公布。的确，老板要隐藏在幕后，总裁作为新闻发言人对外冲锋陷阵。

容若初看着那份以她的名义签署对外发出的声明，内心十分煎熬。她给沈承风打了几个电话，他没有接，也没有回。不知道他怎么样了？在遭遇突然的野蛮人入侵之际，恐怕内心也是十分震惊的。

沈承风的确十分震惊。他也是在突然之间，发现公司股票在二级市场上被大量买走。而出手的野蛮人，正是自己的老友于万复的公司，而官方声明，是海岳集团总裁容若初落款发出的！

从5%，到10%，再到15%，一次次发起更猛烈的攻势。每一分钟都让他胆战心惊，不知道海岳下一步想要出多大的牌。如今人为刀俎，我为鱼肉。

大乾在股权架构上有漏洞，他不是不知道。本来大乾集团都是他的，可是在二十几年的发展中遇到几次险境，为了绝处逢生，他引入了国资，慢慢股权结构变得十分分散。他心里深知这里会有一个深渊，他也在试图改变，并十分有成效。这么多年，这么一个很危险的架构就这样平安过来了，再给他一年时间，他就可以解决股权问题，让大乾股份从此高枕无忧，可是，此时海岳杀了出来。如果是不认识的野蛮人倒还罢了，而海岳的董事长于万复和总裁容若初，和他都有太深的渊源！

他心里清楚，在外人眼里的巨无霸，大乾集团，其实用200亿就可以买走，成为第一大股东。只是，大家都没有发现，或者说，没敢去发现。

大敌当前，紧急应对。他来不及去想太多，必须要找到更多的资金，而在此之前，他得去见第一大股东央京集团董事长，采取一致行动。

沈承风的性格，真的很像桃花岛的东邪黄药师，有才，清高，不合群，也不屑于与政商两界的俗人来往，可是这个世界是掌握在俗人手里的。当风雨飘摇的时候，沈承风突然发现，自己堂堂一代大佬，盟友竟然如此之少！虽然平时出席各大论坛，认识了无数人，也被无数人当作商界领袖来追捧，可是，真到关键时刻，这些人一个都不顶用！论做事，还得小圈子！当年蒙牛的牛根生遇到困难，一个小圈子里的几位大佬当场每人在桌子上拍了几个亿，帮他渡过了难关。但偏偏沈承风这么多年来并没有用心经营小圈子，也许，从内心里，他太高傲了，根本没想到有一天有人会向他发起进攻，也没有想到，有一天他需要求助于别人。

不管怎样，按照战略出牌，首先得去找央京集团，否则就腹背受敌了。本来央京集团的董事长是顾智山，他们这么多年惺惺相惜，相处甚欢，但是，顾智山被突然停职退休后，国资委派来了严建国。此人是标准的党政干部做派，与沈承风不是一种风格，更何况，严建国认为，央京集团是大乾股份的第一大股东，却被排斥在管理层之外，这本身就很不对，所以他也谋求对大乾的实际操控。再加上沈承风向来清高，与党政疏远，因而自从严建国上台后，两人互相看不对眼，关系一直是个僵局。

所以，严建国见不见他，沈承风也心里没底。不管怎样，火烧眉毛了，也来不及预约了，沈承风直接去央京集团总部。

央企的总部好多都在长安街上，十分气派，岗卫森严。

车刚停稳，沈承风还没下车，就看见于万复一行从总部大厦走了出来。他心里暗暗叫道：不好。

等于万复消失在视野里，他才从车里出来，请严建国秘书通报，而秘书的回复是，严建国随国家领导人出访去了，并不在国内。

沈承风心里黯然。不管你在江湖上是什么大佬，不管你是于万复还是沈承风，到了央企老板这里，你就是小弟，就得看他的时间和心情见不见你。

他知道严建国上午刚会晤了乌兹别克斯坦的商务部长，不可能下午就出国了，而且刚才明明看到于万复出去了。他并不知道于万复也没见上，只以为于万复和严建国已经有了沟通。

这时候，他看到容若初打来的几个未接电话，此刻他的心中正意外而震怒，并不想回电。联想到前几天的见面，他知道容若初并不是主谋，可毕竟她是海岳集团的总裁，可见于万复对她的信任和重用，而且海岳集团的对外声明也正是以她的名义发出的。

于是，逼上绝路，背水一战。

沈承风去见严建国，吃了个闭门羹，内心十分忐忑，不知道央京集团是怎么想的，此刻，大股东的立场倾向十分重要。

既然严建国不见，也不能坐以待毙，他马上回到公司，部署自卫反击战。沈承风有一点不如于万复，就是没有像于万复那样网罗人才，所以，能打硬仗的高管并不多。存亡时刻，只有自己亲自披挂上阵了。

首先，要阻止海岳在市场上继续增持大乾的股份。

其次，要找到强有力的帮手，形成战略联盟。大乾的股份，绝对不能便宜了海岳。

第三，要在媒体上造势，形成有利于大乾的舆论。

别小看这媒体舆论，会对公司的股价形成很大的影响。而且，沈承风是个特别爱惜羽毛的人，很珍视名誉。本来他是哲学大师的弟子，内心有十分强烈的儒家情怀，对于流芳百世还是很期待的。

而此时此刻，舆论对沈承风和大乾十分不利。舆论普遍认为，海岳取得大乾股份是市场的正常行为，时代的发展，资本是最公正的规则。沈承风多年来压低股价，是别有用心的阴谋，而股权分散，是他的失误，遭到野蛮人入侵，是自作自受。

人在关键时刻会发现，盟友真的很难找。在这个世界上，锦上添花的人太多，雪中送炭的人太少。风雨当前，每个人思考的，都是自己的利益。

现在海岳已经在二级市场上取得了15%的股份，只要超过20%，比如20.01%，那么就超过了央京而成为大乾的第一大股东。还有5%，而各种消息都在说，于万复联合了东南沿海一带的富豪们，包括潮汕帮、温州帮等，似乎顷刻之间，就会带大军再次来袭。

沈承风想起了康大庄，毕竟旧日还有些交情，此时此刻，他会不会出手相助？

他正想康大庄，康大庄就来了！

康大土豪一进沈承风的办公室，就啧啧地说："老沈啊，不是我说啊，你办公室里全是书，什么《史记》《论语》《红楼梦》，老是看这些怎么能多赚钱呢？你看我办公室里，也有几本书，《厚黑学》什么的。成者为王败者寇，你成功了，放个屁都是真理，失败了，真理都是放屁。"

沈承风听了，也并不恼怒，江湖这么多年，早就喜怒不形于色。他很儒雅地招呼康大庄坐下，问："康董突然前来，有什么指教？"

"老沈啊，你不用装镇静了，于万复在外边闹得天翻地覆，都快把你的公司给收光了。我这次来呢，是说几句中用不好听的话，我觉得啊，不如你就痛痛快快和老于谈个价钱，把股份卖给他算了，要不你们在市场上厮杀，最后两败俱伤，都会损失得吐血的。"

沈承风听了这话，再也无法礼貌下去，他站起身，拉开门，对康大庄说："请便吧！"

康大庄弄了个没面子，愤愤地走了，临走说了一句："我是好心来调停的，你真是好心当了驴肝肺，以后可别后悔！"

康大庄走后，沈承风坐在办公室落地窗前的沙发里，望着窗外林立的高楼大厦，突然间觉得好累，前所未有的孤独和累。他想起20年前，他孤身一人，流落到海南，披荆斩棘，白手起家的时候，20年来的艰辛，才有了今天的大乾集团，其中的委屈和酸甜苦辣，一言难尽。取名叫大乾，意思是：德者为大，乾坤自明。

不过，那种心累的感觉也就是5分钟，他又站了起来，驰骋商海20年，经历过的惊涛骇浪多了去了，不是一点儿打击就能摧毁他沈承风的。

他整了整衣服，深深吸了一口气，精神抖擞走了出去。他不是为自己而战，而是为大乾。大乾就是他的孩子，是他的一切。他深知，也许下一秒，海岳就会发起新一轮的进攻，所以，他要争分夺秒。

今天，他作为大乾集团董事长，召开董事会，以及新闻发布会。

他走进会议室，各位董事都已经正襟危坐，空气凝重，每个人的脸色更加凝重。

“各位董事，想必大家都已经知道，海岳系发动了对大乾股份的围剿，这是一场很明显的恶意收购，我们绝对不能任人宰割。我的意见是，大乾股份立即停牌。兵来将挡，水来土掩，我们要争取时间，来反击门口的野蛮人。

“各位董事，这么多年来，我们一路走来，珍爱大乾，为它付出了无数个日日夜夜，我们绝对不能让它落在野蛮人手里。于万复没读过什么书，一路野蛮生长，我不相信他能让大乾有更好的未来。

“另外，海岳系提出了，因为他们已经占有了15%的股份，是第二大股东，要求在董事会占有两个席位，对此，我强烈反对。按照章程要求，我们对各项提议要进行表决，接下来请大家表决，赞成海岳系派两人加入董事会的请举手。”

沈承风说完，平静地看着大家。这么多年一起走来，他不相信会有人此刻反对他的意见。

但的确有人举手了，一个，两个，三个，四个，五个，六个，七个，也就是说，超过了三分之二。

那一刻，沈承风惊呆了！他竟然不知道，原来自己的大后方已经变成了敌人的前线。

等在外边的记者们得到了这个消息，马上以各种途径传播了出去，五花八门的文章开始在微博、微信上病毒式疯狂传播。

很快，海岳系两名董事进入大乾股份董事会，一位是于万复本人，另一位是总裁容若初。

也就是说，下次开董事会，沈承风、于万复、容若初要坐在同一张桌子上了！

沈承风的防线又一次失守。

不过，好在他给自己建了个碉堡，就是把大乾股份及时停牌了。这样，于万复没办法在二级市场上继续收购散户手里的大乾股份。

沈承风要为自己争取时间，把失去的河山收复回来。停牌期间，他要找到强大的同盟，共同抵御外侮。

这时候，一个人来找他了——顾智山。

沈承风忙着应付海岳发起的一轮轮进攻，竟然忘了顾智山。顾智山是央京集团的前任董事长，由他去找严建国，说不定就是突围之路。

顾智山听完沈承风的想法，叹了口气，说：“唉，老沈，你不知道，这严建国和我十分不对路子，素来不和，我不去说倒好，去了反倒对你更不利。”

“哦。”沈承风听完沉默了。

“你说这商界，真是让人心寒啊，好的时候相亲相爱，利益当前的时候六亲不认。”

“也许，这就是这个圈子的规则。不过也不完全这样，你不是来帮我了吗？”

“是，咱俩十几年交情，不仅是生意伙伴，更是知音好友。此次大乾和海岳，可以称为大海之战，我会陪你血战到底！”

“感谢！”沈承风紧紧握住顾智山的手。

“目前我的中地联盟虽然英雄云集，可是要来对抗海岳集团，恐怕实力尚弱。而且地产盟主现在还是齐协，虽然他现在去了香港追随穆不惮，可是他是海岳集团的前任总裁，算是敌营里的。中地联盟之外的势力，我恐怕力不能及。”

“唉，老顾，你有这份心就行了。”

“不过老沈，我还有份厚礼要送你，也许能有帮助。”顾智山话锋一转，有点儿神秘地说。

“是什么？”沈承风心里一喜。

走过江湖的人，总留有自己的一处宝藏。

顾智山给沈承风带来一份大礼。顾智山在位的时候，与另外一家航母级的央企中城集团十分交好，中城集团规模也十分庞大。海岳集团在中城集团的面前，是小巫见大巫。

“中城集团会出手相助吗？”沈承风有点儿担心地问。

“会的，有两个原因。第一个原因，中城集团现任党委书记兼董事长，在10年前因为政治原因差点儿被免职，当时我还是央京集团董事长，我帮了他一把，他一直欠我一个人情。第二，现在能介入大乾股份，对于中城集团而言，也是个天上掉馅饼的机会，会有巨大的利益回报。所以，我认为此事可行。”

顾智山带沈承风去见了中城董事长，诚如顾智山所料，对方很痛快地答应给予各种协助。沈承风提出的是，中城集团出资进入大乾股份，将海岳系排挤出去，中城一口答应了。不过，怎么进入大乾，还需要沈承风和原来的大股东央京集团提前通气协调好，毕竟都是央企，关系得处好。

沈承风如释重负，终于为大乾股份拼出一条可以自救的血路。

江湖多少事，辗转到天明。

第十七章　决战巅峰

自从海岳系出手收购大乾股份，容若初的日子一天都没好过过。一边是多年的老板，一边是心爱的男人，真是最残酷的例子，说明了什么叫作情义两难全。

她想阻止于万复，可那是不可能的，于万复是军人做派，决定了的事情就会一往无前，谁说都没用。而当她给沈承风打电话没接之后，她也再没联系过他。联系了又能说些什么呢？说自己与此事无关？那也不可能，一则她是海岳集团总裁，怎么可能无关。二则，她拿着海岳集团的高薪，又怎能背叛自己的老板。实在不行一走了之，那也不可以，她的冤屈还没有洗刷，而且，她走了，大海之战就会平息吗？更加不会，说不定战火会更加猛烈。

她想来想去，决定约于万复和沈承风坐在一起，面对面好好聊聊，希望化干戈为玉帛。

于万复和沈承风都给了她这个面子。

见面是在东四十条一个清王府改造的私人会所里，这府里曾经出过两位皇后，是个吉祥之地。沈承风和于万复都没有来过。容若初之所以选择这个地方，而不是去某一位的公司，一则是为了公平商谈，二则也是希望清幽的环境能让两人的火药味消散一点儿。

于万复先到了，也不进屋子，就坐在树下藤椅上抽雪茄。

过了大约 10 分钟，沈承风也到了。

院子里的那棵合欢树距今已经 300 年了，正是开花季节，满院子馥郁的清香，时不时有开谢的花掉下来。两人相对站着，似乎那合欢花落地的声音都听得见。

容若初正在屋内安排晚饭，看到沈承风来了，马上出来，邀请二位进屋。但是两人却未动。容若初马上招呼人把茶水端出来，放在树下石桌上，三人就在院内就座。

“沈董，近期发生的事情比较多，于董因为形势急迫，所以并没有提前告知，这次特地邀请沈董相聚，其实是想坐在一起，商量一个双方都满意的解决方式。”容若初先说开场白。这个开场白十分难说，她不能让于万复感觉到她是在帮沈承风，所以得作为海岳总裁，站在于万复这边说话。

“是啊，一起商量下。老沈，我是诚心入股大乾的，以前其实跟你提过，但是被你拒绝了，所以才在二级市场上买大乾股票，其实还是希望能成为一家人。我入股大乾后，大乾还是由你来管理。”于万复先开口。

“于董，”沈承风这个称呼十分客气而冰冷，他以前都是称呼他“老于”的，他接着说：“大乾是个有文化的企业，不欢迎你这样的武夫。”

于万复的脸色变得很难看。容若初赶紧来打圆场：“二位是多年好友，这么公然打下去，只怕是天下人看热闹，不如好好商量下，以朋友的方式来解决。”

“老沈，你看我入股后，把大乾的股价拉升了很多，咱们弟兄合力，彼此互利，能做很多事情啊！”于万复继续说。

“于董，你是一个恶意收购的野蛮人，谈不上与我彼此互利！我这次答应前来，不是想和你调停，而是想告诉你，我会和大乾一起，战斗到最后一刻。我会用实际行动，为中国商业史留下一个经典案例，告诉大家，实业家兢兢业业，呕心沥血几十年做出来的企业，不是你们拿着金融资本用几天时间想收购就收购的！如果是那样，天下所有的实业家都会心寒，整个国家还有谁会踏踏实实来干实业，那未来何在？”

“沈承风，你不要敬酒不吃吃罚酒，我是按照市场规则行事，有钱就是买买买，天经地义，无可厚非！你太迂腐了！更何况，我怎么就是野蛮人了？这个词本来就不对，我也是国内前几位的地产企业，我入主大乾后，会让大乾有更好的发展，这是大家都希望看到的！不管你怎么说，你已经改变不了这个局势！”

“于万复，我奉陪到底，但是，绝对不允许你入主大乾！”

“好！那你等着！”于万复是个火爆脾气，听了十分生气，站起来愤愤地拂袖而去。

容若初几乎来不及再次转圜。她十分颓丧，坐在石凳上。盛夏已过，晚风一吹，树上的合欢花簌簌落下，不一会儿，竟落了一桌。

容若初和沈承风相对无言。

“你是想调停？”还是沈承风先说话了。

“嗯，但是看来搞砸了。”容若初低声说。

“你看过战争大片吧，既然已经站到了阵营里，就不要再幻想身在曹营心在汉。”

“那就是说，我们双方要正式开战了？”

“战争已经开始，是你们发动的。商场如战场，一样残酷。”

“没有转圜余地了吗？”容若初有些无奈地问。

“只有一个，就是海岳完全退出。”

容若初沉默了。

“不管曾经如何，如今我们已经是两个阵营，接下来的战争，彼此都全力以赴吧，我会为了大乾而血战到底！”沈承风素来儒雅，这次说话用了很多狠词，可见内心决心已下。

说完，他没有再看容若初一眼，也径自出门去了。

屋子里的服务员都是清朝宫女打扮，跑出来问容若初：“容总，请问今晚是几位客人用餐？”

“没有人用，我让秘书去结账。”容若初十分沮丧地说，“你们都出去吧，我想在这里安静坐会儿。”

她就坐在石凳上，呆呆坐着，一直到深夜月上树梢，身上落满了合欢花，也没有力气用手去拂。她心乱如麻，找不到解开的方法。

但是，她不能看着二人继续下去，再这样下去，就成中国商界的世界大战了。办法总比困难多，她终于又想到一个办法。想到就马上行动，她不管已经多晚了，给武全打了电话，马上去见他。

武全一向睡得晚，晚上 10 点对他而言还是工作时间。容若初直接到他的办公室。

武全因为在地产盟主的争夺上功亏一篑，与顾智山两败俱伤而输给了齐协，前段时间十分消沉，最近才慢慢缓过来。他和顾智山之间的恩怨，越结越深。在当今社会，没有绝对的好人，也没有绝对的坏人，每个人都亦正亦邪，善恶有时仅在一念间。有时候他做一件事情，你认为他是好人，可是下一件事情，又会让你认为他是坏人。其实，人本没有好坏，只有人性罢了。

这天晚上，他接到容若初电话，说马上会来找他，过了半个小时，容若初就到了。武全迎了出来，一见面就说："若初，是于万复让你来的吗？你们海岳系的确是厉害，这次出手大乾股份，三个字——快狠准！"

容若初有点儿尴尬，不知道怎么接话。她突然觉得自己没法开口，因为她不是于万复派来的，她是胳膊肘向外拐，为了沈承风而来。她其实是想让武全出手帮助沈承风，今天的武全，已经不是刚出狱那会儿，现在也是地产武林的顶级高手门派了。

但是武全不知道容若初的心思。

在公众的眼里，他是个让人望而生畏的狠角色，但每次见了容若初，他就变得像个孩子一样。

"若初，告诉你一个好消息，我知道于万复去过央京集团见严建国，那老严……哈哈哈，根本就没见你们老于。不过不用担心，告诉你个秘密，老严他私底下其实是我的好朋友。因为这么多年来我一直想报复顾智山，所以在顾智山退位后，我花了很大的心思在他的继任者身上。功夫不负有心人，终于取得了严建国的信任，而且，还接连帮了他好几次，老严什么都对我说。其实，若初，那天老严没见于万复，他也没见沈承风。我知道，现在于万复不敢轻举妄动，没有一举把自己买成第一大股东，就是因为忌惮大乾股份的第一大股东是央京集团这个央企巨无霸，担心严建国生气翻脸。而实际上，大可不必投鼠忌器，利落出击没什么问题的，因为老严早就看沈承风不顺眼了！”

容若初听了心里一沉。本来她也认为沈承风有央京集团这个大靠山，不会出太大问题，看来，央京集团很有可能借这次事件，把沈承风排挤出管理层去。沈承风目前是腹背受敌！

而她也知道，海岳系之所以不敢乘胜追击，放弃了最好的机会，的确就是担心央京集团一怒之下出手，到时候海岳可万万不是央企的对手。

如果被于万复知道严建国早就看不惯沈承风，他一定会势如破竹，再次进攻的，而很大可能会马到成功，旗开得胜，那样的话，大乾顷刻之间就会落入于万复的囊中。

本来她是想拉武全来帮助沈承风的，看来不行了。因为在武全心里，她容若初是海岳系的人，理所应当站在海岳这边。

“若初，你知道吗，其实我觉得沈承风有点儿活该！曾经我资金链快要断裂的时候，去求过沈承风，没想到沈承风见死不救。后来我南下香港，委曲求全，东托人西托人，跟香港大佬搭上关系，赔着笑脸跟大佬们打牌，获得了欣赏和信任，因为拿到了香港穆不惮等教父的投资，我这才度过危机，有了今天的鸿方集团。如果都跟沈承风一样，那我今天早死翘翘了。”

容若初知道武全是十分记仇的人，心里暗暗叫苦，要让武全来帮沈承风，那实在是不可能的。

容若初看清楚了，心里十分落寞，也就早早告辞走了。

出来后，容若初也并没有其他地方可去。父母好久没去看望了，不过教授父母比她还忙，带着研究生去英国考察去了。

容若初唯一能去的，只有回到创业大道。这似乎已经是她生活的全部。身处商界，公司就是家。从前和大家一起在创业大道的时候，就住在大道的宿舍里，公司虽然估值高，可是她自己也就每月只领个一万块工资，十分简朴。成为海岳集团总裁后，年薪一下子到了近千万，但是她还是住在以前的简陋小屋子里。仅是为了海岳集团的形象着想，衣服又换成国际顶级奢侈名牌，其他跟以前的生活一样朴素，除了再没有张多多给她开的小灶美食。

她回到创业大道已经11点多了，看看办公楼还亮着灯，她心里一动，也上楼去。

是于万复的办公室灯还亮着。她敲门进去。

里边，于万复正在一根根抽烟，忧虑很明显地写在脸上，这在他是很少见的。

“容总，今天沈承风的态度你也看见了，看来的确是想和我们血战，死扛到底了。你来看，大乾股份停牌了，这对咱们其实非常不利。本想一鼓作气，拿下第一大股东的身份，又怕央京集团跟咱们翻脸。大乾停牌了，不过总有复牌的那一天。这样沈承风就会有喘息的机会来重新布局，那咱们会非常危险。咱们用来买大乾股份的钱，有很多是海岳保险的万能险，是以短期债务来投资长期股权，这是触线的做法。而且，咱们的杠杆，其实已经超过了两倍。如果这些被沈承风发现，咱们就死定了。”

容若初此刻心里在不停翻腾。

如果她告诉于万复央京集团和严建国已经放弃了沈承风，那么于万复没了顾虑，大举出兵，只要大乾一复牌，就可大功告成。如果她告诉沈承风海岳系用了万能险，而且杠杆已经超过两倍，那么沈承风就可转危为安，海岳系就一败涂地，万劫不复了。

要情，还是要义？

一夜无眠。这似乎是她有记忆以来最难熬的夜晚。而这样分秒难熬的日子，持续了两周。

这样熬了一天又一天，大海之战更加白热化了。而大乾复牌的日子，就是明天！

明天复牌，这大海之战要掀起多大的波澜啊！一时间，似乎全国人民都关注到了这场战役，商界的人看门道，闲杂人等看热闹。更有人把沈承风和性感美女陈鱼的旧事翻出来，把于万复历任太太的故事编辑成文章，还有相当一部分人是来看绯闻的。这跟很多人连越位是什么都不知道还彻夜看世界杯是一个道理，就为了足球场上的帅哥和看台上的美艳太太团。这段时间，明星的八卦没人看了，所有人都被“大海之战”席卷。而陈鱼此刻在美国也不消停，忙着出版她地产界第一大V的自传，渲染自己和沈承风的往事，引起国内一片哗然。

身处漩涡中心的容若初，深刻体会到了什么叫情义难两全。如果她去告诉沈承风关于万能险和杠杆的事情，一切就结束了。但是，她不能背叛海岳集团。

这一天又是在挣扎中度过，她彻夜不眠。她知道，第二天早上，真正的肉搏战就会开始了。

早上6点，她的电话响了，是于万复打来的。他这么早来电，肯定有急事。

果不其然。于万复的语速很快，说今天大乾要开董事会，让容若初陪同他参加。说完就挂电话了。

容若初马上开始收拾。她挑了一身深紫纯色的职业套装，十分沉稳有气场，又把长发盘了起来，干净利落。化了个淡妆，没有吃东西，就出门了。

今天是大乾股份复牌，又是开董事会，大海之战最惨烈的一役。

大乾的董事会在一间很大的会议室里，非常豪华，但是透着无穷杀机。沈承风已经坐在椅子上。于万复走了进来，身后跟着容若初。容若初十分忐忑，不知道该怎样面对沈承风。

沈承风就那样一动不动，看着他们一步步走到了桌前。

武侠小说中有决战紫禁之巅的故事，顶尖武林高手用眼神就可以杀死对方，此刻亦然。

沈承风看着于万复，一字一句，清晰地说：“大乾不欢迎你。”

于万复轻轻笑了下，扯动了下唇角，说：“大乾欢迎我。不欢迎我的，只是你一个人而已。从前，大乾的股价只有19块钱，而我进入后，已经25块钱，股东们高兴，中小股民们高兴，你凭什么说他们不欢迎我？”

“你没有成熟的公司理念，不会带领大乾有更好的未来。”

“理念不是纸上谈兵，一切靠实践说话。目前整个海岳集团总资产5000亿，我麾下有几十位国内一流的地产职业经理人，你又凭什么质疑我的理念？”

“你是恶意收购，是野蛮人的行径。”

“是什么无聊的人想出了‘野蛮人’这个词？在过去，是资源决定了财富的分配，而现在和未来，一切靠公平公正的市场规则，这个规则就是资本。我合理合法，有礼有节，哪儿就野蛮了？”

沈承风有些词穷。于万复乘胜追击：

“各位董事，我今天第一次来参加董事会，非常荣幸。为了坐到这里，我们海岳集团已经付出几百亿的诚意，接下来，我有信心和在座各位一起，为大乾股份的美好未来竭尽全力！另外，我们作为第一大股东，之前已经有过提案，要求罢免包括沈承风在内的管理层，请董事会审议。”

沈承风非常震惊，“于董，您目前恐怕还是第二大股东吧，我们大乾本质上是央企，第一大股东是央京集团。”

于万复笑了笑，说：“沈总恐怕忘了，今天大乾复牌，就在咱们刚才说话的时间，海岳已经再斥100亿，取得了大乾股份5%的股份，目前是22%，已经超过了央京集团的20%，成为第一大股东。”

这时，沈承风的秘书急匆匆走了进来，在沈承风的耳边耳语了几句，他的脸色立马变得铁青了。

容若初听了也十分吃惊，于万复的行动之快，直接通知了金融部老总，连她也是刚刚得知。抑或，经过上次见面，于万复已经感觉到自己对于沈承风的偏袒，开始戒备了？

不过，沈承风也是高手，咬碎了牙咽肚子里，他仍然笑得出来。“于董，您高兴得太早了。各位董事，我这边也有个提案。为了大乾集团下一步的发展，我们大乾管理层，已经和中国地产界最大的央企——中城集团进行了磋商，双方紧密合作，共赴未来。中城集团将进入大乾股份，我提请董事会进行表决。”

此言一出，于万复也是大吃一惊，他万万没有想到沈承风还有这么一招。

而接下来的表决也让他万万没有想到。本来在他进入董事会的表决中顺利通过，是因为有 7 位董事支持了他，他没想到的是，这 7 人中又有 3 人同意了中城集团进入大乾股份。再加上原来誓死捍卫大乾的 4 人，这样，就以多数赞成，通过了提议。

顷刻间，剧情反转。

董事会硝烟弥漫，不欢而散。

在离开会议室的时候，沈承风看了一眼容若初，那眼神里有太多内容，容若初几乎都要站不住了。

于万复一把扶住了她。

沈承风取得了反击的胜利，马上趁热打铁，加固防线，不给于万复任何喘息的机会。大乾股份刚刚复牌，第一天跌停。

他算了下于万复的海岳金融、海岳保险等的资金，再加上康大庄和东南富豪以及银行等，大概就知道他能经得住几个跌停了。只要跌出了于万复的承受能力，他就等着爆仓吧。到时候不但他得退出大乾股份，整个海岳系也得崩盘，他 30 年的拼搏也就此灰飞烟灭了。

而此时，放眼未来连续跌停，社会上的各种资金已经没有胆量再进场了。

只要沈承风和于万复耗下去，他就赢了。

于万复此时此刻也的确有点儿胆战心惊，他已经调动了一切可以调动的力量，参与的银行也有十几家了。目前，的确江郎才尽，强弩之末了。

在连续几个跌停之后，他算了一下，只需要再一个跌停，他就有爆仓的危险了。

此时，还有什么资金不要命，敢进这个无底洞呢?

最后命悬一线的那天到来了。

早上，于万复很悲壮地把衣服穿戴整齐，出门前还在镜子前照了一下，早早到了办公室。

时间一分一秒地过去。他的办公室里，有一个爷爷时代传下来的古董摆钟，滴滴答答地走着。他看着那个摆钟，记起自己童年经历过家破人亡，少年时跪在爷爷坟前痛哭，发誓要恢复于家曾经的辉煌，一路走来，30 年了。30 年，没有休息过一天，哪怕婚礼当天，都是在忙着谈生意。他肩负着家族的使命，要让于家复兴祖荣。而此刻，是他几十年来最危险的一刻，他感觉自己站在悬崖边，此刻强风肆虐。他一直觉得自己做的是对的，他要实现家族的帝国梦，他按照市场规则，在真枪实弹打着这场艰苦绝伦的战役。

空气凝结了，他觉得自己的手心都是汗。

一会儿，秘书进来报告，有个媒体说鸿方地产集团花了近百亿，买了大乾 4.9% 的股票。

一会儿，秘书又进来报告，说鸿方地产的老板武全出面辟谣了。

过了一会儿，秘书又进来，说舆论围攻那家媒体，媒体坚持说他们的消息是对的。

又一会儿，秘书进来说，已经确认了，鸿方地产累计买了 5.5% 的股份，总斥资 150 亿。因为超过 5% 就需要公开，所以武全已经公开承认了。

于万复如同被注射了兴奋剂，满眼放光，“腾”地站了起来。那种感觉，就如同死刑犯在临行刑前那一刻，皇上来了一个大赦大下。

因为这 150 亿，海岳系满血复活了!

可是，为什么武全会出手呢？明明他们之间没有任何沟通和示意。于万复也没想到武全会突然半路杀了出来。

没有人知道答案，沈承风也一样不知道为什么。武全的出现，让他功亏一篑。

也许，知道答案的，只有武全自己和容若初。

容若初知道，武全因为沈承风见死不救，一直记恨他。而武全和严建国交好，也知道此刻出手，央京集团不会护着大乾，所以尽可以大胆出手。因为一件事情，沈承风引起了央京集团高层的震怒！沈承风引进另一家央企中城集团，在召开董事会之前，根本就没有跟央京集团打招呼，他把堂堂一家央企，而且是他的大股东，放到哪儿了？眼里还有没有？而且，同为央企，都是国资委任命，本身关系就敏感，以后同为一家企业大股东，这复杂的关系怎么相处？这些都让严建国十分愤怒，于是，暗示武全可以出手了。

这有点儿指使外人对自己动手的意思，但是，事实就是这么荒诞。

而武全也乐得捡一个大便宜。

这都是分分钟可以把对手置于死地的节奏。

大佬间的战争，如同武林高手过招，每一分钟都是惊心动魄，每一招都可以置人于死地。

沈承风此刻也想起了那个被自己拒绝的武全。其实，不是他见死不救，而是武全当时的冒进实在是风险太大了，他不能拿着大乾集团的钱去冒这个风险。如果有点儿差池，他就是大乾的罪人。那天，武全走后，他心里其实纠结了很久。

如今满城飘摇，想要回到过去的宁静，已不可得。

目前的战局是双方平手。沈承风引进中城集团，获得了多数同意票。而在股市上，获得了武全帮助的于万复，也获得了安全。

有点儿像打乒乓球，到了赛点了。接下来的一个球，就将决定生死了。而这个球，已经被高高抛起，万众瞩目。

双方战营都十分紧张。

这一天，于万复特意约了武全和康大庄，在海岳公司的办公楼见面。自从武全加入战局，已经和于万复站在了同一战线上——他本人其实并没有站队，站队的是资本。他们要商量最后一招该如何出。同时在的还有容若初，另外于万复的大儿子于欧宸也从广州赶来了。

无巧不成书，这一天，沈承风来到顾智山的办公室，也正在苦苦思索下一步的打法。顾智山的办公室，一直都在创业大道上。

阵营两边都知道，双方都剩下最后一招的机会了。这最后一招，将决定输赢和生死！

在同一条创业大道的两间房子里，两拨人在各自苦苦思考如何最后制胜。从上午到下午，午饭都没有人吃。大家发现，能出的招都出了，目前是个僵局。

这时候，天气突然大变，一扇窗户“咣当”一声，被吹得关上了，把大家吓了一跳。外边瞬间飞沙走石，北京即将有大暴雨。

之前北京有过大暴雨，这雨一来北京都可以看海了，车没顶，淹了无数，甚至还有人在广渠门桥下被大水困在车里，不幸丧命。这是自那年以来第二次大暴雨，所以北京市防汛部门早就短信通知到每一个人，注意安全，能回的赶紧回，否则这路上就可以划船了。

沈承风等看讨论无果，暴雨将至，于是出来，准备穿过创业大道到路边停车场去，司机已经在焦急等待。

沈承风、顾智山匆匆走出，突然一拨人从另一栋5层楼里走了出来，双方撞了个正着。抬眼一看，是于万复、康大庄翁婿、武全，还有容若初。

一瞬间，都呆了。

这时候，已经电闪雷鸣。整条大道上已经跑得没有人，只有两拨人在站着，一动不动。

不一会儿，大雨倾盆，雨帘密布，将人严严实实完全包裹。

旁边一个窗户里，也是一家咖啡馆，正大声地放着一首曲子的单曲循环——《沧海一声笑》！

雨大得已经容若初几乎睁不开眼睛了，不知道是雨还是冰雹，反正已经被打得快没有了知觉。但是，她听到那首曲子，突然记起了几年前，在颐和园的半山亭，北王、西霸、南帝、东君四位大佬，拿着酒壶，对雪当歌，一起唱着：沧海一声笑，滔滔两岸潮……

暴雨，冲尽了一切喧嚣，让人与自己的灵魂相对。

终于，沈承风开口了：“老于，你真的要置我于死地吗？我有什么曾负过你？”他的眼神很凄然。

“没有，你没有，是我自己的贪欲。”于万复说，声音里有些愧疚和沙哑。

沈承风又看着武全，说：“我知道你怪我没有帮你，可是，把你换到我的位子上，你会拿着公司的钱去做这么大的冒险吗？”

“不会。我也是因为自己的贪欲。”武全叹了口气说。

“可能，你是下意识在恨我吧，恨我当年把你投进监狱。所以你和严建国联合，参与了这场战争。”顾智山对武全说。

武全不说话。

“中城集团是我找来的，如果你们要对付，就冲我来！”顾智山喊道。雨声哗哗，他的声音费了好大劲儿，才冲破雨幕喊了出来：“于万复，康大庄，你们还记不记得，当年我们东西南北四位兄弟，一起被江湖上授予名号，那是大家看得起我们，我们应该一条心，共同发展。天下的钱是赚不完的，这个时代也给了我们太多机会，为什么，你们要冲自己的弟兄下手！为了财富，连兄弟都不要了，可笑啊！值得吗？值得吗？值得吗？!”喊到最后，顾智山有点儿歇斯底里了。他的情绪非常激动，冲上来就对着于万复一拳。于万复猝不及防，而且本来就被暴雨冲得站不稳，一下摔出去好远，爬不起来。

大家惊呼。这时候，一个人从楼里冲了出来，是于欧宸。他看到父亲被打倒在地，大雨中根本看不清是谁打的，但是，他认为一定是沈承风打的，于是冲着沈承风就冲了过去。于欧宸一米八多的个子，天天健身，一身健硕的肌肉，疯了一样冲了过来，一副要把沈承风打死的架势。

谁都没有料到，大家都呆了。倒地的于万复冲着儿子急忙大喊：“住手！”可是大雨中的于欧宸根本看不见，也听不见。

就在这时，一个人冲了过来，扑到了沈承风身上，于欧宸打偏了。他还要打，但是举起拳头的时候，他呆住了！

是容若初扑到了沈承风身上！

沈承风挣扎着，想把容若初推到一边去，可是，容若初用出了全身力气，紧紧抱着沈承风，无论如何都推不开。

大家都蒙了！为什么容若初会舍命来救沈承风？

但是，当大家看容若初抱着沈承风抱得那么紧，不用问了，也不用想了，一切都明白了。

武全呆呆地走到容若初面前，问：“这是怎么回事？你……爱他？”

容若初也有点儿失控了，她大声喊着：“是的，我爱他，二十多年了，从我8岁那年！”脸上，雨水和泪水根本分不清。

武全看着天，任雨水冲刷着面庞，说：“你怎么不早说……”

倒在地上的于万复也听到了，他本来要从地上爬起来，听到这话，又吃惊地坐到地上去了。

这个时候，倒是康大庄清醒了过来，他大声喊着：“雨太大了，不管你们谁爱谁的，都走吧，都走吧！”说完，一溜烟跑回屋子去了。这暴雨打在身上都疼，向一飞紧紧跟在他屁股后边。

于欧宸扶起于万复，向着办公楼一瘸一拐走回去。

容若初还紧紧地抱着沈承风，身体因为紧张，不停地抖动，突然，她腿一软，倒了下去。

沈承风赶紧抱起她，往她的宿舍跑去。她的宿舍在她旧办公室的三楼，虽然没去过，但他知道在哪儿。

撞开门，沈承风把容若初放在床上，赶紧去找热水壶烧水。转身看到屋子全貌的时候，他惊呆了。——不大的屋子里，挂了几百只千纸鹤，而且是用那种白底红线的信纸折的。那种信纸，是很久之前常用的，如今已经十分难买到。

躺在床上的容若初看到他在望着千纸鹤发呆，用微弱的声音说：“承哥，你还记不记得，我8岁那年有一次不开心，你用这样的信纸折了一只千纸鹤给我。”

沈承风的眼睛有些湿润，说：“我记得。”

“你看看中间红线挂的那一只，就是20年前的那只千纸鹤。”容若初继续说。

沈承风看着满屋子的千纸鹤，都是用透明线挂着的，只有中间一只是用红丝线挂的。那只千纸鹤的纸已经陈旧泛黄，很明显是很多年前的。

“若初，其实，自从在颐和园大雪红梅中重逢，我已经看出来你的感情了，可是，我因为自己的原因，不能接受你的感情。”

“为什么？难道你在这个世界上还有其他爱着的人？”

“活在这个世界上已经没有，但是，我有我的苦衷，不能说。所以，我一直在躲你。”

“哦，不是我不好，而只是因为有苦衷？”

“若初，你很美好，是个好姑娘。”

“那为什么？”

“若初，不要问我为什么，我的确有不能说的苦衷，所以，我知道你的感情，却不能接受。对不起！”

“承哥，我不怪你，不管怎样，你今天终于对我说出你的心里话了。我以前一直以为是我不够好，不如陈鱼年轻漂亮。”

“不不不，不是这样的。若初，你好好养病，也许有一天，我能打开心结，跟你来讲这个故事。”

这时，武全也跑上楼来了。他不放心容若初，要来看看。

沈承风跟武全说了句：“烧点儿热水，照顾好她。”就出门下楼了。接下来，他不知道要怎么跟容若初说，所以还是先走一步。

床上的容若初脸色苍白，浑身发抖。武全很紧张，赶紧对她说：“若初，你坚持一会儿，等暴雨小一点儿，我带你去医院。”

容若初似乎没有听到他说什么，盯着他的眼睛说：“撤吧，好吗？”

武全没有明白。

容若初又说：“大乾股份，你撤出吧，好吗？”

武全抹了一把脸上的水，说：“好！”

容若初似乎不敢相信，盯着他，又用微弱的声音问：“真的吗？”

武全嘿嘿笑了，说：“真的。若初，我以前不知道你喜欢沈承风，如果知道，我不会对他下手的。这个天下，只要我武全想赚的钱，都能赚到，但是，在这个世界上，我只有你一个朋友，我太珍惜了，绝对不会做伤害你的事情。”

容若初很放心地闭上了眼睛，她太累了，需要休息一下了。

一周后。

武全很守诺，他撤出了资金和这个爱恨交织的资本战场。严建国没有提出反对意见。作为央企老大，他做什么事情都是四平八稳，不会强求。他唯一做的是又出了 50 亿，增持了大乾的股份，让央京集团重回第一大股东的地位。央京当第一大股东，是沈承风希望看到的，交换条件是中城集团退出战局，沈承风同意了。中城集团也没有异议，虽然大乾是块大肥肉，可是，央企行动的第一原则并不是钱，央企的领导都是干部，每一步都要稳健，每一步都要平衡。而董事会决议，继续请沈承风及其管理层来管理大乾股份公司。

于万复看武全退出了战局，而央京集团又增持了股份，也明白自己这大股东肯定是当不成了。而且，那天被顾智山一阵吼，心生愧疚，于是退出了 5% 的股份，只保留了 17%，也算是一份诚意，继续当第二大股东。这一役虽然惨烈，但帮他赚了太多的钱，在不久后的胡润财富排行榜上，他的位置大幅前进。

康大庄却有些不想罢手，他去找于万复，希望于万复继续下去。但于万复主意已定。而且，这段时间，于万复又发现了几家上市公司存在着和大乾一样的问题，股权分散，股价压低，他已经布局，对这几家公司发起了猛烈的围剿，未来的盈利可能会更大，大乾股份的事情彻底放下了。谈钱不一定伤感情，但谈感情一定伤钱。

一场战役，硝烟散尽，来也匆匆，去也匆匆。

回望，除了一串代表财富的数字外，其他恍然若梦。

第十八章　生离死别

暴雨中的事情发生后，容若初不知道怎么面对于万复，就以雨中生病为由，请病假两周。于万复给批了两个月的病假。容若初明白为什么。暴雨中发生的一切，让于万复知道了容若初与沈承风的感情，这突如其来的变化，让他也不知道怎么面对和处理，于是彼此先回避一下，冷静想一想。

这些日子，容若初还是住在创业大道的宿舍，反正离大学里的父母家也近，白天就回父母那边去吃饭看书，晚上还是回到宿舍住。其中有一个原因，是宿舍里有个保险柜，里边放着沈承风送给她的那个价值近千万的汉代玉炉。

目前，海岳集团暂时由前不久提升为执行总裁的于欧宸来主持工作，而创业大道的运营团队也已经非常成熟。张多多离去后，新的 CEO 带领团队兢兢业业，十分尽责。他们听说容若初生病了，无论如何不让容若初再操心，容若初也不想去干扰他们的正常运营。这段时间天天赋闲，时间久了，真的比忙起来还难受，于是容若初就经常到校园里去听听课。看尽了繁华，才知平淡的迷人韵致。

似乎回到大学时代，长发飘飘，白衣胜雪。的确，穿条牛仔裤，飘着披肩长发走在校园里，容若初常被人认为是大二学生。因为大一学生还比较土，没这气质，大四学生天天一脸焦虑地忙着找工作，大三学生都是成双成对的，只有大二学生比较适合她的样子。

很多时候，就是坐在湖边，捧着一本书，任不知名的花瓣飘落书页。身旁，湖水荡漾，塔影波光。

心中，风轻云淡。

叱咤商海多年的容若初，其实内心也有个学术梦。

这段时间，不会再有刀光剑影，也不会再有鼓角争鸣。

这样过了一个月，不知不觉秋天又来了。这天菊室生香，窗明几净，耳目清爽，兰心雅兴，窗外，小鸟啁啾，红叶翩跹。容若初在家无事，便在窗前研墨，执毛笔写字。宝帘挂秋冷，翰墨引诗情，一时兴起，拿出一张洒金笺，写了一首诗：

秋日登高秋色深，
梦回古都梦意沉。
千岭尽染胭脂色，
万壑同舞朱砂魂。
青史有信传鸿雁，
丹心无痕递芳芬。
幸有诗书可为伴，
天地悠悠思古人。

写完后，拍成照片，容若初突然心里一动，不知道最近沈承风怎么样了，于是微信发给沈承风：云中谁寄锦书来。

沈承风却一直没有回复。

在海岳与大乾的战争中，康大庄获利颇多，当战局结束的时候，他还恋恋不舍，想继续挑起战火。

不过这个时候，他的精力有些自顾不暇了，于是只好作罢。原因就是他这两年投了大笔资金到光伏产业。也就是在他投资光伏业的第二年，欧洲太阳能的春天开始了，德国政府通过了《可再生能源法》修正案，对太阳能出台了详细的补贴计划，德国对光伏电池的需求瞬间膨胀。借助这个机会，康庄集团的光伏业务赚了大钱。也正是用这笔钱中的一部分，康大庄参与了大海之战。

虽然康大庄没读过什么书，可是他的第二任太太李似锦，却是华尔街回来的美国金融博士。李似锦每年有大量的时间在国外，对欧美市场的判断十分精准。虽然对于康庄集团而言，地产是主业，可是在当前的大环境下，多在一些有潜力的领域布局，对于一个大集团而言是十分有必要的，鸡蛋不能放在一个篮子里。

光伏市场疯狂的热度让很多专家都瞠目结舌，而就在几年前，这个市场还是一片冷淡。供不应求的情形持续了很长时间。也就是这种情形，使得市场开始追逐光伏产业的原料——晶硅，晶硅的价格变得像坐火箭一样不可思议起来，从最初的 22 美金，到 27，30，50，100，200，最后，竟然飙升到了 500 美元一公斤。

这是康大庄夫妇无论如何都没有预料到的。这一天，在康家豪宅里，一家人一边吃饭，一边愁眉苦脸的。

这一天，倒是康小婷也在家吃饭，她看到大家都闷不作声，不免有些无趣，于是忍不住又向继母挑衅。自从她发现丈夫和继母的事情，对继母要多恨有多恨，但是，她却并不想在父亲这里撕破脸皮，不能让父亲知道，否则，李似锦固然被赶出家门，向一飞亦然。而她，现在离不开向一飞，于是只能忍辱负重。

“锦姨，听一飞说，那帮龟孙子跟咱们要的原料价格高得离谱，公司遇到麻烦了？锦姨一向主意多，怎么这次失算了？”这种富家子女，关键时刻不分忧，还冷嘲热讽的。康大庄听了，忍不住心里叹了口气，不过也没办法。

李似锦最近被市场的变化莫测弄得有些低落，也懒得搭理康小婷，而且她知道自己理亏，所以闭口不言。

倒是向一飞很突然地插嘴了，不过不是帮自己的太太说话，而是帮岳母。

“小婷，市场上的事情比较复杂，不是你能懂的，所以就别多嘴了。锦姨为了公司，已经付出很多了。没有锦姨，哪来今天？欧洲那边抬高了价格，咱们有什么办法？”

康小婷一听向一飞向着继母，十分恼怒，但是父亲也在桌子上，不能发作，于是撇着嘴说：“这有什么难的？比如我从欧洲买珠宝，本来 100 万一件，后来他们跟我要 150 万一件，我就说了，110 万一件，我保证这一年的珠宝都从你们家买。他们想想也划算，于是就成交了。”

听到这里，康大庄和李似锦交换了下眼神，突然之间，真的有了主意。

两人马上订机票飞美国，找到了全球十大硅片供应商之一的 S 公司，约定未来 10 年以每公斤 80-100 美元的价格，为康庄光伏提供 100 亿美元的硅片。康大庄判断，以光伏市场的热度，未来 10 年硅片的价格不会跌破 100 美元。

签完约后，就马不停蹄回国了。刚落到首都国际机场 T3 航站楼，康大庄接到一个神秘电话，话筒那边的声音信号断断续续，但是，康大庄一听完，什么话都没说，马上又买机票飞走。

去了哪儿，他甚至没有告诉李似锦。

先是飞到了西宁，本来可以在西宁住一夜再走，但是他心里急，于是又从西宁换车，连夜颠簸，最后来到了祁连山下的一个小村子。村口有块断成两半的石板，上边写着两个字，康沟，村里隐约有土狗的叫声。

康大庄下车一路小跑，因为村里的路太窄，车开不进去，他索性就深一脚浅一脚地往里跑。

夜色中，有一个大门还亮着灯，他推门进去，门里边围了七八个人，床上躺了一位老人。

一个干瘦汉子走上前来，说：“桩子，你终于来了，村主任一直在等你，你不来，他不闭眼睛。”

康大庄眼泪就下来了，扑到老人床前。老人睁开浑浊的眼睛看了他一眼，费尽最后的力气，说：“桩子，好孩子，等到你了。村子，就交给你了。”说完，老人与世长辞。

屋子里一片哭声。村里其他农户听到这边传来哭声，马上明白发生了什么事情，不一会儿，各家各户披麻戴孝，陆续哭着而来。

村主任没有后代，他的老盆是康大庄给他摔的。

康大庄离开这个村子之前，他只有一个名字，叫桩子，是个孤儿。把他拉扯大的，就是村主任。他可以说是吃百家饭长大的，而康大庄对于村主任的感情，比父亲还要深。

康大庄看到村主任生前住的小屋子破落不堪，鼻子一酸，眼泪又掉了下来，说："我不是寄了好多钱回来，让村主任把房子重新盖一下吗？那些钱，足够盖好几个院子了。"

干瘦汉子哽咽着说："钱都收到了，可是村主任没盖房子，他把那钱都修了路。咱这是祁连山下，种的葡萄特别好，可是路不好，运不出去，村主任就花了几年时间，带着大家修了路，不过路还没修完，村主任他老人家就……"汉子又哭起来了。

康大庄抹了下眼泪，说："杆子哥，不用担心，路我来修。"

这几天，康大庄又到附近山上转了转，看着自己小时候放羊的地方，内心感慨万分。那时候，最大的梦想，就是这辈子能到离村子最近的县城去一趟。能到今天，还做过中国首富，是无论如何都想象不到的。

桩子在长大后，由村主任做媒，娶了村支部书记的女儿，也就是康小婷的母亲。之后就到附近的金矿当小工。桩子非常勤奋，也非常聪明，慢慢他也有了自己的小金矿，还把自己的大名改为康大庄，后来一步步成了西部的大矿主，这才有了在北京光鲜亮丽的生活。

处理完后事，康大庄马上回到了北京，那里还有一个战场在等着他。光伏的事情，总让他觉得心里不踏实。

目前晶硅的价格是 500 美金一公斤，这种疯狂的价格引起了世界淘金者的追捧，开始在全世界范围内寻找一切原料和替代品。硅片的供应量迅速上升，价格开始下降。

下降到 400 美金的时候，康大庄夫妇并没有在意，以为都是正常的震荡。当下降到 300 美金的时候，他们开始慌神了。这意味着会下降更多。

很快，下降到了200美金。这下康庄集团如临大敌，这离跟美国S公司的签约才不到8个月的时间。这就是商场，比战场更加惊心动魄。

康大庄寄希望于硅片的价格不要低于100美金，这样他们就是安全的，可是，这个市场跌落时的疯狂就像上升时一样，此时价格越来越低的中国光伏产品，也让欧美开始了对光伏的反倾销、反补贴调查，同时，遭受债务危机的欧美市场，对光伏的需求大幅萎缩。

硅片的价格跌落100，然后50，20，最后止步于17美金！而康庄集团与美国S公司签署的协议是80-100美金，供应10年，累计100亿美金。

巨亏已经是显而易见的。

而此时具有戏剧性的是，本来很多“唱衰派”说中国房价泡沫太大要崩盘了，结果不但没崩，在涨幅被控制了一小段时间后，竟然又出现井喷式爆发，往往一个楼盘开盘，数不清的人就会连夜排队。康庄集团因为放下房地产市场去投资光伏业，该赚的钱没赚到，不该亏的钱都亏了。

在中国，中小企业平均寿命只有3-5年，中大型企业是8-10年，超过20年的，可谓金字塔尖。

遭受重创的康庄集团，在这一年的秋天破产了。

康大庄留给公众的最后一句话是：鸡蛋可以放在一个篮子里，不要离开自己熟悉的战场，去盲目追求多元化，特别是不要轻易离开中国的房地产市场。

康大庄不知所踪。李似锦去了美国，没过多久就又结婚了，美国老公是个精明的生意人。未来的市场在中国，他要做中国的乖女婿，在他已经趋于老朽的躯体里，需要这个中国女人的强心剂。而李似锦的第三段婚姻，也让她真正跻身于世界顶级富豪的圈层。

据说，向一飞和康小婷还在国内。创业大道上康小婷开的千金咖啡馆也关门了。虽然人驻后没少找麻烦，但这件事情也让容若初唏嘘了很久。

自从大海之战后，沈承风有意避开了容若初。因为他已经明白了容若初对他的感情，但是，他心里却有一段放不下的往事，让他无法面对，于是选择了逃避。而大战中的大乾集团的确暴露了很多问题，需要他一个一个去缝补和完善。

容若初知道沈承风躲着自己，但也无可奈何。毕竟，中间隔了太长太长的岁月和太多太多的故事，不知道还能不能迈得过去？

那几天心里颇不宁静。曾经的大散文家朱自清心里不平静的时候，会去看荷塘月色，现在没有那么宁静散淡的景色了，但是容若初心里还有一个地方，就是去京城最大的图书馆看书。

当你在浩瀚的书籍中，一排一排看不到边际的书柜将你淹没，古今中外、时间空间都被无限拉长的时候，你就会觉得自己特别渺小，自己那点儿恩怨情仇都算不了什么。

心撑大了，事儿就变小了。

正看着呢，突然不小心撞到一个搬着一摞书正要放回书架的管理员，书也给撞到地上了。容若初赶紧说着“对不起”，蹲到地上帮她捡书，管理员也蹲下，她们俩的手伸向同一本书，又同时收回来，怔住了——康小婷！康庄集团破产后，一家人再没有在公众面前出现过，没想到她在这里。

看她的打扮，穿着图书管理员的衣服，很朴素，颜色很干净，头发也不再是怪怪的五颜六色，而是乌溜溜地顺着扎了一个马尾。

这样看起来，康小婷还是很漂亮的，大大的眼睛，双眼皮，小嘴巴圆润俏皮。

她看到容若初，并没有太惊讶，而是冲容若初做了个“嘘”的手势，然后带着她出来，到了露台上。

“若初，我知道你要问我怎么会到这里。的确，康庄集团破产后，康家一落千丈，向一飞在康家最困难的时候跟我提出了离婚，我答应得很痛快。其实，他以前包养小明星，甚至跟我继母胡来，我都知道，也可以容忍，但是，我不能容忍一个人在危难时刻一点儿情义都不讲，这个人我就不要了。”康小婷说得很干脆，果然是将门虎女，还是天然有些气度的。

“后来一段时间，我特别苦恼，也特别消沉。有人说，要多看点儿书，多看点儿书就消解了，我于是来到这个图书馆，这个我本来以为一辈子都不会来的地方。后来，我喜欢上了这个地方，看到招聘，我就应聘了。这个工作虽然很简单，赚的钱也很少，但是，我喜欢这种氛围，我觉得心里从来没有这么平静过。

“现在回想起来，人这一生真是不知是福是祸。从前做豪门千金的时候，就因为我是康大庄的女儿，做好做坏都无所谓，我根本找不到自己的存在感，也不觉得快乐。至于家里，我爸爸和妈妈离婚，没离婚的时候他们天天吵架，离了婚妈妈天天骂爸爸，后妈又是个厉害角色，表面对我很好，实际上不知道使了多少绊子。我那帮狐朋狗友，都是她安排来带坏我的，所以很多时候上些负面新闻，也都是些陷阱，包括那次吸毒被抓，包括我投资性福列车失败，我很清楚，都是那女人布的局，想整死我。所以，我就装傻，然后看着他们怎么把戏演下去。

“其实我一开始就知道向一飞是个薄情寡义的人，否则就不会跟你悔婚了，但是我是爱他的，很爱很爱他，所以我不在乎他爱钱。但是，我没想到我家没钱的时候，他连戏都不肯演一下子就走了，而且带走了我仅剩的一张银行卡——我所有的密码，他全知道。

“不过这样也好，当所有的一切都消失的时候，你才知道什么是最重要的。我继母和爸爸回了西部老家，但是没多久继母也走了，不过她还有最后的良心，只留给自己机票和一点儿零用钱，其余的留给了我爸爸。继母又去了美国，听说跟一个什么传媒大亨结婚了。

“我妈妈和爸爸离婚早，分了一些家产。她住在西宁，早就不住村里了。因为她已经是外人了，所以康家破产和她一点儿关系都没有，所以她还算是比较有钱的，在西宁也有好大的房子，她把爸爸接回去了，毕竟，这个世界上，最爱爸爸的就是我妈妈。我们老家在祁连山下的一个小村庄，那里有没有污染的土地和灿烂的阳光，那里有世界上最好的葡萄，爸爸回到老家后，和村里的叔叔伯伯们一起，在开发葡萄的产业链。

“我现在又恋爱了，是大学的一位老师，他经常来查资料，我们很偶然认识的，现在，我觉得特别宁静，幸福。”

此刻，正是夕阳西下的时候，天边晚霞如织，斜晖映在她素净的面庞上，有一层淡淡的金色的光芒，很安详，很美丽。容若初从来都没有发现，原来这个女孩子这么美，脸上还有西部姑娘的淳朴和动人。她冲容若初笑笑，身影消失在图书室门口。

在这个世界上，每个人都是漂泊的孩子，但是，也许某一刻，风云际会间，我们就会得到属于我们的宁静和幸福。有时候，苦难，是化了装的幸福。

容若初没想到康小婷会是这样的命运，她发自内心地祝福她，甚至羡慕她此时的归宿与幸福。

在北京的城区边缘，有一个城乡接合部。城里是有秩序的，村里也是宁静的，唯有在城乡接合部，是最乱的。这样的地方，没有集结城市的繁华与农村的淳朴，相反，把两处的缺点集结了起来。当人生活在一个熟人社会中的时候，人是讲究诚信和形象的，而到了一个流动性极强，彼此间根本不熟识的小社会中时，人的恶的一面就会肆无忌惮地流淌出来，在这里，人不需要为自己的形象负责。这样的城乡接合部，住的基本都是在城里打工的外来流动人口。因为这样的城中村房租便宜，也有一些经济拮据的小白领寄居在这里。

巷子是扭扭斜斜的，门面是乱七八糟的，男人们光着膀子在大排档里喝酒，一下雨，街道上就会变得泥泞。女人的内衣和小孩的尿布都晒到窗户外，跟万国旗似的。

在一个临街的屋子里，有一个年轻人正在一根接一根地抽烟，满屋里都是乌烟瘴气，熏得一个女孩一阵咳嗽。

男人把烟掐了。

“小凌，你相信我，咱们这都是暂时的，等资金周转过来，我在伦敦给你买个庄园，上次已经看好了。”

“一飞，我倒不指望你给我买什么庄园，就是能不被追债就很好了。”

“小凌，新疆的陈总欠了我一大笔钱，等这笔钱拿回来，就可以把冻结的资产盘活。虽然康庄集团破产了，最近的几个投资也不顺利，但瘦死的骆驼比马大，咱们的困难只是暂时的。”

康庄集团破产后，向一飞拿了康小婷的私房钱，本来还可以维持一段时间比较体面的生活，但是，这跟嗜赌的人一样，总想着去翻本，于是，这些钱加上高利贷，又去做了些很冒险的投资。

这个小凌就是容若初曾经的秘书，在向一飞的糖衣炮弹下，投进了他的怀抱，后来向一飞在顺义区给她租了个别墅住着，对她还算不错，她辞职过起了宁静的小日子，没有再跟任何人来往过。小凌是真的爱上了向一飞，在向一飞破产后，也是唯一跟在他身边的人。

“一飞，我相信你，但就是怕追高利债的人找到我们，他们那些人太可怕了，还真不如警察先把我们带走了好。其实，咱们过普通日子挺好的，你我出去工作，都能拿不少薪水，足够小康生活用的，不要再想一下子暴富了，太危险了！”

“好了好了，不要再唠叨了！我到今天这个地步，就是被你唠叨的！什么小康日子，你懂我吗？”向一飞很不耐烦地打断了小凌。小凌闭住嘴，不再吭声了。

千万不要跟不得志的男人一般见识，他不会念你在他落魄的时候不离不弃，相反，即便你是金枝玉叶的主儿，在他眼里都不如路边洗衣服的老妈子实用。

就在这时，门外突然响起了一堆人吵吵嚷嚷砸门的声音：

“向一飞，你小子快点儿滚出来，把老子的钱还了！要不剁了你的两只猪脚！”

向一飞大惊失色，慌忙拿了随身的一个包——里边装了很多重要东西，然后一把拉起小凌，从窗户跳了出去。

唯一的容身之地也被人找到了，接下来要去哪儿呢？

向一飞心里知道，自己的问题不仅仅是欠了几个人的钱。他做的 e 宝宝，是个 P2P 互联网金融平台，说白了是个骗钱敛财的工具。e 宝宝共计发放 1240 个投资标的，有 29 万个投资者，共计 128 万次投资记录，涉案资金更是个巨额数字，现在，警方已经计划追捕他。他必须要在正式逮捕令下来前，逃到国外去，否则他过不了海关。他有多次往返签证，又让小凌提前也办好，就等时机成熟离开。

要去国外，就得有钱，而他现在已经两手空空。

向一飞突然有了一个他认为绝处逢生的好主意。他之所以这么惨，虽然跟容若初关系不大，但是，不知为什么，他就是喜欢把账都算在容若初这里。如果他当年悔婚的时候，容若初能够诚心诚意地挽留一下他，如果他不到康家去做女婿，如果不投资光伏产业，如果不欠高利贷，如果……总之，就是容若初的错！就该她来偿还！更何况，容若初是有钱的，而他现在缺的就是钱。

小凌跟他讲，容若初除了有钱，还有一个价值千万的玉炉。那天的拍卖会，她是随同容若初一起参加的，帮容若初化妆换衣服。向一飞知道，因为那天他也在场。而据小凌向旧同事打听，容若初已经不住国贸公寓，而是在创业大道办公室的三楼住。那栋楼，向一飞虽然没进去过，但是，以前康小婷的千金咖啡就在对面，他知道门口在哪儿。

这一天，容若初在父母家吃完晚饭，10 点左右回到创业大街的宿舍。

到了楼上，开门，里边静悄悄的。她正换拖鞋，突然一个身影猛地从卧室门后窜出来，捂住她的嘴，说："不要动！"

她大惊失色，挣扎着一看——向一飞！

"你快说，那年拍卖你拿回来的汉代玉炉放哪里去了？还有你的银行卡，统统拿出来！"

她就像不认识一般盯着他。他穿得很邋遢，眼神里一股猥琐和凶狠，完全没有了当年意气风发的样子。

他看她瞪着他不说话，拿出一把刀子架在她的脖子处，喝道："快点儿说！"

"银行卡……银行卡在衣橱的小盒子里。"容若初下意识还想保护玉炉，那是沈承风送给她的。至于银行卡则无所谓，何况里边本来也没什么钱。

另一个身影扑到衣橱里去翻，是小凌！

容若初吃了一惊，几乎不相信自己的眼睛。

“小凌？你……你怎么会和他在一起？”

向一飞看她那么惊诧，很得意地说：“容若初，你很意外是吧？小凌早就是我的人了，要不你那么多秘密，我怎么会知道，哈哈哈！”

小凌的脸上有几分尴尬，但却是很无悔的坚定表情。

容若初长长叹了一口气，说：“怪不得。”

向一飞说：“那次行宫县的事情，我导演得如何？小小一个伎俩就让你万劫不复。那些农民是我派人教唆的，而且在那些闹事的农民里，我派了杀手，可惜电影里那些厉害杀手真是瞎编，这杀手太没用了，还没凑近你呢，就被一棍子推一边去了。包括后来闹事的媒体和业主，全是我安排的，我就是想对付你！那封检举信也是我写的，直接给了小凌，本来想让她寄到你们总部去的，没想到你们那位钱爷和太子爷来得那么是时候，配合我们唱了一出好戏！”

容若初恍然大悟，为什么自己在医院接到小凌一连串的电话，为什么对方那么精准地知道她到达行宫县的时间，为什么那封检举信会在小凌的手里。

她十分愤怒，正要大声呼喊，向一飞赶紧拿了布条，把她的嘴堵上了。然后用绳子把她捆起来，绑到椅子上。

向一飞又说：“现在我和小凌马上要去机场飞国外了，需要点儿盘缠，就找你要点儿。我欠了太多钱，也是没有别的办法了。”

两人满屋子找了一遍，也没找到什么值钱的东西。本来还有些首饰，可是最初创业的时候容若初都悄悄卖了换钱了，后来也再没买过什么首饰。屋角有一个保险箱，向一飞猜到玉炉肯定在那里面。他逼容若初说出保险箱密码。容若初心想，那是沈承风送的，无论如何不能被抢走，于是死也不说。

向一飞非常生气，但是又不敢跟容若初耗下去，因为创业大道人多，说不定就会有人来。于是他把一条床单缠到容若初脸和脖子上，想闷死她，杀人灭口，然后匆匆跑下楼去了。

不远处，停了一辆向一飞偷来的车。他们慌里慌张地上车，然后一路向机场方向狂奔，很快上了五环，又上了高速。

小凌的脸色非常惨白，不停地发抖，她突然抓住向一飞的胳膊，问：“她会不会死？”

向一飞把胳膊使劲甩了甩，把小凌甩开，说：“不用管，死了拉倒！”

“不行，那我们就杀人了！我们不能杀人，不能杀她！快回去，回去救她！”小凌来抢方向盘。

“你疯了！”向一飞的眼中透着疯狂的红血丝，他想阻止小凌，但小凌也有些失控，胡乱来抓。向一飞一狠心，把车门一开，把小凌推了下去。

半夜的高速上车流稀少，没有人看到，而且，小凌倒在路中间，后边来的车很可能就会把她碾压了，那什么活口都没有了。

向一飞喘着粗气，失魂落魄，但马上又清醒过来，一咬牙，继续向机场开去。

容若初被向一飞用床单裹住口鼻后，越来越感到沉重，憋气，越来越迷糊。迷迷糊糊中，先是看到爸爸、妈妈，然后是沈承风，他一会儿清晰，一会儿模糊。她想喊他，可是喊不出，他转身离开，她拼命想喊住他，一切是徒劳。最后，她看到了姥姥和清映姐姐，她们都像仙子，在闪着光的地方，对着她笑着。

一切最后都归于黑暗。

不知道过了多久，慢慢地，容若初醒过来了，躺在一个白白的房间里，白的墙，白的护士。

爸爸妈妈看她醒过来了，高兴得大叫医生。

屋子里还有警察。

向一飞和小凌慌慌张张下楼的时候，被加班晚走的创业者遇见了，他们觉得很奇怪，于是上楼去看，看到了被绑住晕倒的容若初。

每个人的世界都是熙熙攘攘的，每天都是忙得不可开交，可是，死亡真正临近的时候，你会发现，心里记挂的，也就是那么几个人。

站在死亡的门口回过来看这个生的世界，一切就释然了。

容若初醒来后，没有问那两人抓住了没有，天网恢恢，疏而不漏，他们不值得去关心。

警察主动跟她说的。他们派人去了机场，在安检口拦住了向一飞。至于小凌，已经在高速路上因为车祸死亡，具体事故原因还在调查中。

卷款潜逃，入室抢劫，谋杀，向一飞的罪名足够这一辈子去偿还了。他聪明半生，也曾风光无比，豪门得志，最后落得如此下场，让人一声长叹。想起小凌，容若初还是觉得很可惜，她也相信这个小姑娘是鬼迷了心窍，爱上了向一飞，否则，怎么会跟他这样铤而走险，亡命天涯，最后香消玉殒。

沈承风这时正在随团访问欧洲六国，和各国政要会晤洽谈。这是一个企业家俱乐部组织的，不是一次简简单单的考察，六国的接待阵容中，要么是总统，要么是总理，最低级别也是外长和商务部长来迎接这批中国民营企业家。欧洲高层领导如此重视绝非偶然。中国正在崛起，并且走到了世界舞台的中心，世界对中国的重视程度正在上升，而在中国崛起的过程中，民营企业发挥了强劲的作用。三十多年前，中国没有民营企业，而今天，中国民营企业占到了中国经济总量的60%，创造了80%的就业机会，是中国经济生活中一支积极的、富有生气的、创新能力很强的力量。世界人民看到了巨大的市场在中国,也明白了和这些企业家加强沟通的重要性，于是有了这场友好的交流和合作之旅。这次沈承风也参加了。最近发生的一系列事情，特别是康庄集团的破产，让他明白了，必须加深对国际市场的了解和判断。

此时刚走完三国，他听说了容若初遭遇被害险情，马上提前结束国外的行程，赶回了北京。他来的时候正是宁静的午后。

妈妈没在，她带的博士生今天毕业论文答辩，她必须到场，就回去学校了。爸爸接了个电话，也急急忙忙出去了。就容若初自己在病房里，正站在窗前发呆。

此刻，门外响起了匆匆的脚步声，门被推开了。

沈承风。

推开的一刹那，容若初似有感应，正好也回身！

什么都不要说了，什么都不再说了，他奔过来，她扑过去，紧紧抱在了一起！

她感到，越来越热的温度从他身上传到她身上，又从她身上流去他身上，双臂越来越有力，两个人越来越紧，恨不得把自己烙进彼此的身体里。

一刻便是永恒，天荒地老。

不知过了多少个世纪，他轻轻松开她，托着她的小下巴，仔细地看着，似乎要看看有没有少什么，又似乎要让他自己相信，她此刻的的确确是在他的怀里的，没有消失，没有离去。

“承哥，你是专门回来看我的吗？”

“我是专门回来爱你的。”

“你终于肯接受我了？”

“是的，若初，当即将失去的时候，才发现，我的生命里不能没有你。”

“你终于肯放下自己的心结了？”

“是的，放下了，从今以后不管是什么事情，都阻挡不了我们在一起。”

任何人或事，都是要失去的时候，才会勇敢地面对这份存在。

死亡有时候是个好东西，它会让人知道该怎么活着。最好的经历就是邂逅死亡后还能活着，而且更加幸福地活着。

从这一天开始，容若初，沈承风，终于可以真实地面对彼此。

生命进入新的篇章。

这就是女人，爱情就是生命，不管曾经怎样叱咤风云。

第十九章　情深义重

一起经历过商海大战，一起经历了生离死别，沈承风终于和容若初捅破了中间的那层窗户纸。虽然二十多年了，这一刻等得好久，但，不晚。

沈承风的日程非常忙，很少能在北京连续待过三天，总是在全国各地和世界各地飞来飞去，有时候，亚洲、欧洲、美国连轴转，见不到的时候，她就是安安静静地等着，从来不会主动要求去见他。容若初不是那种缠人黏人的小女孩，她多年在商海磨砺的心智，让她懂得要给爱人充分的自由空间。

安安静静，也许就是20年历经沧桑的他，想要的最好的东西。

他说："若妹妹，你的文辞好温婉，你静的样子好动人，溢着香气和书卷气。"若妹妹，是容若初8岁的时候沈承风对她的称呼。

每天奔波于硝烟隐隐的战场，这安静的一瞬间，便是最大的享受。金风玉露一相逢，便胜却人间无数。

每天早上醒来的时候，容若初都能收到沈承风的两条短信，一条是夜里睡前发的，大概两点钟左右，他问她晚安好梦，互诉相思深情，吻安安！一条是早上七八点左右，有时候赶飞机，短信五六点钟就到了，共同开启新的一天，早亲亲！

他每天就是睡得这么少。外界的人都以为大佬的日子就是游山玩水，打打高尔夫，却不知道原来如此勤勉。容若初知道商界中人的辛勤，却不知道原来沈承风如此拼命。

人生有梦，踏实筑梦，踏实就在于不断压缩夜的长度啊。对于普通人，最可怕的不是有很多优秀的人在你前边，而是比你优秀一百倍的人比你还勤奋一百倍。

在金钱充斥的商界，最值钱的不是钱，而是人。人多的地方钱值钱，钱多的地方人值钱。

商界的战争每天都是如此激烈，或者说惨烈。四处都有企业倒下的白骨，又四处都有蓬勃扩张的新企业。对于每一个企业，不创新，就是等死。熊彼特说，企业家的本质就是创新。

看看各种媒体上在曝光着富豪们的奢靡生活，只能说，那不是全部，或者说，还没有看到真正的大佬生活。大佬们的真实生活也很少会被曝光，因为，他们正在别人看不到的地方孤独而枯燥地努力着，因为他们比别人付出的多，失去的多，所以才得到的多。杂志、电视上的光鲜，只是瞬间的光环，观众读者看不到的，是无数个挣扎奋斗的孤独深夜。有理想的人永远不会奢靡，他们永远比别人睡得晚，比别人起得早。

有一次，沈承风对她说："看懂一个人，就看他后半夜在做什么。如果是抱着老婆或女朋友睡觉，说明是个正常的好男人；如果正在花天酒地，说明是个浪荡子；如果还在工作或学习，说明是个工作狂或疯子。"

容若初想想，觉得很有道理。沈承风就是个这样的工作狂、疯子。

每个人在这个世界上都是孤独的，越是繁华，越是孤独，高处才是真正的不胜寒。

这一天，容若初突然收到沈承风的微信，问她下周有没有5天时间，可以去趟台湾。他最近正在做小镇项目，而台湾，是必须要学习的经典案例。

一时间，很惊喜。她知道台湾在他心中的位置和感觉，书卷，隽永，清馨，是他一生至爱的地方。他说台湾就像一位民国的大家闺秀，而她又最像台湾的女子，所以，要和她一起去台湾。

世界上没有什么有没有时间，或者忙不忙，只有你认为哪件事情最重要，要首先去做而已。

容若初去向父母告别。

“爸，妈，我去趟台湾旅行，最近身体恢复得不错，散散心去。”

“好啊，去吧，台湾是个很有文化传统的地方，值得多去浸染些书香气息，正好离地产圈和沈承风远点儿。”

容若初无语。本来她是想向父母透露一点儿她和沈承风的进展的，这样一句话到嘴边了，又生生咽了回去。

日子到来了，她到达机场的时候，他也算好时间，刚刚到，他大大方方地拉着她的手，一起到贵宾室里候机。

容若初看着沈承风说：“承哥，好喜欢你这么拉着我的手，虽然只是一个拉手，却比炮火纷飞年代里的生死与共更动人心弦。”

沈承风笑了下，刮了一下她的小鼻尖。

第一次和他一起坐飞机，自然是开心得睡不着，一起看看书，吃点儿东西，聊聊天，很快就到了。但是他俩不知道的是，旁边座位的乘客认出来这是东君沈承风和女友，趁他俩不注意的时候拍了张照片。

到了台湾，俩人并没有去住大酒店，而是到了一家民宿。

世界上美丽的地方很多，舒服的地方也很多，但是美丽又舒服的地方并不多，台湾的民宿是其中的佼佼者。

他们住的地方在一个山坡上，整个山坡开满了望不到边的美丽的雏菊。顺着开满雏菊的原野，溯着一条清澈的小溪，走到半山坡，会看到一片榕树林，榕树林里有个古朴雅致的院子，叫作“仙梓庄园”，这就是沈承风和容若初要住的地方了。

两人的房间非常精致清香，推开窗，就可以看到雏菊无边的原野。因为当地有温泉，所以房间里也专门引来了一股温泉，就通在露台上，露台是用竹子铺成的。容若初喜欢露台上的温泉池，泡在里边，看着郁郁葱葱沁人心脾的榕树，漂上几朵小雏菊，寂然，出尘。

进了房间，稍事整顿，承风正在露台上呼吸新鲜空气，容若初换了衣服走了出来，从背后抱住他，靠在他的背上。

他笑着，把她拉到身前的怀抱里。当他看到她的时候，眼神里好惊喜！她穿了一身粉绿色的民国时代的衣裙！

她知道，在他心里，最喜欢的就是那个时代。他的内心，有一份民国风骨的情怀，那时，有的是铁骨铮铮的大师和倾国倾城的佳人。

当年，他是一代哲学泰斗的关门弟子，如果不是后来改变了人生航线，只怕他现在也是此业巨匠。

现在，她和他穿越时光，飞到一个他们喜欢的时代里，去体会这个时代的风华韵味。

沈承风看呆了，口中不知不觉喃喃地说了句：“清映……”

容若初没有听清，一副让他再说一遍的期待表情。沈承风马上清醒了过来，突然很调皮笑了笑，说：“你等会儿。”就进了房间。

容若初好奇地张望等待。

一会儿，他也出来了。她也是惊喜不已，原来他竟穿了一件民国时代的长衫。

还有什么比心照不宣的心有灵犀更动人的呢?

穿了长衫的沈承风更加倜傥不群，眉宇间更有一股俊逸的英气。

好喜欢!

如果世界上有神仙，那么过的也就是这样的日子吧。

早上，容若初就去山下的小镇赶早市，去买新鲜的蔬菜和蛋肉，回来的路上，就在花丛中采撷一把带着露珠的雏菊花。此时，承风已经在窗前桌子上开始写他的小说，他说：“若初，你知道吗，我这一生最美的画面，就是我站在窗前，看到你穿过雏菊开满的原野，向我走来！”

此时此刻，多少清香甜蜜萦绕心间。

晚餐过后，他们会到附近的小镇上走走，看着牧归的人们赶着老牛慢慢悠悠地晃着回家。有时候他们就和镇上的居民聊起来，聊起小镇古老的故事，镇上的居民都称呼他们为沈先生和沈太太。

散完步，回到院子里，一切都静悄悄的。他继续写他的小说，她就在一旁陪着。有时候写到一些情节，他也会问问她的意见，往往有柳暗花明又一村的启发，他十分高兴。

晚上，相拥而眠。月色如乳白色的瀑布，洒在床上，让人舍不得拉上窗帘。容若初有时候半夜醒了，就那样呆呆地看着承风的面庞，怎么看也看不够。

有一天夜里下暴雨，电闪雷鸣，大雨冲刷着窗外的大树和美人蕉，密集的雨点噼里啪啦打在窗棂上。沈承风似乎做了什么噩梦，大喊了一声“清映”，醒了过来。醒来后，怀里紧紧抱着容若初。容若初突然被他抱得那么紧，也醒了，但她没听见沈承风喊什么。

“承哥，怎么了？”容若初很关切地问。开灯一看，沈承风脸上全是汗，身上也是。

“没事儿，若初，做了个噩梦，好像回到了过去某个暴雨的场景，就吓醒了。”

“什么过去暴雨的场景？”

“哦，没什么。对不起，把你也吵醒了吧，才半夜，再睡会儿吧。”

容若初也就没有多问，她起身帮沈承风倒了杯水。沈承风喝了两口就躺下了，容若初把被子盖好，依偎在他身边，又睡过去了。而沈承风，刚开始装睡，等容若初睡着了，他睁开眼睛，悄悄起床，站在窗前看这雷电交加的暴雨，竟是一点儿睡意都没有了。这么多年，不知道多少个暴雨之夜，他就是这样站到天明的。

第二天早上，容若初醒了，看到沈承风正在窗前看书。

“承哥，你早醒了啊，怪不得在床上没有抓到你，嘻嘻。”

“呵呵，早醒了，看你睡得香，就没有闹你。”其实沈承风后半夜根本就没睡。

“你在窗前看书的样子真像教授。”容若初抿着嘴笑。

“其实，我最大的梦想，就是将来可以回到学校，去当一个普通的老师，传道，授业，解惑。”

“承哥，我相信，你一定会实现你的理想。”

“嗯，到时候，你就是教授太太，可不要嫌弃我太学究哦！”

“嘻嘻嘻。”容若初听到承风说得这么俏皮，只是一个劲儿甜蜜地笑。

台湾乡下的日子，率性而诗意。兴致一来的时候，俩人也效仿李清照和赵明诚，玩赌书的游戏。就是一个人说出一句诗来，然后另一个人来说是谁写的，是哪一首诗词，答错的奉茶，答对的喝茶。有时候玩得开心，甚至笑得把茶都洒在身上了，真是“赌书消得泼茶香”啊。

有一晚，他无意间看到一首菱形诗，正在流传一时，坊间皆叹为观止。她一时兴起，说这有什么难，照着那格式，随口和了一首：

念
如面
久未见
京华梦甜
缱绻在心园
几度春光无限
春来曾经旖梦圆
魂牵梦系相约台湾
鸿雁传书朝暮暖心间
说不尽千般甜蜜万缱绻
一往情深比翼踏千山
芙蓉帐暖胶漆凤鸾
江山如画美人伴
心有灵犀相连
生世此手牵
午夜梦还
轩窗寒
辗转
盼

沈承风啧啧称奇，拥容若初在怀，喜爱不已。

也有时候他会静静地读《培根论人生》。其实这本书已经读了无数次了，但是，每当人生进入一个新的境地，他都会再读一下，他把这本书当成了他的《启示录》。她也有一本，是他送给她的。沈承风喜欢画画，绘画是他父亲从小教他的，造诣颇深。她不如他，但亦粗懂，有时候，一幅画，两个人的色彩，愈发温馨不已，甜蜜不尽。

红袖添香夜读书，也就是如此吧。月影西移去无声，时光凝固在温馨的宁谧里。人淡如菊。爱人是贴心贴肉的，日子是古典随性的，一份相依相守沉淀在彼此的心里……

最幸福的，就是简单而散淡的日子重复过，一天又一天。

有一天，沈承风带她出了个门，去参观一个文旅地产项目，同时拜访一位朋友。这位朋友曾经也是位地产大亨，一度是江南首富，白手起家，在短短10年内，建立了一个庞大的金融帝国。整个帝国的版图，犹如一个复杂的迷宫，在迷宫里，有多张金融牌照和几十个上市公司，可谓风光无限，神通广大。但是，后来投资不慎，家财散尽，人也流落海外，辗转了不少国家，最后还是发现有中国文化的地方最是滋养，于是就长居台湾了，并且做了个很火的文旅项目。

朋友和太太接待了他们。这位太太是他的后任太太。他出事后，怕连累老婆孩子，于是离婚，把所有的财产都给了他们。流落海外后为了有个身份，他就和一位大姐商量假结婚，其实这位大姐爱恋他很多年了，也乐得高兴，就注册了。本来说好了拿到身份后就离婚，他还是回去找前妻，不想前妻却以为他变心了，愤而带孩子改嫁了。他万念俱灰，这后妻对他却一往情深，不嫌弃他已经一贫如洗，也不嫌弃他漂泊无依，死心塌地和他在一起，现在也真成了一对绝顶恩爱的夫妻了。

沈承风对容若初讲，越是这种人，思维越是超越常人，因为在人世的大起大落中，他们洞悟了很多真谛哲理，而漂泊的日子往往闲散而苦闷，于是不塞不流，不悱不发，就会有出其不意的想法和架构。沈承风关于物联网和智慧城市的很多新鲜想法，就是这位大哥启发的。

江湖上，往往很多奇人异事。

容若初跟着沈承风，也真是见识了不少百态风光。但是，给她启发最多的，还是沈承风本人。他有一份浓重的情怀，对一切都充满探索的激情，随时随地都在更新补充自己的知识，精益求精，海纳百川。虽然长江后浪推前浪，但是前浪一次回环吐纳，就可以把自己变成后浪的后浪，因而潮涌不断。

走的时候，那位朋友特意问了问容若初姓什么，很客气地跟她道别。她知道，这一别，很多人一辈子都不会再遇到了。

人生如大海，人们只是散落在上边的浮萍。

他们又回到了院子，而第二天就要离开了。恍然间，容若初竟有几分不可置信，怎么日子会过得这么快，就像你本来已经在一个世界里待习惯了，现在却突然又要把你扔到另外一个世界中去，万分不情愿，可是，时间的缰绳谁能拉得住呢?

沈承风必须回去了，因为商场瞬息万变，几天不在，这世界都不知道怎样风起云涌了。就像大海之战，一瞬间曾经掀起过多么高的狂澜。

两人先回到台北住一夜，第二天早上的飞机。

这夜，沈承风带她去了一个地方，听说已久的诚品书店。

一起挑书，是最快乐的节目啊！这一趟挑下来，她知道沈承风的大书房又要增添很多新内容了。他喜欢在书房里思考，书房把时空无限拉大了，把智慧无限延伸了。

从诚品出来，有一点儿意外，就是遇到一批从大陆来的企业家代表团，他们也正好来台湾考察，正走到诚品。在企业界，没有人不认识沈承风，于是几位熟识的打了个招呼。沈承风并不回避，依旧紧紧拉着容若初的手，笑着向大家问好。

这一夜，紧紧相拥，不愿放开。有时候，语言已经表达不了的情感，只能用身体来表达。

从台湾回来后，容若初的病假也到期了，她回到集团上班。在她生病的日子里，于万复安排了集团的执行总裁于欧宸主持大局，所以容若初刚回到岗位上，有人分担工作，并不是很忙。

没过两天，她收到武全的请柬，请她去参加蒙市一个大项目的开盘典礼，顺便去内蒙古草原玩一下。

大海之战以后，她好久没见武全了。本来支持武全的香港地产教父穆不惮，已经与武全分道扬镳，撤回了资金。穆不惮想要在各省扩大他的投资版图，看中了精力充沛、野心勃勃的武全作为代言，但是武全在盟主争夺中的表现让穆不惮很失望，二人开始有了隔阂，而穆不惮也转而将齐协招至麾下。穆不惮的撤资，让武全那已经缓和的资金链又紧张了起来。

现在人人都感觉到做生意的难处，小环境是和大环境密切相关的，时代就像一条奔腾的大江，企业就是上边的一艘船，随着波浪而浮沉向前。随着经济结构的调整，增速的放缓，可持续发展理性的增强，以及一系列国际环境的影响，到了今天，企业的发展越来越讲究内生增长，也时时感觉到生存和发展的艰难。各家地产企业，都感觉到了资金链的吃紧。至于银行，都是你有钱的时候它拼命给你钱，你没钱的时候它把自己的钱袋子捂得紧紧的。限购限贷，短期内不会有太大改变。

武全的鸿方地产在蒙市拿了地王土地，在本来已经绷紧的弦上，又增加了很重的一重风险。那是一个以不可思议的速度快速膨胀的城市，危机和泡沫四伏。

容若初打电话提醒过武全几次，但是，他不但不为她的话所动，反而说，身为商人，就要做乔布斯那样的偏执狂，只有偏执狂才能成功。这话有道理，她也就不跟他争论经济问题了。每天有那么多经济学家发表长篇大论，自己的粗浅预测实在不敢多提。的确，一份民间的投资报告称，蒙市的人均 GDP 位居全国前三，资产过亿的富豪人数超过了 7000 人，百万资产只能算是穷人。这座草原之城的市区人口 35 万，加上旗县，总共只有 150 万人口，但是依靠“羊、煤、土、气”（羊毛、煤炭、稀土、天然气）四种资源，短短几年铸就了梦幻般的暴富神话。仅煤炭一项，每年新增财富就是 2250 亿元。

过了几个月，武全的“鸿方华府”盛大开盘，这是蒙市顶级的大院豪宅，目标客户就是当地的亿万富豪们，是给他们准备的七星级的家。容若初也被邀请到现场去见证盛况。

鸿方地产专门包了一架飞机，从北京请了不少商界名流、影视明星一同前往。一路上，飞机里鸟语花香，叽叽喳喳的，真是热闹。容若初佯睡，闭目养神。

武全安排的晚宴很是丰盛，还有专门的蒙古舞和烤全羊的表演，一晚上大家开怀畅饮。这是惯常的场面，不管在繁华京城，还是在边陲小镇，酒席上的百态没有任何不同。国人喝酒的心态真的非常复杂，特别是应酬宴会上，每个人都知道酒后既伤身又无信，却都认为喝了酒，特别是喝了拼命的酒，才是真的朋友。一晚上，不少人受了草原豪情的感染，酩酊大醉。

容若初向来滴酒不沾，下午到了蒙市，自己出去走了走，越走越是一股冷气悄然袭来。

她第一次来到这座传说中暴富的城市，可是，当她在崭新的宽阔笔直的大马路上走的时候，竟然没遇到几个人！要知道，这是下午6点钟，正应该是人多的时候，而且贵宾下榻的大酒店就在市中心。

四处是停工的项目，脚手架一动不动地丢弃着，就像是被父母遗弃的孩子，在孤零零看着这个世界。有些售楼处门口已经破落，还丢着几辆路虎，从上边的尘土来看，至少有两个星期没有人动过了。

夜幕降临，越发清冷。看人太少，她就赶紧折回酒店，正好遇到喝得醉醺醺、丑态百出的几位名流嘉宾晃晃悠悠走过酒店大堂。

越想越觉得不对劲儿，容若初赶到宴会厅，看到武全还在敬酒。武全喝酒很豪爽，一杯接一杯。她找了个空当，拉他到一边，问：“明天开盘，客户是不是都已经预约好到场了？”

“是啊，几个月前我们的房子早就预约销售一空了，这是蒙市顶级豪宅，给亿万富豪们的家，一定会创造一个全国的销售神话的！若初，明天你等着看吧。”

她心里一沉，几个月前的蒙市和现在不是一个样子的。地产经济泡沫是在近期才出现端倪的。

容若初还要说什么，武全已经不听了，拉着她就冲大家嚷嚷："来来来，这是整个中国商界最美丽最年轻的CEO容若初女士，大家一起认识下！"

她一听，觉得这话说得有些过了，于是赶紧摆手，趁机离开了宴会厅。

出来后，她看旁边有鸿方地产的工作人员，于是请他们帮忙联系下鸿方地产蒙市分公司的总经理。一位经理拿出电话开始拨，拨了好一会儿都没有拨通，只好无奈地说着抱歉。容若初身为外人，不能太勉强，也只好作罢，回房休息。

第二天清早，准备的30部路虎已经在酒店门口等候，两位嘉宾坐一部，浩浩荡荡地开往"鸿方华府"项目现场。

在路上，容若初突然心有所动，于是跟开车的司机闲聊。

"师傅，这车真漂亮，租的吧？"

"这你就不知道了，这车是我自己的，不仅我这部，你看今天出来的车，基本都是车主自己买的。"

容若初看了一眼司机的乡土打扮，有些将信将疑。

司机看懂她的眼神了，笑了笑，说："咱市里因为大规模征地，像我这样的很多农牧民获得了大量补偿，一下子成为千万富翁，所以我们这里的千万富翁会这么多。有了钱，大家于是都买了路虎，但是，又找不到合适的工作，没有好的生活来源，于是就开出租。"

容若初听了，越发不安。

到了项目现场，这个号称"华府"的项目果然气势恢宏，气派非凡，令北京、上海的各个豪宅都黯然失色。

开盘典礼的现场搭建得奢华喜庆，贵宾席整整齐齐。

北京来的客人被安排到贵宾室休息，等待开盘时刻的到来。武全在外边忙忙碌碌。

开盘典礼是10：08分，大约还有20分钟。

大家在一起闲聊等着，有的在刷微博，有的在微信灌水，有的在调侃着今天北京的各种故事。微博、微信这东西弄得世界没有神秘感了，不管发生什么，你在任何一个城市看到的都是一样的信息。

10：08，没有人通知大家出去就座。容若初问了下礼仪，她们说还要等会儿。

10：18，继续坐着。大家还是兴致勃勃闲聊。

10：28，10：38，10：58，11：08，一个多小时过去了，大家突然觉得这次等待的时间有些长了，慢慢安静下来，都开始打听典礼什么时候开始。礼仪什么都不知道，她们就知道给客人不停上水果和茶水。

工作人员跑来跑去，好像发生了什么。

11：18，11：28，11：38，四周越来越静，礼仪和工作人员也不知道去哪儿了。大家终于忍不住了，推开贵宾室的门，走了出来，四处找武全，有的打电话，有的索性喊："武总，武总！"

都没有回应。

开盘典礼的现场一片寂静。本来预计 500 人参加的盛大典礼，现在只稀稀落落坐了几个人。

容若初心里咯噔一下，马上跑到里边。她记得那里似乎是办公室。办公室里没有武全，只有一个穿职业装的姑娘。容若初问她："你们武总呢？"

"这……这我不知道。"姑娘回答。

"那这个项目的总经理呢？"

姑娘愣了一会儿，说："昨天总经理已经不告而别，失踪了。"

意料之外，又意料之中。意料之外是事情太意外，意料之中是昨天就觉得要发生什么事情。

突然有人喊："武总在那边！"

大家一起呼啦啦往一个方向跑，那是楼王大院的方向。容若初一看，穿着高跟鞋也跌跌撞撞一路跑过去。

武全果然在！

他失神地坐在楼王大院的门口，就在地上台阶坐着，衣服已经不整齐了，手里握着一卷几乎揉碎的文件。

大家也被惊到了，七嘴八舌问他怎么了。武全什么都没有说。

容若初慢慢走过去。他似乎感觉到她来了，抬起眼睛，一直看着她。她走到他身边，蹲下，把手搭在他的肩膀上。

他的眼神呆呆望着，喃喃地说："客户没有了，都没有了，他们说没钱了，买了的都退了，都退了。这几天的事情，总经理不敢跟我说，索性带着客户定金跑了。"

那一刻，她也似乎掉进了冰窟。她知道，这个项目的资金亏空，虽然数额只有几个亿，并不是很大，但是会引起连锁反应，最后将变成一个巨大的无底黑洞。一路高歌猛进的鸿方地产的资金链轰然断裂，武全的一切都完了。

她来到这个城市的第一刻，就感觉到了经济释放出的危险信号，这儿正在发生巨大变化，不可能有那么强的购买力了。就像90年代的海南泡沫，一夜之间轰然倒塌。当然，就像海南经济和楼市现在又红红火火发展起来一样，蒙市只是经历一个正常的经济周期，到了低谷后，很快就会复苏反弹，可能几年就会再发展起来，而且那个发展就是理性稳固的繁荣了。可是，武全等不到那一天了。对于商人，特别是大商人而言，每天都是在资金的刀山火海上。就像一条船，不管多大多牢固，如果海上真起了风浪，要想不翻，只能是奇迹了。是的，很快，这儿的经济会再度繁荣，但是，武全等不到了。

其他人还在跑来跑去地喧杂。但是容若初和武全就那样，他坐在地上，她蹲着，对视着，时间似乎凝固了，震惊和痛苦似乎也凝固了。

没过多久，鸿方地产宣告破产。

武全在所有联盟和社会组织里的职务，全部主动辞掉或者被免掉。这个社会没有给失败者留下空间。中国商界最大的问题，就是对失败没有任何宽容的余地，老祖宗早就说了，胜者为王，败者为寇。

当你成功的时候，成功不是属于自己的；当你失败的时候，就只有自己。最好的朋友能为你感同身受，能为你调拨资金，但不能天天陪着你。

而能一起度过难关的，除了父母，就是心爱的人。但武全的妻女在他第一次落难时已经离去，后来他专心复仇，一直没用心好好谈个女朋友，虽然有时候身边也出现过几个小美女，但是，有些人是来跟你同享福的，不是共患难的，真正能共患难的是心心相印的恋人。

容若初最后一次见他是在北京一所中学的栅栏外边，里面就是操场，一群学生在上体育课。她不明白武全为什么约在这儿见面，但是当她到达时，看他凝神贯注地看着那群学生的时候，她明白了——武全的女儿已经上高中了。

前妻和他彻底断了来往，女儿的一切他都不知道，除了这所学校。他有空就在这里看着里边，慢慢竟然摸索出了女儿一周两次体育课的时间，一次是周二上午三四节，一次是周四下午一二节。于是雷打不动，一到那两次课，他就站在学校操场的栅栏外边，呆呆站着陪女儿上体育课。

学生上课很开心，没有人注意到栅栏外边这个孤独的身影。

那次见面之后，他就走了，说要去西藏。

沉舟侧畔千帆过。

每天都有企业在生死挣扎，每天都有宴会在歌舞升平，客观的世界是最残酷的。

武全的故事一度成为话题焦点，微博成为搜索热词，微信里也疯转。但是这世界太快了，没过两天，大家的话题都变成一对明星夫妇的离婚。也许第三天，就没有人记得武全这个名字了。

一声叹息。

这天，容若初收到一个邀请，是一个戈壁沙漠的徒步活动。一则凝聚企业家精神，二则号召人们保护环境，治理沙漠。

的确，这几年，企业家们似乎跟雪峰和戈壁沙漠较上劲儿了，屡屡有知名大企业家登顶珠峰，包括于万复。而在戈壁上开展的各种企业家徒步越野赛事更是如火如荼，最有名的是商学院 EMBA 的“玄奘之路”戈壁挑战赛，每年有二十几所商学院的 EMBA 老板学员参加，影响力日益壮大。

一些机构组织也纷纷效仿，举办类似穿越活动。

这次活动，专门邀请了几十位企业家，是一个历时一周的活动。

容若初参加此次活动的原因，是沈承风也接受邀请参加了。

大漠孤烟直。

顾智山也参加了此次活动。

一路上，沈承风和容若初牵手而行，顾智山也常常和他俩走在一路，但是容若初和他没有讲太多话，大家都有意避开“武全”这两个字。

沙漠上天黑得很快，落日壮丽，叹为观止。接着，夜色来了。

大漠沙如雪，燕山月似钩。毡帐连朔漠，篝火映铁衣。

晚上，扎好帐篷，雇来的几位当地后勤点上熊熊燃烧的篝火。

带了不少酒，而且是好酒，在沙漠上，酒香更加醇正。容若初向来不爱喝酒，但那是在应酬宴会上，在这么原始的风景中，不醉他一次，太对不起这长风万里，冷月无边了。

几十号人手拉手，在篝火边跳舞，唱歌。累了就坐下，围坐喝酒，吃肉就拿刀子直接片火上的烤羊。沈承风兴致上来，唱起他最爱的一首歌：

“沧海一声笑，滔滔两岸潮，浮沉随浪只记今朝……”

顾智山听到了，奔过来，抢了沈承风手里的酒，跟着唱了起来。容若初手里拿个铁勺子，坐在沈承风怀里，一边喝着酒，一边就在篝火上的铁锅沿儿上给他们打着拍子。

这夜，豪情满，侠义当空。

第二天清晨，拔营再出发，旌旗起狼烟。

此次行程，非常瑰丽的一个安排就是参观楼兰古国。楼兰古国曾经繁华一时，但最后却变成湮没在黄沙中的一座枯城。

在行往楼兰古国的路上，大家商议出了一个决议，决定成立一个企业家绿色环保组织，大家一起来捐资治理沙漠。如果真的把这个机构运行起来，那这一趟可就真值了。泽被后代，功在子孙。

相爱的人，如果要度过自己的甜蜜岁月，不一定非要去优美的地方，到个艰苦的地方其实更好，在困难而恶劣的自然环境里，更能增进两个人之间的感情和生死亲情。

最好的爱情里边，是有豪情和侠义的。

一路上，容若初和沈承风一直牵手而行。沈承风一身戎装，越发伟岸倜傥。手在手心里，尽在不言中。

队伍是在第四天到达楼兰古国的。一座消失已久的古城，揭开她神秘的面纱，呈现在众人面前。当时，正好夕阳西下，落日的余晖洒在古城上，无比瑰丽。

所有人，没有发出任何声音，都静静地站着，站了好久。这次，是真被这景色震呆了。楼兰古国，是历史留下的最美丽的谜语。太多关于这座古城的传说，以及后来杜撰的电影、电视剧。

扎营是在古国外边，当晚歇息，明早进城。

这一夜，耳边时而似有万马奔腾，时而似有宫廷歌舞，亦真亦幻，亦真亦假。

天亮了。

古国在迎接大家。天气特别好，西边有一抹红色的祥云。容若初指给沈承风看，领队顺着她的手看过去，脸上露出忧虑的表情。

大家静静地走进去，似乎怕打扰城里的居民们，亭台院落，宛然在目，只是美丽的楼兰姑娘在哪儿?

历史的虚无在这一瞬间毫不留情地淹没了众人。沈承风深爱研究历史，内心有一种很强的历史感，对他而言，面对此情此景，更是感慨万千。

在一片空地上，台阶很大，似乎是宫殿门前，有细软平整的黄沙，沈承风用手指在上边画了两颗心。

他偶尔还是很浪漫的。

把两人的爱，交给这寂静的历史。

半晌刚过，领队就催促大家该返程了。沙漠天气多变，虽然此次出行准备了各种安全措施，但还是小心为好。

队伍先沿原路返回 8 公里，然后折向西北。东南方是不能走的，那就走向罗布泊深处了。罗布泊，大家都知道，是一个走进去就很难再出来的地方。那个地方曾经湖水万顷，叫作孔雀海，后来变成了一片神秘的荒漠。这支可不是探险队，所以，基本就是沿着罗布泊的边儿走了一小段路，然后就远离了。

但是，队伍刚刚离开楼兰古城两公里的地方，意外发生了。先是一小股风，吹着黄沙低旋，很快，风越来越大，远处，一股似龙卷风一样的风束，向这个方向旋来。一时间，黄沙漫天，狂风似乎要把人吹走。

沈承风紧紧抱着容若初，把她护在怀里。她什么都看不见，只听见风的呼号和人的呼号，就像世界末日。整个人感觉越来越沉，越来越沉，又似乎要被吹走。那一刻，刚开始是巨大的恐惧，但慢慢就平静下来了，反正在沈承风怀里，上天要发生什么，就发生吧，但是，一定要保佑沈承风走出去。

他还有很多事情要做，这一段的经济史和民营企业家的历史，还要等着他去亲历和记录。这个时代，只有他能做到。

“若初，不要怕，我在。”

“承哥，我不怕。”

“如果我们走不出去，就一起在这沙漠里，也挺好。”

“别说傻话，我们一定会出去的。”

“我是说如果。”

“如果的话，我就生生世世陪着你。”

两人紧紧地抱着，不知道仿佛过了多少个世纪，风终于慢慢停了。他动了动，也晃了晃她，两人几乎被黄沙埋没了。她睁开眼睛，他们还活着！

“若初。”

“承哥，我们还在。”

这个世界上，最美好的事情就是活着本身。

在生死面前，再无大事。

清点人数，一个一个喊“到”，悬着的心慢慢放了下来。突然，有人大喊：“顾总，顾总！”

沈承风奔过去，抓住那人肩膀，问：“什么顾总 ?!”

“顾智山，顾总，没找到！”领队惊恐地说。

一时间，大家都大喊：“顾总，老顾，顾智山——”

但是，没有回声。

天！被狂风吹走了，还是被埋在黄沙下边了?

一时间，无措，着急!

人群中突然有人喊，说：“风沙刚来时我看到他了，他向那边去了，那边风小，他是不是去那边躲风去了？”

领队看着那人指的方向，拿出指南针，指南针指向东南——罗布泊的方向。

领队沉默了。现在已经是下午，沙漠中黑夜来得快，如果不赶紧把这些人带离，如果天黑了再来风沙，后果会不堪设想。可是，顾智山怎么办?

沈承风二话不说，转身就向罗布泊走。容若初大惊，死死拉住他。

“承哥，你要去哪儿?”

“我要去找老顾。我不能不管他，他是我朋友！”

“可是，去只有死路一条，没有人活着走出来。”

“那我也不能丢下他不管啊！”

“你说得对，我们不能丢下朋友不管，我和你一起去找。”容若初坚定地说。

她这样一说，沈承风反而站住了。他知道，这一去九死一生，他自己可以不顾生死，但是，他不能让容若初也去送死。

救援信号已经发出去了，救援部队赶来得几个小时。这段时间，领队必须把这些人带到安全的地方。沈承风坚持再找找看。正僵持着，突然，远处响起了汽车的声音。

一辆沙漠越野车疾驰而来。

大家都站住，看着这部车，就像是天兵天将凌空而来。

车开到大家面前，停住了，车门打开，跳出来的是武全!

这样的情节，太出人意料。

武全径直走到沈承风面前，说：“我这段时间一直在西藏和新疆自驾穿越，前段时间听说你们要来，我也到了附近，今天早上我看西边有红云，猜到会有风沙，怕你们会遇险，所以开车过来。一切都挺好吧？”

“武全，顾智山不见了！”容若初焦急地说，“领队要带我们离开这里去安全营地，承风要回去找老顾，怎么办？”

武全沉默了。鸿方地产破产后，有段时间没见他了，他的确黝黑健壮了不少。

他略一沉吟，说：“你们先走，我去找他！”

“不可以！”容若初和沈承风几乎同时喊道，拉住他胳膊。

“你们没有野外生存的经验，毕竟最近我一直在西藏、新疆穿越，对这气候已经适应了，你们如果去，不但找不到顾智山，反而更添麻烦。再说了，我和他这么多年的恩怨，这次我去寻找他，算是还他当年恩情。更何况我有车，大风吹不走车的。”

容若初和沈承风还要说什么，领队着急过来催促，说得赶紧走，不然说不定还会有变化。一队的人都在催促，他俩没有办法，觉得武全说得也有道理，于是挥别，各奔西北和东南。

队伍在天黑前到达了小镇。大家惊魂未定，稍作喘息，沈承风却是一会儿也不肯坐，不断走来走去，时不时去门口张望。

救援队伍这会儿已经到了出事地点，这边的人怀着期望，心提在嗓子眼儿，等待着好消息。

时间一点点过去，没有任何消息。夜色深了，两人还坐着，沈承风让容若初先回房间，梳洗放松一下，她不肯，就那样坐着陪他。

2 点，3 点，4 点，5 点，6 点，7 点，每一个时刻，他们都期盼下一个时刻会出现奇迹。但是，一直没有消息。

第二天中午，救援队派了一个人回来取水，那人匆匆说了句“没找到”，就带着另一支救援队赶过去了。

团里的其他成员在第二天和第三天回北京了，最后，只剩下沈承风和容若初在等待救援的消息。沈承风另外找了一支国际私人救援团，并花重金雇佣当地熟悉地形的牧民又组成几支小分队，连新疆石油大王的私人飞机也租来了。结果不但没有顾智山的消息，连武全的也没有了。武全的沙漠越野车在罗布泊找到了，但是人没在车里。

时间一天天过去，一切都越来越渺茫。

罗布泊，神秘的罗布泊，难道自古至今走进罗布泊的命运，都是失踪吗?

顾智山和武全的恩怨，这次真的是算不清了。

容若初还在幻想着是不是他们遇到古代人类了，到了一个水草丰美的地方，不想回来了?

时间是无底的黑洞，吞噬着人们的希望。

第二十章　变生不测

沈承风和容若初回到北京，没想到另外一场风波在等待着他们。

一下飞机，就不知哪儿冒出来一个人，拿着相机噼里啪啦一阵拍。两人非常吃惊，待要阻止，那人已经没了踪影。两个小时后，一篇二人同时回京、恋情曝光的新闻开始疯转。而与此同时，二人在很多场合单独约会的照片也被晒了出来，有一起坐飞机的，有一起台湾逛书店的，有一起亲热吃饭的，有沙滩一起晒太阳的。特别是一起去沙漠的时候，他们以为都是企业家小圈子里的朋友，并没有避讳，一路同行，一路亲热，被人拍了很多照片传到微博和微信朋友圈里去了。一时间，各种说法铺天盖地。

容若初看了微博、微信上漫天的评议，心里很平静。

她给沈承风发了个短信："承哥，不管外边世界如何纷纭，咱们只管过咱们有滋有味的宁静小日子，如果到不得已的时候，我会舍弃自己来保全你的一切！"

他很快回信了：

"若初，别说傻话，世界无序，我们静好！有你，我不畏风雨呵。"

有你，我不畏风雨呵。

有了这句话，还在乎什么生死?

其实，她既然爱他，就不在乎，甚至是希望大家知道的，知道她爱他，他爱她。哪个被爱的女孩不希望全天下人都知道她在被爱呢？之前不愿被人知道，只是为了保护爱人，为了有份小宁静罢了，所以，既然被曝光出来，她心里反而很坦然。

对这件事情，沈承风一直沉默着。他每天还是给容若初发短信，就像什么事情都没有发生，她亦然，平静地给他回复短信。就像是外边已经狂风骤雨了，自己小花园里的花依旧恬静绽放。

最后坐不住的竟然是于万复。因为坊间盛传，在大海之战中海岳退出，就是因为容若初背叛，出卖了海岳，与沈承风里应外合。

于万复亲自找容若初谈话：

“容总，目前出现了对你和公司十分不利的舆论，你身为海岳集团总裁，被人说是背叛了海岳，这对于海岳同样是个名誉的损失。我不管你和沈承风是什么感情，但是我希望你发个声明，说明你与沈承风没有关系，暂时避避锋芒。否则的话，你在这总裁位子上，对你和对集团，都是个尴尬。”

容若初不说话，于万复以为她同意了。他还要出席一个重要会议，急匆匆就走了。

深夜，容若初给于万复写了一封邮件。

早上，刚睡醒，容若初就看到于万复在疯狂地打她电话，于是，平静地接起。

“容总，你怎么回事？我竟然收到了你的辞职信，沈承风有什么好，值得你这样？不就是发个声明吗？即便你们真好，那就好罢了，对外发个声明，又不是真的，有多大关系？”

“于董，对不起，这个声明是我不能发的，哪怕只是做做样子。爱就是爱，既然发生了，我就全部担当，不容得半点儿犹疑。我就是要让所有人知道，这份感情是真实存在的，而且有多坚定。感谢您多年的栽培，恐怕我以后不能继续为海岳效力了。好在小于总们都已经能独当一面，也该是我离开的时候了。”

她听到那边于万复把电话摔了。

容若初家里这边也不消停，爸爸妈妈看到了这个消息，十分震惊，轮番在找沈承风轰炸问罪。

一时间，满城风雨，黑云压城。

这天，容若初接到新疆方面的电话，让她去一趟，武全的车里有一封信，写明由她保存。她接到电话后，直接就去机场了。

到了新疆，救援指挥中心的人说，事隔三月，他们已经停止了搜救，在整理武全的越野车的时候，发现有一封信，是武全写给女儿的。他担心自己孤身一人来来往往，哪天会有意外，连个话儿都留不下给女儿，所以事先写好信，而且注明由容若初保存，亲自交到女儿手上。这封信，没想到这么快就用上了。

容若初一个劲儿追问，是找不到了吗?

救援中心的主任看了看她，说："也有过这种情况，失踪一年后找到的，就是到了偏远的小村落，没有通信工具和交通工具。后来有探险队路过，就把人带出来的。"

她又一个劲儿问："他们也会这样吗？"

救援中心主任嫌她啰唆，不跟她说话了，他们又接到求援电话，匆匆出去了。

沈承风曾经重金雇了一些当地牧民协助寻找，容若初又挨个找到那些牧民，看他们有什么蛛丝马迹，就像是一件事情明明已经没有希望了，还要去寻找萦绕的气息。

结果都是失望。

这几天，容若初还做了一件事情。他们在楼兰古国的时候，相约成立一个治理沙漠的环保组织，回到北京后，沈承风就着手做这件事情，现在，环保组织已经初具规模，沈承风投入了大量的资金和精力，把当时的愿望实现了。她也与他一起，完成这个心愿。此次她来，也是代表这个环保组织，与当地有关部门接洽，对于下一步如何治沙进行探讨。

辞职之后的容若初，现在唯一需要面对的就是父母了。至于坊间的那些说法，看似来势汹汹，实则转瞬即逝，的确不用多理会。

父母的态度却是一直很坚决地反对。

“他是你师叔，不一个辈分！”

“师生都可以恋爱，好多民国大师都是师生恋，他是我师叔又怎么了？再说，现在都什么年代了，还讲这个。”

“你俩差了18岁！”

“现在有的女生的老公都比自己小十多岁，也一样很正常，大18岁，就更不是理由了。”

“可是，你想过没有，有一天他老了你要照顾他，有一天他会先你而去，留下你很孤单。”

“他老了我照顾他是很幸福的事情，承哥身体好，会活到100岁。”

“若初，不管你怎么说，这事情就是不行！我们不允许沈承风踏进容家半步！”

“为什么，为什么你们这么恨他？难道有什么我不知道的事情？”

“这……没有。若初，你太不听话了，你要是有你姐姐十分之一的乖巧，爸妈也就不会这么生气了！”

“你们不要再跟我提容清映！”若初突然大吼了一声，把容教授夫妇都震住了。若初也被自己吓了一跳，但是，她再也忍不住了，泪水磅礴而出，她继续喊着：“为什么任何事情你们都要提姐姐？为什么我从小要活在姐姐的阴影之中？我不如她优秀，我不如她乖巧，我不像她那样给父母争脸，我现在谈我自己的恋爱，有我自己的爱人，追求我自己的幸福，关她什么事情？为什么还提她？为什么她离去二十多年了，我却要活成她的样子？”

这一通吼，竟是把二十多年来的心事都倾诉了出来。发泄完，容若初也觉得自己对父母这态度有些不对，恐惹他们更伤心，于是也不再说话，一路哭着回自己房间了。

客厅里，容教授夫妇沉默了，二人相对了很久。

月亮爬上了窗户，爸妈来敲容若初的门。门没有关，一推就开了。二人走了进去，容若初趴在床上。

“若初，如果沈承风真的对你很好，我们同意你们两个的婚事。”

父母这句话说得很艰难，但是，很坚定。

一切都顺理成章，婚事也在悄悄地筹备着。容若初和沈承风没打算大操大办，对于她而言，最重要的是能和他在一起，至于形式上的事情，也就不在意了。沈承风的前妻和儿子在美国，他也很客气地知会了一声。前妻很明理，让儿子送来祝福。

两人在一起有很多规划，首要的就是生一大堆小孩子。一次，她问他将来要有多少个儿子，他冲她笑着，亲了下小脸庞，说："20个！"

她也笑了，说："好啊好啊，我们找个美丽的山谷养儿子，等他们长大了，都要上最好的大学，是各个领域最优秀的大帅哥，然后把各国公主娶回来！哈哈哈！"

充满期待的日子是多么美好啊！

有些程序是省了，但是有些是不能省的。家人一起去安息园看望已故的亲人，告诉他们这个好消息。容若初在姥姥的墓碑前站了很久，这么多年，是姥姥美丽而淡定的目光，注视着她一步一步由丑小鸭长成了白天鹅，现在，她又要走进人生新的阶段了，而沈承风，将带给她新的人生。

在姥姥墓前的时候，突然间天气大变，下起雨来了。天气有时候就是这样，说变就变的，早上看着多云，觉得并不会下雨，所以伞都没带，于是大家赶紧上车，且先回城。

可是，这个好消息还没有来得及告诉清映姐姐，本来想看完姥姥就去看她的，这雨下得真不是时候。爸妈的意思是既然来了就算了，不用再单独来一趟了。容若初知道二老的意思，是怕她和沈承风太忙，怕他们劳神。她和沈承风都没有开口反驳爸妈的意思。但她心里想，无论如何她第二天是会再来一趟的。她不开口是因为她不想爸妈再来，他们年纪大了，在京藏高速上坐车这么久，还走了一段山路，而且陵园里气氛悲戚，不太适合他们的身体。而且她也不想沈承风再来，因为早上5点他刚刚下飞机，从洛杉矶回来，北京公司里还有一大堆事情等着他处理。

第二天早上，容若初一个人出门了，她没有告诉父母去哪儿，以免他们跟了来。路过花店的时候，去买了一束水仙花。清映姐姐最喜欢的花就是水仙花，每年初春，都会在家里养好多盆水仙。水仙自然生长很容易叶多花少，要想开出来漂亮，必须经过雕刻。清映雕刻水仙的功夫最是了得，经过她手雕的水仙，盆盆都如天女散花，美不胜收。记得那时候，邻居都会拿着水仙来找清映帮忙，清映写完作业，就坐在那里，拿着花，静静坐着雕，美丽得如同花仙子一样。

昨天刚刚下过雨，安息园里的青草闪着生命的光泽，地上微微湿润着，走在上边，软软的，静静的。

容若初抱着水仙，一路低低地沉思着，想着清映姐姐的种种往事，不禁潸然。那天冲父母吼是一时情急，内心里她是深爱姐姐的。走到姐姐墓前，正待上前，突然，她看到一个熟悉的身影站在前边，背对着她。她有些诧异，止步站住。

他似乎也是深深沉浸在一种氛围中，并没有感觉到她的到来。许久，他长叹一声，说："清映，这可能是我最后一次单独来看你了。"

她听得出来这是谁的声音，多么熟悉的声音啊！

"我今天给你带来了一束水仙花。二十多年了，哪怕是我在海南的时候，也是悄悄在你离去的日子回到北京，给你带来你最喜欢的水仙花，看看你，跟你说说话。

"有件事情，我不知道你是会高兴，还是会生气……我要和若初在一起了。我对不起你，其实我知道若初对我的感情，从她 8 岁的时候就知道，可是，清映，我的心里只有你。你还记得我们第一次见面吗？你刚刚过 18 岁生日没多久，我来到你家，你正坐在水仙花丛里，全神贯注地雕刻着花球，竟没有发现我已经被你惊呆，站了很久了，你真是太美了！你也喜欢我，这让我欣喜若狂，我们曾经在一起度过了多少忐忑而甜蜜的日子啊，包括你的第一次也给了我，如今想来，心如刀割！

"我还记得那年春天，你跟我说，想去野长城看映山红。我虽觉得危险，但只要是你想去，我肯定会陪你去。没想到，遇到了雷电暴雨，你从山上坠了下去，我发了疯似的跑下去找你，等找到你的时候，你已经没有了呼吸，甚至一句话都没有给我留下。我抱着你的身体，在暴雨中整整一夜，直到第二天救我们的人来到野长城。你的父母知道了我们偷偷相爱，还因为带你出游让你命丧郊野，他们很恨我，我也无颜面对师兄一家和导师，于是，我选择了离开学校，到了海南谋生。

“因为你的离去，我痛不欲生，每当暴雨之夜，我就会梦到你从山上坠下，就会睁着眼到天亮。我这么多年在事业的奔波中麻醉自己，我虽然结过婚，但也有无可奈何，我无法爱她，最后也以离婚收场。后来，我也只想抱着和你的回忆，把这人生走到底了，走到底，我就可以见到你了。

“但是，我没想到，若初出现了。那年，下着大雪，我去颐和园寻梅花，一回身，看到了大雪纷飞的梅花林里，穿着大红猩猩毡起舞的若初。若初长大了，那么像你，像你一样超凡脱俗，像你一样美丽。若初的眼神我读懂了，但是，我不能接受，因为我的心里只有你。

“但是，若初真是一个执拗的孩子，这些都丝毫影响不了她。她这性格，也是像你一样坚定。没过多久，她的老板于万复又结婚。在普吉岛的海边，她穿了一件鹅黄色的长裙子，风一吹，活脱脱一朵出尘的水仙花。那一刻，我恍惚了，不知道看到的是她还是你。清映，你是借若初回来和我团聚的吗？那一天，我犯了错，疯狂吻了她。

“再后来，她差点儿被她曾经的未婚夫害死。我在国外听说了这个消息，连夜赶回。我想起了你，我不能再看到若初也是如此的命运！我在回国的飞机上，恨不得一步就飞回来，就像当年抱着你，还想把你救回来一样，那种撕心裂肺，那种无可奈何，那种生不如死！也许是上天的安排，若初救回来了，从那天起，我决定要好好照顾若初，不能让她再受苦了！也许，她就是那个留在世上的你！

“昨天突然大雨，我想这就是上天有意的安排，让我有机会单独和你说这个消息。他们今天都没有来，我不想让他们再颠簸一趟，也想和你最后一次单独说说话。清映，也许你会恨我，也许你会祝福我和若初，不管怎么样，你要知道，在这个世界上，你是我唯一的爱……”

再后来的话，容若初没有听到了，她手里的水仙花颓然滑落在地上，她回转身，失魂落魄地走出了安息园。怪不得每年清映的墓前都有一束不知道谁送的水仙。她的心里空空的，空空的，空空的，没有痛，没有愤怒，没有悲伤，什么都没有。当人痛到极点的时候，世界就是一片空白。

原来，她不过就是容清映的影子，清映离开这么多年了，她还是活在她的影子里。也怪不得父母这么恨沈承风。

她是什么？原来她根本就不曾存在过！沈承风爱的不是她，而只是因为在她身上看到了清映。

心里空空的，也静静的。回到家里，爸妈正在吃午饭，容若初跟他们说，要出国看个朋友。爸妈应了一声。她出门是很正常的，有多个国家的往返多次的签证，他们并不觉得有什么奇怪，然后就嘱咐多带衣服，末了又说了一句，看完朋友早回来，婚事还得准备好多东西。

她答应着，眼泪在眼眶里打转，于是赶紧回房。回房的时候，路过清映的房间，她的房间静静的，书依旧打开着，光从窗棂中透进来，照在书桌上，像一幅油画。

她收拾了一些衣服，凡是有往日特殊记忆的物件，一件都没有带，收拾好了就出门了。

就在登机的时候，妈妈打来电话，说沈承风急匆匆到家里找她，他们就跟他说她出国了。妈妈很奇怪地问，难道出国没有跟沈承风说吗？

容若初搪塞了过去，说走得太急了，没有来得及跟他说。爸妈还是不要知道这些事情为好，子女为他们做得太少了，唯一能做的，就是让他们生活在宁静的不再有风波的幸福感觉中。

她知道沈承风会来找她的，因为当他从他的梦中苏醒过来，转身的时候，就会看到在他身后那束容若初掉在地上的水仙花。

爸妈说她去机场了，他就匆匆什么话都没说，冲出去了。她知道，他会来机场，但是，他来晚了，飞机已经起飞了，而没有人知道她去了哪儿。

曾经有一位女作家叫三毛，她的笔下，最喜欢写流浪。

那几个月，容若初就在各个国家流浪着。一颗无处安放的心，烙下了每一段行程里的烙印。

以前特别不喜欢出门，不喜欢出差和出国，那是因为北京城里住着一个她爱的人。现在，他还在，她还爱，但是却没有安放心灵的地方了，这一天，却是非走不可了，走，成为存在方式。

就这样走着，也不知道要走到哪儿去。但是慢慢明白了，有些路，注定是一个人走。

人来到这个世界上，本身就是孤独的，这是一种灵魂的孤独，孤独才是人存在的最本真的状态，也是最充实的状态。一个人的细水长流，一个人的浮世漂泊，即便是前世的约定，今生也可能会在某个渡口走散。也许，约了前世，约了来生，而此刻，却只有自己。

她把心交给了时间。但是有些结，是时间都解不开的。

后来，她走到了瑞士日内瓦湖畔的一个小镇上，一个美丽得如同童话的小镇，在一个华人幼儿园里，教小孩子们中文。她从小读汉语言文学，又进修过语音，一次偶然路过那个幼儿园，被园长遇到，好说歹说一定要让她帮他们代些课，讲讲中国文学的故事。看着那群可爱的孩子，容若初答应帮忙，这一帮，竟然就安顿下来了。

园长是个大她几岁的华裔年轻人，有着瑞士山水一样澄澈的眼神和热情。他的父母都是上一代移民，他就出生在瑞士，但是他从小十分向往中国，大学毕业后，专门到了北京语言大学去学习汉语和中国文化。他给容若初看他在校园里和同学们的合影,还有在颐和园里穿着古代衣服的照片。回到瑞士后，他就办了这个幼儿园，因为华裔的孩子很多，喜爱中国文化的人也越来越多。

自从他第一眼看到容若初，就爱上了这个来自中国的女子，她的身上，有他关于中国的一切想象。

不过，容若初并不为所动。

小镇上的时光安静而舒缓，她很少看外边的消息，看来自中国的更少，也偶尔上上网，但是极少。白天晚上地跟孩子们在一起，对外边的世界没有什么兴趣。在这里，她就是一个普通的幼儿园老师，除了和孩子们说笑，其余时间更多是静静地，默默地。

极其偶尔，也会看到沈承风的新闻，说他在大西洋购买了一座海岛。

看到他名字的时候，容若初正在一边给孩子们做沙包。这是中国小朋友的一种玩具，很古老了，却是孩子们最好的游戏。

那一刻，她停了一下，针扎了一下手指，她轻轻擦去血渍，继续缝制沙包。

这个小镇很小，却很有名，不仅仅是因为它静美绝伦的山水，更因为它举世闻名的医术。在这里，有一个建立于20世纪30年代的医院，里边有顶级的体检和包括青春驻颜、胚胎婴儿在内的医学科室。

所以每年都有大批的皇室贵族、名媛绅士、豪门巨贾从世界各地飞来，在这里体检，或者进行细胞修复。

医院的院长是容若初的好朋友。这位老先生年轻的时候去过中国，中国的壮美山河和风土人情让他流连忘返，而且，他也知道，未来最大的市场在中国。老院长老来得子，小宝宝就在容若初他们的幼儿园里读书，他想让自己的儿子从小就能接触到中国文化。

他有时候会来幼儿园，接儿子的时候会和容若初聊聊天。她就给他讲中医，他听得十分入迷，对于中国医学天人合一的理念向往不已。她也常去他的医院拜访，这是一个技术的世界，一切的高科技都值得人们的好奇和学习。

一天，幼儿园放学了，所有日托的孩子都被家长接回去了，只有老院长的儿子还在。小家伙一个人落寞地坐在墙角，独自玩着玩具。老院长和太太很忙，所以常常是她帮忙送儿子。于是容若初牵着小家伙的手，慢慢走在回家路上。路两旁是几百年的老树，叶子泛着微微的金色，从街道上，可以看到远处的雪峰和湛蓝杳远的天空。小镇很小，容若初没走多远就到了，把孩子亲手交给他的妈妈。

回来的时候路过医院，容若初就顺路进去，一则告诉老院长儿子已经回家了，二则好久没见，也跟他聊会儿天。正在这时候，她看到一个无比熟悉的背影走进了老院长的办公室!

一会儿，主管体检的医生也走了进去。

她躲出来，走到院子里，院子里的大树都有两人合抱那么粗，她在树后静静站着。其实在这里见到他，一点儿都不奇怪。他一向关注医学，有向健康领域的投资，未来中国的健康产业会是一个巨大的市场。而且，他也特别注重自己的健康，经常是每半年体检一次，几乎体验遍了世界各地的顶级体检机构。

大约过了半个小时，他出来了，老院长送到门口，和他握手告别。她看着他的身影消失在寂静的路角。

老院长一回身，她已经走出来，站在院子中央。老院长看到容若初来了，十分高兴，连忙邀请到办公室聊天，他有一个关于《本草纲目》的问题要问。最近老院长迷恋上了植物，在湖畔专门开辟了一块没有污染的土地来种植珍稀植物。

她装作不经意地问老院长："刚才您的办公室来了一位中国人？"

老院长眨眨眼睛，笑着说："是的，是来自您的国家的一位尊贵的客人，他来到这里是久闻我们这所小医院体检的盛名，要来体检。"

就在那一刻，突然，一个大胆的想法在她心里浮起。

那是几年前的呢喃，有人在她耳边说，他们将来要有 20 个儿子。

她沉吟了一下，对老院长说："我给您讲一个发生在中国的故事。故事得从二十多年前讲起，在北京，有一所著名的大学，大学里有一对教授，他们有两个可爱的女儿，那年，小女儿 8 岁……"

老院长静静地听着她讲着曾经的故事，听到后来，他的眼睛里闪着泪花，最后，他紧紧握着她的手，说："孩子，你讲的故事里，那个 8 岁的小女孩是不是就是你自己？"

她沉默不语，眼睛里也是泪光点点。

"孩子，亲爱的孩子，我能为你做些什么吗？"

“亲爱的院长，特别感谢您能听我这个故事，这是我第一次讲起，也是这几年来第一次回忆。其实，我还想告诉您的就是，刚刚从您办公室走出去的那位先生，他叫作沈承风，就是我故事里的男主角。所以，我有一个特别的请求，就是请您满足一位女子想做妈妈的心愿，但是，请不要让他知道。”

老院长沉默了，沉默了很久，最后，他说：“好吧，孩子，我帮你，因为你的善良，因为你们的爱！”

按照体检的正常流程，沈承风在小镇上最少会逗留三天。他是个特别爱学习的人，每走到一个地方，都会仔细品味这个地方的历史和现今，所以，一般会四处走走。

她预感到，他们会遇到。

她的直觉还是这么准，特别是两人互相走进了内心，那种灵犀更是心神相通。

第三天一大清早，刚有一个小朋友送来，其他小朋友还在上幼儿园来的路上。她抱着小宝宝，站在院子里，给他看树上的叶子。

这时候，她感觉到院子的栅栏外站了一个人，那种强烈的气场几乎要让人晕倒，她知道是谁来了！

但是，她装作没有看到。这时候，她的搭档，园长正好走了出来，她异常热情地抱了他一下。园长不知道容若初今天为什么对他这么热情，平时除了工作，几乎不跟他多说什么话的，他高兴坏了。她知道他一直很喜欢她。他手里正好拿着一块蛋糕，她说要吃，他笑着递了过来，因为小宝宝还抱在手里，她就就着他的手，吃了一口，然后给他讲一个很旧的笑话，把他逗得哈哈大笑。小宝宝在手里，看两人乐，也不停地乐。是的，这是一幅很幸福欢乐的三口之家的图景。

当她回过身来的时候，栅栏外已经没有了那个身影。

她不知道自己为什么要这样做，为什么要彻底把他推出她的世界，也许，爱到深处，只有在孤独的痛里，自己才能得到救赎。

心里的那段彻骨的痛无法释怀，她不是没原谅他，其实根本谈不到“原谅”这个词，因为他什么都没有做错，所以不存在原谅不原谅。如果有错，那也是她自己，二十多年走上了一条不归路。但是，如果她知道是这样的结局，重新来过，她依然会这样选择。因为，她深深爱着他，爱着他的灵魂，他的一切。

爱到深处，人孤独。

她放不下，于是只好躲避。

她知道，以他的性格，看到她和园长的这一出戏，只会默默走开。

第五天早上，他离开了小镇。他一离开，老院长就叫容若初去医院一趟。

她被全身消了毒，换了无菌衣，老院长带着路，来到了精子捐赠实验室，说：“孩子，我跟他说，他的体检项目需要精子做测试，的确有一项是需要这样做的。另外，我问他，愿不愿意捐赠精子——以帮助需要孩子的人，他同意了。但他不知道，这些精子是为谁准备的。”

她静静地看着，那一刻，内心升起了无限的爱恋、温暖和希望。

10 个月以后，容若初通过人工技术，诞下了一个男婴。

第二十一章　归去来兮

一去故国几万里，几回梦里堂前池。新柳再度扬白絮，初燕应是又啄泥。

年华似水，时光荏苒。

有一天，妈妈打来电话，让容若初赶紧回国。她没有说为什么，语气里也在极力掩饰一种焦急。她极力掩饰是为了让她不要着急，但是容若初听得出来。

算起来，真的好久没有回去了。于是容若初收拾了孩子的行李，又出去买了好多礼品，登上了回国的航班。

在飞机上，她的心情很复杂。北京，这个城市，她那么渴望回到那里，却又觉得那里那么陌生。曾经那个城市里有她的一切，而今天，她还是她吗？

飞机落地，驱车在北京的路上。机场高速，四元桥，望和桥，惠新东桥，北辰桥，健翔桥，学院桥，保福寺桥，中关村，海淀桥，一切都是那么恍然，熟悉到骨子里，却又陌生得让人无所适从。

爸妈不知道她和沈承风究竟怎么了，她对他们的解释是和沈承风吵架分手了，她在国外遇到更合适的人结婚了，但是姑爷不习惯中国，所以没回来，于是只带着孩子回来了。爸妈见了外孙，高兴得不得了。小家伙粉雕玉琢，聪明可爱，乌溜溜的大眼睛转来转去。他见了姥姥姥爷，因为血脉相连，天生有种亲情在里边，伸着手要他们抱抱，把二老逗乐得不得了。

于是，回到蓝旗营。

答案在第二天就揭晓了。第二天，家里来了一个十八九岁的女孩子，容若初一看她，就认出了来。这女孩子是武全的女儿，武蔓清。

几年不见，蔓清长高了，从一个懵懵懂懂的中学生，变得亭亭玉立，出落成一个美人了。她刚刚上大学。

蔓清的母亲前不久因病去世了，也就是武全的前妻。她再嫁后日子过得并不好，那个男人并不爱她，经常和她吵架，还动手打她。世界上最爱她的还是武全，可惜，在生命最后的日子里她才醒悟。她给孩子最后的遗言，就是去找爸爸。

可是，武全在几年前已经失踪在沙漠里。

武全曾经给蔓清留过一句话，就是找容若初。于是，蔓清在母亲下葬后，去找容若初，却没有人知道她去了哪儿。她辗转打听，最后找到了她的父母。

容若初把孩子哄睡着了，妈妈陪着外孙在睡觉。她让蔓清坐在客厅里，然后回房间，拿出了一封信。这封信是武全失踪之后，在他的越野车里发现的，他写给女儿的。她还专程去了一趟新疆，把这封信拿回来。武全嘱咐她，在女儿20岁那年，把这封信交给她。如今，看来必须要提前给蔓清了。

蔓清打开信，她的眼睛里有迷茫，有惶然，她问："你可以和我一起来看这封信吗？"

容若初坐下来，在她身边。信纸展开了：

> 蔓清，我亲爱的女儿，当你看到这封信的时候，你的爸爸一定已经不在人世了，我就是担心有一天突然离开，有很多话没法跟你说，所以才写下这封信。如果我还在人世，我一定会再站到你面前；如果不能，在这封信里，就有我最想跟你说的。这封信，会由爸爸最好的朋友，也是最值得信任的朋友，在你20岁那年交给你。
>
> 爸爸对不起你和妈妈。你们离开了我，我心里一点儿怨恨都没有，如果要怨，就怨我自己，没有尽到一个男人的责任，没有给你们稳定、

温暖、体面的生活，还要你们承担我入狱之后的种种白眼与屈辱。最重要的是，我没有好好照顾你们，没有好好陪伴你们。自从你懂事以来，似乎我的日子就是在办公室里度过的。

你的爸爸是一个创业者，所谓创业者，永远是一幢大楼里最后熄灯的那个人。为什么要创业？当我们来到这个世界上，我们就有了理想，虽然现在社会里谈理想，在很多人眼里是可笑的，但是，没有了理想，我们的生活将没有了光明和方向。在我们的内心，有永不屈服于生活的执着和追求内心召唤的理念。正是有了这些，创业者才有了下海的勇气和百折不挠的信念。创业就是要证明自己，就是想给家人创造更好的生活，就是为社会为他人做点儿事情。这是一条不归路，踏上了这条路，就意味着没白没黑地忙碌，甚至有时候个人安危也要置之度外。

创业者，每天要考虑的就是生死问题——不是个人的生死，而是一个企业的生死。当你可以为一个企业的生死去担当的时候，就是真正能负担起一个企业的时候。这么多年来，爸爸为了自己的理念，无所畏惧，虽然犯过错误，但是没有一次是为私己考虑。爸爸本来是一个小工人，是你的顾伯伯发现了我，培养了我，我知道他想让我做他的接班人，我也很尊敬他，感激他，但是，我和他的理念不一样。10年前，我们还都是火爆脾气，他爱骂人，我爱发火，我们犯的最大错误，不是企业路线的对错，而是从来没有平心静气地坐下来好好沟通。于是，鸿沟越来越深，闹到不可收拾，最后，兵戎相见，也就是那个时候，我入了狱。顾伯伯其实是个很善良的人，你的爸爸也不是坏人，但是，利益当前，只能你死我活。爸爸失败了，狱中5年，我最大的收获就是可以直面自己的失败，所以才能在出狱后东山再起。

创办鸿方地产，是一次真正意义上的独自航行，每一天，我的心都在理想中熊熊燃烧，但是，每一天，都在理想与现实的冲撞中痛苦煎熬，也许，这就是生命的诱惑所在。在目前情势下，做民营企业是十分艰难的，你可能很难想象，爸爸在做企业的过程中经历了多少磨难和挫折。创业者的生活永远只有一个主题，就是工作。

其实，辛苦是不怕的，辛苦是创业者的勋章，但是，唯一觉得愧疚的，就是对亲人的忽略。你妈妈跟我结婚后，我就没有好好地陪过她。那时候的结婚仪式很简单，结婚第二天就接着上班——其实有假期，但是我没要。后来你出生了。你出生之后我才赶到医院，接着又出差了。特别是有几年派驻到外地，一年半载回不来一次，回来你怯生生的，都不认识我。那个时候觉得自己很了不起，能置家庭于不顾，一心扑在事业上，是大公无私的劳模标兵，可是现在回想起来，只觉得对家人亏欠太多。所以，在这里，爸爸想对你说一句迟到的“对不起”。虽然这句“对不起”已经唤不回曾经的岁月，但是，我想让你知道，在爸爸的内心里，是多么爱你！爸爸不求你的原谅，只求你的理解，因为，理解了之后，你才能平息内心的怨恨，如果有的话。

有一天，你会长大，你会结婚，你的先生也许同样是一个有理想的工作狂，如果不能改变他，你就多去理解他，也许，这样会让你感到更幸福。爸爸的故事，注定会在商学院的课本里做一个经典案例，也许正面，也许反面，有人会同情，有人会唏嘘，有人会耻笑，有人会不屑一顾，都没有关系，毕竟，来过，写下了这一页。经验，就是前人的血和泪一起淌出来的。只要能给别人一些有用的借鉴，就算是有点儿意义了。

蔓清，在你的印象中，你的爸爸可能永远是个严厉的人，让你望而生畏的人，你会觉得我很陌生，想到这些我就心如刀割，而今天，我想真正走近你，让你看到爸爸真实的一面，有血有肉的一面。我不是一个冷酷的人，在我的心里，你是我无价的珍宝。也许你从来没有注意过你上体育课的时候，操场外那个奇怪的身影，当我凝视着你的身影的时候，我觉得整个世界都和我在一起。可能我醒悟得太晚了，但是在最后的时刻，我留下这一封信，希望，是我给你留下的一份温暖，让你知道，蔓清，爸爸永远爱你！

也代问妈妈好！告诉她，我也永远爱她！

保重！

信看完，蔓清已经泣不成声，容若初把她抱在怀里，也潸然泪下。

武全固然早就音讯渺茫，蔓清的母亲也已经撒手人寰，这个，武全是不知道的。

人生，就是这样充满了各种荒诞和各种无奈。

许久许久，蔓清抬起她满含着泪光的眼睛，渴望地看着她说："若初姐，我想去看看爸爸失踪的地方！"

容若初注视着她，擦去她腮颊上的泪水，说："好吧，其实，我也一直有个心愿，想带你去看看。"

容若初要带蔓清去罗布泊，遭到了爸爸妈妈的强烈反对，就两个女子去，太危险了！

爸爸妈妈提出来一个方案，就是找沈承风，让他陪她俩去！

容若初死活不同意。

事到如今，还怎么见面呢？见了面，又说些什么？

蔓清也懂事，看到局面僵持了，她也就不坚持了，推说自己功课太重，走不开，不想去看爸爸了。

容若初也就暂且把这件事情放下。接着她到创业大道去召开董事会。在她缺席的日子里，这支成熟而高效的职业团队，带领着创业大道稳步发展着，孵化的上市企业也颇有数量了。在过去的日子里，容若初也把更多的股份分给了团队。

她在创业大道上走着，每一块砖都是那么熟悉。大道上的茉莉花越开越多，如同茉莉花园一般。

走到海岳总部的办公楼前，那栋5层的楼却是空的，工人们正在装修。

工作人员说："海岳集团的办公楼已经不在创业大道上，又搬回国贸去了。这里在做新的共享办公空间，有很多新的创业者要搬来。"

容若初看着那栋楼，看着进进出出忙碌着的陌生面孔，心中百感交集。

蔓清母亲去世后，家里就剩下她和继父，蔓清一想到继父色迷迷不怀好意的眼神就觉得毛骨悚然，但是也没有办法，还得回去。

晚上在街上磨蹭了很久，已经夜深没人了，她万般不情愿地回到家中。推开门，家里静悄悄的，她长长舒了口气。

正收拾床铺准备睡觉，突然，一个满身酒气的身影扑了进来。她大惊失色，知道是继父。

那男人使劲抱着她，把她压倒在床上，嘴里嚷嚷着：“我养了你这个拖油瓶这么多年，终于让我有机会尝尝你是什么滋味了。”说着，一张臭烘烘的嘴就拱了上来，手还在撕扯着蔓清的衣服。

蔓清使出所有的力气，朝着继父的裆部一脚踹过去。趁继父疼痛倒地的机会，她跑出了家门。

大街上没有人，树影张牙舞爪，似乎每个阴影后边都有魔鬼。蔓清一路狂奔，不知道往哪个方向，最后停下来，是容若初的家。

蔓清敲门。容家人一开门，都大吃一惊，赶紧把这孩子拉进门来，找了个毯子包起来暖和。蔓清哆里哆嗦，说清楚了发生了什么事情。

容若初于是建议，索性就到自己家来住吧。爸爸妈妈很高兴，人年纪大了，就喜欢人多，更何况蔓清十分乖巧懂事。她的那种懂事和容若初的懂事不一样。容若初是明白各种道理，性格也很温婉平和，但骨子里却是个骄傲的公主，不肯稍稍对人低姿态。而蔓清因为家庭变故，从小寄人篱下，所以性格屈伸自如，特别会迎合别人的心意，小嘴儿甜得不得了，深得爸妈喜爱。没过多久，爸妈就欢天喜地收了她做干女儿，恰巧她的名字里也有个“清”字，大家更认为是上天的安排了。

这段时间容若初看了下曾经投过的项目，收益还都不错，于是手里有笔现金。正好爸妈房子同一单元的对门邻居要把房子卖了，她就趁机买了下来。两户并作一户，她带着儿子、蔓清搬了过来，这样一下子成了一大家子人。也难怪中国传统里那么讲究子孙兴旺，人多了就是热闹，那种幸福感就是强烈。

儿子已经一岁多了，长得越来越像他的父亲，虽然他的亲生父亲沈承风并不知道这孩子的存在。那模样，那眼神，一会儿是大笑的，一会儿是小沉思的，一举一止，都让人爱到骨子里。

生活，暂时安顿了下来。

在北京的日子，十分宁静，但总感觉有些什么事情要发生。

蔓清已经上大学了，功课很努力，成绩名列前茅。因为一个无法言说的原因，不能去看爸爸，容若初知道她心里是遗憾的，但是她尽量不表现出来，只是有时候，呆着呆着就流泪了。容若初看在眼里，痛在心里，终于有一天，她跟爸妈说，他们可以去找沈承风，她同意沈承风陪她们去。

容若初听到爸爸在客厅里给沈承风打电话，爸爸还没说清楚是什么事情，她听到电话里沈承风就急匆匆要赶来。爸爸话还没说完，正拿着电话"喂，喂"，那边的电话已经挂了，她知道，沈承风赶来了！

路上用了30分钟，而这30分钟，每一秒在她心里都是如何的翻腾！

门，是她开的，沈承风，站在她的面前。

又是多久没见了，又是过了多少个世纪了！

他们呆呆对视着。

"若初，你好吗？"

"很好。"

接下来，就不知该说什么了。

这时儿子哭了起来，她赶紧回身，去抱他。

身后，沈承风把门关上，望着孩子，慢慢地走了进来。

那一瞬间，儿子看着这个人，竟然不哭了！容若初心里在滴血，是的，骨肉相连，天然的灵犀啊，可惜孩子不知道，他的父亲也不知道。

"这是你的孩子？"沈承风问容若初。看得出，他用了最大的力气，尽量让自己的声音平静。

"是的。"容若初很艰难地说出这两个字。她知道他的内心，知道他内心的翻腾绝对不亚于她，可是，如今的他们，之间隔着的已经是无法逾越的天涯。

沈承风没有再说什么，他走上前来，逗着孩子玩。

沈承风听了大家找他来的原因，欣然同意陪同去罗布泊，去缅怀武全和顾智山失踪的地方。他想要说什么，但没有说，沉吟了一下，说："到了罗布泊再说吧。"

去罗布泊的时候，中途在蒙市转车，当年因为资金链断裂而轰然破产的"鸿方华府"，如今到了一个新的经济周期，一切熙熙攘攘，蓬蓬勃勃，后来整体收购这个项目的公司把房子全部售罄，赚了一大笔钱。他们出门的时候还遇到有人在问"华府还有没有房子在卖"。马路上人潮涌动，一副塞外江南的景象。

人事有代谢，往来成古今。

在路上，沈承风与容若初相对，不知道要聊什么。还是沈承风先找到话题："若初，你知道于万复的近况吧？"

"不知道，我到国外后，就不知道他的消息了。"

"哦，老于继续当野蛮人，得手了几次。不过最后一次，他的猎物没选好，对方的背景太深，告到了中央金融部门，上边彻查此事，最后老于不但全部退出，损失惨重，而且被吊销了多个金融牌照，永不得进入。"

"哦，有点儿过了。"容若初说。沈承风不明白容若初说的是于万复的行动有些过了，还是受的惩罚有些过了。

容若初没有解释，又想起另外一个人来，于是问："那康大庄呢？"

"老康的故事更曲折些，他虽然不幸马失前蹄，倒在光伏投资上，赔了夫人又折兵，可是据说回到西部祁连山后，承包了一条连绵的山脉，在山谷里种满葡萄。农业是大家未来都看好的一个领域，是绿色的宝矿。老康从小是个苦孩子，肯下功夫，肯吃苦，据说一天到晚就在葡萄园里待着。他种的葡萄，的确比别的葡萄更甜，酿出来的葡萄酒也更优质。他素来又是个会做文章的人，把葡萄和他曾经的故事结合到一起，从国内首富到一文不名，现在又是亿万富翁，这样的励志故事让他的葡萄很快就具有了神奇的品牌价值。曾经的枭雄西霸，现在又是雷霆万钧，卷土重来。其实，真有本事的人不怕破产，今天身无分文，明天又可以东山再起。人的命运其实是个球，只要气儿别撒了，掉下去就还有弹上来的机会。”

“你不怪他们当年恶意收购你的企业了？”

“过去的都过去了。人在商海，面对巨大的利益，都有丧失理智的时候。而且，后来我也反思自己，身处商界却还有一份天真的情怀，的确是无法面对冷静而残酷的现实。所有的资本都是逐利的，我也没有理由怪他们。而最大的期望不是大家相亲相爱，而是都能按照商业规则来办事，就知足了。”

“对，是这样。那，承哥你的企业现在都挺好吧？”

“我现在已经不是地产公司了。”

“啊？”

“我已经把集团里的地产业务全部卖掉了，以后往轻资产方向发展。简单来说，就是卖掉了钢筋水泥的肉身，留下了轻资产的灵魂。”

容若初低低应了一声，便不再说话了。

重走当年的沙漠之路，走过那片曾经的胡杨林，耳边似乎还回响着那晚的歌声：“沧海一声笑，滔滔两岸潮，浮沉随浪只记今朝……”旷远而浓烈的大漠里，容若初坐在沈承风怀里，手里拿着勺子，在敲着篝火上的铁锅沿儿，为他们打着拍子，酒醉，心醉。旧迹仍在，人却已非，一路上，她和沈承风都各自沉默着。

因为这次安排了沙漠越野车，所以几天的路程，一天就走了大半了。容若初看到窗外景色，竟有点儿不相信自己的眼睛。记得几年前走过的时候，除了那片胡杨林，就再没见过一点儿树木，而这次来，这一路，竟有大部分路程是在两路树林和灌木中穿行的，而且，是油油的绿色。

“若初，你还记得那次咱们从沙漠回来，成立的那个治沙的绿色环保组织吗？现在，它已经是最大的绿色机构了，这些沿路树木，就是我们这几年来的努力。相信老顾和武全看到这一切，也会十分高兴的。咱们马上就到他们失踪的地方了，也就是那次咱们和他们分手的地方，那里，种了更多的树。”

果然，当那一大片树林出现在眼前的时候，她虽然有心理准备，还是欢欣惊喜不已。曾经，那是一片连天的沙漠，一点儿风沙就可以让人世渺茫，而今，郁郁葱葱，生命充满人间。

知道他们要来，当地的环保志愿者还搞了个小仪式，给大漠更增加了一片蓬勃生机。他们还特意安置了个太阳能的音响，放着《铁血丹心》的曲子，这个是《射雕英雄传》的主题曲。“依稀往梦似曾见，心里波澜现。……逐草四方沙漠苍茫，哪惧雪霜扑面，射雕引弓塞外奔驰，笑傲此生无厌倦。……身经百劫也在心间，恩义两难断……”遥望远方，沧桑无比，感慨万千。

沈承风像是想起了什么，拿出一串珠子。武蔓清一看，吃惊地拿了起来，说：“这是我爸爸的，我从小就看他戴在手上的！但是，上边镶的这颗大宝石不是。”

容若初也有点儿迷糊了。这是怎么回事?

沈承风望着远方，说：“这串珠子，是有一次来治沙，我们无意间救了一位老乡，老乡为感谢救命之恩给的。老乡说，他曾经救过一对父子，是那对父子把自己最值钱的东西串起来给他的。那对父子住在沙漠深处的绿洲里，他们在绿洲里种了很多树。我认识上边的这颗宝石，这是有一年我送给老顾的生日礼物，今天蔓清认出了这串珠子是武全的。而据老乡描绘的那对父子的口音和样貌，的确像极了老顾和武全。”

容若初急急地问：“你的意思是他们还在？”

“是的，极有可能，但是，他们似乎不愿意再回到尘世。后来我又多方打听，派出了各个小分队到各个村落绿洲，却依然没有他们的半点儿消息。”

“这串珠子，蔓清保管吧。”沈承风说完就沉默了，容若初也沉默。蔓清抱着珠子，向前跑了十几步，哭得跪倒在地，眼泪滂沱。

沈承风和容若初站在原地，并没有上前，望着远方。

沈承风轻轻动了动，看着容若初，说：“若初，其实我对清映，我对你——”

容若初打断了他：“承哥，都过去了，不必说了，她是我亲姐姐，感谢在她短暂的日子里有你。”

沈承风轻轻叹了一口气，沉默了，继续望着远方。

苍穹杳远，大漠落日。

天若有情天亦老。

回来的路上，二人都沉默着，蔓清很懂事，也不多说什么。飞机落到首都机场，突然接到妈妈的来电。

容若初接了起来，那边传来妈妈焦急的声音。身为教授的母亲，还是第一次用这么杂乱的声调来讲话：“若初，你回到北京了吗？赶紧到医院，宝宝出事了！”

容若初一听，大惊失色：“怎么了，宝宝怎么了？”

“我们在小区花园玩滑梯，宝宝不小心掉了下来，流了好多血，你快来！”

容若初一听，心似乎一下子被扯碎了。沈承风赶紧让司机把车开过来，几人上车，向医院狂奔。一路上，沈承风不断跟司机说：“快点儿，快点儿！再快点儿！”

到了医院，不等车停稳，容若初就跑了出去，向急诊科奔去。沈承风紧紧跟在后边。

在急诊室门口，容教授夫妇正在焦急地等待着，看到容若初跑来，大声跟医生说：“来了来了，他妈妈来了！”

医生也很焦急，他对容若初说：“宝宝流了不少血，需要输血，你来了正好，这里需要签字。”

容若初赶紧签好。医生走进治疗室，容若初在外边焦急等待着。过了一会儿，医生又出来对容若初说：“他太小了，经过医生会诊，更倾向于输新鲜血液而不是库存血，请问你们哪位是A型血。”

“我！”容若初、沈承风、武蔓清同时说。

“输我的，我是他妈妈。”容若初着急地说。

“其实你们不做医生的可能不知道，输新鲜血其实是最忌讳直系亲属的。亲属间输血发生输血相关性移植物抗宿主病的概率是非亲属的十几倍，万一产生这种副作用，致死率是 90%。”

“哦，原来这样。”容若初喃喃地说。

“输我的！”沈承风往前走了一步，跟医生说。

医生看了他一眼，说：“你跟患儿什么关系？”

“没有任何关系。”

“那好吧，进来吧。”医生说着就赶紧带沈承风往手术室去。

“不！”容若初突然大喊了一声，把大家都惊呆了。

“他不能去，他……他是孩子的亲生父亲！”容若初满脸是泪。

所有人，包括沈承风都呆了！自己哪儿来的这个孩子？

“承哥，你还记不记得，你在瑞士体检捐赠的精子？”

沈承风一听，联想起当时的情形，马上明白了。

“我去，我也是 A 型血，没有任何血缘关系。”蔓清赶紧跟医生说，跟着进去了。

容教授夫妇看着容若初，问：“这到底是怎么回事啊？”

“我在瑞士其实没有结婚，这个孩子是我用了承哥捐赠给医院的精子生的，而院长是我的朋友，他费了很大劲，帮了我这个忙。”

“为什么，那为什么你们不在国内结婚，你就出国了呢？”妈妈问。

“因为……因为我知道了清映姐姐是怎么坠崖的。爸，妈，感谢你们，当初我冲你们一阵大吼，其实我并不知道，原来你们恨承哥的原因，是承哥和姐姐一起去爬野长城，遇到雷雨，姐姐坠崖身亡了。即便这样，你们还是答应了婚事，谢谢，谢谢你们！”说到这里，容若初满脸泪水，爸爸妈妈也是泣不成声。

爸爸平复了下情绪，说：“若初，那天你的话点醒了我和你妈。我们已经失去清映了，不能让清映的影子影响到另一个女儿的幸福。过去的日子，我们总拿你和清映比，对你是不公平的，你有你的优秀，而我们，更不能因为自己内心的痛，再去阻止你和承风的婚事。”

“谢谢你们，谢谢你们！我也是希望能照顾若初一辈子，去弥补当年的过错和痛苦。”沈承风也仰天而泣。

“其实，你也没什么错，后来我从清映的日记里看到，是她一直想去野长城看映山红的。至于谈恋爱，虽然我们很反对孩子早恋，但这件事情也是两个人的事，不能都怪你。”妈妈说。

“可是雷雨来的时候我没有保护好她。”沈承风哽咽道。

“我们恨你，其实对你也不公平，只是我们有个人恨，来转移内心的痛罢了。”爸爸说，“从此以后，也没有别的希望，只希望你能好好善待我们的若初和外孙。”

急诊室的门口是就诊大厅，人来人往，熙熙攘攘。

沈承风擦了下眼泪，突然，他在容若初面前，拉着她的手，单膝跪下。

“若初，今天，当着你父母的面，我们的孩子也在，我再次正式向你求婚，希望你能嫁给我，我会用一辈子守护你和我们的孩子。”

他的声音那么清晰，大厅里的人群似乎一下子静了，人们停下脚步，都向这边看来。

“我，愿意。”容若初哽咽着，每一个字都是从心里出来。

这时候医生又急急忙忙走出来，一看这场景也怔了。

“你们这是干什么呢，赶紧起来，跟我来吧，孩子现在已经稳定了，父母可以过来陪护了。”

两人走进ICU病房，宝宝还在睡觉。蔓清在隔壁病房休息。

两人拉着手，一起望着孩子。

病房里非常安静，孩子的呼吸很均匀。

“若初，这个孩子，真的是上天给我们的天使！我们给这个小天使一个家好吗？”

“应该说，是这个小天使让我们有了一个家。”

“命中注定，不要再躲我了，若初，让我回到你身边。”

“看来，的确是命中注定。”容若初喃喃地说。

“若初，我想跟你说，我爱上的，是你，不是任何一个人的影子，我想用这一生想守护的，是——你。”

“承哥，我懂！”

“等孩子长大后，我们会给他讲他的爸爸妈妈创业的故事。”

“对，讲我们几十年的奋斗。我想，等他长大了，也会是一个创业者。”

全书完

2017年8月17日

后 记

中国的商界每天都风起云涌，30 年来，发生了无数可歌可泣的故事，而这，比很多纯粹虚构的小说都要精彩，都值得去记录。所以，我一直有一个想法，用心，用笔，去演绎这个伟大的时代。

我曾经在商务部从政，后来下海创业经商，当我开始写作的时候，又跨界从文，可以说，我用自己的人生履历，来亲自体会了各界的奋斗与悲欢。而我的朋友，百分之九十都是创业者和企业家，我们一起见证和经历了这些年中国经济的起伏和发展。

目前商界文学还是相对比较少的，因为能写的职业作家往往没有商界沉浮的经历，而商界打拼的人，又极少有文学的功底。我作为中文硕士，具有了基本的笔力，而作为工商管理硕士，又深谙经济的原理，再加上这么多年的实践，的确有种情怀和冲动，来书写那些打动了我的故事。

在没有炮火硝烟的年代，创业者和企业家们都是英雄，大家在商界用智慧和汗水奋勇拼搏，不管成功也好，失败也好，经验也好，教训也好，都留下了一代又一代的印记。

本书的人物全部是虚构的。在写作过程中，我凭借想象塑造出来每一个人物，然后与他 / 她进行对话，赋予血肉，走进内心，进而挖掘人性，思考世间的命运。之所以选择地产为本书的背景，一则我本人对地产业比较熟悉，二则房地产不但关乎国计，而且与芸芸众生密切相关，是一个非常值得关注的领域。

在本书的写作过程中，得到了很多老师和朋友的关注与支持。本书在工作之余完成，写作时间比较长，完稿后又几经修改，其间跟北大光华管理学院刘俏院长、我的学术班主任张圣平副院长等汇报过，感谢各位教授给予的鼓励，以及北大给予我的学术熏陶。作为一名北大学子，在奋斗与浮沉人世的同时，更注重让一种思想的力量在时空中静静地沉淀着。

感谢七位师长好友，欣然应允为本书署名推荐，特别感谢中国宏泰产业市镇发展有限公司的董事局主席王建军先生，他是我们商学院 EMBA 中非常有威望的一位同学。感谢作家马君则在交谈中给我带来的启发。感谢多位地产界的好友们，十年走来，相知相惜！最后，我要特别感谢的是盛世肯特文化传媒有限公司团队，是他们认真而辛勤的劳动，才有了本书的面世。共鸣于文学理念，钦佩于工作风格，于是相约共同打造一个商界文学的梦想。

时间转瞬即逝，文字留下永恒。我希望在不停的书写中，让读者看到一个更加完整的商界，也让我们一起在文字的温度中，去更加真实地走近和理解这个时代。

王采瑢

2017 年 9 月 19 日